Insa Ritterhoff

Das vergessene Glück

AF177990

atb aufbau taschenbuch

Insa Ritterhoff, geboren in Hannover, lebt in der Nähe der Ostsee. Schon mit acht Jahren schrieb sie das erste Mal ein Buch, doch erst spät kam sie auf die Idee, ihre Texte auch zu veröffentlichen. »Das vergessene Glück« ist ihr Debütroman, in ihrer Schreibtischschublade warten allerdings noch viele weitere Romanideen, denn es gibt nichts Schöneres für sie, als sich von einer guten Geschichte in den Bann ziehen zu lassen.

Die Journalistin Ella hadert mit der Geschichte ihrer Familie – jedes Mal, wenn sie ihren demenzkranken Vater im Pflegeheim besucht, wird die Wut auf diesen stets abwesenden Mann wach, der ihre Mutter jahrelang sich selbst und ihrem Kummer überließ. Dann liest Ella ihm eines Tages ein Gedicht von Rilke vor, doch statt ihres Vaters reagiert eine andere Einwohnerin: Die alte Karla scheint aus dem Nebel des Lebens ohne Erinnerung zu erwachen. Ella ist fasziniert von dieser Frau, die aus eigenem Willen kein Wort spricht, und das Rätsel darum lässt sie nicht los. Als die alte Dame kurz darauf stirbt, tritt Ella ihr Erbe an: ein Koffer, gefüllt mit Zeugnissen all dessen, was Karlas Leben einst ausmachte. Zunächst aus journalistischer Neugier, bald aus persönlicher Faszination, geht Ella den Spuren einer Frau nach, die sich offensichtlich nie den Konventionen der Zeit gebeugt und bis zuletzt ihre Stärke daraus gezogen hat, selbst für sich zu entscheiden. Und schon bald sieht Ella sich dazu gezwungen, ihre eigene Vergangenheit zu hinterfragen …

INSA
RITTERHOFF

Das vergessene
Glück

ROMAN

 aufbau taschenbuch

MIX
Papier | Fördert
gute Waldnutzung
FSC® C083411

ISBN 978-3-7466-4194-2

Aufbau Taschenbuch ist eine Marke
der Aufbau Verlage GmbH & Co. KG

1. Auflage 2025
© Aufbau Verlage GmbH & Co. KG, Berlin 2024
www.aufbau-verlage.de
10969 Berlin, Prinzenstraße 85
Der Verlag behält sich das Text- und Data-Mining
nach § 44b UrhG vor, was hiermit Dritten ohne Zustimmung
des Verlages untersagt ist.
Bei Fragen zur Sicherheit unserer Produkte wenden Sie sich bitte
an produktsicherheit@aufbau-verlage.de.
Umschlaggestaltung und Motiv www.buerosued.de, München
Satz LVD GmbH, Berlin
Druck und Binden CPI books GmbH, Leck, Germany

Printed in Germany

Prolog

Ich bin Karla.

Noch weiß ich, wer ich bin.

Weiß ich, wer ich dann sein werde?

Bin ich noch ich, wenn ich mich selbst nicht mehr erkenne?

Was mich jetzt ausmacht, ist nicht meine Hülle, nicht mein Name, nicht mein Haus, in dem ich wohne, nichts von dem, was andere in mir sehen. Ich bin nicht die Nachbarin, nicht die alte Dame mit den Einkäufen, nicht die Pensionärin mit den Urkunden. Ich bin mein Denken, mein Geist, mein Kopf. Und gerade dieser droht mich zu verlassen. Wenn ich nicht mehr denken kann, bin ich nicht mehr ich.

Wenn ich nicht mehr denken kann, will ich nicht mehr sein.

1

Der Sturm hatte zugenommen, und die Böen rüttelten an dem Dach. Irgendein Fensterladen im oberen Stockwerk klapperte, aber obwohl Ella schon alle Fenster kontrolliert hatte, hatte sie nicht herausfinden können, welcher es war. Sie lauschte dem Regen, der gegen die Wetterseite des Hauses peitschte, und dem Rauschen der Baumwipfel, die sich unter dem Druck des Sturmes bogen. Sie würde ihre regenfeste Jacke und die Gummistiefel benötigen, um wenigstens einigermaßen trocken zu bleiben, wenn sie die Fensterläden von außen auf dieses irritierend hartnäckige Geräusch überprüfte. Dann verwarf sie diesen Gedanken jedoch wieder. Wäre Balou nicht gewesen, der völlig entspannt vor dem Kaminfeuer lag und schlief, hätte Ella sich vielleicht anders entschieden, auch wenn die Reparatur eines losen Scharniers bei diesem Wetter sowieso kaum machbar war. Die regelmäßigen, vom Sturm völlig unbeeindruckten Atemzüge ihres Hundes und sein leises Schnarchen strahlten jedoch eine solche Ruhe aus, dass sie das Toben des Unwetters draußen und den Frieden im Innern des Hauses fast schon genoss.

Eine Weile stand sie am Küchenfenster und suchte mit den Augen nach auftauchenden Scheinwerfern in der pechschwarzen Nacht. Im Grunde wusste sie jedoch, dass Carl nicht kommen würde. Also trug sie den vorbereiteten Imbiss ins Wohnzimmer und machte es sich neben Balou vor dem Kamin gemütlich. Besorgt hob der Hund den Kopf und sah Ella fragend an, die ihn beruhigend tätschelte.

»Alles in Ordnung, Dicker, schlaf weiter! Wir beide brauchen keinen Dritten, um uns den Abend nett zu machen, nicht wahr?«

Als hätte er jedes Wort verstanden, klopfte Balou mit seinem Schwanz zustimmend auf den flauschigen Teppich und legte dann seine weiche Schnauze wieder zwischen den großen Vorderpfoten ab, um weiter seinen Träumen nachzuhängen.

Ella machte sich über das Essen her, lauschte dem wütenden Sturm, der um ihr Waldhaus tobte, und beobachtete das Feuer im Kamin, das sich durch die dicken Buchenstämme fraß und für wohlige Wärme sorgte.

Es war noch nicht so lange her, da hätte es ihr gründlich die Laune verdorben, mal wieder vergeblich auf Carl zu warten. Mal wieder zu erkennen, dass sein Versprechen, sich ganz bestimmt am Abend für sie Zeit zu nehmen, nichts wert gewesen war. Und dann hätte sie ihre Enttäuschung mit dem schweren Rotwein, von dem Carl zwei, drei Kisten in ihrem Abstellraum deponiert hatte, ertränkt. Zum einen mit dem lächerlichen Gedanken, ihn für seine wiederholte Abwesenheit zu bestrafen, indem sie seine Vorräte vernichtete, zum anderen, um den bohrenden Schmerz der Enttäuschung nicht mehr spüren zu müssen. Aber mittlerweile war sie erschreckend abgebrüht, und die Frage, ob es nicht an der Zeit sei, diese Affäre, die ihr so wenig Genuss und so viel Frust brachte, zu beenden, nahm immer mehr Raum in ihrem Denken und Fühlen ein.

Wie oft hatte sie schon hier gesessen und auf ihn und den unvergesslichen Abend in einer anderen Stadt gewartet, den er ihr versprochen hatte? Einer Stadt, die natürlich weit genug fort war von eventuell bekannten oder gar befreundeten Menschen, die man sonst Gefahr lief zu treffen. Wie oft hatte sie schon den kleinen Koffer für ein lang ersehntes Wochenende gepackt, nur um erneut versetzt zu werden, abgespeist mit fragwürdigen Ausreden, der Job, du weißt ja, meine Frau, es ging nicht anders, bla, bla, bla …

War das nicht genau die Rolle, die Ella nie hatte spielen wollen? Die der wartenden und sich sehnenden Frau, die sich zum Spielball eines Mannes machte, der doch sowieso immer nur rücksichtslos seinen eigenen Interessen folgte. Die sich abhängig machte von seinen selbstsüchtigen und egozentrischen Entscheidungen. Die sich bemühte, ihr Leben diesen Entscheidungen anzupassen.

Aber immer gerade dann, wenn sie sich ganz sicher war, dass sie sich trennen musste, hatten sich unweigerlich die schönen Dinge ins Bild gedrängt, die Carl und sie teilten: die langen Spaziergänge mit Balou, die Gespräche, in denen sie sich die Köpfe über alle möglichen Themen heißreden konnten, die Liebe, mit der er sie überschütten konnte, wenn er es wollte, und die sie immer noch schwindlig machte.

Doch heute war nicht der Abend, um Entscheidungen zu treffen, heute war ein Abend zum Genießen. Und wenn der Herr es vorzog, nicht daran teilhaben zu wollen, dann würde Ella dies allein tun. Sie zog den Stecker des Festnetztelefons aus der Buchse, machte ihr Handy aus und legte leisen Blues auf.

Scheiß auf die Männer, sie hatte es immer gewusst. Männer dachten nur an sich. Ihr Vater, Leonies Erzeuger, die paar Exemplare, die Ella in ihr Leben gelassen und wieder hinausgeworfen hatte – einer wie der andere waren sie egoistisch und selbstherrlich. Hatte sie nicht allen Grund, ganz allein für sich glücklich zu sein? Nachdenklich nippte sie an ihrem Rotwein. Von hier aus konnte sie in die halboffene Wohnküche sehen, die nur von zwei Kerzen in den Fenstern schwach erleuchtet war, so wie sie es aus einem Märchen kannte, das ihr Vater ihr als Kind vorgelesen hatte. Dort hieß es, dass man ein Licht in das Küchenfenster stellte, um den Heimkommenden den Weg zu leuchten. Ella hatte damals ihre Mutter gefragt, warum sie das nicht auch für Papa machten, dann würde er bestimmt öfter nach Hause kommen. Doch ihre Mutter hatte sich ihrem fragenden Blick entzogen und schulterzuckend geantwortet, dass ihm ein Licht im Küchenfenster des sechsten Stocks einer Hochhaussiedlung wohl kaum vom Meer heimleuchten würde. Diese nüchterne Erklärung hatte weder den kindlichen Glauben an die Zauberkraft des Lichts noch die Geborgenheit, die darin lag, zerstören können, aber schließlich hatte Ella sich dem Sicherheitsbedürfnis ihrer Mutter gefügt. Vermutlich hatte sie recht – die Gefahr, ihre Wohnung in Brand zu setzen, war um einiges größer als die Chance, ihren Vater früher als im Sommer nach Hause zu lotsen.

Inzwischen fuhr ihr Vater schon lange nicht mehr zur See, und ihre Sehnsucht nach ihm war vor noch viel längerer Zeit erloschen. Der Zauber des märchenhaften Lichts jedoch war über all die Jahre seit ihrer Kindheit geblieben, und seit Leonie fort war, hatte Ella sich erinnert und begonnen, die Kerzen für ihre Tochter ins Fenster zu stellen. Musste ja keiner wissen, dass sie ihre Hoffnung an so einen irgendwie albernen Aberglauben hängte.

Von der Küche ging ein offener Durchgang in ihr Arbeitszimmer. Nur die Türen zum Bad und zur Toilette hatte sie behalten, abgeschliffen, neu lackiert und mit alten Türdrückern vom Flohmarkt versehen. In ihrem Wohnbereich hingegen gaben Offenheit und Freizügigkeit dem kleinen Häuschen eine gewisse Weitläufigkeit, und da außer Balou und ihr sowieso keiner mehr hier wohnte, war auch keiner da, vor dem man sich hätte zurückziehen oder eine Tür schließen müssen.

Im Arbeitszimmer brannte die Schreibtischlampe und erinnerte sie an den Text, der auf ihre Überarbeitung wartete. Sie hatte sich diese Arbeit für heute vorgenommen, spätestens am Montag musste das Ergebnis in der Redaktion vorliegen. Aber der Nachmittag mit Balou im Wald war schnell vergangen und hatte sie so von der anstrengenden Arbeitswoche und ihrem Vormittagsbesuch im Heim heruntergeholt, dass sie tatsächlich nicht mehr als genau das geschafft hatte: das Anschalten der Lampe. Nun, morgen würde sie genug Zeit haben, sich hinzusetzen und zu arbeiten.

Auch das Wohnzimmer war nur spärlich von ein paar Kerzen beleuchtet, und das Feuer spielte sein Flammenspiel auf den Bildern an der Wand und spiegelte sich in der Sammlung der alten Gläser im Regal. Jedes Teil hier hatte seine Geschichte, nicht die vergangener Generationen, kein Erbteil, aber kleine Erinnerungen an Erlebnisse und Begebenheiten. Dieses Glas aus Berlin hatte Leonie auf einem Flohmarkt gefunden, das dort war aus Florenz, Leonie war noch ganz klein gewesen, diese beiden hier aus Schweden hatte ihr ihre Tochter aus dem letzten Urlaub mit Freunden mitgebracht, bevor sie abgereist war.

Balou jaulte kurz auf im Schlaf und zuckte, dann verlor er sich wieder in seinen Träumen. Draußen rauschte der Regen in unverminderter Heftigkeit weiter, und Ella schenkte sich noch ein wenig Rotwein nach. Ob Balou das Mädchen genauso vermisste wie sie?

Ella stand auf und brachte die Reste des Essens in die Küche. Wie konnte Leonie nur so rücksichtslos sein, einfach abzuhauen und alle hier allein und mit Angst und Sorge um sie zurückzulassen? Mit einem plötzlichen Anflug von Wut knallte sie die Tür des Vorratsschrankes zu. Erschrocken hob Balou den Kopf und bellte, dann sprang er auf und torkelte schlaftrunken auf sie zu. Am liebsten hätte Ella die Schranktür noch ein paarmal aufgerissen und wieder zugeschlagen – Lärm konnte manchmal ein gutes Ventil sein –, aber ihr Hund würde völlig ausflippen, und das wollte sie ihm und sich nicht antun. Also zwang sie sich, ihre Gedanken auf etwas anderes zu lenken, und blieb dabei am heutigen Vormittag hängen.

2

Ella hatte ihren Vater besucht, und es war mal wieder ein unerquickliches Aufeinandertreffen gewesen. Er hatte von Ella keine Notiz genommen, und sie fragte sich nicht zum ersten Mal, warum sie eigentlich regelmäßig zu ihm fuhr. In dieser Zeit hätte sie den Artikel fertig schreiben und mindestens einen weiteren Auftrag beginnen, ihre Küche putzen oder auf den Markt gehen können.

Es gab jedoch auch andere Tage. Tage, an denen sie auf seinem Gesicht ein Lächeln entdecken konnte. Tage, an denen er sie wenigstens ansah, wenn auch offenbar, ohne sie irgendwo einordnen zu können. Tage, an denen sie das Gefühl hatte, ihn irgendwie erreichen zu können.

Nun, so ein Tag war heute nicht gewesen, und auch wenn ihre Beziehung zu dem alten Mann schon lange nicht mehr von Wärme oder Liebe geprägt war, hingen gerade solche Besuche immer schwer wie Blei an ihrer Seele. Wäre es ihm leichter gefallen, sie zu erkennen, wenn sie in den letzten Jahren mehr Kontakt miteinander gehabt hätten? Wusste er überhaupt noch, dass er eine Tochter hatte? Hatte er sich in seinen Gedanken mit ihr beschäftigt, als er diese noch unter Kontrolle gehabt hatte, seine Erinnerungen noch funktionierten? Oder hatte er sie aus seinem Alltag genauso ausgeklammert, wie seine Tochter es mit ihm über so viele Jahre gemacht hatte?

Ella wechselte die CD. Sie musste diesem Gedankenkarussell entkommen. Wenn bloß das Wetter weniger unheimlich wäre, dann würde sie sich und ihren Hund in die Dunkelheit hinausschicken, um den Kopf freizubekommen. So aber saß sie vom Unwetter gefangen in ihren eigenen Räumen fest und war ihren dunklen Gedanken ausgeliefert.

Auf einmal hatte ihr Haus gar nichts Gemütliches mehr, es machte mit den Gespenstern streiterfüllter Abende, ihrer sich in der Fremde aufhaltenden Tochter, vor allem aber mit dem dementen Vater, ihrem schlechten Gewissen und dem verdammten Pflichtgefühl gemeinsame Sache und schnürte ihr die Luft ab.

Das kleine Flurfenster war das einzige, das sie sich traute zu öffnen. Sie riss es auf und atmete tief die nach feuchter Erde und Waldlaub riechende Regenluft ein. Nach einer Weile beruhigte sich ihr Herzschlag. Vorsichtig erlaubte sie ihren Gedanken noch einmal, sich mit ihrem Vater zu beschäftigen. Ja, hier am offenen Fenster ging das ganz gut, und während ihre Blicke durch die Dunkelheit wanderten, waren die Gefühle, die sie ihrem Vater entgegenbrachte, nicht mehr ganz so beklemmend und erdrückend.

Sie fuhr regelmäßig zu ihm, um sich zu ihm zu setzen. Meist vergeblich versuchte sie, Kontakt zu ihm aufzunehmen und nicht mit sich, seinem und ihrem eigenen Schicksal zu hadern. Sie redete mit ihm, aber er schien ihr nicht zuzuhören. Manchmal, wenn sie seine

Hand nahm, schreckte er zurück, als berühre ihn etwas Unangenehmes. Seine Blicke verloren sich oft in der Ferne, nur manchmal waren ein paar leise zusammenhanglose Worte aus seinem Mund zu hören.

Es war dem Team der Schwestern und Pfleger anzurechnen, die ihr immer wieder Mut machten, konsequent an den Besuchen festzuhalten. Selbst wenn er sie nicht als seine Tochter erkenne, so hatten sie ihr wiederholt erklärt, spüre er, dass jemand bei ihm sei, ihm Aufmerksamkeit schenke und sich mit ihm beschäftige.

Dann könnte sie ja auch jeden anderen hier in der Gruppe besuchen, der Effekt sei dann ja der gleiche, hatte Ella daraufhin nicht ohne Bitterkeit geantwortet. Ja, hatte die Schwester entwaffnend gelächelt und dabei den Schmerz in Ellas Stimme ignoriert, das stimme und das solle Ella gern tun. Alle Menschen, die hier wohnten, freuten sich über menschliche Zuwendung.

Tatsächlich reagierten nicht alle Mitglieder der Demenzgruppe so apathisch wie Ellas Vater. Einige erkannten und begrüßten sie, eine Dame kam häufig gleich auf Ella zu, nahm ihr Gesicht in beide Hände und gurrte: »So schöne Augen. Ach, so schöne Augen!«

Ella war diese unmittelbare und aufdringliche Nähe unangenehm, aber sie lernte mit der Zeit, sich vorsichtig aus den Umarmungen zu lösen, ohne die alte Frau zu brüskieren. Manchmal kam auch jemand vom Pflegepersonal zu Hilfe und lenkte die Dame, die so beängstigend in Ella verliebt war, ab.

Nach einigen Wochen hatte Ella dem Pflegepersonal vorgeschlagen, sie könne der Gruppe etwas vorlesen, und so versuchte man, eine regelmäßige Lesezeit einzuführen. Der Effekt war, zumindest Ellas Meinung nach, jedoch nur mäßig gewesen. Ihr Vater war mitten in der kleinen Geschichte aufgestanden und gegangen, zwei Damen waren eingeschlafen, und eine weitere Frau hatte angefangen, mit dem Löffel gegen die Kaffeetasse zu schlagen. Ella hatte schon entnervt aufgeben wollen, als sie in einer Bücherei auf einen Gedichtband von Rilke gestoßen war. An dem Nachmittag, an dem sie aus diesem Bändchen Gedichte vorlas, hatte sie zumindest die Aufmerksamkeit einer Dame erreicht. Sie hieß Karla. Karla, die immer in ihrem Sessel gesessen und aus dem Fenster geschaut hatte. Karla, die immer mit ihren Gedanken ganz weit weg zu sein schien. Karla, die hier noch niemand hatte sprechen hören.

»Wer nahm das Rosa an?
Wer wusste auch, dass es sich sammelte in diesen Dolden?«

Mit einem Mal horchte Karla auf, löste den Blick vom Garten, den sie trancegleich unablässig betrachtete, und suchte den Raum nach der Stimme ab, die jene Worte rezitierte, die etwas in ihr zum Klingen brachten. Etwas Vergessenes, längst begraben, unter vielen Schichten der Erlebnisse nachfolgender Jahre. Etwas Verschüttetes, das aber nicht verloren war und das sich kostbar anfühlte.

»Wie Dinge unter Gold, die sich entgolden,
entröten sie sich sanft, wie im Gebrauch.«

Sie suchte, fand Ellas Blick und lauschte dem Gedicht andächtig. Dann drehte sie den Kopf wieder dem Fenster zu. Als sich ihr Blick in der Weite des Gartens verlor, hüllte sie der trancegleiche Zustand erneut wie ein zarter, aber dicht gewebter Nebel ein.

Nicht nur Ella war aufgefallen, was sich da für wenige Momente ereignet und ihr fast den Atem genommen hatte. Die Schwestern und Pfleger hatten sich gegenseitig angestupst und mit dem Kinn zu Karla hingezeigt. Alle waren offensichtlich fasziniert von dem, was sie für wenige Momente hatten beobachten dürfen.

3

Als Karla starb, war sie 89 Jahre alt.

Sie starb allein. Allein und einsam.

Nicht, weil sich keiner um sie gekümmert hätte. Neben einem Team von Schwestern, Pflegern und Ärzten gab es sogar ein paar Ehrenamtliche, die gern nach ihr schauten. Es gab genug Angehörige, die ihre Besuche in dem Pflegeheim dazu nutzten, sich nicht nur um ihre Familienmitglieder, sondern auch um andere Bewohner zu kümmern. Sie lasen ihnen vor, sangen mit ihnen oder versorgten sie mit selbst gebackenem Kuchen. Das taten sie nicht nur, um diesen Menschen, sondern auch ihrem eigenen schlechten Gewissen ein wenig Linderung zu verschaffen. Und dem beklemmenden Gefühl, das sich unweigerlich beim Betreten der Räumlichkeiten einstellte, wenn man den hoch vergitterten Gartenzaun und die abgeschlossenen Türen und Fenstergriffe bemerkte oder den schalen Geruch nach Essen, frisch gekochtem Kaffee, Desinfektionsmittel und Urin einatmete.

Karla, die die letzten achtzehn Monate ihres Lebens hier verbracht hatte, starb allein und einsam, weil sie die Wärme, die man ihr entgegengebracht hatte, kaum noch hatte spüren können. Zwar hatte sie die Berührungen und freundlichen Zuwendungen fühlen können, war aber selten in der Lage gewesen, sich ein wenig dieser Wärme zu erhalten. Sie konnte ihr zuweilen in ihren Gedanken nachspüren, so lange, bis sie sich langsam und unmerklich auflöste und bald wieder ganz verschwunden war.

Das Vergessen hatte sie in viel stärkerer Weise in seinen Bann gezogen, als sie es befürchtet hatte. Über die Jahre hatte sie sich selbst beobachtet und kontrolliert. Hatte dem Vergessen aufgelauert wie der kleinen getigerten Katze, die streunend und auf verschlungenen Wegen auf ihrer Terrasse vorbeigeschaut hatte, um sich ein paar Leckereien abzuholen. Wie dieses verwilderte Tier war das Vergessen manchmal unvorhersehbar, überraschend da gewesen, um dann genauso schnell wieder zu verschwinden. Also hatte Karla begonnen, es hinter jeder Ecke zu vermuten, es manchmal sogar zu suchen, ihren Geist abzutasten, so wie sie den Garten mit ihren Augen nach der Katze absuchte, und es hatte über die Zeit eine feste Größe in ihrem Denken und Fühlen eingenommen. Sie hatte gewusst, dass es da war, aber es hatte Phasen gegeben, in denen sie das Vergessen komplett hatte verdrängen können. Dann musste sie sich für einen Moment nicht damit auseinandersetzen, ob es schon mehr und größer geworden war, oder sich gar ausmalen, das Vergessen könnte einmal so übermächtig werden, dass sie es ganz und gar einhüllen würde.

Über die Zeit und in fast unmerklichem Tempo war dann doch und ohne dass Karla etwas dagegen hätte tun können, in ihrem Kopf ein zähflüssiger Nebel entstanden, den keine Bewegung hatte zerreißen können und der sie allein hatte sterben lassen.

Einsam und allein.

Seit sie mit dem Gedicht offenbar eine Saite in Karlas Kopf zum Klingen gebracht hatte, hatte Ella nicht nur ihren Vater besucht, sondern auch diese alte Dame, von der sie nichts weiter wusste, als dass sie offenbar eine besondere Liebe zu den Zeilen Rilkes empfand. Immer wieder hatte sie versucht, den Nebel, der Karla umgab, mit Versen zu verscheuchen, aber es schien nur dieses eine Gedicht zu sein, mit dem sie Karla ab und zu erreichen konnte. Und sie erntete nie mehr als eine leise Regung in ihren Zügen, den Blick, der sich kurz vom Garten löste. Aber das war immerhin etwas. Wie gern hätte Ella einen solchen Schlüssel für das verborgene Innere ihres Vaters gefunden, hätte sie gewusst, welche Worte in seinem Herzen etwas bewegen würden. Denn keines schien ihn je zu erreichen.

Karla hatte trotz ihres geistigen Zustandes immer eine ganz besondere Würde ausgestrahlt, und wenn sie am Fenster gesessen und hinausgeblickt hatte – und sie hatte fast immer in diesem Lehnsessel am Fenster gesessen und hinausgeblickt –, hatte es ausgesehen, als würde sie schweigend auf etwas oder jemanden warten, der von dort draußen käme, um sie mitzunehmen. Sie hatte stets Distanz zu den anderen Menschen in ihrer Gruppe gehalten, ohne jedoch Arroganz, Missbilligung oder Unwillen auszustrahlen. Zu den Mahlzeiten hatte sie jemand abgeholt und an den Tisch begleitet, wo sie sich stets bemüht hatte, allein und selbstständig zu essen. Jede Ansprache, jede leere Worthülse, um zu erfragen, wie es uns denn heute ginge und ob Karla denn fein geschlafen habe, jede dieser leichten Unterhaltungen, die dazu hatten dienen sollen, eine fürsorgliche Verbindung entstehen zu lassen, hatte Karla jedoch ignoriert. Die Versuche, sie in die Beschäftigungstherapien zum Erhalt des geistigen Niveaus der Bewohner einzubinden, waren an ihr abgeperlt wie der Regen an der Scheibe ihres Fensters zum Garten. Kein kollektives Kartoffelschälen, kein gemeinsames Liedersingen, keine stimmungsvollen Abende hatten Karla je dazu bringen können, ihren Sessel und den Ausblick ins Grüne und zum Ausgangstor zu verlassen. Nach jeder Mahlzeit hatte sie sich ihren Mund abgetupft, ein wenig zittrig und unsicher, aber stets mit der gleichen Entschlossenheit, hatte ihren Tischnachbarinnen freundlich zugenickt und war zu ihrem Sessel gegangen, den sie erst wieder zur nächsten Mahlzeit, zum Gang auf die Toilette oder zum Schlafengehen verlassen würde.

Eines Tages, als Ella ihren Vater schlafend vorgefunden und nicht recht gewusst hatte, was sie mit ihrer Zeit bis zu seinem Aufwachen anfangen sollte, hatte sie sich zu Karla ans Fenster gesetzt und mit ihr gemeinsam rausgeschaut. Und ohne dass sie auch nur ein einziges Wort gewechselt hätten, hatte sich eine seltsame Ruhe über Ella gelegt, als wäre sie von der würdevollen und ruhigen Ausstrahlung Karlas angesteckt worden. Später hatte ihr eine der Pflegerinnen, die beobachtet hatte, wie sich

diese Begegnung zwischen den beiden Frauen wieder-
holte, beiläufig erzählt, die Nähe der jüngeren Frau täte
Karla gut. Verwundert hatte Ella sie angeschaut und die
Pflegerin erklärt: »Karla lächelt, wenn sie Ihnen auf dem
Weg durch den Garten zum Tor nachschaut.«

»Sie lächelt nie, wenn ich bei ihr sitze!«, hatte sie ge-
staunt.

»Vielleicht doch.« Die Pflegerin hatte einen Moment
beim Abtrocknen des großen Kuchentellers innegehal-
ten und zu Karla hinübergeschaut, die in ihrem Sessel,
die leicht zittrigen Hände im Schoß gefaltet, draußen die
Vögel beobachtete, die die Kuchenkrümel der ausge-
schütteten Tischdecken aufpickten. »Vielleicht sehen
wir ihr Lächeln nur nicht.«

4

Ella war so tief in die Gedanken an die Geschehnisse im Heim versunken gewesen, dass sie gar nicht bemerkt hatte, wie sie vor Kälte zitterte. Die Feuchtigkeit war durch das kleine geöffnete Fenster in ihr Gesicht geweht, und was eben noch erfrischende Erleichterung gewesen war, wurde nun zu einem eisigen Film auf ihrer Haut.

Das Feuer im Kamin war heruntergebrannt und fast erloschen. Balou stupste sie mit seiner feuchten Nase an.

Ella stand auf. »Nein, mein Alter, vergiss es! Ich komme nicht mit raus in dieses gruselige Wetter. Aber wenn du willst – bitte!« Sie öffnete die Haustür, die der Sturm ihr fast aus der Hand riss.

Balou schaute sie fragend an.

»Du kannst es auch gern an der Hintertür versuchen, falls du glaubst, das Wetter sei dort besser«, lachte Ella, dann schob sie den großen Hund in den Regen. »Los, mach schon und beeil dich!«

Tatsächlich war Balou ziemlich schnell wieder da, und sie bezweifelte, dass er seine Blase wirklich entleert hatte. Zumindest hatten die paar Sekunden gereicht, um ihn so zu durchnässen, dass er gleich in der Küche ansetzte, sich zu schütteln.

»Untersteh dich!«, rief Ella und warf ihm eins der alten Handtücher über, die sie für die Abwehr seiner

Spritzattacken bereithielt. Sie rubbelte das dichte Fell ordentlich ab, wischte Balou den Schlamm aus den Zotteln an den Füßen und schickte ihn wieder auf seinen Platz vor dem Kamin. »Los, du Monster, ab mit dir. Ich muss hier erst mal alles trockenlegen!«

Gehorsam trottete Balou davon.

Als Ella die nach nassem Hund riechenden Handtücher in die Wäsche getan und in den Abstellraum gegangen war, um einen frischen Stapel alte Lappen zu holen, stolperte sie fast über den alten Koffer.

Eines Tages war Karla plötzlich nicht mehr da gewesen. Ihren Sessel leer zu sehen, hatte Ella erschüttert. Sie hatte sich mehr und mehr zu ihr hingezogen gefühlt und ihr ruhiges Schweigen als so selbstverständlich hingenommen, dass sie darüber völlig das Alter und die damit einhergehende Vergänglichkeit des Lebens vergessen hatte.

Bei der Beisetzung waren außer ihr nur wenige Menschen gewesen, einige Gesichter kannte sie aus dem Heim.

Kurz darauf sprach eine der Pflegerinnen Ella an. Sie war verlegen, wusste offenbar nicht recht, wie sie das Gespräch beginnen sollte. Ihr Blick ging zu dem leeren Sessel, der noch von keinem der Heimbewohner übernommen worden war, fast so, als ob der Geist von Karla dort säße.

»Ella – ich darf Sie doch Ella nennen, ja? Ella, wir haben die Sachen von Frau Basler zusammengepackt, aber … Wir wissen nicht, was wir damit machen sollen.« Sie brach ab und wischte sich über die Augen. Sentimentalität gehörte nicht zum Alltag eines Pflegeheims, aber offenbar vermisste die Schwester Karla und ihre Besonderheit.

Ella wartete darauf, dass sie weitersprach.

Die Schwester zögerte, als suche sie nach den richtigen Worten.

»Da muss es doch eine übliche Handhabung geben, was mit dem Nachlass passiert«, half Ella. »Hatte Karla ... Hatte Frau Basler keine Familie?«

»Nein, keine Angehörigen, niemanden. Oder zumindest keine, die wir erreichen konnten. Traurig, oder?« Jetzt löste die Pflegerin den Blick von Karlas Sessel und schaute Ella an, als habe sie gerade eine Entscheidung getroffen. »Es geht natürlich nicht um die Kleidung oder die Wertsachen. Da gibt es klare Vorschriften. Aber da ist noch ein Koffer mit Papieren. Ich habe Frau Basler ab und zu beobachtet, wie sie darin gestöbert hat, vor dem Schlafengehen. Es sind Dokumente, Briefe, Handgeschriebenes. Vieles kann ich nicht lesen, weil es noch in dieser alten Schrift geschrieben ist ...« Ihre Stimme verlor sich erneut in Überlegungen. »Ella, ich möchte Sie damit nicht belasten, aber ich bringe es einfach nicht übers Herz, das alles zu vernichten. Ich habe gehört, Sie sind Journalistin. Vielleicht haben Sie ja Interesse, da wenigstens mal durchzuschauen. Und wenn es alles wertloser Kram ist, können Sie es immer noch wegschmeißen.«

Ella hatte sich ziemlich überrumpelt gefühlt, aber den Vorschlag spontan abzuweisen, schien ihr in Anbetracht der vielen Gedanken, die sich die Pflegerin offenbar gemacht hatte, unpassend. Oft genug hatte sie die Frauen und Männer, die sich um das Wohl der Alten und Verwirrten hier kümmerten, beobachtet. Oft genug war sie tief beeindruckt von der Menschlichkeit und Wärme, die sie trotz des anstrengenden Jobs aufbrachten, der unendlichen Geduld, Ruhe und Kraft, die sie ausstrahlten.

Also hatte Ella den Koffer mitgenommen und zu Hause in den Abstellraum gestellt. Mit der Zeit waren mehrere leere Pappkartons, zwei Rollen Geschenkpapier und einige unbenutzte Plastiktüten darauf gelandet und der Koffer nach und nach aus ihrem Blickfeld verschwunden. Sie hatte ihn nicht wirklich vergessen, die Hemmschwelle, in den persönlichen Dingen eines fremden Menschen herumzuwühlen, war jedoch zu groß gewesen, um den Inhalt näher zu untersuchen. Sie war der Schicht aus Staub und abgelegten Gegenständen, die den Koffer immer mehr bedeckten, nahezu dankbar gewesen, als würden sie ihr Zögern als richtig bestätigen. »Lass die Toten ruhen«, war ihr mehr als einmal in den Sinn gekommen, wenn sie an den Nachlass hatte denken müssen.

5

Heute Abend jedoch schob sich die alte Dame nach so vielen Wochen mit einer Vehemenz in ihre Gedanken, dass Ella eine Art journalistische Neugierde packte. Sie störte ja keine Totenruhe, sondern konnte vielleicht sogar das Gedenken an die Frau erhalten, dachte Ella nun. Es lag in ihrer Hand, ob sie aus dem Öffnen des Koffers eine distanzierte Betrachtung eines Nachlasses, ein gieriges würdeloses Stöbern oder gar eine Art Grabschändung machte.

Also wischte sie den Staub vom Koffer und schleppte ihn ins Wohnzimmer.

»Dokumente, Briefe, Handgeschriebenes ...«

Vorsichtig öffnete Ella den Koffer. Ein leicht muffig staubiger Geruch kam ihr entgegen, als sei der Inhalt nicht, wie von der Schwester erzählt, vor Kurzem immer wieder durchgesehen worden, sondern würde schon jahrelang dort verschlossen warten. In völligem Durcheinander lagen lose Zettel, Gedrucktes, Briefe und Fotos herum, und es sah so aus, als habe jemand irgendwann mal allen Inhalt dieses Koffers ausgekippt und dann lieblos wieder zurückgeschmissen. Oder war alles durcheinandergeraten, weil sie, Ella, den Koffer erst ins Auto gelegt, ihn ein paar Tage mit sich herumgefahren und dann ohne große Sorgfalt fortgestellt hatte?

Wahllos griff sie in das Durcheinander und holte ein Foto hervor – schwarz-weiß, eine Gruppe Frauen rund um einen Konferenztisch. Alle adrett im Kostüm. Die dort rechts, das könnte Karla gewesen sein, die Ähnlichkeit war unverkennbar. Ella drehte das Foto um, schade, keinerlei Notiz auf der Rückseite, nicht mal eine Jahreszahl.

Und dies hier: derbes Briefpapier mit dem eingedruckten Kopf *Forsthaus Eichbrink – Hermann und Käthe Basler*. Darunter in betont deutlicher Handschrift:

4. August 1927

Mein kleines Mädchen,

von ganzem Herzen gratulieren wir dir alle zu deinem dritten Geburtstag. Ist es nicht seltsam – eben warst du noch bei uns, und nicht du und nicht ich konnten uns vorstellen, dass ein anderes Haus dein Zuhause werden würde. Und so ist mir auch zugegebenermaßen das Herze recht schwer und fehlt dein fröhliches Lachen in unseren Räumen.

Gewiss aber hast du in deinen Cousinen bereits Freundinnen gefunden, und das hübsche helle Zimmer mit den Puppen ist dir ein heimeliger Ort. Tante Gerda berichtete mir, dass du sehr tapfer bei eurem Arztbesuch der vergangenen Woche warst, und ich bin sehr stolz auf dich!

Ich nehme dich in den Arm und habe dich lieb,

dein Papa!

Ein Stapel Zeugnisse, ausgestellt von einer Akademie der Erwachsenenbildung über die Leistungen des Fräulein Karla Magdalena Basler.

Ein Impfausweis.

Eine Freischwimmerurkunde.

Ein Poesiealbum.

Und nun? Ella hatte sich noch nicht einmal entscheiden können, wie sie mit den persönlichen Dingen aus dem Nachlass ihrer Mutter verfahren sollte – all die Fotoalben mit den vergilbten Gesichtern von Menschen, an die sie sich kaum erinnern konnte. Auch die Schallplattensammlung ihres Vaters stand auf dem Dachboden ihres kleinen Hauses. Sie hatte es nicht übers Herz gebracht, etwas wegzuschmeißen, wonach er ja rein theoretisch noch hätte fragen können. Und nun hatte sie auch noch diesen Koffer völligen Chaos vor sich, der Ausschnitte aus dem Leben einer Frau widerspiegelte, mit der sie nicht mal ein Wort gewechselt hatte.

Ella nahm sich das Poesiealbum vor – fast alles war von Hand in Sütterlin geschrieben und damit größtenteils nicht entzifferbar. Und hier diese Zettel, lieblos und unachtsam von einem linierten Schreibblock abgerissen, eine Ecke oben rechts fehlte, und mit krickliger seltsamer Schrift stand da: *Hausschlüssel am Haken* und auf einem anderen *Polizei 110.* Und dort auf dem Zettel *Ich heiße Karla Basler* und dann immer wieder, als hätte die Hand versucht zu üben: *Karla – Karla – Karla …*

Ella räumte alles zurück in den Koffer und ließ den Deckel zufallen. Sie fühlte sich mit einem Mal völlig erschöpft und überfordert. Was für Quatsch, sich mit diesen Puzzlestücken eines ihr völlig fremden Lebens zu belasten! Irgendwann würde sie die paar erhaltenswerten Dinge wie das Poesiealbum aussortieren und den Rest fortschmeißen.

Es gab weiß Gott genug andere Dinge, um die sie sich kümmern musste.

6

In dieser Nacht schlief Ella schlecht; der Sturm rüttelte in unveränderter Kraft an ihrem Haus, und der klappernde Fensterladen trieb sie fast zum Wahnsinn. Erst in den Morgenstunden flaute das Unwetter ab. Die Wetterberuhigung brachte eine eisige Kälte mit sich, mit der keiner mehr gerechnet hatte. Eigentlich hatte sich die Natur auf Frühling eingestellt, die Sonne in den letzten Tagen bereits an Kraft gewonnen, und die ersten Frühblüher hatten sich hervorgewagt.

Für Ella und Balou war dieser junge Tag jedoch ein Geschenk: dem Hund, der ausgelassen durch das Unterholz tobte, schenkte er eine Fülle an neuen Gerüchen und vom Sturm durcheinandergewirbelte Dinge, die es genauestens zu untersuchen galt, und Ella die Energie, um nach einem emotionsgeladenen Abend mit Gedanken und Grübeleien und einer Nacht mit ebenso wirren Träumen den Kopf freizubekommen.

Erschöpft von der anstrengenden Nacht, ermattet vom Kampf gegen den Sturm lag der Wald vor Ellas Haus. Der Wald, der eigentlich Natur und Lebensfülle bedeutete, mit Geräuschen so vielfältig, dass man stehen bleiben und die Augen schließen wollte, um keines davon zu versäumen, war an diesem Morgen in seiner feuchten Winterlichkeit wie erstarrt. Die unendlich vielen zarten und im diffusen Sonnenlicht glänzenden Tröpfchen an den Zweigen warteten nicht, wie man es auf den ersten Blick vermutete, auf einen leisen Windhauch oder eine Erschütterung, Berührung, um abzufallen, sondern waren zu Eis gefroren. Doch nicht nur diese Tröpfchen waren unbeweglich, der ganze Wald verharrte in einer zauberhaften Stille, und Ella war versucht, ihren Hund zur Ordnung zu rufen, der als Einziger Geräusche verursachte und gegen die zarte, verzauberte Atmosphäre völlig immun war. Gegen den blassblauen Himmel eines Morgens, der sich noch nicht recht entschließen konnte, ob er sonnig oder grau werden wollte, zeichneten sich nadelfeine Verzweigungen der Birken ab, wie mit dünnstem Federstrich gemalt. Ein wenig darunter die Büsche, noch frei von allen Blättern, die Äste jedoch stärker, kräftiger und nicht so verzweigt, im Gegensatz zu den hängenden Birken aufrecht, sich dem kärglichen Licht entgegenstreckend. Im Unterholz graubrauner Farn und dichtes Laub. Dann eine Lichtung; statt trister Farben plötzlich ein goldfarbener Schimmer, wiedergegeben von gelbem Gras, das in dichten Büscheln auf der ungemähten Weide stand und feucht in der matten Sonne glänzte. Ein feiner Nebel lag über dem Bild und tauchte es in eine Atmosphäre der Unwirklichkeit. Der Geruch von Mist und Kühen lag in der Luft, und auch wenn Ella durch die Nebelschleier die dicken Leiber der langhaarigen zotteligen Wesen ausmachen konnte, die sich dort an dem Heustand drängten, so konnte ihr Verstand diese beiden Bilder kaum übereinbringen. Das Leben dort, nur wenige Meter entfernt, dampfend und vermutlich wiederkäuend und die endlose Stille und Bewegungslosigkeit des winterlichen Waldes drum herum – dieser Kontrast gab ihr das Gefühl, durch eine wunderbar echt erscheinende, aber eben nur künstliche Theaterkulisse zu gehen, die bei einer falschen Bewegung oder einem unangebracht lauten Geräusch einreißen oder umfallen würde, um dahinter endlose Leere preiszugeben.

In solchen Momenten wünschte sich Ella, sie könne malen, das Licht, die Atmosphäre in aller Vielfalt und Farbgebung festhalten, und es tröstete sie, in der glücklichen Lage zu sein, solche Bilder wenigstens mit Worten festhalten zu können.

Immer wieder faszinierte sie die Natur, in der sie seit einigen Jahren lebte, aufs Neue. Als ihre Mutter starb, hatten Leonie und sie vor der Entscheidung gestanden, was mit der kleinen Eigentumswohnung zu tun sei, die Ella nun offiziell geerbt, aber schon zu Lebzeiten ihrer Mutter selbst finanziert hatte. Einige Tage war sie wieder und wieder durch die kleine Wohnung gegangen, hatte sich hierhin und dorthin gesetzt. Auf den alten Küchenstuhl mit dem abgewetzten Sitzkissen. Auf den Rand des rechten Ehebettes, das ihre Mutter benutzt hatte, während das linke mit einer ergrauten und an vielen Stellen porös gewordenen Tagesdecke bedeckt war. Auf den Fernsehsessel mit dem Rotweinfleck auf der einen Lehne. Ihre Mutter hatte ein Tuch darübergedeckt, in Farbe und Material ursprünglich unpassend, über die Jahre jedoch so ausgeblichen und dünn geworden, als habe es sich der Umgebung angepasst. Ella hatte versucht sich vorzustellen, was aus diesen vier Wänden, die Mutters einziger Halt, ihre Festung waren, werden sollte. Aus dieser ihr typischen und eigenen Atmosphäre, die immer noch in Gardinen und Tapeten hing, gewebt aus etwas zu wenig Licht, etwas zu wenig Luft und etwas zu viel Stille.

Dass Ella mit ihrer halbwüchsigen Tochter hier einziehen würde, stand nicht zur Debatte. Die Lage war ungünstig, die Küche hätte komplett renoviert werden müssen, das Bad zeigte den Charme der Siebzigerjahre. Kognakbraune Fliesen mit überdimensionalem Blumenmuster. Hing ihr Herz daran? Wollte sie sich die Möglichkeit, diese Wohnung immer wieder betreten und das Bild ihrer Mutter darin heraufbeschwören zu können, erhalten? Nein, nicht mal für Leonie, die den Tod ihrer Oma betrauerte, obwohl diese sich nur wenig um sie gekümmert hatte, hatten diese vier Wände irgendeine emotionale Bedeutung.

Es war schwierig gewesen, einen Käufer zu finden. Der Renovierungsstau hatte seinen Tribut gefordert, und am Ende bekam Ella gerade so viel für die Wohnung, dass es nicht allzu sehr wehtat.

Bei einem Spaziergang waren sie kurz darauf über ein Häuschen am Waldrand gestolpert, wo ein ausgebliches-nes *Zu-verkaufen*-Schild im Vorgarten stand. Vorsichtig war Ella über den verwitterten Zaun gestiegen und hatte durch die Fenster geschaut. Küche, Bad, zwei Zimmer unten, zwei weitere oben. Das Dach würde neu gedeckt werden müssen, die Fenster an der Wetterseite sahen ziemlich marode aus. Der Garten wies noch Spuren einer Struktur auf und war sicherlich mal ein gepflegtes Fleckchen gewesen. Längst hatte jedoch Unkraut die Regie übernommen, der Wald seine Finger nach diesem Stück kultivierten Landes ausgestreckt und begonnen, es zurückzuerobern. Verwischte Grenzen, Eichensprösslinge zwischen ausgewucherten Blumen, Brennnesseln, die das Gartentor versperrten, Efeu, der begann, die Hauswand zu erklimmen. Und trotz des Verfalls schien dieses Häuschen mit seiner warmen dunkelgelben Farbe, seinen verwitterten, aber noch erkennbar weißen Fenstern, seinem schiefen Schuppen mit dem wilden zartblütigen Mohn davor in dem Moment, in dem sie es entdeckten, die Luft anzuhalten und ein leises Stoßgebet gen Himmel zu schicken. Ella machte sich lustig über Leonies Bemerkung, die Hütte habe etwas Märchenhaftes an sich, und schalt sich selbst als albern und bescheuert romantisch. Dennoch schrieb sie die Telefonnummer von dem Verkaufsschild ab.

Der Kauf und die Renovierung des Häuschens fraßen alle ihre Ersparnisse und den Erlös der mütterlichen Wohnung auf, aber Ella hatte es bis heute nicht eine Sekunde bereut, diesen Schritt getan zu haben. Die Freunde, die sie bei dem Umbau unterstützt hatten, so dass sie vieles allein machen und nur für einige wenige Dinge Handwerker beauftragen mussten, waren es dann auch gewesen, die ihr geraten hatten, sich gegen das Leben in dieser Einsamkeit zu wappnen.

»Ella, eins von beiden muss her – ein Mann oder ein Hund!«

Doch sie hatte bei solchen Ratschlägen ihre Tochter

an sich gezogen und gesagt: »Wir sind nicht allein, wir haben ja uns, und mehr brauchen wir nicht. Nicht wahr, Leonie?«

Hatte Leonie zu der Zeit schon ihre eigenen Gedanken zu ihrer Familienkonstellation gehabt? Ella versuchte sich zu erinnern, wie Leonie auf ihre Wir-zwei-sind-genug-Aussagen reagiert hatte, aber vermutlich hatte sie damals einfach nicht darauf geachtet. Ihre Tochter für selbstverständlich genommen. Vorausgesetzt, dass es für Leonie ebenso genügte, zu zweit zu sein, so wie es ihr genug war.

Doch mit dem Umzug und dem Ausmisten alter Sachen waren die Fragen gekommen. »Wie war das damals, Mama? Lass uns bitte die Fotos anschauen. Wo ist mein Vater auf diesen Bildern? Von wem habe ich diese Spieluhr bekommen? Und von wem den Teddy? Was hat mein Vater mir geschenkt?«

Nichts, gar nichts. Er hat sich nicht für dich interessiert, hatte Ella bitter gedacht, aber diese Gedanken natürlich für sich behalten.

7

Als Ella von ihrem langen Morgenspaziergang nach Hause kam und Balou sich auf sein Frühstück stürzte, als habe er seit Wochen nichts zu fressen bekommen, fiel ihr Blick wieder auf den Koffer mit den Papieren. Gestern noch war sie fast schon verärgert gewesen über die Zumutung der Altenpflegerin, hatte den Deckel des Koffers zufallen lassen, und als sie beim Aufräumen vor dem Zubettgehen dagegen gestoßen war, hatte sie ihn mit dem Fuß entnervt in die Ecke geschoben.

Über Nacht jedoch hatte sich etwas verändert. Die Neugierde überwog wieder, der muffig dumpfe Geruch, der sie gestern plötzlich angewidert hatte, erinnerte sie heute an die längst vergessenen Dachböden ihrer eigenen Großeltern. Geheimnisvolle Räume, die sie bei ihren seltenen Besuchen erkundet hatte, dichte Spinnweben, die in den Haaren kleben blieben, wenn man sich nicht vorsah, dunkle Ecken, in die wohl nie ein Licht dringen würde, aufgewirbelte Staubkörner, die in den Sonnenstrahlen tanzten, wenn sie durch feine kleine Ritzen im Dach schienen. Gemurmelte Stimmen, weit unten jenseits der schmalen Bodentreppe, klopfendes Kinderherz, gepackt von der Neugierde, der Gewissheit, hier ganz bestimmt einen bisher unentdeckten Schatz zu finden, und der Angst, bei den sicherlich verbotenen Stöbereien erwischt zu werden.

Und so schien ihr der Kofferinhalt, der sich da vor ihr im Tageslicht erneut ausbreitete, nicht mehr nur aus Papieren, Zettelchen und Fotos von Menschen, die sowieso keiner mehr kannte, zu bestehen, sondern der letzte wertvolle Überrest eines Lebens zu sein. Zeitzeugen in Papierform.

Was, wenn sie das Handgeschriebene entziffern und wieder lesbar machen, die Menschen auf den Fotos identifizieren, das Festgehaltene mit dieser Frau in eine Verbindung bringen konnte, die sie während der Begegnungen im Heim so fasziniert hatte? Würde sie herausfinden können, warum Karla nicht gesprochen hatte, ob das eine Laune der unberechenbaren geistigen Verwirrung war oder ob mehr dahintersteckte? Würde sie die Liebe zu Rainer Maria Rilkes Gedichten entschlüsseln können? Wer war Karla gewesen, was hatte sie gedacht, gefühlt, erlebt, erlitten? Würde der Inhalt dieses Koffers ausreichen, das herauszufinden?

Ella kochte sich eine frische Kanne Tee, aß während des Aufbrühens im Stehen hastig einen Toast und begann dann, den Koffer auszuräumen und den Inhalt zu ordnen.

Die meisten der Papiere waren handschriftliche Aufzeichnungen, Briefe, Notizen, Tagebucheinträge. Ella sortierte sie grob – Briefe des Vaters an seine Tochter, ein Bündel, das kein Datum aufzeigte, aber ebenfalls ganz offenbar alt war. Manches konnte sie mehr nach Papierart oder Datum sortieren als nach Inhalt, denn die meisten Briefe waren in Sütterlin verfasst, und Ella hatte keinerlei Ahnung, wie sie die entziffern sollte. Auf eindeutig neuerem Papier, aber ebenfalls in loser Sammlung waren Notizen wie Tagebucheinträge verfasst worden, von denen Ella ausging, dass sie Karlas Hand entstammten. Auch hier keine Daten, eine Reihenfolge der Blätter nicht erkennbar, erst einmal alles auf einen Stapel. Karla hatte zu dieser Zeit nicht mehr in Sütterlin geschrieben, ihre Handschrift war jedoch nicht ohne Weiteres zu entziffern, und so musste Ella sich darauf beschränken, nur den einen oder anderen Absatz zu überfliegen, wenn auch mit mäßigem Erfolg.

Auf einen weiteren Stapel kamen die offiziellen Papiere: Zeugnisse, Bescheinigungen, Prüfungsergebnisse, Urkunden, Ausweise. Diese würde sie nach Datum ordnen und dadurch vielleicht dem Leben Karlas einen gewissen Rahmen geben können.

Auf den letzten Stapel kamen die Fotos. Hiervon gab es nicht viele, auf einigen war Karla älter, ein Bild zeigte aber auch die jugendliche Frau. Die junge Karla hatte schon mit etwa zwanzig Jahren – älter war sie auf dem Foto gewiss nicht – eine starke Persönlichkeit ausgestrahlt: den Kopf hoch erhoben, den strahlenden Blick direkt in die Kamera gerichtet, einen Ausdruck der Selbstsicherheit in den Augen. Ella schaute sich das Bild eine ganze Weile an und verglich es mit der Karla, die sie im Heim ihres Vaters kennengelernt hatte. Die gleiche stolze Haltung, die hellen Haare nicht mehr blond, sondern weiß, aber trotz der Falten und Altersflecken und der Brille, die die alte Dame trug, unverkennbar die gleiche Karla. Nur das Strahlen, das Ella aus dem Foto hier entgegensah, war Karla im Laufe der Jahre verloren gegangen und einer Traurigkeit und Schwermut gewichen, die Ella hatte spüren können, wenn sie bei ihr gesessen und sie im gemeinsamen Schweigen den Blick hinaus in den Garten geteilt hatten.

8

Ellas Blick glitt hinüber zur Kommode, auf der ein Bild ihrer Mutter, ebenfalls aus jungen Jahren, stand. Nebeneinander gehalten ließen sich sogar einige Parallelen entdecken: beide Aufnahmen waren im Sommer gemacht worden, die Mode der jungen Frauen zeigte die Vorliebe für luftige Blümchenkleider mit halbem Ärmel. Das lockige Haar bis zu den Schultern offen, mit einem Reif oder Band leicht zusammengehalten. Edith war bei dieser Aufnahme achtzehn gewesen, Karla mochte auf ihrem Bild nur wenig älter sein. Und auch wenn einige Jahre zwischen den Fotos lagen, denn Karla musste deutlich früher geboren sein als Edith, erschien es Ella, dass es ganze Welten waren, die die beiden Frauen voneinander trennten. War der Blick von Karla stolz und selbstbewusst, so schaute ihre Mutter an der Kamera vorbei ins Irgendwo. Nicht verträumt, eher verschämt, als stünde ihr die Aufmerksamkeit eines Fotografen nicht zu. Den Kopf etwas gesenkt, die Füße und Knie steif nebeneinander, die Arme eng am Körper, die Hände an einem Taschentuch nestelnd. So gern sich Karla offenbar der Kamera präsentiert hatte, so unangemessen schien dies Foto für Edith zu sein, die sich wohl lieber ganz weit fortgewünscht hätte.

Ihre Mutter ... eigentlich war sie immer so gewesen:

ein bisschen fehl am Platz, ein bisschen über, ein bisschen, als wolle sie sich irgendwo verstecken. Hatte Ella sie anders erlebt? Hatte es auch mal eine fröhliche, ausgelassene Edith gegeben? Vielleicht sogar eine laut lachende, singende, feiernde Edith? Ella konnte sich nicht entsinnen.

Ungefähr in der Zeit, in der dieses Foto entstanden war, musste Edith ihren späteren Ehemann Horst kennengelernt haben. Beide waren in der gleichen Kleinstadt und nur wenige Hundert Meter voneinander entfernt aufgewachsen, hatten aber unterschiedliche Schulen besucht, wie es zu dieser Zeit üblich war – Horst das Gymnasium für Jungen, Edith das Lyzeum für Mädchen. Auf einer Geburtstagsfeier waren sie einander vorgestellt worden, und der angehende Abiturient hatte das schüchterne Mädchen zu einem Spaziergang eingeladen. Über mehrere Monate, so hatte Edith es später unzählige Male ihrer Tochter erzählt, hatte sich Horst um sie bemüht, bis sie sich zu einem ersten Kuss bereit erklärt hatte. Warum ihre Mutter dieses lange keusche Zögern so betont hatte, war klar – aus einem Kuss war schnell mehr geworden, und noch bevor Horst, inzwischen Student des Schiffsmaschinenbaus, das dritte Semester vollendet hatte, war aus der keuschen Edith eine schwangere Edith geworden. Das Entsetzen ihrer konservativen Familien hatte eine Weile angehalten, denn es war klar gewesen, dass die beiden heiraten mussten, um die Schande vor der Nachbarschaft zu vertuschen.

Ella betrachtete das Bild ihrer verschüchterten Mutter und spürte die alte Wut auf ihren Vater wieder hochkochen – typisch Mann, nutzt die Frauen aus und kann die Hose nicht zulassen. Ihre Mutter hatte nie eine Chance auf eine Berufswahl gehabt, auf freie Entfaltung, auf ihre eigenen Entscheidungen. Und was hatte ihr Vater dann mit seiner jungen Frau gemacht? Sie allein gelassen! War ihm zu langweilig gewesen, zu Hause bei der Familie zu hocken, an die er sich so früh hatte binden müssen, er hatte lieber den Reiz der Freiheit und des Abenteuers ausgekostet. War zur See gefahren, während Edith zu Hause bei ihrem Kind bleiben musste.

Eigentlich, überlegte Ella, war damals der Grundstein für das ganze elende Leben von Edith Lehmensieck geb. Bauer gelegt worden. Bei diesem schicksalhaften Geburtstagskaffee, bei dem sie Horst Lehmensieck, Ellas zukünftigem Vater, über den Weg gelaufen war. Von diesem Moment an war Ediths Leben geprägt gewesen von Abhängigkeit und hatte zumeist aus Warten bestanden. Das ewige Warten auf die Rückkehr ihres Mannes von der Seefahrt. Ella hatte ihre Mutter nicht anders kennengelernt als wartend. Wartend auf den Vater, wartend auf das Leben, wartend darauf, dass irgendetwas passierte.

Ella war am 4. August 1975 als erstes und einziges Kind der frischvermählten Edith und Horst Lehmensieck geboren worden. Es hatte nur eine standesamtliche Trauung und keine große Feier gegeben, zu einer nicht mehr jungfräulichen Braut passte keine Hochzeit in Weiß, das hatten Ediths Eltern gleich klargemacht. Genau so war es für Horsts Eltern beschlossene Sache gewesen, dass das kleine Mädchen nach seiner Schwester Elvira benannt wurde, die auch die Patenschaft übernehmen würde. Weder Horst noch Edith mochten den Namen, aber sie hatten sich beide nicht getraut, sich gegen diese Bevormundung zu wehren. Sie riefen ihr Kind von Anfang an Ella.

So unglücklich auch die Umstände ihres Ehebeginns waren, so glücklich war die kleine Familie in den ersten Monaten. Edith hatte später oft davon erzählt, wie liebevoll sich Horst um seine beiden Mädchen gekümmert hatte und wie sehr sie die Zeiten, in denen sich weder seine noch ihre Familie in Erziehung oder Eheleben einmischten, genossen hatten.

Doch schnell war es mit dem Glück vorbei, Horst brach das Studium ab und fuhr, dem Vorbild seines Vaters folgend, zur See. Erst nur auf kleineren Schiffen über die Ostsee, so wie Lehmensieck senior, bald jedoch auf den großen Dampfern über die Weltmeere. Hier konnte man auch als ungelerntes Mannschaftsmitglied Geld verdienen und, davon war Ella überzeugt, weitaus bessere Abenteuer erleben als im Baltikum oder in Skandinavien.

In den ersten Jahren ihrer Kindheit, an die sie sich erinnern konnte, vermisste sie ihren Papa schrecklich. War er da, lachte ihre Mutter, war er fort, weinte sie. War er da, unternahmen sie Ausflüge, war er fort, saßen sie in der kleinen Wohnung und warteten.

Je älter Ella wurde, desto länger dauerte das Warten. Aus der kleinen Wohnung wurde eine größere, Papa schickte jetzt mehr Geld nach Hause. Aber das Leben änderte sich dadurch nicht, sie saßen jetzt nur in einem anderen Zimmer mit einem anderen Ausblick und warteten dort. In diesen Jahren lernte Ella viel: ihre Mutter zum Lächeln zu bringen, indem sie ihr Geschichten erzählte, sich selbst zu beschäftigen, um ihrer Mutter nicht zur Last zu fallen, und vor allen Dingen an den Blicken ihrer Mutter abzulesen, in welcher Stimmung sie sich befand und was sie brauchte. Sie lernte Kaffee zu kochen und das Essen herzurichten, wenn ihre Mutter nicht aufstehen konnte, einzukaufen, wenn ihre Mutter nicht vor die Tür gehen mochte. Und sie lernte, dass das Leben in anderen Familien, in denen der Vater abends nach Hause kam, ganz anders war. Da waren die Mütter fröhlich und voller Leben, unternahmen die Familien am Wochenende Ausflüge, dort wurde gelacht und gescherzt. Da ließ der Vater die Familie nicht immer wieder allein.

Ella stellte das Bild ihrer Mutter zurück auf die Kommode und stapelte die sortierten Unterlagen zurück in den Koffer. Alte Kamellen – längst vergangene Geschichten … Sie würde sich jetzt auf ihre Arbeit konzentrieren und, wenn ihr nachher noch Zeit blieb, im Internet nach einer Anleitung suchen, um die Sütterlin-Handschrift lesen zu lernen.

Als freischaffende Journalistin und Texterin war ihr Arbeitszimmer ihr Büro, das Internet ihr Arbeitsumfeld. Sie hatte nie verstehen können, dass einige ihrer Kollegen es vorzogen, ihren Arbeitsplatz in der Redaktion zu haben, weil sie lieber in einem vorgegebenen Rahmen und mit festen Arbeitszeiten arbeiteten. Mangelnde Eigendisziplin beklagten sie, zu Hause zu arbeiten hieße, sich immer wieder schnell ablenken zu lassen. Ella sah das völlig anders. Sie war nur sich selbst, ihrer Tochter und ihrem Konto Rechenschaft schuldig, arbeitete für verschiedenste Unternehmen und Zeitungen, textete für Blogs genauso wie für Printmedien, Hochglanzfirmen-Präsentationen genauso wie Newsletter kleiner Start-ups. Nichts war so inspirierend wie das World Wide Web, und nichts gab ihr mehr Freiraum, sich konzentrieren zu können, als ihr eigenes Zuhause. Keine Anstellung in einem Büro mit festen Arbeitszeiten hätte ihr die Möglichkeit gegeben, sich neben der Arbeit so flexibel um Leonie kümmern und ihr Heranwachsen begleiten zu können.

Kurzerhand steckte sie den Stecker für Telefon und Internet wieder ein, den sie gestern Abend herausgezogen hatte, und checkte ihre E-Mails. Werbung, ein paar Spams, einige Nachrichten von Kollegen, eine E-Mail von Carl.

02:03 Uhr – ... *gesendet von meinem Mobiltelefon.*

Sie löschte die Nachricht ungelesen und war froh, den gestrigen Abend nicht damit verplempert zu haben, auf ein Zeichen von ihm zu warten. 02:03 Uhr ... das wären lange und frustrierende Stunden geworden! Sie wollte gar nicht wissen, welche Ausrede er sich aus den Fingern gesogen hatte, um ihr zu erklären, warum er nicht hatte herkommen können.

Wenn Ella recht darüber nachdachte, wusste sie nicht mal, auf wen sie wütender war: auf diesen Mann, der sie immer wieder hinhielt und meinte, so mit ihr umspringen zu können, oder auf sich selbst, dass sie das mit sich machen ließ. Jeder Freundin hätte Ella längst einen Vogel gezeigt und ihr bei dem ersten Anflug von Selbstmitleid den Kopf gewaschen: »Hör auf zu jammern, du bist doch selber schuld! Zu einem Verhältnis – auch zu einem gestörten – gehören immer zwei!«

In diesem Fall gehörten sogar drei dazu, denn ohne Carls Ehefrau wäre das Verhältnis zu ihm gar nicht gestört, sondern vermutlich wunderschön. Ella und Carl verband viel – die Liebe zur Natur, der Beruf, der Spaß an gutem Sex und die Leidenschaft für Worte. Gut geschriebene Bücher konnten sie faszinieren und verzaubern, treffende Formulierungen begeistern, und sie konnten endlos über die Auslegung von Texten, die Bedeutung einer bestimmten Wortwahl oder die Atmosphäre, die durch Wörter geschaffen wurde, diskutieren. Und genauso leidenschaftlich konnten sie miteinander streiten und sich ihre eigenen Worte, wohlgewählt, treffsicher und zielgenau um die Ohren hauen und damit wahlweise ins Mark, ins Herz oder unter die Gürtellinie treffen. Umso mehr verachtete sie Carl für die hohlen Phrasen und leeren Ausreden, mit denen er meinte seine mal wieder nicht eingehaltenen Versprechen entschuldigen zu können. Dachte er ernsthaft, sie würde seine Lügen nicht durchschauen und seinem Gesäusel Glauben schenken können? Hielt er sie für so blöd?

Alles hatte seine Zeit – und die Zeit von Carl & Ella musste nun vorbei sein! Ein für alle Mal!

9

Spät an diesem Abend setzte sich Ella noch einmal an den PC und gab als Suchwort »Sütterlin« ein.

Sütterlinschrift
Sütterlin schreiben und lesen lernen
Kurrentschrift
alte deutsche Handschriften

Hier würde sie auf jeden Fall fündig werden. Bewaffnet mit dem Poesiealbum als Übungsobjekt begab sie sich in die Welt dieser alten Schreibweise. Es gab sogar Gesellschaften und Vereine, die sie pflegten und anboten, Schriftstücke zu übersetzen. Gut zu wissen, aber erst einmal würde sie selbst versuchen klarzukommen. Sie schlug die erste Seite des Poesiealbums auf und begann mit der Übersetzung.

Jeder ist seines Glückes Schmied!
Dein Vater, Weihnachten 1936

Und auf der nächsten Seite:

Wes Herz zum Bersten angefüllt, des Flöte leicht mal überquillt.
Hermine, Weihnachten 1936

»Überquillt« war eine harte Nuss und dann auch mehr geraten als tatsächlich übersetzt. Ella sah plötzlich ein kleines Mädchen vor ihrem inneren Auge, das das Album zu Weihnachten bekommen hatte und nun ganz aufgeregt die Nächststehenden bat hineinzuschreiben. Den Spruch, den jene Hermine gewählt hatte, hatte sie sicherlich nicht ohne Grund ausgesucht. Karla – eine kleine Plapperschnute, dessen »Flöte leicht mal überquillt«? Wie alt war sie 1936 gewesen? Ella suchte aus dem Koffer den Stapel mit den Dokumenten hervor. Auf einem der Zeugnisse fand sie das Geburtsdatum.

4. August 1924. Also war sie 12 Jahre alt gewesen, als sie das Album bekommen hatte.

Aber etwas anderes ließ Ellas Herz plötzlich stolpern – 4. August. Karla hatte den gleichen Geburtstag wie sie! Ella glaubte nicht an Seelenverwandtschaft oder ähnlichen esoterischen und astrologischen Quatsch, trotzdem empfand sie die Übereinstimmung als mehr als nur einen Zufall und fühlte sich in ihrem Entschluss bestärkt, Karla besser kennenlernen zu wollen.

Ein leises *Pling* holte sie zurück in die Realität – ihr noch offenes E-Mail-Programm schickte ihr den Hinweis und die erste Zeile einer neu erhaltenen E-Mail:

Ella, warum antwortest du mir nicht? Du bist online, liest aber meine …

Möchten Sie diese Nachricht wirklich löschen?

O ja! Das möchte ich!, dachte Ella.

Das Entziffern der Poesiesprüche war mühsam, und Ella merkte, wie ihr die Augen schwer wurden und ihre

Konzentration nachließ. Auch wenn sich hier sicherlich Freundinnen und Familienmitglieder verewigt hatten, die für Karla von Bedeutung gewesen waren, ließ doch kein anderer Spruch mehr Rückschlüsse auf Karla als Mensch zu, so wie die Eintragung von Hermine es getan hatte. Ella klappte das Buch zu und rieb sich die Augen.

Sie hatte damals auch ein Poesiealbum gehabt, und das Sammeln der Einträge war für ein paar Wochen ein wahrer Sport gewesen, quasi das Facebook grauer Vorzeit. Wer hatte wie viele Einträge, von wem wurde man gebeten hineinzuschreiben und an welcher Stelle der mit Bleistift vormarkierten Seiten war man eingeplant? Je weiter vorn, desto größer die Ehre, je dichter an der Familie, desto wichtiger war man der Inhaberin des Buches. Und wie versah man die Einträge, wie viel Mühe gab man sich, wie viel Glitzer hatten die Bilder, die man hineinklebte? Dann plötzlich war die Welle der Poesiealben genauso schnell vorbei gewesen, wie sie gekommen war, die Sprüche, die sie eben noch gesammelt hatte, unwichtig, das Album in der Schreibtischschublade gelandet und schnell von anderen achtlos hineingestopften Dingen verdeckt worden.

Hatte man heute noch Poesiealben? Ella dachte nach, ob Leonie oder Tildas Kinder so etwas gehabt hatten, aber sie konnte sich nicht erinnern. Freundebücher, ja, mit vorgefertigten Seiten, die Alter, Lieblingssänger und Berufstraum abfragten, aber Poesiealben? Leonie hätte bestimmt so etwas besessen, wenn es zu ihrer Generation dazugehört hätte. Sie war als junges Mädchen verträumt gewesen und konnte stundenlang in Büchern und Gedichtbänden lesen und stöbern. Genauso wie ihre Mutter.

Wieder rieb Ella sich die Augen, diesmal jedoch eher, um fortzuwischen, was dahinter begann, sich wie ein Strudel weiter und weiter drehte und den Gedanken an Leonie umkreiste. Das altbekannte dumpfe Drücken in der Magengegend zeigte ihr, dass es immer noch zu sehr wehtat, weiteres Grübeln über Leonie zuzulassen. Entschlossen griff sie in den Koffer und zog aus einem der anderen Stapel einen Zettel hervor. Es war ein Tagebucheintrag, ohne Datum oder Zeitbezug.

10

Karla

Als ich das letzte Mal zu dem Hof fuhr und mir unser Elternhaus ansah, war ich ernüchtert und enttäuscht. Dass es keinen Förster mehr gab, wusste ich, nicht aber, dass das Haus jetzt ganz offenbar von Städtern als Ferien-domizil genutzt wird. Zwei Autos mit auswärtigen Kenn-zeichen standen auf der Einfahrt und sahen so aus, als gehörten sie dorthin. Die alten weißen Holzfenster mit den grünen Läden waren durch Kunststofffenster ersetzt, ein moderner Außenkamin an jener Hausseite angefügt worden, an der früher der Efeu rankte und mein Heim mit einer wohlig warmen Schicht aus dunkelgrünen Blättern einhüllte. Meine Begleitung – es muss eine Kollegin aus dem Amt gewesen sein oder aus einem der Frauenver-bände, in denen ich zu der Zeit noch aktiv war, ich kann mich nicht genau entsinnen – merkte mir meine Fassungs-losigkeit an, und ich versuchte ihr vergeblich klarzuma-chen, dass nicht die Tatsache schmerzte, dieses Haus nicht mehr vorzufinden wie das Zuhause der Jahre vor und während des Krieges, sondern die Stil- und Lieblosigkeit, mit der es verwandelt worden war. Wer sich ein Haus auf dem Land kauft, um dort die Abgeschiedenheit und Ruhe zu genießen, die er in der Stadt nicht haben kann, sollte es doch aber bitte als ein solches Landhaus belassen und muss es nicht mit Gewalt und viel Geld zu etwas machen, was es nie sein kann.

Fast war mir gewesen, als hätte ich das Haus seufzen hören, wie es da ohne Efeudecke, aber durch den Außenkamin und den Anbau eines Wintergartens asymmetrisch verzogen aus dem Gleichgewicht gekommen war. Es konnte seine alten Mauern, in denen die Kunststofffenster wirkten wie die Perlen, die sich die jungen Leute heute manchmal an Augenbrauen oder Nasenflügel heften, nur mühsam aufrecht halten. Eine alte Dame unter der Last moderner Kleidung und neumodischen Schmucks, der so gar nicht passen wollte, aber auch nicht abgeworfen werden konnte. Nein, das war nicht mehr das Haus, in dem ich nicht alle, aber die schönsten Jahre meiner Kindheit verbracht habe und in dem ich kennenlernen durfte, was ich danach nie wieder in diesem Ausmaß und mit dieser Intensität verspürt hatte: das Gefühl von Geborgenheit.

Trotz eines recht hohen Arbeitspensums, das es zu bewältigen galt, griff Ella in den nächsten Tagen immer wieder nach Papieren aus Karlas Koffer und versuchte, Ordnung und System in den Nachlass zu bringen.

Das Übersetzen der Sprüche aus dem Poesiealbum war anstrengend und ermüdend. Was sie dafür umso mehr reizte, waren die handschriftlichen Aufzeichnungen Karlas, die offenbar neueren Datums waren. Seitenzahlen oder Daten waren nicht zu finden; einzig die sich verändernde Handschrift gab Hinweise darauf, dass die Texte zu unterschiedlichen Zeiten geschrieben sein mussten. Es gab Seiten mit sauberer Schrift, die, wenn auch nicht flüssig lesbar, doch von eigenwilliger und klarer Struktur war, die Buchstaben in gleichmäßiger Größe und die Worte in gleichmäßigem Fluss. Auf anderen Blättern rutschte die Schrift weg, fiel in sich zusammen, wurde unleserlich klein und dann plötzlich wie auseinandergezogen größer, als hätte die Hand Schwierigkeiten gehabt, den Stift oder die Unterlage zu halten.

Weitaus belastender als das anstrengende Entziffern der Zeilen jedoch war Carl. Ella hatte ihn ignorieren wollen, so lange, bis die Mauer um ihr Herz hoch genug war, um einen Schlussstrich unter diese schmerzhafte Beziehung ziehen zu können. Aber dafür kannte Carl sie zu gut. Und er ließ ihr keine Möglichkeit, sich gegen ihn abzuschotten und die Zeit die Wunden heilen zu lassen.

So saß er, als sie eines Nachmittags nach Hause kam, einfach auf ihrer Terrasse. Schon als Ella von der Straße in den kleinen Weg, der zu ihrem Haus führte, einbog, sah sie das vertraute Bild von Carls Wagen neben ihrem Stellplatz und bremste unwillkürlich ab. Noch war Zeit zum Umkehren, noch könnte sie so tun, als wäre sie aufgehalten worden … Doch noch ehe sie den Rückwärtsgang eingelegt hatte, kam Balou um die Ecke geprescht und beraubte sie jeder Möglichkeit, vor der anstehenden Konfrontation zu fliehen.

Die niedrig stehende Frühlingssonne verschwand gerade hinter den hohen Baumwipfeln, und es war bereits empfindlich kühl. Als Ella, bepackt mit Laptop und einer Einkaufstasche, auf die Haustür zuging, sah sie Carl im Liegestuhl sitzen, den er sich in das letzte Fleckchen Sonne gezogen hatte. Eigentlich hatte Carl einen Schlüssel, aber er hatte ihn offenbar nicht benutzt. Er hatte zumindest so viel Anstand, sich nicht einfach selbst in ihr Haus zu lassen, als sei nichts gewesen.

Nun stand er nicht auf, schaute sie nur an und wartete. Ella blickte ihn einen Moment an, wusste nicht, was sie sagen sollte, schloss auf und ging hinein.

Carl erhob sich, folgte ihr, blieb jedoch in der Haustür stehen.

»Nun komm schon rein, es wird nicht wärmer hier!«, forderte Ella ihn ungeduldig auf und packte ihre Einkäufe aus. »Was willst du? Mir sagen, dass du keine Zeit hast zu bleiben?« Sie wusste, dass sie barsch und unfreundlicher klang, als sie eigentlich wollte, aber sie hatte Mühe, ihre Fassung zu bewahren, und Unfreundlichkeit war der einzige Schutzschild, der ihr gerade zur Verfügung stand.

Carl sagte gar nichts, als wäre ihm klar, dass es wenig Sinn ergab, mit Ella zu reden, solange sie sich nicht ein wenig zugänglicher zeigte. Nach einer Minute des Schweigens jedoch, in der Ella die Einkäufe forträumte und auch sonst einige sehr wichtige Dinge erledigte – die natürlich völlig überflüssig waren, sie aber beschäftigt hielten –, sagte er: »Ach Ella, was ist nur mit uns passiert?« Und als sie gerade an ihm vorbeiging, nutzte Carl die Gelegenheit und wollte sie an sich ziehen.

Sie wand sich aus seinem Arm. »Was mit uns passiert ist?« Ella war fassungslos. »Solltest du nicht eher überlegen, was *nicht* mit uns passiert ist?«

»Nun komm mir nicht mit Sentimentalitäten. Ich habe mich sicherlich nicht immer so verhalten, wie du es dir vielleicht gewünscht hast, aber hey – im Gegensatz zu dir habe ich private Verpflichtungen, und daraus habe ich nie ein Geheimnis gemacht!«

Das stimmte. Und zu Beginn hatte Ella das auch nichts ausgemacht, ganz im Gegenteil, sie hatte festgestellt, dass ihr die Beziehung zu Carl nicht zuletzt deswegen so gut gefallen hatte, weil sie so unbelastet von Versprechen und Verpflichtungen gewesen war.

»Ella, du weißt, dass zwischen Saskia und mir nichts mehr läuft«, sprach Carl weiter. »Du weißt, dass da von Liebe keine Rede mehr ist, aber ich kann auch keine Trennung riskieren, denn ich brauche ihre Verbindungen. Und keiner als du weiß besser, wie sehr mich diese Abhängigkeit belastet und dass Saskia sie gegen mich ausspielt, wann immer ihr danach ist.«

Mit Mitleid heischendem Hundeblick sah Carl sie an. Endlich schaffte er es, Ella in seine Arme zu ziehen.

»Ich habe dir nie die Sterne vom Himmel versprochen, ich war immer ehrlich zu dir!«, flüsterte er nun, und Ella spürte seinen Atem an ihrem Hals. »Aber wir haben doch auch so schöne Stunden miteinander gehabt, so viel geteilt … Willst du das alles aufgeben?« Zärtlich küsste er sie dorthin, wo eben noch sein Atem war.

Ihr Widerstand brach schneller, als ihr lieb war. Sie versuchte sich mit aller Kraft gegen ihre weichen Knie und das Zittern in ihrer Stimme zu wehren. Doch sie wusste, dass er längst gewonnen hatte.

Viel geredet hatten sie in dieser Nacht nicht.

Als Ella am nächsten Morgen aufwachte, war Carl fort.

12

Die Arbeit war schon oft Ellas Rettung gewesen, und sie war es auch diesmal. Die Erkenntnis, wieder auf seinen Charme und seine Verführungskünste hereingefallen zu sein, nur um ein weiteres Mal von Carl verletzt und verlassen zurückgelassen zu werden, machte sie unglaublich wütend. Als die ersten Tränen, die fast wie ein Ritual zum Ende eines Treffens mit Carl gehörten, in Ella aufsteigen wollten, quasi schon aus reiner Gewohnheit, übermannte sie eine in dieser Situation völlig unbekannte Emotion. Sie war wütend! Wütend auf sich selbst. Wie hatte sie es wieder so weit kommen lassen können? Wie hatte sie es zulassen können, dass er mal wieder um eine Konfrontation herumkam, um das so überfällige Gespräch, um eine notwendige Entscheidung? Er hatte sie in die Arme genommen, und sie war dahingeschmolzen wie ein Teenie beim ersten Kuss, statt ihm eine zu scheuern, wie es einer selbstbestimmten Mittvierzigerin besser zu Gesicht gestanden hätte. Sie benahm sich schlimmer als jedes Klischee aus einem Schmalzroman. Ella verachtete sich selbst. Für ein bisschen Sex hatte sie ihre guten Vorsätze schneller über Bord geworfen, als Carl hatte gucken können. Wie armselig!

Mit einer zornigen Bewegung wischte sich Ella die wenigen Tränen aus dem Gesicht, die es bis zu den

Augen geschafft hatten, und stellte sich unter die heiße Dusche. Mit dem Massageschwamm rieb sie über ihre Haut, bis sie feuerrot war. Dann wickelte sie sich ein Handtuch um ihre nassen Locken und setzte sich an den Schreibtisch. Noch immer kochte sie innerlich, aber diese Energie würde sie zu kanalisieren wissen. Wie viele Projekte waren in den letzten Tagen und Wochen liegen geblieben? Mit kurzen knappen Notizen stellte sie eine Prioritätenliste auf und begann zu arbeiten. Sie würde sich bis zum Mittag nur knappe Pausen für Kaffee und Müsli im Stehen geben, Balou musste auf seinen Morgenlauf verzichten. Nach dem Mittag würden sie dann einen ausgiebigen Marsch machen, und danach wäre ihre Recherche in Sachen Karla wieder dran. Keine Telefonate, kein Handy, keine E-Mails. Sie war heute für nichts und niemanden zu erreichen. Schon gar nicht für Carl.

Leichter als das Entziffern der handgeschriebenen Aufzeichnungen gingen Ella die Sammlung und Aufstellung von Karlas Rahmendaten von der Hand, soweit sie diese anhand der vorliegenden Dokumente recherchieren konnte. Geburts- und Taufdatum, Einschulung und Konfirmation, Frei- und Fahrtenschwimmer, Schulabschluss ... Soweit Ella das beurteilen konnte, war bis hier alles weitestgehend normal: eingeschult mit sechs Jahren, Aufnahme in den Bund Deutscher Mädel mit dreizehn, Schulabschluss mit siebzehn an der Staatlichen Oberschule für Mädchen, Höhere Handelsschule, Abschluss mit achtzehn Jahren, 1942.

Doch dann gab es eine Lücke in den Daten, über

mehrere Jahre keine Nachweise, und für Ella blieb es ein Rätsel, was in dieser Zeit in Karlas Leben geschehen war. 1942 – das hieß Ende der Schulausbildung mitten im Krieg … Was war dann mit den jungen Frauen passiert? Waren sie zum Kriegsdienst herangezogen worden? Hatte Karla sich freiwillig gemeldet?

Aus den spärlichen Erzählungen der eigenen Familie hatte Ella wenig Einblick in diese Zeit. Ihre Eltern waren nach dem Krieg zur Welt gekommen, und ihre Großeltern gehörten nicht zu den Menschen, die gern über diese Ereignisse sprachen. Im Grunde hatten sie sowieso nichts von all dem mitbekommen, was man den Deutschen hinterher vorgeworfen hatte, und es hatte doch wirklich keinen Sinn, diese alten Geschichten immer wieder aufzuwärmen. Sicherlich waren damals Fehler gemacht worden, aber sie selbst hatten nichts davon gewusst. Und was hätten sie schon machen können? Die Politik hatten damals die anderen gemacht, sie mussten sehen, wie sie klarkamen, und hatten einfach keine Zeit gehabt, sich um ihre Nachbarn zu kümmern oder womöglich für irgendwelche Fremden Kopf und Kragen zu riskieren! Und selbst wenn, dadurch hätten sie die Welt auch nicht verändern können …

Andererseits, so überlegte Ella, hing der Lebenslauf eines jeden Menschen auch von ganz individuellen Faktoren ab – Lebensumfeld Land oder Stadt, ausgebombt, auf der Flucht, Glück, Pech, Nazi, Jude, verfolgt, Verfolger … Um Karlas Jugend und die Umstände ihres Lebens besser zu verstehen, musste sie erst mal ganz Grundlegendes herausfinden. Wo und wie war sie aufgewachsen? Wie dicht waren ihre Familie und sie in das Kriegsgeschehen verwickelt gewesen, was hatte es mit ihnen gemacht? Stand in den Tagebüchern etwas über ihre Kindheit und Jugend, oder würden die Briefe Auskunft darüber geben?

13

Karla

Es muss jetzt mittlerweile acht oder zehn Jahre her sein, dass ich das letzte Mal auf dem Hof war, auf dem ich aufgewachsen bin. Wir gehörten nicht dazu, er wurde von einer Familie bewirtschaftet, die etwas Besseres war oder sich zumindest dafür hielt. Das Haus meines Vaters stand am Rande dieses Hofes zum Wald hin, und im Grunde war das genau richtig so, denn es war der Wald, der seine wirkliche Heimat war. Nirgends war er so zu Hause wie hier, nirgends hat er sich jemals so heimisch und sicher gefühlt. Zumindest nachdem meine Mutter uns verlassen hatte. Meine Mutter, die ihn liebevoll ihren »Wassermann« genannt hat, was als Kosename so gar nicht zu einem Förster passen mochte und was auch keiner verstanden hätte, der meinen Vater nicht gekannt hat. Er hatte für seine Herkunft ungewöhnlich dunkle, fast schwarze Haare und eine blasse Haut. Das Bemerkenswerteste an ihm waren jedoch seine hellblauen Augen, von einer wässrigen Farbe, wie ich sie bei kaum einem anderen Menschen danach gesehen habe. Außer bei meinem jüngeren Bruder. Und bei meiner Nichte.

Das Bild, das ich von meiner Mutter in meinem Herzen trage, ist eines der wenigen Fotos, die ich von ihr be-

sitze, aus der Zeit, bevor wir Kinder geboren wurden. Und dann gibt es noch eines, auf dem mein älterer Bruder Hans auf ihrem Schoß sitzt. Danach wurden keine Bilder mehr gemacht, oder sie sind verloren gegangen.

Ich kann mich kaum an meine Mutter erinnern, aber es gibt einige Dinge, die mir jetzt, nach den vielen vergangenen Jahrzehnten, plötzlich ihr Bild, das Gefühl einer warmen Hand, von Geborgenheit oder ihr glockenhelles Lachen ganz nahebringen, als sei sie gerade eben aus dem Raum gegangen, ihre Anwesenheit noch spürbar, ihr Lachen noch aus dem Nebenraum zu hören. Manchmal ist es der Duft von Zimt, der gerade aus dem Backofen kommt, oder Lavendel in Verbindung mit warmer Sommerluft und einer leichten Brise, die den Geruch nach feuchtem Moos herüberweht. Ich kann mich nicht erinnern, in welchem Zusammenhang ich diese Gerüche als Kind erfahren habe und was ich in diesen Momenten mit meiner Mutter erlebte. Dass ich das vergessen habe, liegt jedoch nicht an meinem Alter, sondern daran, dass ich gerade zwei Jahre jung war, als meine Mutter starb.

Meine Eltern haben beide viel gelacht. Ich weiß dies nicht aus eigener Erinnerung, aber aus den vielen Schilderungen meines Vaters, der mir oft an langen Winterabenden von der Zeit erzählt hat, in der meine Mutter noch bei uns gewesen war. Tatsächlich zeichne ich also hier nicht nur meine Erinnerungen auf, sondern ebenfalls die meines Vaters. Ich kann mir kaum vorstellen, dass ich diese Geschichten einmal vergessen könnte, die seit so vielen Jahren, seit dem Beginn meines Lebens ein wesentlicher Bestandteil meines Fühlens und Sehnens waren und die mich so sehr geprägt haben. Sie zu verlieren, würde mir den Boden unter den Füßen entziehen, obwohl ich mich gleichzeitig frage, ob ich diese Geschichten denn überhaupt vermissen würde, wenn sie doch vergessen sind. Kann man etwas vermissen, das man nicht mehr weiß?

14

An einem der nächsten Abende traf Ella sich mit ihren Freunden Thomas und Tilda bei ihrem Lieblingsitaliener in der Stadt.

Tilda hatte zur gleichen Zeit wie Ella Abitur gemacht, und später hatten sie sich im Volontariat bei der regionalen Zeitung wiedergetroffen. Gern wäre Ella in die weite Welt hinausgezogen, hatte von investigativem Journalismus und Abenteuern geträumt, aber dann keine andere Wahl gehabt. Aus der Stadt wegzugehen war ausgeschlossen gewesen. Wer hätte sich um ihre Mutter kümmern sollen?

Tilda hingegen war gereist und hatte schon immer alles verkörpert, wovon Ella nur zu träumen gewagt hatte: die schlanke hochgewachsene Figur, der Schlag bei Männern, die unendliche Freiheit, tun und lassen zu können, was sie wollte. Sie schien sich von Träumen, Abenteuern in ihrem Kopf und einem nie abreißenden Kaffeekonsum zu ernähren, war welterfahren, selbstbewusst und mit all diesen Eigenschaften das totale Gegenteil von Ella.

Ella, die kaum von zu Hause fortgekommen war und das auch nie schaffen würde. Ella, deren weitester Weg zur Uni in der Nachbarstadt führte und für die die weiteste Urlaubsreise die Studienfahrt mit der Schule nach

Kopenhagen gewesen war. Ella, die damals keinen Plan gehabt hatte, wie sie sich ihr Leben wünschen sollte, es aber dennoch erschreckend glasklar vor sich gesehen hatte: Sie würde sich bis ans Ende ihrer Tage um ihre Mutter kümmern, weil es außer ihr niemanden gab, den das Schicksal von Edith interessierte, schon gar nicht ihren Vater. Und ihr würde nichts anderes übrig bleiben, als trotz Studium bei diesem Käseblatt zu arbeiten.

Ella war klein, hatte immer ein paar Pfunde zu viel auf den Rippen und verkörperte das, was Tilda liebevoll eine Rubensfigur nannte.

Ella war nicht diejenige gewesen, nach der sich die Männer umgedreht hatten, sondern die, die Tilda mit staunenden Augen beim Erobern der Männer zugesehen und höchstens ab und zu einen mitgebrachten Freund abbekommen hatte.

Bis Marc gekommen war, Ella den Kopf verdreht und die Sterne vom Himmel versprochen hatte. Bis Marc wieder verschwunden war, nachdem er erfahren hatte, dass Ella schwanger war.

Wie federleicht sich Tildas Leben immer angefühlt hatte und wie bleischwer ihr eigenes!

Trotz all dieser Gegensätze hingen Tilda und Ella aneinander. Über all die vielen Jahre hatte sich fast alles verändert: Partnerschaften, Jobs, Wohnorte, Kinder, Lebensentwürfe. Ihre Freundschaft jedoch hatte alles überdauert und war genauso beständig geblieben wie die Gegensätze, die sie immer noch ausmachten. Vielleicht war es gerade das, was sie zusammenhielt: Durch die

Ungleichheit in allem, was sie ausmachte, waren sie sich nie Konkurrenz gewesen, sondern eher gegenseitige Inspiration für immer neue Gespräche, Ideen und nahezu orgiastische Lachsalven, wie sie nur zwischen angetrunkenen Frauen möglich waren.

Zur Begrüßung flippte Balou mal wieder völlig aus, wie immer, wenn er auf Thomas traf. Der war daher extra aufgestanden und Ella und ihrem Hund draußen entgegengegangen, als er sie durch das Fenster hatte kommen sehen. Wenn Balou sich freute, konnte er ein wahres Erdbeben verursachen, und in dem kleinen Restaurant war es so eng, dass der große Hund sowieso kaum Bewegungsfreiheit hatte. Deshalb tobte sich Balou draußen mit Thomas die Seele aus dem Leib, während Ella reinging und ihre Freundin begrüßte.

Die warme Luft war von dem köstlichen Duft nach Knoblauch und Kräutern erfüllt, leise italienische Musik klang aus den Boxen, übertönt von einer lauten Diskussion in lebhaftestem Italienisch aus der Küche, die gerade zwischen dem Chef Luigi und seinen Mitarbeitern aufbrandete. Wenn man Luigis empörten Ausrufen Glauben schenken wollte, war er nur von Idioten umgeben, die ihn irgendwann ins Grab bringen würden. Mit einem Wortschwall dieses Inhaltes begrüßte er Ella, kaum dass er sie durch die Küchentür erblickt hatte. Während er lamentierte, trocknete er sich die Hände in einem mehligen Handtuch ab, das im Gürtel unter seinem dicken Bauch hing, und strahlte so voller Stolz und Liebe über die beiden Jungs in seiner Küche, dass man ihm kein Wort seiner Klagen abnahm.

Maria strich ihrem Mann liebevoll über die Schultern, nicht ohne hinter seinem Rücken die Augen zu verdrehen und ihn zu unterbrechen: »Luigi, lass gut sein! Du kannst Ella nicht gleich so überfallen! Ella, piccola mia, wie wunderbar, dich zu sehen! Du bist ewig nicht mehr bei uns gewesen!«

Ella ließ sich von den beiden in die Arme nehmen und von Luigi dabei mit Mehl bestäuben, das Maria ihr, gefolgt von einem italienischen Wortschwall, mit dem sie Luigi zurechtwies, wieder von den Schultern klopfte.

Sobald sie allein waren, sah Tilda sie prüfend an und fragte nur: »Carl?«

Ella nickte.

»Ich dachte, du wolltest Schluss machen?«

»Er stand plötzlich da und … Wenn er nicht gekommen wäre, dann hätte ich es geschafft. Aber so …«

»Ich verstehe«, nickte Tilda, wenn auch ohne Begeisterung. »Thomas kommt!«, warnte sie, als Ella gerade anfangen wollte, noch etwas zu sagen.

Es galt als unausgesprochenes Gebot zwischen den beiden Frauen, dass Thomas nichts von der Affäre zwischen Ella und Carl wissen sollte. Nicht, weil er als Moralapostel darüber entsetzt gewesen wäre, sondern weil Carl sein Chef war und sie Thomas nicht in Gewissenskonflikte bringen wollten.

Während der gemischten Vorspeisenplatte, einer Spezialanfertigung für die drei Freunde, die sie immer zu Beginn ihres Essens bekamen, erzählte Ella von den Nachforschungen über Karla. Die beiden waren begeistert von der Idee, das Leben dieser unbekannten Frau nachzuzeichnen, und insgeheim beglückwünschte Tilda ihre Freundin zu diesem Projekt, das ihr vielleicht helfen würde, sich sowohl von Carl als auch von Leonie abzulenken.

Leonie war ein Tabuthema zwischen ihnen. Zwar hatte Ella ihrer Freundin die Einmischung verziehen, aber wirklich verstanden hatte sie nicht, warum Tilda sich um die plötzlich aufkommende Neugierde Leonies über ihren Erzeuger kümmern musste. Entgegen Ellas Meinung war Tilda offenbar der festen Überzeugung, jeder hätte das Recht darauf, seine eigenen Wurzeln zu kennen, und so hatte sie die wenigen Informationen, an die sie sich über Leonies Vater erinnern konnte, bei dem Mädchen ausgeplaudert.

Für Ella gehörte jedoch zu solchen Wurzeln mehr als nur ein Samen, den sein Eigentümer nicht unter Kontrolle gehabt hatte, und so wäre ihre Freundschaft fast an diesen Diskussionen, die nun ein gutes Jahr zurücklagen, zerbrochen. Bevor die Freundinnen den Streit hatten beilegen können, war Leonie verschwunden, und es gab nichts mehr darüber zu reden.

»Hast du deine Karla schon mal gegoogelt?«, fragte Thomas gerade.

»Nein!«, staunte Ella. »Gute Idee, auf das Naheliegende kommt man manchmal nicht. Aber wenn ich es mir recht überlege, kann ich mir gar nicht vorstellen, dass ein so alter Mensch im Netz irgendwelche Spuren hinterlassen hat. Es sei denn, er wäre berühmt gewesen, und davon gehe ich nicht aus.«

»Und es gibt wirklich keine Verwandten?«, wunderte sich Tilda, während sie sich vom marinierten und gegrillten Gemüse auf den Teller löffelte. »Hatte sie keine Geschwister?«

»Doch, zwei Brüder, soweit ich die Briefe des Vaters bisher entziffern konnte. Einen älteren und einen jüngeren.«

»Die werden ja sicherlich nicht beide vom Erdboden verschwunden sein, bevor sie nicht selber Nachkommen gezeugt haben, oder?«

»Es war Krieg, zumindest der Ältere muss Soldat gewesen sein!«, überlegte Thomas. »Vielleicht ist er gefallen?«

»Ich verstehe nicht ganz, warum der Vater so viele Briefe an Karla geschrieben hat«, hakte Tilda bei den Erzählungen nach. »Hat sie denn nicht bei ihm gelebt? Das war ja eigentlich nicht so das Zeitalter, in dem Ehen getrennt und Kinder in Patchworkfamilien aufgewachsen sind.«

»Es ist viel von Arztbesuchen die Rede«, antwortete Ella und schob ihren Teller zurück. »Ich vermute, dass Karla krank war und deshalb bei Verwandten gelebt hatte. Es kann aber nichts Gravierendes gewesen sein, denn ihre Schullaufbahn ist völlig normal verlaufen. Nur danach verlieren sich die Spuren, und ich habe bisher keinen Hinweis darauf gefunden, was später aus ihr geworden ist. Außer dass sie mit ungefähr dreißig Jahren eine Berufsausbildung gemacht und dann noch studiert hat.«

»Ungewöhnlich für die Zeit«, meinte Tilda. »In den

Fünfzigerjahren gehörte die Frau ins Haus und an den Herd, nicht ins Büro oder an die Uni. Hört sich nach einem interessanten Menschen an. Ich bin gespannt, was du noch über sie herausfinden wirst! Auf jeden Fall erinnert sie mich jetzt schon an jemanden …« Tilda grinste und stieß ihre Freundin liebevoll in die Seite.

»Was meinst du?« Ella verstand nicht. Dann wurden ihre Augen groß. »An mich? Was habe ich denn mit Karla gemeinsam?«

»Na, mindestens den Geburtstag!«, lachte Thomas und schenkte den Rest des Rotweins nach.

15

Karla

Ich bin das zweite von drei Kindern. Mein großer Bruder Hans ist zehn Jahre älter, mein jüngerer Bruder Gustav zwei Jahre jünger als ich; meine Mutter Käthe starb bei seiner Geburt.

Als sie uns verlassen hat, war mein Vater untröstlich, und – so erzählt man sich – es war Hans' Lehrer, der das Überleben unserer Familie rettete. Hans war ein fleißiger und gewissenhafter Schüler gewesen, und als er mehrere Tage in Folge der Schule ferngeblieben war, ohne dass diese eine erklärende Nachricht erreicht hätte, machte der Lehrer sich an seinem freien Sonntag auf den Weg in den Wald, um nach seinem Schüler zu sehen. Was er vorfand, war eine verstörte Familie, versunken in Trauer und Sorgen. Mein Vater soll am Küchentisch gesessen und reglos vor sich hin gestarrt haben, während mein kleiner Bruder auf einer Decke vor dem erloschenen Herd lag und ich neben ihm schlief, ein Ärmchen schützend über ihn gebreitet. Hans fand der Lehrer auf dem Holzplatz hinter dem Haus, wo er mit verweinten Augen mit der viel zu großen Axt auf ein Baumstück eindrosch und versuchte, nicht nur das Holz, sondern auch seine Verzweiflung und die Trauer um seine Mutter in kleine Stücke zu hacken.

Später, wenn mein Vater mit tonloser Stimme von diesen schrecklichen Tagen erzählte, unterbrach Hans ihn gern und oft an dieser Stelle, um seine Verlorenheit herunterzuspielen. Es dauerte die Jahre des Erwachsenwerdens und Sich-Findens, bis er mir an dem Abend der Beerdigung unseres Vaters gestand, wie ihm damals wirklich zumute gewesen war.

Der Lehrer sah, verstand und handelte unverzüglich. Seine Schwester Hermine, von uns allen später immer nur Minchen genannt, führte ihm bis dato den Haushalt und dazu noch den des alten Pastors a. D., der im Haus nebenan wohnte. Doch die Männer müssten nun erst mal allein zurechtkommen, beschied der Herr Lehrer und schickte seine entgeisterte Schwester zu uns in den Wald. Es war nicht die Aufgabe, sich um drei mutterlose Kinder und einen trauernden Witwer zu kümmern, die sie abschreckte, sondern der Gedanke, nun fernab jeden Dorflebens und den ihr wichtigen Kontakten leben zu müssen. Wie am Sonntag in die Kirche kommen, wie zum jährlichen Dorffest, zu den wenigen Ereignissen, die das Geschehen bestimmten? Dafür werde er persönlich sorgen, versprach ihr Bruder, er werde sich darum kümmern, dass sie die Kirche regelmäßig besuchen und nichts missen würde, wenn sie denn nur darauf achtgäbe, dass der Herr Förster und seine armen Kinder dort im Wald nicht verhungerten.

Sich ihrer christlichen Pflicht bewusst zog Minchen noch am gleichen Sonntag bei uns ein. In all den folgenden Jahren war sie uns ein Mutterersatz, wie er besser nicht hätte sein können. Sie liebte uns mit ihrem großen Herzen *und sorgte trotzdem dafür, dass das Andenken an unsere Mutter nie in Vergessenheit geriet. Sie verteilte die wenigen Bilder unserer Mutter in unseren Kinderzimmern, und wenn sie das Abendgebet mit uns sprach, nacheinander bei jedem Einzelnen an seinem Bett, brachte sie uns bei, dem lieben Herrgott dafür zu danken, dass er Mutter zu sich in den Himmel geholt habe und sie dort nun engelgleich leben und voller Liebe und Fürsorge auf uns herabschauen würde.*

In den späteren Zeiten meines jungmädchenhaften Trotzes habe ich Minchen einmal wütend gefragt, wieso ich diesem Gott denn dafür danken solle, dass er uns unsere Mutter weggenommen habe. Minchen lächelte nur milde und fragte mich, ob ich denn nicht wüsste, wie es meiner Mutter gegangen wäre, wenn sie hiergeblieben wäre? Ob ich denn nicht verstanden hätte, dass der Herr Mutter vor Schmerzen und Krankheit bewahrt hatte, die unweigerlich über ihren von der dritten Geburt geschwächten Körper hereingebrochen wären? Minchen, die wenig Bildung genießen durfte und dabei über das verfügte, was man »Bauernschläue« nannte, hatte immer auf alles eine Antwort, auch wenn ich später oft über die Art lächeln musste, in der sie die Wahrheit mangels besseren Wissens und angefüllt von Gottesfürchtigkeit und einer gewissen Gottergebenheit so zurechtbog, dass sie ihr gerade ganz gut ins Konzept passte. Sie war tatsächlich das erste Beispiel für die Frauen, die ich später in so vielen anderen Situationen immer wieder treffen würde: Ihrem Schicksal ergeben und dabei nie aufgebend, es mit den eigenen Fähigkeiten so erträglich wie möglich zu gestalten.

Minchen hat sich nie beklagt, auch wenn das Leben ihr nicht so mitgespielt hat, wie sie es sich in den frühen Jahren ihrer Jugend sicherlich erträumt hat. Keine Jungmädchen-Hochzeit in Weiß, keine Erfüllung der großen Liebe, keine Familie mit einer Schar eigener Kinder.

Mir ist all dies auch nicht widerfahren, nur im Gegensatz zu Minchen habe ich auch nie davon geträumt.

16

Karla

30. September 1928

Mein kleines Mädchen,

heute hättest du daheim sein wollen – vor wenigen Tagen haben wir ein Rehkitz gefunden, vielleicht acht Wochen alt. Hans hat es bei seinen Streifzügen durch den Wald entdeckt und mir Bescheid gegeben. Du weißt ja, dass man das Kleine nicht anfassen darf und in Ruhe lassen muss, damit sich die Mama kümmert. Aber ihr scheint etwas zugestoßen zu sein, denn auch heute lag das Kleine, nun schon recht geschwächt, an gleicher Stelle.

Wir haben es – entgegen aller Förster Art – mit nach Hause genommen. Das Minchen hat so sehr darum gefleht, und ich weiß auch sehr wohl, welche Gedanken sie dabei bewegt haben. Das Kleine hat sie an dich erinnert, auf wackligen Beinchen und liebebedürftig.

Und auch mein Herz wurde weich, das muss ich gestehen, fehlt euch dreien doch die Mama ebenso wie mir die Käthe und sind doch auch wir so dankbar für alle Wärme und Geborgenheit, die wir von allen Seiten bekommen.

Wenn du nach deiner nächsten Therapie zu Weihnachten nach Hause kommst, wird das Rehlein schon ordentlich gewachsen sein, und du kannst es beobachten und viel von ihm *über die Tiere im Wald lernen. Ach, wie sehr sich mein Herz nach dir sehnt, mein kleines Mädchen!*

Fühle dich lieb umarmt

von deinem Papa!

—

12. Oktober 1928

Mein liebes kleines Mädchen,

da habe ich mir aber ordentlich Schelte abholen müssen bei der Tante Gerda, dass ich dir den letzten Brief geschrieben und von der Mama gesprochen habe. Ich solle dich nicht daran erinnern, dass die Mama beim lieben Herrgott im Himmel ist, und dich nicht traurig machen. Aber wir wollen doch die Mama nie vergessen, nicht wahr, meine liebe kleine Karla? Und wie könnte ich sie vergessen, muss ich doch nur mein liebes kleines Mädchen anschauen. Du bist der Mama wie aus dem Gesicht geschnitten und genauso wunderschön wie sie.

Stell dir vor, der Gustav läuft nun schon so geschwind auf seinen kleinen Beinchen, dass wir sehr aufpassen müssen, dass er uns nicht davonläuft. Und wie er juchzt und lacht, wenn das Minchen ihn um den Tisch und die Sessel herumjagt, es ist eine wahre Freude. Wenn du das nächste Mal nach Hause kommst, und das ist nun schon gar nicht mehr so fern, dann kannst du mit den beiden mitlaufen, denn Tante Gerda hat mir berichtet, wie großartig deine Beine dich schon tragen. Ich bin so unsagbar stolz auf dich und kann es kaum erwarten, dich in meine Arme zu schließen!

Dein Papa!

—

Meine liebste kleine Karla,

der Abschied fiel uns beiden wieder so schwer, nicht wahr? Aber diesmal bleibst du nur wenige Wochen bei deiner Tante Gerda, und dann bist du wieder bei uns im Wald. Es hat mein Herz schier zerrissen, dich so schluchzen und weinen zu sehen, mein liebes Kind. Aber dein Bein ist nun schon fast gesund, und dann können wir den Sommer gemeinsam hier genießen. Denke an die wunderbare Natur, die wir zusammen durchstreifen werden, auf langen Spaziergängen.

Mein Herze sehnt sich nach dir,

bis bald, mein kleiner blonder Engel,

Dein Papa!

17

Je mehr Briefe Ella vom Vater entzifferte, desto klarer wurde das Bild über Karlas Kindheit. Ein wenig irritiert war sie jedoch über den Schreibstil. Schrieb er nicht an ein kleines Mädchen im Kindergartenalter? Wenn man die Daten außer Acht ließ, hätte man meinen können, die Empfängerin seiner Zeilen sei um vieles älter und verständiger, als das kleine Mädchen es mit ihren vier oder fünf Jahren hatte sein können. Aber nun gut, er würde sich etwas dabei gedacht haben. Jedenfalls war das Verhältnis der beiden sehr eng gewesen und die Bindung der kleinen Karla an ihr Zuhause im Wald, an das Forsthaus Eichbrink und ihre Familie dort wohl ebenfalls. Ella beneidete sie darum.

Sie hatte bis spät in die Nacht am Schreibtisch gesessen und Brief um Brief, Tagebuchseite um Tagebuchseite entziffert und abgeschrieben. Nun stand sie mit einem Glas Wein in der Haustür und sah Balou dabei zu, wie er im nächtlichen Garten noch einmal alle Gerüche und Spuren sicherte, bevor er sich entspannt zur Nacht vor dem schon kalt gewordenen Kamin niederlassen würde.

Ella war todmüde, und doch wusste sie, dass sie kein Auge zutun würde. Dazu war ihr Innerstes viel zu aufgewühlt. Karla und ihr Vater hatten nicht zusammengelebt und sich nur sporadisch gesehen, genauso wie es mit Ella und ihrem Vater gewesen war. Sie hatte diese ersten Jahre ihres Lebens gar nicht mehr bewusst vor Augen gehabt, aber mit den Briefen von Karlas eigenem Vater fielen Ella wieder Begebenheiten ihrer eigenen Kindheit ein, die sie längst vergessen hatte.

Zoobesuch – Ella auf den Schultern ihres Vaters, er läuft und hüpft, dass es sie nur so durchschüttelt, und ihre Mutter steht da mit einem Fotoapparat und lacht, sie sollen doch nicht so zappeln, da könne sie ja niemals ein vernünftiges Foto machen.

Picknick auf einer Wiese – Edith liegt auf dem Rücken und sonnt sich, ihr Vater bringt Ella bei, aus Gänseblümchen eine Kette zu flechten, die sie dann der Mutter feierlich wie eine Krone auf den Kopf legen. Vom vielen Stillsitzen und Konzentrieren ganz zappelig geworden, fängt Ella an, quengelig zu werden, bis ihr Vater sie sich greift und so lange durchkitzelt, bis sie meint, vor Lachen keine Luft mehr zu bekommen.

Strand – Sommer, kühler Wind und kaltes Wasser. Ellas Vater versucht vergeblich, sie ins Wasser zu locken, aber sie friert, und die Wellen sind ihr unheimlich. Sachen packen, ab ins beheizte Schwimmbad nebenan, Ella auf dem Arm ihres Vaters im warmen Wasser, sie ahmt die Schwimmbewegungen nach und fängt an zu kreischen, sobald er droht, sie ein wenig loszulassen. Bis sie immer mutiger wird und sich traut, ein paar Meter paddelnd und planschend über Wasser zu bleiben. Das stolze Lachen ihres Vaters, als er sich mit ihr freut.

Ella rief ihren Hund rein, der vor lauter Frühlingserwachen in dieser lauen Nacht da draußen kein Ende finden wollte. Widerstrebend folgte Balou ihrem Ruf und trottete ins Haus.

Wo kamen diese Bilder plötzlich her? Hatte sie all diese schönen Erlebnisse einfach vergessen? Lange noch lag Ella wach und dachte über ihre Kindheit nach, suchte nach weiteren versteckten Bildern, Gerüchen und Erinnerungen, die das gleiche wohlig warme Gefühl in ihr wachriefen, bis sie endlich in einen unruhigen Schlaf fiel und träumte.

Ella auf dem Arm ihrer Mutter, ihre Gesichter verweint, die Augen rot. Sie stehen am Fenster und winken dem Vater hinterher, der mit seinem Seesack über der Schulter die Straße runtergeht und sich alle paar Schritte umdreht, um zurückzuwinken. Die Einsamkeit in ihrem Herzen ist ebenso erdrückend wie der schraubstockgleiche Arm, der sie hält.

Ella bei einer Freundin am Abendbrottisch, familiäres Idealbild, Vater, Mutter, Kind. Sie saugt das Familienidyll förmlich in sich auf.

Ella in der Schule. Beim Verteilen der Einladungen zum Elternsprechtag fordert die Lehrerin die Kinder auf: »Und richtet bitte euren Eltern aus, es wäre schön, wenn sie beide kämen! Elvira, bei dir weiß ich, dass dein Vater nicht kommen kann.« Ellas Gesicht brennt vor Scham.

Ella, die nicht beim Fahrradfahren im Hof mitmachen kann, weil ihr Rad bei einem Sturz kaputtgegangen ist. Unverständnis einer Spielkameradin: »Also MEIN Vater hätte das schon längst heil gemacht!«

Die altbekannte Wut breitet sich in Ellas Innerem aus wie ein Gift.

Als sie aufwachte, dröhnte ihr Kopf, und die friedliche Stimmung des Vorabends, das Gefühl von Geborgenheit und Liebe, das in ihr aufgekommen war, war der altbekannten Bitterkeit gewichen. Klar, ihr Vater hatte auch schöne Sachen mit seiner kleinen Familie unternommen, aber an deren Ende stand unweigerlich immer der Abschied, und wenn sie ihn gebraucht hatte, war er nie da gewesen. Und wenn heute zehnmal Samstag war – sie würde nicht ihre Zeit verplempern und zu ihm ins Heim fahren! Heute nicht!

Nach einem schnellen Frühstück im Stehen zog sich Ella ihre alte Jacke an. Sie musste dringend den Kopf freibekommen. Balou flippte vor Freude aus, lief hin und her, holte seine Leine, schmiss sie Ella vor die Füße, drehte sich auf der Stelle im Kreis, lief zur Tür, wieder zurück zu Ella und riss sie, als sie gerade auf einem Bein stand, um in ihre dicken Stiefel zu schlüpfen, von den Füßen. Ella fluchte und rieb sich die Hüfte, mit der sie gegen den kleinen Wandschrank geprallt war. Schuldbewusst schmiss sich Balou auf den Boden, machte sich ganz klein und schaute sie mit seinen großen Augen von unten herauf an.

»Ist schon gut, Dicker!«, ruffelte Ella ihm über den Wuschelkopf. »Nun komm! Ich brauche frische Luft!«

Fast zwei Stunden marschierten sie in strammem Tempo, und Ella merkte, dass ihr nach und nach das Atmen leichter fiel, als lasse sie ihre Sorgen und schweren Gedanken mit jeder Wegbiegung ein Stückchen weiter hinter sich zurück.

Auf einer kleinen Anhöhe traten sie in die Sonne hinaus. Vor ihnen lag ein Dorf, in dem Ella schon einige Male gewesen war, wenn auch bisher nur mit dem Auto. Es gab ein paar Geschäfte, einige kleine Handwerksbetriebe, ein Hofcafé, und als sie weiter durch die Straßen schlenderten, entdeckten sie eine winzige Kapelle, die von einem verwunschenen Friedhof mit ein paar schief stehenden Kreuzen und Grabsteinen umgeben war. Alles schien längst dem Verfall preisgegeben zu sein, und Ella wunderte sich darüber, dass sie quasi vor ihrer Haustür einen Ort gefunden hatte, den sie eher in Südengland oder Frankreich vermutet hätte: ein Platz, an dem die Zeit stehen geblieben war, sich nicht bewegte, den man intuitiv ganz vorsichtig betrat, um nichts und niemanden aufzuwecken.

Langsam ging sie durch die Reihen verlassener Gräber und versuchte Namen oder Zahlen zu entziffern, aber das Moos und die Witterung hatten fast alles unleserlich gemacht. Hier ein 19., dort eine Maria, ein Engel ohne Gesicht, Efeu, das einem Grabstein die Form nahm.

Sie war so fasziniert, dass sie es gar nicht bemerkte, als ein Mann den Friedhof betrat.

18

Er stutzte, als er die Fremde sah. Mehr noch, er war sogar ein bisschen verärgert, denn was er suchte und hier normalerweise auch fand, waren Ruhe und Abgeschiedenheit. Nicht selbstverständlich für ihn, der kaum durch den kleinen Ort gehen konnte, ohne auf ein bekanntes Gesicht zu stoßen oder Hände zu schütteln, tröstend über den Arm zu streicheln oder zuzuhören. Als Pastor war er Allgemeingut und hatte kaum Gelegenheit, dem zu entfliehen. Selbst in seinen eigenen vier Wänden konnte er der Aufgabe als Seelsorger selten entkommen, denn wie es in einem Ort wie diesem üblich war, gab es keine geheimen Telefonnummern oder die Scheu der Nachbarn, an einer privaten Haustür zu klopfen.

Daher kam er so gern hierher. Der Friedhof lag mitten im Ortskern, aber doch so abgeschieden, dass keiner auf die Idee kam, hier herumzulaufen. Keiner bis auf diese fremde Frau mit ihrem Hund.

Er beobachtete die beiden, wie sie zwischen den Gräbern hin und her schlenderten, mal versuchten, eine Grabaufschrift zu entziffern, mal ein schiefes Kreuz betrachteten. Der Hund schnüffelte zwischen den Grasbüscheln und erforschte den kleinen Friedhof auf seine Weise. Beide schienen fasziniert von der kleinen Fläche hinter der Kapelle zu sein und seine ganze Atmosphäre und Ausstrahlung in sich aufnehmen zu wollen.

Einen Moment noch zögerte er, fast, als scheue er sich, die Frau aus ihren Tagträumen zu reißen, dann sprach er sie an.

Eigentlich sehen wir Hunde nicht so gern hier!«, hörte Ella plötzlich eine dunkle Stimme hinter sich und drehte sich erschrocken um. Sie war so in Gedanken versunken gewesen, dass sie einen Moment nicht nur vergessen hatte, wo sie war, sondern auch darauf zu achten, Balou an die Leine zu nehmen.

»Ist schon gut«, lachte der Mann, der vor ihr in die Knie gegangen war, um Balou mit kräftigen Streicheleinheiten zu verwöhnen. »Er scheint ja nicht zu der Kategorie Grabschänder zu gehören. Und solange er sein Geschäft nicht hier verrichtet ...« Er stand auf und strahlte aus warmen braunen Augen, die von unzähligen kleinen Fältchen umgeben waren, auf sie herab. »Sie sind nicht von hier, nicht wahr? Ich habe Sie zumindest noch nicht bei uns gesehen. Und Ihren Hund auch nicht.«

Aus irgendeinem Grund fiel Ella nichts Vernünftiges ein, was sie hätte sagen können. Nein, wir kommen aus dem Wald!? Also schüttelte sie nur den Kopf und legte Balou die Leine an. »Bitte entschuldigen Sie.« Dann nahm sie ihren Hund und drängte sich an dem Mann vorbei. Seine Präsenz war so überwältigend, dass Ella das Gefühl hatte, sie müsse ihm unbedingt entkommen, bevor er allen Raum um sie herum einnahm.

»Ich wollte Sie nicht erschrecken ... Warten Sie doch

bitte!«, rief der Mann hinter ihr her und versuchte sie aufzuhalten.

Aber Ella war bereits davongestürmt.

Jo ärgerte sich über seine ungeschickte Art, mit der er die Frau vertrieben hatte. Als sie aufgeblickt und ihn angeschaut hatte, hatte er die Verwirrung in ihren Augen gesehen. Vermutlich hatte er sie erschreckt. Sie war nicht mehr ganz jung, obwohl ein wenig jünger als er, graue Augen unter melierter Lockenmähne, das Gesicht von viel frischer Luft leicht gerötet. Hektisch, fast schon panisch hatte sie links und rechts an ihm vorbeigeblickt, als sei sie auf der Suche nach einem Ausweg aus einer ihr unangenehmen Situation, einem Fluchtweg. Auf den engen Pfaden zwischen den Grabsteinen musste er ihr mit seiner Größe wie eine bedrohliche Erscheinung vorgekommen sein, und sie war schneller fort gewesen, als er hatte reagieren können. Nun, sei es drum, im Grunde hatte er sich ja sowieso an ihrer Anwesenheit gestört und müsste nun eigentlich froh sein darüber, dass sie so schnell den Rückzug angetreten und er seinen Friedhof wieder für sich hatte.

Einen Moment noch blickte er ihr hinterher, bis sie mit ihrem großen Hund durch das schmiedeeiserne Tor, das ein wenig schief in den Angeln hing, geeilt war, dann suchte er seine Lieblingsbank auf und setzte sich. Die Sonne war schon hinter dem Glockenturm der kleinen Kapelle verschwunden, und es wurde empfindlich kühl, aber das machte ihm nichts aus. Wie oft war er mit Selma hier gewesen, hatte mit ihr geredet, mit ihr geschwiegen. Manchmal hatten sie einfach gemeinsam dagesessen, jeder in seine eigenen Gedanken versunken, zu anderen Gelegenheiten hatten sie gemeinsam Pläne geschmiedet oder über die Mitglieder der Gemeinde gesprochen, die sie zurzeit gerade beschäftigten. Ein plötzlicher Trauerfall und seine Konsequenzen für die Familie, ein Jugendlicher auf Abwegen, die Krankheit eines viel zu jungen Menschen.

Selma war es immer egal gewesen, wie gläubig, wie kirchentreu die Dorfbewohnerinnen und -bewohner waren. Wenn sie Hilfe und Unterstützung brauchten, dann brauchten sie sie jetzt und nicht erst, wenn sie ihre Gottesfurcht ausreichend demonstriert hatten. Das hatte er so an ihr geliebt, diese Art zu denken und zu handeln, ohne sich ihrer Christlichkeit darin bewusst zu sein. Sie hatte einfach nur das getan, was ihrem Fühlen und Denken entsprach, und war in ihrer Authentizität dem Nächsten oft näher gewesen, als manches Kirchenoberhaupt das von sich hätte behaupten können.

Er vermisste sie so sehr, dass ihm das Denken an Selma manchmal fast körperliche Schmerzen verursachte, dabei war sie nun schon mehr als drei Jahre tot. Aus dem Leben gefegt von einem bösartigen, schnell wachsenden Tumor, zu spät erkannt, nicht mehr ausbrems- und schon gar nicht heilbar. In den wenigen Monaten, die sie noch gehabt hatten, blieb ihm kaum Zeit, sich mit ihrem eventuellen Tod auseinanderzusetzen. Und aus eventuell war unausweichlich geworden, bevor sein Kopf auch nur hatte anfangen können zu denken.

Seine Gemeinde war ihm eine große Hilfe gewesen. Ihm, der immer eine Stütze für andere gewesen war, boten die Schwachen plötzlich die starke Schulter, und er erlebte einen Rückhalt, den er sich nicht zu erträumen gewagt hätte, wäre er in der Lage gewesen, über den Tellerrand seiner Trauer hinwegzuschauen.

Wem er jedoch sein Überleben zu verdanken hatte, und dankbar war er dafür in keiner Weise gewesen, war seine Schwester. Adriana hatte nicht viel geredet, sie war einfach genauso so plötzlich da, wie ihre Anwesenheit so plötzlich erforderlich gewesen war. Schon als Kinder hatten sie sich nahegestanden, sie die kleine Schwester, genauso hochgewachsen wie ihr älterer Bruder und aus einem unerfindlichen Grund schon früh mit fürsorglicher Aufmerksamkeit über ihn wachend. Ihre Idee war es gewesen, er solle Herz und Berufung folgen und Theologie studieren, als er die Ausbildung zum Gärtner zwar hinter sich gebracht, aber keinerlei Lust verspürt hatte, den elterlichen Betrieb zu übernehmen. Das hatte dafür Adriana getan, auch wenn ihre Eltern, besonders ihr Vater, anfangs große Schwierigkeiten damit gehabt hatten zu akzeptieren, dass die Tochter und nicht der Erstgeborene die Nachfolge antreten würde. Sie hatte einfach zugepackt und erst ihre Eltern sowohl bei den Pflanzen als auch den Büchern unterstützt und ihnen dann nach und nach behutsam das Steuer aus der Hand genommen.

Als Selma starb, hatte Adriana genauso zielstrebig

und stillschweigend zugepackt, ohne zu fragen, im Gästezimmer Quartier bezogen und dafür gesorgt, dass Jo jemanden hatte, der bei ihm war, wann immer ihm danach war, zu reden, zu schweigen, zu weinen oder mit seinem Gott zu hadern.

Wenn sie nicht gewesen wäre, hätte er es nicht geschafft, das wusste er. Starke Frauen hatten schon immer zu seinem Leben gehört.

21

Ella stürmte in den Wald, als sei der Leibhaftige hinter ihr her. Was war bloß mit ihr los, fuhr sie sich selbst an. Konnte sie nicht mal mehr mit fremden Menschen sprechen? Sie reagierte ja komplett über! Vielleicht sollte sie aufhören, sich um das Leben anderer zu kümmern, egal, ob sie nun tot waren, nichts mehr von ihr wissen wollten oder einfach nur mit ihr spielten. Es wurde Zeit, dass sie sich wieder um sich selbst kümmerte! Wenn sie das nicht tat, tat es keiner. Lange genug hatte sie sich vernachlässigt. Sie musste wieder unter Leute gehen, etwas unternehmen, nicht am Schreibtisch sitzen, bis ihr die Augen tränten. Reden, tanzen, lachen und nicht träumen, grübeln und warten. Ja, warten – das war genau das Problem. Wütend trat sie gegen einen Ast, der auf dem Weg lag, und schleuderte ihn in Balous Richtung, der erschrocken ins Unterholz sprang und Ella dann aus einiger Entfernung mit großen Augen anstarrte. Sie wartete schon wieder, dabei hatte sie sich doch gerade geschworen, das nicht mehr zu tun.

Sie wollte nicht mehr darauf warten, ob von Leonie irgendein Zeichen kam, nur ein winzig kleiner Wink, der Ella Hoffnung machen konnte, wieder ein Teil vom Leben ihrer Tochter sein zu dürfen.

Sie wollte nicht mehr warten auf Carls Anrufe oder

SMS, auf eine Nachricht per E-Mail, auf das vertraute Geräusch seines Motors, das über den kleinen Waldweg näher kam.

War das nicht genau das gewesen, was sie sich geschworen hatte, niemals zu tun? Damals, wenn sie ihre Mutter heimlich beobachtet hatte, wie sie ihr Leben am Küchentisch verbrachte, um darauf zu warten, dass die Zeit verging, dass jemand von außen ihr das Leben aus der Hand nahm und es für sie lebte?

NIE hatte sie sich geschworen, NIE würde sie ihre Zeit und Energie damit verschwenden, auf einen Mann zu warten! NIE würde sie darauf warten, dass Probleme sich von allein lösten. Und was tat sie jetzt? Sie war Mitte vierzig, stand im Leben, war erfolgreich im Beruf, hatte einige wenige, aber dafür sehr gute und verlässliche Freunde, das schönste Zuhause, das sie sich vorstellen konnte, und was tat sie? Sie WARTETE!

Ihre Augen funkelten vor Zorn, und Balou hielt sicheren Abstand von ihr, während sie auf dem Waldweg zurück nach Hause liefen.

Hatte sie sich selbst im Ernst geglaubt, sie beschäftige sich so intensiv mit dem Leben Karlas, weil diese alte Frau sie so sehr interessierte? Es ging doch gar nicht um Karla. Es ging einzig und allein darum, sich beschäftigt zu halten und einen guten Grund zu finden, nicht aus dem Haus zu müssen, um ja nicht den Moment zu verpassen, in dem Leonie bei ihr anrief oder Carl überraschend vor der Tür stand.

Erst letzte Woche hatte Tilda gefragt, ob sie am Samstagabend mit zum Jazz käme, ein lockeres Treffen mit ein paar netten Menschen. Natürlich hatte Ella abgesagt. Sie hätte wahnsinnig viel zu tun, leider.

Tilda hatte ihr nicht geglaubt. »So viel, dass du auch am Wochenende durcharbeiten musst und keine Zeit mehr für etwas anderes hast?«, hatte sie spöttisch gefragt.

»Nein, natürlich habe ich Zeit für etwas anderes. Aber die Recherchen über Karla sind echt mühsam gerade, so viel Handgeschriebenes … Das kostet Zeit, ist aber auch faszinierend!«

Dass ihr ihre Freundin diese Ausreden nicht abgenommen hatte, hatte Ella deutlich gemerkt, und sie war fast sauer auf sie geworden. Was wusste Tilda schon? Es war nicht immer so toll, als alleinstehende Frau zu Festen und Partys zu gehen. Allein schon, weil ihr nie jemand sagte: »Schatz, trink du heute deinen Wein, ich fahre!« Da blieb Ella schon mal gern vor ihrem Kamin oder an ihrem PC, statt in die Stadt zu fahren. Und die Gespräche über Kinder – was sollte Ella dazu beitragen? Stundenlang konnten sich manche Leute darüber auslassen, wie großartig ihre Sprösslinge gediehen waren. Die Übergänge zwischen »Er schläft durch«, »Er hat schon Zähne« und »Er studiert Jura« waren bei manchen Müttern fließend. Und dann kam meist unweigerlich die Frage: »Und was macht deine Tochter?« Sollte sie dann sagen: »Das weiß ich nicht, sie hat den Kontakt zu mir abgebrochen?« Oft genug saß Ella daneben und fand aus ihrem eigenen Schweigen nicht mehr heraus, das Lächeln zu einer starren Maske verkrampft.

Aber das konnte Tilda natürlich nicht nachvollziehen, mit ihrem Stadthaus und dem tollen Mann, ihrer Bilderbuchkarriere und den beiden hübschen Kindern, die zwar noch nicht aus dem Gröbsten raus, aber auf einem guten Weg in ihr eigenes Leben waren. Tilda, das Glückskind, das immer bekam, was es wollte.

Wieder trat Ella gegen einen Ast, und nun reichte es Balou. Laut bellend sprang er um Ella herum, als wollte er sie aus ihrem Tobsuchtsanfall herausholen und von ihr wissen, was hier eigentlich los war.

»Lass mich, Balou!«, schnauzte Ella ihn an. »Ich habe jetzt keinen Bock auf deine Spielchen!« Erneut trat Ella gegen einen auf dem Boden liegenden Ast. Aber diesmal hatte sie sich vertan – das war kein locker herumliegendes Holz, sondern eine Baumwurzel, und der feste Tritt, den Ella ihr gegeben hatte, zog schmerzhaft durch ihren Knöchel bis hinauf ins Bein. Sie stürzte und blieb auf dem Boden liegen, ohne sich rühren. Was war das nur alles für ein Mist!

Heiße Tränen der Wut und des Frusts liefen ihr die Wangen hinunter und tropften auf den staubigen Waldboden. Balou war sofort zu ihr gelaufen und hatte sich über sie gebeugt, um sie zu beschützen, zu trösten, und mit hechelndem Atem und feuchter Nase untersuchte er nun, was mit seinem Menschen passiert war. Sie lebte, Gott sei Dank, nun musste er sie nur noch zum Aufstehen bewegen. Mit langer Zunge schleckte er Ella über das halb von Händen bedeckte Gesicht. Und noch mal! Ella wehrte den Sabber ihres Hundes ab und musste lachen. Vorsichtig setzte sie sich auf und wischte sich die Tränen des Selbstmitleids fort, die ihr inzwischen in

Halstuch und Ohren gelaufen waren und sich dort mit Balous Speichel vermischt hatten. »Oh, wie eklig«, schüttelte sie sich. »Weg mit dir, du Riesenmonster!« Und sie lachte noch mehr. »Recht hast du, Dicker, wasch mir den Kopf!« Sie zog den Hund an sich und kuschelte sich in sein dichtes Fell. »Wie kann ich nur so ungerecht sein und auf euch alle wütend werden statt auf mich selbst!« Oder auf Carl!

Vorsichtig betastete sie ihren Knöchel, aber es war wohl mehr der Schreck gewesen als eine ernsthafte Verletzung, die sie hatte straucheln lassen. Sie stand auf, machte ein paar vorsichtige Schritte und setzte dann ihren Weg nach Hause fort.

22

Balou ließ sie nicht mehr aus den Augen. So komisch war sein Mensch noch nie gewesen! Als Ella in saubere Klamotten wechselte und den Autoschlüssel griff, setzte er sich vor die Haustür und gab ihr unmissverständlich zu verstehen, dass er sie auf gar keinen Fall allein fortfahren lassen würde. Ohne ihn als Beschützer würde sie erst mal nirgends hingehen, das war ja wohl klar.

Seufzend machte Ella den Kofferraum auf und ließ Balou ins Auto springen. »Du musst dann eben auf mich warten, solange ich bei meinem Vater bin. Selber schuld!«

Auf der Fahrt zum Heim kam ihr jedoch eine andere Idee.

»Was ist das denn für ein Hund?«, fragte die leitende Schwester interessiert.

»Ein Berner Sennenhund. Wenn Sie möchten, können Sie ihn gern kennenlernen und dann entscheiden. Er ist im Auto!«, erwiderte Ella.

Balou zeigte sich von seiner besten Seite, wartete im offenen Kofferraum, bis Ella ihm das Signal zum Aussteigen gab, und gehorchte auch sonst auf jedes Kommando, als wüsste er, dass es gerade jetzt wichtig war, mal so zu tun, als wäre er ein ganz Artiger.

Wie Ella vermutet hatte, verliebte sich die Schwester gleich. Trotzdem war sie unsicher, ob es eine gute Idee war, ihn mit in die Demenzabteilung zu bringen. »Er ist ja doch recht groß, ich möchte unsere Bewohner nicht verängstigen«, überlegte sie.

»Wie wäre es, wenn ich mit Balou einfach nur in den Garten gehe? Es ist schönes Wetter heute, wer möchte, kann dann zu uns kommen, und wer Angst hat, kann auf Abstand bleiben. Ich würde ihn so gern meinem Vater zeigen. Er hat Hunde geliebt, und wenn er nicht zur See gefahren wäre …«

»Okay, versuchen wir es. Aber halten Sie ihn an der kurzen Leine, und er darf unter keinen Umständen bellen!«

Ella nickte nervös. Plötzlich war sie selbst nicht mehr so davon überzeugt, dass es eine gute Idee gewesen war, Balou mit ins Heim zu nehmen.

Sie setzte sich mit ihrem Hund auf eine Bank in die Frühlingssonne, und nach kurzer Zeit kam die Schwester wieder. Sie hatte sich bei Ellas Vater eingehakt, schlenderte mit ihm über die kurzen geschwungenen Wege des kleinen Gartens und plauderte auf ihn ein, über das schöne Wetter und die hübschen Frühblüher, die die Beete entlang der Wege mit vielen zarten Farbtupfen übersäten.

»Schauen Sie mal dort, Horst, Ihre Tochter ist da!«

Der entspannte Ausdruck auf dem Gesicht ihres Vaters veränderte sich und wurde ernst.

Er blickte die Schwester an und sagte: »Ich habe keine Tochter!«

Die Worte schnitten in Ellas Herz, aber sie wusste, dass sie nicht verletzt sein durfte.

»Na, und wer ist dann die hübsche Dame dort mit dem großen Hund? Was für ein toller Hund! Mögen Sie Hunde, Horst?«

Die Schwester war mit ihrem Vater am Arm in sicherem Abstand stehen geblieben, und Horsts Augen ruhten nun auf Balou, der sich aufsetzte und die weichen runden Ohren aufstellte.

»Ich mag Hunde sehr«, lächelte ihr Vater. »Was für ein schöner Hund!« Wie selbstverständlich machte sich Horst von der Schwester los und ging auf Balou zu, der ihn schwanzwedelnd erwartete.

Die Schwester warf Ella fragende Blicke zu, aber Ella nickte beruhigend.

»Sagen Sie«, wandte sich Horst nun an seine Tochter, »darf ich diesen Hund einmal streicheln?«

Ella schob die Enttäuschung darüber, dass er sie wieder nicht erkannt hatte, fort und nickte. »Gern, setzen Sie sich doch zu uns!«

Horst wirkte plötzlich unsicher, und die Schwester kam ihm zu Hilfe. Kaum saß Horst auf der Bank, legte Balou seinen großen dicken Kopf auf seine Beine und ließ sich streicheln. Die Schwester lächelte, machte Ella ein Daumen-hoch-Zeichen und wies auf das Haus. Klar, sie musste zurück, sie hatte ja auch noch andere Bewohner zu betreuen.

Ella nickte ihr zu und schaute wieder zu ihrem Vater. Der hatte die Augen geschlossen und genoss sichtlich die Wärme der Frühlingssonne und des Hundes, der sich an ihn geschmiegt hatte und geduldig die zittrige Hand in seinem Fell ertrug.

»Wie heißt denn Ihr Hund?«, fragte er mit leiser Stimme. Ellas Herz klopfte laut. Wie würde ihr Vater reagieren?

»Er heißt Balou«, sagte sie und beobachtete gespannt das Gesicht des alten Mannes.

»Balou?«

Pause.

»Balou.«

Er schien den Namen in seinem Kopf hin und her zu schieben, um nach der richtigen Form zu suchen, in die der Klang passte.

»Balou!«

Er dachte nach. Aber die Pausen waren zu lang, die Wege in seinem Kopf zu verschlungen, er verlor erst den bekannten Klang, dann verlor er das Wort, dann den Sinn.

»Ein schöner Hund! Wie heißt er denn?«, fragte Horst nach einer Weile.

»Er heißt Balou.« Nun fiel es Ella schon leichter, den Namen auszusprechen. Wenn man keine Erwartungen hat, kann man auch nicht enttäuscht werden. Höchstens überrascht.

»Balou? Ich hatte auch mal ... Ich kenne den Namen!« Horst schob das Wort wieder in seinem Kopf hin und her, aber diesmal machte es ihn ärgerlich, dass er es nicht zuordnen konnte. »Ein schöner Hund! Wirklich! Ich muss jetzt nach Hause! Mein Bus kommt gleich!« Horst streichelte Balou noch einmal über den Kopf, dann stand er auf und ging zum Gartentor, rüttelte daran. »Ich muss nach Hause! Mein Bus kommt gleich!«, rief er plötzlich und wurde zunehmend nervös.

Ella stand auf und ging zu ihm. Sie hakte sich bei ihm ein, wie sie das bei der Schwester vorhin gesehen hatte, und sagte: »Dürfen Balou und ich Sie ein Stück begleiten? Das Haus ... Die Bushaltestelle ist dort drüben!«

Balou stupste den alten Herrn an, der überrascht nach unten schaute.

»Ein schöner Hund! Darf ich ihn streicheln?«

»Ja, sehr gern«, lächelte Ella und brachte ihren Vater zum Haus.

23

An diesem Abend wollte Ella gerade das Haus verlassen, als ihr Telefon klingelte. Sie war spät dran, hatte sich nicht entscheiden können, was sie anziehen sollte, hatte mit ihren kaum zu bändigenden Haaren gekämpft und das Make-up dreimal wieder abgewischt und neu gemacht. Zu bunt, zu wenig, zu viel. Sie war wirklich aus der Übung, war viel zu lange nicht ausgegangen.

Und nun auch noch das Telefon. Ein Blick auf die Nummer ließ ihr Herz einen Moment aussetzen. Carl.

Zögernd stand sie da und schaute auf das Display – sie könnte einfach so tun, als wäre sie nicht da. Aber sie könnte auch versuchen, stark zu sein.

Sie straffte die Schultern und nahm ab. »Ja, hallo?«

Distanz schaffen!

»Ich bin es.« Carl schien irritiert zu sein, dass sie auf seine Nummer nicht so vertraut reagiert hatte wie sonst.

»Oh, hey!«

Distanz halten!

»Alles okay bei dir?«

»Ja, alles prima. Ich bin gerade auf dem Sprung.«

»Ah … Ach so. Ich hatte gehofft … Aber okay … Wo soll es denn hingehen?«

»Mit Tilda und Thomas zum Jazz.«

Ärgern. Was ging ihn das an?

»In den Club? Stimmt, Thomas hat mir davon erzählt, fragte mich, ob ich auch Lust hätte.«

Eisiges Entsetzen.

»Und?«

Beiläufig klingen!

»Nein, du weißt ja, das ist nichts für Saskia ...«

Verlegenes Schweigen.

Carl setzte wieder an: »Ich hatte gehofft, wir könnten ...«

Ellas Herz klopfte automatisch schneller bei diesen Worten, nach denen es sich immer so verzehrte. *Blödes Herz!*

»Nein, Carl. Können wir nicht. Schönes Wochenende!«

Auflegen.

Tief durchatmen.

Ella musste sich einen Moment setzen, so sehr zitterten ihre Knie. Okay, richtig elegant war die Abfuhr nicht gewesen, aber sie hatte es geschafft. War nicht schwach geworden, hatte nicht diskutiert, hatte selbst die überflüssige Bemerkung über seine Frau ignoriert, ohne bissig zu werden. Hatte einfach NEIN gesagt. Wichtiger war noch: Sie hatte es auch so gemeint!

Plötzlich erfasste sie ein Hochgefühl, wie sie es lange nicht gehabt hatte. Sie sprang auf, nahm das Tuch vom Haken, das ihr eben noch zu bunt und zu auffällig erschienen war, schlang es sich locker um den Hals. Dann betrachtete sie das Spiegelbild, das ihr entgegenstrahlte. Sie hatte es wirklich geschafft, und sie wusste, dass sie jetzt, nachdem der erste Schritt getan war, auch die nächsten Schritte schaffen würde. Stück für Stück Abstand schaffen, Stück für Stück das eigene Leben und die Selbstbestimmung zurückgewinnen! Sie lächelte sich zu. *Gut so, Ella, weiter so.*

Die Combo, die an diesem Abend im Jazzclub auftrat, gehörte nicht unbedingt zu Ellas Lieblingsbands, aber was sie machte, war okay, und die Stimmung in den alten Räumen mit den niedrigen Decken, den vom jahrelangen Rauchen rußgeschwärzten Ecken und den alten, zum Teil wackligen Möbeln war fröhlich und ausgelassen.

Ella kannte die meisten der Leute, mit denen sich Tilda und Thomas verabredet hatten. Es waren Kolleginnen und Kollegen von beiden dabei, genauso wie private Freunde, mit denen Ella schon so manche Nacht an Tildas Küchentisch gefeiert hatte, und die Freude, sich wiederzusehen, war gegenseitig.

Auf dem Weg zur Toilette merkte Ella, dass sie den Alkohol schon ein wenig in ihrem Kopf spürte. Mühsam schob sie sich durch das Gedränge – und hörte plötzlich wie in einem Déjà-vu eine tiefe und warme Stimme hinter sich: »Heute Abend sehen Sie viel fröhlicher aus als vorhin.«

Sie drehte sich um und stand, wie schon am Vormittag auf dem kleinen alten Friedhof, dem vollbärtigen Pastor gegenüber, der ohne Soutane in seinem gestreiften Hemd und mit dem farblich passenden Schal nicht mehr so bedrohlich wirkte. Seine Präsenz war jedoch auch jetzt überwältigend. Seine Größe ließ ihn sich unter der niedrigen Decke ein wenig ducken, und seine braunen Augen strahlten sie mit einem amüsierten Zwinkern an. Wieder fiel ihr nichts ein, was sie hätte sagen sollen, und sie ertappte sich dabei, wie sie ihr Gegenüber dümmlich wie ein Schulmädchen angrinste.

»Haben Sie Ihren schönen Beschützer nicht dabei heute Abend?«

Endlich fand sie die Sprache wieder. »Dieses Gedränge wäre sicher nichts für ihn.«

24

Jo glaubte nicht an Zufälle, wohl aber an den zuweilen gütigen Humor des Herrn, der es ihm erlaubte, so schnell wieder in die grauen Augen der Frau blicken zu können, die er heute Morgen auf dem Friedhof unfreiwillig verjagt hatte.

Im Schatten der kleinen Kapelle hatte er noch eine Weile darüber nachgedacht, was diese fremde Frau wohl hierhergeführt hatte, sich dann aber auf den eigentlichen Grund seines Besuches konzentriert – die Gedanken an Selma.

Er war an diesem Morgen aufgewacht und hatte von ihr geträumt. Sie war ihm nahe gewesen, wie so oft in seinen Träumen, so nahe, als sei sie noch am Leben und Teil seines Alltages. Trotzdem war der Traum anders gewesen als sonst und hatte ihm nicht den Trost geboten, den er bisher oftmals aus diesen Begegnungen hatte ziehen können. Erstmals seit sie ihn verlassen hatte und ihn nur noch in seinen Träumen besuchte, hatte er ihr Gesicht nicht sehen können. Bei all ihren Gesprächen hatte sie es von ihm abgewandt, und als er morgens in seinem Bett gelegen und den letzten warmen Schwingungen des Traumes, die über ihm lagen, nachspürte, konnte er nicht einmal sagen, ob er sie überhaupt auch nur einmal hatte lächeln sehen. Schlimmer noch, es fiel ihm zunehmend schwer, ihr Gesicht, ihr Lächeln vor seinem inneren Auge zu rekonstruieren, und er musste das Foto, das auf seinem Nachttisch stand, zu Hilfe nehmen, um den Linien ihres Gesichtes folgen zu können. Niemals hätte er es für möglich gehalten, dass das geschehen könnte. Er hätte geschworen, mit verbundenen Augen jedes Detail ihres Gesichts, jedes Fältchen darin, das warme Lächeln, das Grübchen in der einen Wange nachzeichnen zu können. Wie konnte es möglich sein, dass er begann, sie zu vergessen? Niemals, nie durfte das geschehen!

Verstört war er aufgestanden, seinen Pflichten des Tages nachgegangen und dann direkt aus der Kirche auf den Friedhof marschiert, in der Hoffnung, dort die Nähe zu Selma wieder heraufbeschwören zu können, die ihm zu entgleiten schien. Mit geschlossenen Augen hatte er eine Weile dort gesessen und sich bemüht, seine Frau neben sich auf der Bank zu spüren, ihre Stimme zu hören, so wie ihm das vorher oft gelungen war. Doch das Einzige, was er spürte, war ihre Hand, die sich ganz sacht auf seine legte, und den Hauch des Kusses auf seiner Wange. Sie war da und war es doch nicht.

Als er nach Hause gekommen war, hatte Adriana angerufen, als hätte sie seine Verstörtheit gespürt. Auf seine stockende Erzählung und verzweifelten Worte hin hatte sie eine Weile geschwiegen, ganz wie es ihre Art war, wenn sie nach den richtigen Worten suchte, und ihm dann ganz vorsichtig vorgeschlagen, es sei vielleicht doch langsam an der Zeit, Selma loszulassen.

Adriana gehörte nicht zu den Menschen, die sich über das, was da zwischen Himmel und Erde an Unerklärlichem war, Gedanken machte. Sie stand mit beiden Beinen auf dem Boden. Aber sie wusste auch, dass ihr Bruder weitaus sensibler und emotional angreifbarer war, als es ihm guttat.

So beobachtete sie in diesem Moment auch mit Skepsis, was er tat. Er sprach eine fremde Frau an! Selma loszulassen und sich auf sein Leben zu besinnen, war das eine – aber musste er sich gleich in ein neues Abenteuer stürzen?

25

Jo lächelte. »Ich freue mich, dass wir uns so schnell wieder treffen. Heute Morgen muss ich Sie sehr erschreckt haben!« Ein wenig verlegen raufte er sich seinen Bart, bevor er wieder ihren Blick suchte. »Schön, dass ich jetzt die Gelegenheit habe, mich bei Ihnen dafür zu entschuldigen. Darf ich Sie auf ein Glas einladen? Natürlich nur, wenn Ihre Begleitung nichts dagegen hat?« Suchend blickte er auf das Menschengewühl hinter Ella, ob jemand zu ihr gehörte.

»Nein, danke, sehr freundlich. Ich ... Ich war gerade auf dem Weg zur ...« Ella zeigte verlegen Richtung Toilettentür.

»Ach so, bitte verzeihen Sie. Wie dumm von mir! Aber wenn Sie dann Lust hätten, mit mir ein Glas auf mein ungehöriges Benehmen von heute Vormittag zu trinken, wäre es mir eine große Freude. Ich stehe dort drüben!« Galant geleitete er sie in Richtung Toilette, um dann diskret rechtzeitig abzudrehen und im Gewühl zu verschwinden. Allerdings nicht, ohne sich noch einmal umzudrehen, ihr zuzuwinken und erneut in die gleiche Richtung wie eben zu zeigen.

Eine Weile stand Ella in dem kleinen Waschraum und musterte sich im Spiegel. Was sollte das? Wollte dieser Mann etwas von ihr? Was sah er, wenn er sie ansah?

Eine kleine Rubensfrau mit einer kaum zu bändigenden dunkelgrauen Lockenmähne, roten Flecken am Hals, die sie immer bekam, wenn sie Alkohol trank, und blassem Lippenstift, der dringend nachgezogen werden musste. Erwartete er tatsächlich, dass sie sich auf die Suche nach ihm machen würde, um sich von ihm auf einen Drink einladen zu lassen?

Die Schlange vor den beiden kleinen Kabinen war wie immer länger, als man entspannt hätte ertragen können, und als Ella endlich, sich die nassen Hände an der Hose trocken reibend, aus der Tür zurück ins Gewühl trat, hatte sie die Begegnung mit dem Pastor schon fast wieder vergessen.

»Da sind Sie ja! Ich hatte schon Angst, Sie wären mir wieder davongelaufen.« Auf dem Weg zu ihrem Tisch kreuzte der Mann plötzlich wieder ihren Weg. »Was darf ich Ihnen zu trinken holen? Lassen Sie mich raten … Sie trinken gern Rotwein. Trockenen Rotwein, habe ich recht?«

Ella starrte ihn an.

»Warten Sie hier auf mich, bitte! Schauen Sie, es ist gerade ein kleiner Tisch frei geworden. Bitte, ich bin gleich wieder da!« Er hatte sie so eindringlich angeschaut und mit so einem flehentlichen Blick seine Bitte wiederholt, dass ihr gar keine andere Wahl blieb. Sie stellte sich an den kleinen Tisch, von dem aus sie ihre eigene Gruppe sehen konnte und auch gerade von Tilda entdeckt wurde, die ihr zuwinkte und dann wieder in ein intensives Gespräch mit einem ihrer Kollegen eintauchte. Dass die Männer ihr an den Lippen hingen, hatte sich über die Jahrzehnte nicht geändert, und Ella würde sich nicht wundern, wenn diese Männer nicht auch noch genauso gern mit ihr ins Bett gehen würden. Thomas amüsierte sich königlich über die »Gefolgschaft« seiner Frau. Er war sich ihrer sehr sicher, und Ella vermutete, dass er damit nicht falschlag. Sie konnte sich beim besten Willen nicht vorstellen, dass Tilda ihren Mann betrügen könnte. Bilderbuchehe, Bilderbuchfamilie. Ella lächelte. Sie gönnte es den beiden von Herzen.

»Sie sehen sehr hübsch aus, wenn Sie lächeln!« Unvermittelt stand der Pastor mit zwei Gläsern Wein wieder am Tisch. »Auf Ihr Wohl!« Er hielt ihr sein Glas entgegen, und Ella stieß mit ihm an. »Ich heiße Jo. Also eigentlich Johann, aber alle nennen mich Jo.«

»Ella. Danke für den Wein.«

»Sehr gern! Wenn Sie an einem Samstagabend hier im Jazzclub sind und noch dazu mit einer großen Gruppe Menschen, von denen ich manche sogar schon mal gesehen habe, dann sind Sie also doch von hier und nicht eine Fremde, wie ich heute Morgen dachte.«

»Stimmt, ich komme aus der Ecke, aber ich war das erste Mal auf dem kleinen Friedhof. Mir sind die Kapelle und das Gelände drum herum vorher noch nie aufgefallen.«

»Ja, ein idyllisches Plätzchen«, nickte Jo und schaute sie einen Moment nachdenklich an, als überlege er, ob er mit ihr über seinen Lieblingsort sprechen wolle. »Ich habe die Erfahrung gemacht, dass viele Menschen an der Kapelle vorbeilaufen. Aber die, die sie entdecken, sind von der Atmosphäre dort wie verzaubert! Es ist, also ob dort die Zeit stillstünde.«

Ella wurde ein bisschen rot, was aber sicherlich eher vom Wein kam als davon, dass er ihre Gedanken so treffend in Worte gefasst hatte.

Als habe sie sich in seinen Augen dadurch als würdig erwiesen, ergänzte er nun: »Fühlen Sie sich immer mehr als willkommen dort. Auf diesem kleinen Fleckchen Erde lässt es sich hervorragend nachdenken. Fast ist es, als würden die Gedanken dort eine eigene Dynamik bekommen.«

»Es ist alles so alt auf diesem Friedhof. Er wird nicht mehr aktiv genutzt, oder?«

»Nicht als Friedhof, nein. Es ist eher ein Ort der Ruhe und Besinnlichkeit. Es kostet mich jedes Jahr enorm viel Mühe und Geduld und stundenlange Diskussionen mit dem Bürgermeister, ihn zu erhalten. Er fände einen Parkplatz dort viel passender!«

Ella schüttelte entsetzt den Kopf. »Und die Kapelle?«

»Wird ebenfalls nicht mehr für Gottesdienste genutzt, dafür haben wir die Kirche am Marktplatz. In der Kapelle finden nur noch ganz besondere Dinge statt, manche Paare lassen sich zum Beispiel dort trauen, weil sie den kleinen Raum romantisch finden. Die Kapelle dürfte auch nicht abgerissen werden, die steht unter Denkmalschutz, aber der Friedhof … Na ja, solange ich in der Gemeinde bleibe, werde ich für seinen Erhalt kämpfen!« Er hob das Glas, wie um seine Worte zu unterstreichen. »Und was machen Sie, wenn Sie nicht gerade mit Ihrem Hund die Totenruhe unserer lieben Vorfahren stören?« Er grinste jungenhaft.

»Ich schreibe und recherchiere.«

»Hört sich spannend an! Erzählen Sie, was recherchieren Sie zurzeit, das Sie am meisten fesselt?«

Sein Blick ruhte so voller Intensität auf ihr, als gäbe es keine zweihundert Menschen, eine Jazzband, laute Musik und viel Stimmengewirr um sie herum, und als könne er sich nichts Interessanteres vorstellen, als zu hören, was sie jetzt sagen würde. Diese Intensität verwirrte Ella erst; sie wählte ihre Worte bedacht und langsam, überlegte sorgfältig, wie das, was sie sagen wollte, zu formulieren sei, damit ihr Gegenüber es auch genau so verstand, wie es klingen sollte.

Er hörte zu, er fragte nach, und plötzlich ging das Reden ganz leicht. Sie erzählte von Karla, von dem Koffer und seinem Inhalt, dass sie sich im Lesen von handgeschriebenem Sütterlin übte und mit den verschiedenen Ausprägungen kämpfte. Dass sie das Leben der alten Dame rekonstruieren wollte und schon ganz gespannt sei, was sie noch alles herausfinden würde.

Als Jo zwischendurch zur Bar ging, um ein neues Glas Wein für beide zu holen, stand Tilda plötzlich neben ihr. »Ist alles okay? Wer ist das?«

Ella zuckte mit den Schultern »Einfach so ein Typ, mit dem man sich gut unterhalten kann.«

»Ah ja.« Tilda grinste und ging wieder zurück zu ihrer Gruppe, jedoch nicht ohne Ella von dort aus im Blick zu behalten.

Die Zeit verrann schnell, plötzlich jedoch unterbrach

eine Frau ihr Gespräch. Ella hatte gerade etwas gesagt, das Jo zum Lachen brachte, und mit diesem Lachen drehte er sich zu der Frau um, die ihm auf die Schulter getippt hatte. Sie sah wenig erbaut aus davon, dass er hier mit Ella stand, und musterte sie kurz mit knappen Blicken und ausdruckslosem Gesicht, um sich dann wieder an Jo zu wenden, sich an ihn zu schmiegen und zu flöten: »Jo, mein Engel, hier steckst du also. Wir wollten schon eine Vermisstenanzeige aufgeben. Die anderen wollen los, wir auch?«

»Na klar, ist ja schon spät.« Jo schaute auf die Uhr. »Gut, dass morgen kein Frühgottesdienst ist.« Er wandte sich wieder Ella zu, nahm ihre rechte Hand in beide seiner Hände, die groß und kräftig waren, eher wie die eines Handwerkers als die eines Mannes, der viel Zeit am Schreibtisch und auf der Kanzel verbrachte. »Es war mir eine unglaubliche Freude, Sie heute Abend getroffen zu haben. Das Gespräch mit Ihnen war sehr interessant, und ich würde mich wirklich freuen, wenn Sie mir erzählen, was Sie alles über Karla herausfinden. Danke, Ella!«

»Vielen Dank für den Wein.«

»Sehr gern! Und wann immer Sie einen Platz zum Nachdenken benötigen – wir, der Friedhof und ich, freuen uns, wenn Sie uns die Ehre erweisen!«

Mit einem leichten, kaum spürbaren Kuss auf die Wange verabschiedete Jo sich und ging zu der hochgewachsenen Frau, die ihre langen blonden Haare bereits ungeduldig über die Schulter warf. Er legte den Arm um sie und verschwand mit ihr in der Menschenmenge.

»Was für ein Prachtstück von Mann!«, sagte Tilda, als sie später am Küchentisch saßen und den traditionellen Absacker tranken. Thomas hatte sich schon verabschiedet und war schlafen gegangen, Ella hatte ihr Bett im Gästezimmer aufgeschlagen, nach Balou geschaut, der im Wohnzimmer vor der Couch lag und selig schnarchte, und war dann zu Tilda in die Küche gegangen.

»Ja, das stimmt«, gab Ella zu. »Aber Gott sei Dank gebunden. Hast du die langhaarige Blondine gesehen, die ihn abgeholt hat? Das Gift auf zwei Beinen!«

Die beiden lachten.

»Wieso, möchtest du lieber ein Verhältnis mit einem verheirateten Mann haben?«, zog Tilda ihre Freundin auf.

»Nein, ich möchte gar kein Verhältnis haben! Ich bin froh, wenn ich aus dem aktuellen rauskomme, und an diesem Jo habe ich kein Interesse. Er ist ein toller Zuhörer und wirklich nett. Aber ich will mein Leben einfacher machen und nicht komplizierter.«

Tilda schaute Ella eine Weile nachdenklich an und grinste dann. »Ist doch aber schön, immer wieder mal zu sehen, dass man noch einen Marktwert hat, oder?«

26

Nachmittags saß Ella an ihrem PC und arbeitete. Sie konnte sich nicht recht auf die Texte konzentrieren, ihre Gedanken schweiften immer wieder ab.

Bei dem gestrigen Gespräch mit Jo war ihr deutlich geworden, dass sie sich bisher bei ihren Recherchen sehr auf Karlas Kindheit konzentriert hatte. Sie hatte bewusst so vorgehen wollen, wollte das Leben der Frau von Beginn an aufrollen, sie als Kind verstehen, um die erwachsene Frau begreifen zu können. Aber allein mit Tagebucheinträgen als Rückblick und den väterlichen Briefen, die viel Liebe, aber wenig Hinweise auf den Alltag Karlas freigaben, kam sie an dieser Stelle nicht weiter. Sie musste das Leben drum herum erfassen können und Karla wie ein Gesamtkonzept begreifen und behandeln.

Sie legte das Schriftstück beiseite, das sie gerade bearbeitete, und wechselte ins Internet. Gelobtes World Wide Web – was würde sie ohne diese unendliche Quelle des Wissens, Blödsinns und der Inspiration tun?

Als Erstes googelte sie Karlas Namen. Sie war nicht verheiratet gewesen, hatte ihren Mädchennamen bis zu ihrem Tode getragen.

Karla Basler – Leitung zentraler Einkauf und … Xing-Profile …

Karla Basler im Telefonbuch – Jetzt finden! …
www.facebook.com/KarlaBasler…

Nein, das konnte es alles nicht sein. Die alte Dame, die
die letzten Monate ihres hochbetagten Lebens mit keinem Menschen mehr kommuniziert hatte, würde kaum
ein Facebook- oder Xing-Profil haben. Ella scrollte weiter runter.

Carlakirche, Basel … Wikipedia
Karla Hobzda, Opening Reception Vernissage Basler
Kunst- und …
Karla-Theater Basel …
Thurgauischer Gemeinnütziger Frauenverein – Karla Bas-
ler …

Ella klickte auf die Seite. Es erschien ein Bild mit sieben
Frauen, alle deutlich jünger, und keine von ihnen, schon
gar nicht die namensverwandte zweite von rechts, ähnelte Karla.

Dann endlich eine Spur. Ein ins Netz gestelltes PDF
verwies auf den Titel *Impulse – 40 Jahre Landesfrauen-*
rat … 01.05.1974 Bundesverdienstkreuz am Bande Karla
Basler.

Das vertraute Kribbeln, das sie spürte, wenn sie bei
einer Recherche auf die richtige Spur stieß, stellte sich
ein. Es dauerte eine Weile, bis die umfangreiche Datei
geöffnet war, und dann hatte sie es vor sich: eine Auf-
listung von Frauen, die für den Vorstand des Landesfrauenrates in den verschiedensten Funktionen tätig

gewesen waren, darunter unverkennbar das Bild von Karla in jüngeren Jahren und im Text dazu der Hinweis auf das Bundesverdienstkreuz am Bande, verliehen für ihre Verdienste in der Frauenbewegung der Siebziger- und Achtzigerjahre.

Karla eine Frauenrechtlerin … Ella öffnete den Koffer und holte die wenigen Bilder hervor. »Ich wusste doch, dass du eine interessante Frau bist!«, sagte sie zu der jungen Karla, die auf einer Gartenmauer saß und sie mit frechem Blick ansah.

Ella holte einen Bilderrahmen aus dem Abstellraum, den sie vor einigen Wochen auf einem Flohmarkt gefunden und dann doch nicht aufgehängt hatte. Er war so groß, dass man mehrere Fotos darin unterbringen konnte, und nach einigem Suchen und Vergleichen hatte Ella sich für eine Auswahl an Bildern entschieden, die Karla in unterschiedlichen Altersstufen zeigten und die Ella nun hinter dem Glas verteilte. Dann lehnte sie den Rahmen gegen ihre Schreibtischlampe und schaute sich die Frau darin an.

Was machte eine Frau zur Frauenrechtlerin? Was machte sie zu jemandem, der kämpfte, statt mit dem Strom zu schwimmen? Hatte sie nie geheiratet, in einer Zeit, in der es für Frauen zum guten Ton gehörte, einen Mann und ein Heim zu umsorgen?

Erneut befragte sie das Internet. Diesmal jedoch suchte sie nach den Namen von Karlas Verwandten, die sie neulich bei ihrem und Balous Besuch im Pflegeheim bekommen hatte.

Nachdem Balou und sie ihren Vater »zum Bus«, also zurück ins Haus, gebracht hatten, war Ella noch eine ganze Weile geblieben. Einige der anderen Heimbewohner waren neugierig auf den großen wuscheligen Hund, der da plötzlich bei ihnen aufgetaucht war, und nicht wenige genossen den Körperkontakt zu Balou. Er war unglaublich geduldig und so ruhig, wie Ella ihn noch nie erlebt hatte, und so dauerte es nur wenige Minuten, bis sie von mehreren alten Herrschaften umringt waren, die ihre Hände in Balous weichem langhaarigen Fell vergruben und sich über sein Schwanzwedeln und seine großen feuchten Augen freuten. Das alles geschah unter sorgsamer Aufsicht einiger Schwestern und Pfleger, die sich jedoch, je länger die Kuschelzeit dauerte, ebenfalls zusehends entspannten und diese Ablenkung für ihre Schützlinge gern annahmen.

Als später dann alle an ihren Kaffeetischen Platz genommen hatten, hatte eine der Schwestern Ella nach draußen begleitet und darum gebeten, sie möge Balou gern wieder mitbringen.

»Er ist zwar wirklich groß«, hatte die Schwester Balou liebevoll über dem Kopf gestreichelt, »aber er scheint sich in seiner Rolle als Therapiehund sehr wohlzufühlen!«

Ella war ein bisschen stolz auf ihren dicken Wuschel gewesen. Dann hatte sie die Gelegenheit genutzt, die Schwester noch mal auf Karla anzusprechen, und die Bestätigung bekommen, dass da durchaus noch Verwandte seien, man aber auf den üblichen Wegen keine Kontaktdaten herausfinden habe können. »Und da es keine Erbschaften zu verteilen gab, hat sich auch keiner wirklich viel Mühe gegeben«, hatte die Schwester zugegeben. »Karla hat fast anderthalb Jahre hier bei uns gelebt und nie irgendwelchen Besuch bekommen. Sie hatte selber verfügt hierherzukommen, sich bereits vor langer Zeit einen Platz in unserem Haus gekauft, mit dem ausdrücklichen Hinweis, sie werde eine Betreuung benötigen, da ihre geistigen Fähigkeiten irgendwann nicht mehr für ein selbstbestimmtes Leben ausreichen würden. Glauben Sie mir, Ella, in den fast zwanzig Jahren, die ich hier arbeite, habe ich es noch nie erlebt, dass jemand sich quasi selbst einweist! Aber Karla war eben schon wirklich eine besondere Frau.« Dann hatte sie Ella die Namen und wenigen Informationen der Verwandten und auch des Hausarztes aus einer Kartei herausgesucht und auf einen Zettel geschrieben.

Weder Hans Hermann Basler, geb. 1914, noch Gustav Basler, geb. 1926, ergaben irgendwelche Treffer, mit denen Ella etwas hätte anfangen können. Nach den Eltern zu suchen, ergab noch weniger Sinn. Wenn schon die Generation der Geschwister keine Spuren im Internet hinterließ, würden die Älteren noch weniger dort zu finden sein, es sei denn, sie wären durch irgendwelche Leistungen berühmt geworden. Der Eintrag über den Landesfrauenrat war und blieb die einzige Spur, und diese galt es nun zu verfolgen.

Ella öffnete ihr E-Mail-Programm und begann zu schreiben.

27

Karla

Vor drei Jahren habe ich meinen Bruder Hans begraben. Ich kann mich glücklich schätzen, ihn so lange in meinem Leben gehabt zu haben; wir Baslers haben einen Hang zum Älterwerden. Bis auf meine Mutter und Gustav natürlich. Hans wurde vierundneunzig Jahre alt, und ich kann unter den gegebenen Umständen nur hoffen, dass ich nicht so lange leben muss. Wir haben häufig telefoniert, mein Bruder und ich, er wollte mir noch auf unsere alten Tage das Schreiben von E-Mails beibringen, aber dazu sah ich mich nicht mehr in der Lage. Hans hingegen war immer auf dem neuesten Stand der Technik und scheute sich auch in seinen Achtzigern nicht vor der Anschaffung eines Computers. Sicherlich trägt dazu bei, dass er eine Tochter hat, die unbeschwert mit modernen Kommunikationsmitteln hantiert wie ihre Mutter mit dem Kochlöffel, aber ich denke, dass das bei mir keinen Unterschied gemacht hätte. Ich liebe Handgeschriebenes – meine eigene Schrift, so schwer es mir auch inzwischen fällt, flüssig und leserlich zu schreiben, genauso wie auch die anderer Menschen. Man kann so wunderbar viele Dinge daraus ersehen, und der Geist muss sich dem Tempo der Hand anpassen. Dieses hochgelobte Tippen auf einer Tastatur, das einem das schnelle, deutlich leserliche und schnell wieder korrigierbare Verfassen von Texten ermöglichen soll, ist doch nur ein weiterer Baustein zum herzlosen und oberflächlichen Hetzen durch das Leben. Ein schönes Blatt Papier, ein guter Füller – und der Brief, der entsteht, tut dies in Ruhe und mit Konzentration und ermöglicht dem Empfänger, ihn mit allen seinen Sinnen wertzuschätzen. Die Haptik und das Rascheln des Papiers, der Federstrich des Füllers, vielleicht noch der Hauch eines Parfüms geben so vieles mehr wieder als nur das, was da geschrieben, und auch das, was dazwischen steht. Diese Gemütsverfassung, Leidenschaft, Emotionen können in E-Mails doch wohl kaum widergespiegelt werden.

Hans war nie ein Freund des handgeschriebenen Briefes gewesen. Vielleicht war die jahrelange grobe Arbeit mit Werkzeug im Wald nicht dazu gemacht, seinen Händen das Halten eines Federhalters zu erleichtern, obwohl unser Vater sehr wohl beides beherrschte und mit Leidenschaft pflegte. So hatten mein Bruder und ich uns auf die Kommunikation über regelmäßig wiederkehrende Telefonate geeinigt. Zumindest seit dem Tod unseres Vaters. In den Jahren davor hatten wir nur sporadischen Kontakt, wenn auch nicht, weil wir uns erzürnt oder entzweit hätten, sondern eher, weil es sich eben so ergeben hatte, jeder in seinem eigenen Leben, gefangen von den eigenen Unzulänglichkeiten und Bedürfnissen. Als Papa starb, war es, als wäre uns beiden schlagartig klar geworden, dass wir nun die Einzigen waren, die übrig blieben. Und so entwickelten wir beide die Sehnsucht, uns ein wenig aneinander festzuhalten, als wollten wir uns gegenseitig unsere Existenz dauerhaft bestätigen.

Wir unterhielten uns über Alltägliches, seine Familie, meine Arbeit. Wenn er auch nie großes Interesse an meinem Engagement für die Frauen gezeigt hat, war er stolz auf mich, das weiß ich. Ich erinnere mich noch gut an den Tag, als das Erste Gesetz zur Reform des Ehe- und Scheidungsrechtes 1976 verabschiedet wurde. Ich hatte auf meiner Ebene zur Vorbereitung dieses Gesetzes viele Diskussionsrunden geführt und Vortragsreihen gehalten, um die Frauen für die anstehenden Änderungen zu sensibilisieren und über die Rechte, die ihnen nun bald zustehen würden, aufzuklären. Er rief mich an und beglückwünschte mich mit den sarkastischen Worten, er sei stolz auf dieses Land, das so viele Jahre gebraucht habe, um das, was im Grundgesetz schon lange verankert sei, nun auch lebenswirksam gemacht zu haben. Und er wünschte uns Frauen weiterhin viel Kraft auf dem langen Weg, aus einem Gesetzestext Alltag werden zu lassen.

Bis dahin hatte ich nicht gewusst, dass er dieses Thema oder meine Arbeit verfolgte, aber ich vermute, dass es mein Interesse daran war, das ihn dafür sensibilisiert hatte. Seine Frau Hilda hatte, so sehr ich sie geliebt und geschätzt habe, nie sehr weit über ihren Tellerrand hinausschauen mögen und war völlig zufrieden und glücklich damit gewesen, ihr Kind aufzuziehen und ihrem Mann ein sauberes Heim mit pünktlich serviertem Essen zu bieten. Oh, wie wenig habe ich diese Frauen je verstehen können, mein ganzes Leben lang! Nie habe ich begreifen können, wie man es sich zum einzigen Lebensziel und -zweck

machen kann, einem anderen Menschen den Rücken frei-
zuhalten, mit dem Ergebnis, dass dieser über mich bestimmt, mir das Recht auf meine eigene Meinung und
Selbstbestimmung abspricht. Sicher, es ist oft einfacher,
anderen die Entscheidungen oder die Verantwortung zu
überlassen, aber ist »einfach« wirklich erstrebenswert? Es
ist mir jedoch sehr wohl bewusst – und dies ist der Grund
meiner nie enden wollenden Dankbarkeit –, dass es gerade diese Anspruchslosigkeit Hildas war, die es mir ermöglicht hat, meinen eigenen Maßstäben und Zielen ge-
recht zu werden.

28

Karla musste ein sehr eigenwilliger Mensch gewesen sein. Das spiegelte sich nicht nur in dem wider, was sie über sich selbst geschrieben hatte, sondern auch auf welche Weise sie dies getan hatte.

Noch war Ella nicht dahintergekommen, was Karla dazu bewogen hatte, sich selbst in ein Heim einzuweisen, aber sie hoffte, in den vielen noch nicht entzifferten Texten Hinweise darauf zu finden. In jedem Fall musste es eine große Disziplin erfordert haben, so lange Texte zu verfassen, wenn einem das Schreiben nicht mehr leichtfiel. Und doch hatte Karla das Bedürfnis gehabt festzuhalten, was in ihrem Kopf vor sich ging.

In vielerlei Hinsicht sprach sie mit ihren Worten Ella aus dem Herzen. Auch für Ella war es nie infrage gekommen, sich einem Mann unterzuordnen, wenn auch weniger wegen der fehlenden Meinungs- und Entscheidungsfreiheit, die Karla betonte, als vielmehr wegen der Erfahrungen, die sie an ihren Eltern beobachtet hatte. Schließlich hatten die ihr doch nun wirklich vorgemacht, wie man es NICHT machte. Die Frau früh geschwängert, so dass sie keinen Beruf mehr erlernen konnte und schön artig zu Hause blieb, um auf den Herrn und Meister zu warten, bis sich dieser ab und zu mal dazu herabließ vorbeizukommen. Wenn die Abenteuer der großen weiten Welt nicht wichtiger und spannender waren. Beim bloßen Drandenken klopfte Ellas Herz vor Wut schneller, und sie fühlte sich Karla, die sich über eben diese Entmündigung in dem gerade entzifferten Text so echauffiert hatte, näher als ihrer Mutter in den ganzen letzten Jahren. Die hatte nie verstehen können, warum Ella nicht heiraten wollte, vor allen Dingen nicht den Mann, der sie geschwängert und dann sitzen lassen hatte. Sicherlich hatte Ella ihn mit ihrem Sturkopf vertrieben, und nun hatte sie ein uneheliches Kind und musste sich allein durchkämpfen. Wie das denn gehen sollte? Sie solle sich lieber mal ein Beispiel an ihren Eltern nehmen. Genau das hatte Ella dann auch getan. Lieber zog sie ihr Kind allein groß, als am Küchentisch zu sitzen und darauf zu warten, dass ihr Gatte nach Hause kam.

Vor Kurzem erst hatte Ella eine Studie darüber gelesen, wie viel Zeit man in seinem Leben durchschnittlich bei unterschiedlichen Tätigkeiten des Alltags verbrachte, beim Toilettengang, beim Essen oder beim Schlafen. Die hohen Anteile passiven Daseins hatten sie überrascht, trotzdem war Ella überzeugt davon, dass sie noch höher ausgefallen wären, wenn man ihre Mutter in diese Umfrage einbezogen hätte. 374 Tage eines Lebens verbrachte man mit Warten, so die Studie. Warten an der Ampel, im Stau, auf Bahnhöfen und an Flughäfen, Warten am PC auf den Aufbau einer Grafik, auf einen Download oder eine Verlinkung im Internet.

Ihre Mutter hingegen hatte sehr viel mehr, mindestens ihr halbes Leben gewartet. Auf das Leben, auf ihren

Mann und später auf Ella. Im Grunde hatte ihre Mutter ihr Leben an diesem blöden Küchentisch sitzend verbracht, den Blick auf die karierte Tischdecke oder den Nachthimmel vor dem Fenster geheftet.

Ella sah zu dem Bilderrahmen, der immer noch an ihrer Schreibtischlampe lehnte. Der selbstbewusste Blick Karlas, mit dem sie sie direkt anzulächeln schien, holte sie aus den Gedanken über ihr eigenes verkorkstes Liebesleben. Wie hatte Karla geliebt? Welche Möglichkeiten hatte es für eine so selbstbewusste junge Frau zu ihrer Zeit gegeben, das Herz zu verschenken oder das eines anderen Menschen zu erobern? Hätte sie sich schwängern lassen, und was hätte sie getan, wenn der Vater des Kindes sie hätte sitzen lassen? Hatte sich ein Mann auf eine Beziehung zu dieser kämpferischen Frau einlassen wollen, ohne schreiend davonzulaufen?

Ella durchsuchte die Notizen der Schwester aus dem Heim und fand die Nummer des Hausarztes. Für ihren Anruf gab sie diffuse Kopfschmerzen an, und auf die Frage, ob sie Patientin sei, sie hätten eigentlich keine Termine mehr bis Mitte Mai, antwortete sie, sie sei neu in der Gegend. Zu lügen lag ihr eigentlich nicht, sie wusste jedoch auch, dass ihr jede gute Arzthelferin sofort einen Termin verweigern würde, wenn sie Ellas wirkliches Anliegen kannte.

Dienstagnachmittag, prima. Bis dahin hatte sie ja noch ein bisschen Zeit.

Erstes Gesetz zur Reform des Ehe- und Scheidungsrechtes ... Wenn das 1976 verabschiedet worden war, wie Karla schrieb, dann war das ja noch gar nicht so lange her … Und trotzdem sagte es Ella gar nichts. Sie war zu der Zeit gerade geboren worden und hatte sich auch später für die Rechte der Frauen ziemlich wenig interessiert. Schon gar nicht mit einer Mutter, die den ganzen Tag … Nein, sie wollte nicht schon wieder damit anfangen. Es wurde sowieso höchste Zeit, dass sie mit ihren Eltern Frieden schloss. Mutter tot, Vater dement, wem wollte sie da noch anlasten, was schiefgelaufen war? Aber so einfach der Kopf da funktionierte, so wenig tat es ihm das Herz gleich.

Sie wollte sich gerade im Internet über das Gesetz schlaumachen, da klingelte ihr Telefon. Eine ihr völlig unbekannte Nummer … Also zumindest nicht Carl …

Am anderen Ende meldete sich eine Frau mit dem Namen Maria Mewes und sagte: »Sie sind doch Elvira Lehmensieck, die mich wegen Karla Basler angeschrieben hatte?«

Jetzt wusste Ella auch den Namen der Dame unterzubringen. Es handelte sich um die aktuelle Vorsitzende des Landesfrauenrates.

Ella erzählte ihr von Karla, wie sie sie kennengelernt hatte und sich nun entlang ihrer Spuren durch ihr Leben hangelte.

Maria Mewes zeigte sich tief erschüttert von dem, was sie über Karlas Tod erfuhr. »Wissen Sie, sie war eine wunderbare Frau, ich habe sie noch kennenlernen dürfen, allerdings war sie zu der Zeit längst aus allen aktiven Ämtern ausgeschieden. Sie war bekannt dafür zu wissen, wann es an der Zeit war, sich zurückzuziehen.

Mit diesem diplomatischen Geschick hat sie so manche Diskussionen entschärft und Verhandlungen vorangebracht. Wir wussten alle nicht, was aus Frau Basler geworden ist. Es war still um sie geworden, aber dann kam eines Tages die Mitgliederzeitung als unzustellbar zurück, und es gelang uns nicht herauszufinden, was passiert war. Die Arme ... in der Demenzabteilung, sagen Sie? Erscheint es nicht wie ein besonderer Schicksalsschlag, wenn den Menschen gerade das genommen wird, was sie am meisten ausgemacht hat? Einem Sänger die Stimme, einem Pianisten die Feinmotorik, einem scharfen Geist der Verstand ...«

Beide schwiegen einen Moment, dann hatte sich Maria Mewes wieder gesammelt. »Bitte verzeihen Sie meine Sentimentalität. Der Grund meines Anrufes: Ich wollte Sie einladen, auch wenn es sehr kurzfristig ist. Wir haben morgen unseren Tag der offenen Tür. Vielleicht möchten Sie die Gelegenheit nutzen, sich anzuschauen, womit wir uns befassen? Es werden sicherlich auch einige Damen dabei sein, die Karla Basler gekannt haben ...«

Ella bedankte sich, musste die Einladung jedoch ablehnen. Das Großprojekt, das sie gerade für einen Verlag bearbeitete, hatte auch so schon unter ihren privaten Interessen gelitten, und der Abgabetermin rückte bedrohlich näher. Wenn sie sich nicht konsequent die nächsten zwei Tage dahinterklemmte, würde sie nicht fertig werden.

»Darf ich Sie bei dieser Gelegenheit trotzdem etwas fragen? Würden Sie mir, die ich mich bisher so gar nicht mit den Rechten der Frauen in Deutschland befasst habe, erklären, was es mit dem Ersten Gesetz zur Reform des Ehe- und Scheidungsrechtes auf sich hatte und was Karla Basler damit zu tun hatte?«

Maria Mewes lachte. »Sie gehören zu der glücklichen Generation der Frauen, für die es selbstverständlich ist, über sich selbst bestimmen zu können. Lassen Sie mich raten, Sie sind nicht älter als fünfundvierzig oder fünfzig, richtig? Es muss Ihnen nicht unangenehm sein, dass Sie die Geschichte der Frauenrechte nicht parat haben. Vermutlich geht das den meisten Frauen in Ihrem Alter so. Dabei ist es noch gar nicht so lange her, dass die Männer in unserer zivilisierten Welt, hier in Deutschland, Dinge entscheiden durften, die die Frauen quasi entmündigen konnten. Sind Sie verheiratet? Nein? Okay, stellen Sie sich kurz vor, Sie wären es: Sie durften kein Konto einrichten, ohne dass Ihr Ehemann dem zugestimmt hätte, und nicht ohne sein Einverständnis den Wohnort oder Job wechseln. Und nun stellen Sie sich als Nächstes vor, Ihre Ehe ginge dem Ende zu und Sie würden sich scheiden lassen. Der Richter hätte dann entschieden, wer von Ihnen beiden die Schuld an diesem Ende trägt. Nehmen wir mal an, Ihr Unwillen über die Bevormundung Ihres Mannes hat dermaßen oft zu Streitereien geführt, dass er glaubhaft versichern kann, Sie seien schuld. Dann hätte der Richter Ihrem Mann die Kinder und Ihnen die Unterhaltspflicht zugesprochen. Völlig irreal.«

»Das kann doch nicht wahr sein!«, empörte sich Ella. »Und das wurde erst in den Siebzigerjahren geändert? Durch Frauen wie Karla Basler?«

»Ja, erst mit dem Gesetz, das Sie ansprachen, wurde das glattgezogen. Karla Basler hat nicht an diesem Gesetz oder seinen Formulierungen direkt mitgearbeitet, aber an der Umsetzung. Was nutzt ein Gesetz, das in einer männerdominierten Welt gemacht wird und der Männerdominanz schadet, wenn es nicht jemanden gibt, der diese Änderungen zu den Frauen trägt und sie über ihre neuen Rechte aufklärt? Ich denke, Frau Basler hätte gut daran getan, Jura zu studieren und als Anwältin zu arbeiten. Ihr Wissen war enorm, ihr Formulierungsgeschick legendär. Besonders hat mich jedoch bei all diesen intellektuellen Fertigkeiten ihre Empathie beeindruckt, mit der sie sich um Frauenschicksale gekümmert hat.«

»Aber das Grundgesetz, in dem auch die Gleichstellung von Mann und Frau festgeschrieben ist, gibt es doch schon viel länger?«

»Ja, das stimmt. Auch damals gab es tolle Frauen in unserem Land, die sogar dafür gesorgt haben, dass an den Formulierungen im Grundgesetz noch ordentlich gefeilt wurde. Aber dann war es verabschiedet, und es hätte die Umsetzung in die Tat folgen müssen. Soll heißen, die entsprechenden Passagen im Bürgerlichen Gesetzbuch hätten dem angepasst werden müssen, und da hatten Männer wie Adenauer wenig Lust zu. Neun Jahre hat es gedauert, bis hier endlich solche Gepflogenheiten abgeschafft wurden, wie dass der Mann über das Vermögen der Frau frei verfügen oder ihren Job kündigen durfte, ohne dass sie auch nur davon gewusst hätte. Immerhin schrieben wir hier nun schon das Jahr 1958!«

»Und dann?«

»Und dann musste in den folgenden Jahren das Frauenbild in den Gesetzen und Verordnungen der Realität
angepasst werden und umgekehrt, wobei es sich selbst
natürlich auch änderte und weiterentwickelte. Aber
wieso sollte eine Frau, die die Kinder in die Welt setzte
und großzog, dafür bestraft werden, indem man ihr
Rechte innerhalb der Ehe oder bei einer Scheidung ab-
erkannte?«

»Das heißt für mich im Umkehrschluss, dass Frauen
auf ihre Rechte verzichteten, wenn sie heirateten. Oder
waren Frauen grundsätzlich nicht berechtigt, Entscheidungen zu treffen?«

»Nein, natürlich nicht. Immerhin hat sich das Frau-
enwahlrecht gerade zum hundertsten Mal gejährt. Aber
da der Mann die sogenannte Versorgungspflicht hatte,
hatte er auch die Entscheidungsfreiheit. Und eine verheiratete Frau brauchte lange Zeit, der männlichen Meinung nach, keine eigene Stimme, der Mann hat ja für sie
gesprochen. Aber wissen Sie, Frau Lehmensieck«, Maria
Mewes seufzte, »das Frauenbild in den Köpfen der Gesellschaft ist das eigentliche Problem. War es vor 1977
festgeschrieben, dass Frauen durch ihre Andersartigkeit
und den biologischen Unterschied dazu prädestiniert
waren, sich um Haus, Hof und Kinder zu kümmern,
während sich der Mann am besten als Familienernährer
machte, ist das ein Bild, das heute immer noch in erschreckend vielen Köpfen ist. Und selbst wenn eine Frau
ihre Rechte, die auf dem Papier stehen, einfordert oder
gar einklagt und darauf pocht, in der Wahl und Aus-

übung von Beruf, Haushalts- und Familienbetreuung dem Ehemann gleichgestellt zu sein und mit ihm gemeinsam über die Rollenverteilung zu entscheiden, hat sie doch tatsächlich in vielen Jobs immer noch weniger Chancen auf dem Arbeitsmarkt und wird vor allen Dingen bei gleicher Ausbildung und Leistung immer noch schlechter bezahlt als ihr Mann. Sie sehen, es gibt immer noch viel zu tun. Und wir vermissen Frauen wie Karla Basler, die all ihre Kraft und ihr Engagement den mühsamen Entwicklungen geopfert haben.«

29

Während Ellas persönliche Entscheidung, nie zu heiraten und oder sich einem Mann unterzuordnen, lediglich aus den gegebenen Umständen und der subjektiven Beobachtung ihrer Familie entstanden war, hatte Karlas Entscheidung also Hand und Fuß gehabt. Und wieder kam in Ella die Frage auf: Was hatte eine Frau zu Zeiten des Wirtschaftswunders und Aufschwunges nach dem Krieg zu einer Frauenrechtlerin gemacht? Vielleicht gerade genau diese Zeit?

Das Verlagsprojekt musste nun doch ein wenig warten, Ella war derart gefangen von dem Thema Frauenbewegung, dass sie sich auf nichts anderes konzentrieren konnte. Sie hatte außerdem immer noch nicht ergründet, wo Karla in der Zeit zwischen dem Schulabschluss und ihrer viel später liegenden Ausbildung geblieben war, aber sie legte all ihre Hoffnung darauf, dies beim weiteren Entziffern der Unterlagen herausfinden zu können. Es gab also zwei lose Enden, die sie verfolgen musste: Karla auf dem Weg zur Frauenrechtlerin und Karla auf dem Weg ins Pflegeheim. Irgendwo in all den Aufzeichnungen würden sich hoffentlich Anhaltspunkte dazu finden.

Um über die Frauenbewegung zu recherchieren, war das Internet eine bereitwillige Quelle, und je länger Ella über das Frauenbild der Fünfziger-, Sechziger- und Siebzigerjahre recherchierte, desto mehr konnte sie Karlas Entscheidung verstehen, nicht mit diesen entmündigten Frauen, denen man das einzige Ziel, den Haushalt zu machen und den Ehemann glücklich, übergestülpt hatte, mitzuschwimmen. Allein die Werbung für Haushaltsprodukte und die Titelseiten einschlägiger Frauenzeitschriften machten Ella noch diese vielen Jahre später maßlos wütend.

Erst neulich hatte sie einen Artikel über die Frauen der Nachkriegszeit gelesen: Trümmerfrauen, die mit ihren bloßen Händen, Eimer für Eimer, den Schutt der zerbombten Häuser abgetragen, Ziegelsteine zur Wiederverwendung von Mörtelresten befreit und ganze Balken aus den Ruinen getragen hatten. Die Männer waren noch in Kriegsgefangenschaft gewesen, gefallen oder verletzt, die Frauen jedoch zur Stelle. Sie hatten aufgeräumt, gegen Billiglohn, kärgliche Lebensmittelrationen und oftmals mit dem hohen Risiko, durch zusammenstürzende Gebäudeteile schwer verletzt oder getötet zu werden. Zum Ende der Vierzigerjahre hatten nach und nach Baufirmen und Maschinen die Arbeit übernommen, und die Frauen, die eben noch ob ihres Einsatzes gelobt und geehrt worden waren, wurden wieder dorthin geschickt, wo sie der Männermeinung nach hingehörten: an den Herd. Prompt hatten namhafte Zeitschriften davor gewarnt, dass »großes Selbstbewusstsein und Eigenständigkeit hinderlich« seien, um einen Mann abzubekommen, hatten der Frau erklärt, wie sie sich auf die »ihr eigentlich naturgegebene Aufgabe« vorbereiten könne, dem geliebten Manne Gattin und den Kindern treusorgende Mutter zu sein, und sich bis in die späten Fünfzigerjahre mit dem immer wiederkehrenden und offenbar einzig wichtigen Thema befasst: wie man einen Mann abbekam. Keinen Ehemann zu haben, hatte für alleinstehende Frauen in diesen Zeiten offenbar als Makel gegolten, der Nachteile in fast allen Bereichen des Lebens zur Folge hatte – ob die Frau nun nicht zu gesellschaftlichen Ereignissen eingeladen wurde oder Schwierigkeiten bei der Suche nach einer großen Wohnung hatte. Wer durch den kriegsbedingten Männermangel unverheiratet war oder auch einfach nicht heiraten wollte, hatte eben »keinen abgekriegt« und war schon in verhältnismäßig jungen Jahren als alte Jungfer abgestempelt.

Also hatte die Frau in dieser Zeit alles getan, um dem Manne, egal, ob zu Hause oder – sollte sie tatsächlich berufstätig sein – im Büro, jeden Wunsch von den Augen abzulesen, bei der Hausarbeit stets hübsch und adrett zu sein und nach getaner Arbeit als verführerisch laszive Partnerin auch im Ehebett stets und voller Freude zu Diensten zu sein. Zum Muttertag oder zu anderen Anlässen hatte der dankbare Gatte seiner Frau ein neues Kochbuch oder einen hübschen Kittel geschenkt, in dem sie mit viel Bewegungsfreiheit und voller Eleganz seinen Dreck wegmachen konnte.

So stellte sich das Bild der Frau dar, wenn man der Werbung aus der Zeit Glauben schenken durfte. Ella konnte sich kaum vorstellen, dass die Realität sehr viel anders ausgesehen hatte. Eins war ihr jedoch klar: Wenn sie zu dieser Zeit als Erwachsene gelebt hätte und nicht erst Mitte der Siebzigerjahre geboren worden wäre, hätte sie sich mit Begeisterung der Frauenaufklärung von Karla Basler und ihren Mitstreiterinnen angeschlossen.

30

Als Ella am Dienstagnachmittag bei Dr. Wollschläger im Behandlungszimmer saß, war sie überrascht, dass der Hausarzt um einiges jünger war, als sein altmodischer Vorname Dietrich erwarten ließ.

Ziemlich geradeheraus fragte sie ihn nach Karla. Sein verbindliches Lächeln erstarb, und mit ausdruckslosem Gesicht fragte er: »Karla Basler? Sind Sie eine Verwandte von ihr?«

»Nein, das nicht. Ich …«

»Dann darf ich Ihnen keine Auskunft geben, das wissen Sie sicherlich«, sagte er schroff. »Ich wüsste auch nicht, dass sie mir jemals von Ihnen erzählt hätte.« Er schaute noch einmal auf den Namen, den er vor sich auf der Karteikarte las. »Elvira Lehmensieck, nie gehört. Sie können ihr nicht nahgestanden haben. Wenn Sie also in ihrem Leben herumschnüffeln wollen, müssen Sie sich jemand anderen suchen.« Er stand auf und signalisierte damit, dass das Gespräch beendet sei.

Aber Ella blieb sitzen. »Darf ich wenigstens meine Frage stellen, bevor Sie mich rausschmeißen?«

Mit einer gewissen Ungeduld blieb Dr. Wollschläger hinter seinem Schreibtisch stehen und machte eine knappe Geste. »Bitte.«

»Karla war in den letzten Monaten in der gleichen

Pflegeeinrichtung wie mein Vater. Horst Lehmensieck, Sie können gern im Sonnenhof nachfragen. Ich habe sie dort kennengelernt und ...«

»... mit ihr gesprochen?«, unterbrach Dr. Wollschläger sie spöttisch.

»Nein, Sie wissen besser als ich, dass sie nicht gesprochen hat. Oder sollte das ein Test sein?« Nun wurde Ella langsam ungeduldig. »Das Personal hat mir einen Koffer mit persönlichen Papieren gegeben. Ich bin Journalistin und ...«

»Ach so, und Sie meinen, Ihr Beruf gibt Ihnen das Recht, in der Privatsphäre anderer Menschen herumzuwühlen?«

Ella stand wütend auf. »Ich habe keine Ahnung, warum Sie mir gegenüber so aggressiv sind. Ich wollte lediglich von Ihnen wissen, ob Sie irgendwelche Anhaltspunkte über Angehörige von Karla haben. Weder das Pflegeheim noch das Internet oder die Frauenverbände, in denen sie tätig war, haben mir weiterhelfen können. Aber Bilder, Briefe, Tagebucheinträge und ein Poesiealbum aus ihrer Kindheit gehören meiner Ansicht nach nicht in den Müll, sondern sollten in der Familie bleiben. Es tut mir leid, wenn ich Ihre kostbare Zeit mit solch profanen Ideen verschwendet haben sollte.« Und mit diesen Worten rauschte sie aus dem Behandlungsraum, knallte die Tür hinter sich zu und murmelte deutlich hörbar: »Blöder Lackaffe!«

Verdutzt starrte Dr. Wollschläger auf die Tür, die da eben vor seiner Nase ins Schloss gefallen war. Dann besann er sich eines Besseren und lief hinter der Frau her.

Im letzten Moment konnte er sie an der Ausgangstür aufhalten. »Frau Lehmensieck, warten Sie bitte. Würden Sie …?« Er schob sie zurück ins Behandlungszimmer, nicht ohne die wartenden Patientinnen und Patienten, die das Schauspiel neugierig verfolgt hatten, mit einem entschuldigenden Lächeln zu bedenken.

Seufzend nahm er hinter seinem Schreibtisch Platz und wies mit der Hand auf den Stuhl, von dem Ella eben aufgesprungen war.

Doch nun war es Ella, die stehen blieb und auf ihn hinuntersah.

»Bitte verzeihen Sie, es tut mir leid, dass ich so unfreundlich zu Ihnen war. Ich könnte jetzt sagen, dass ich einen anstrengenden Tag hinter mir oder vor mir habe, aber das wäre eine blöde Ausrede.« Er strich sich mit der Hand über die Augen und wirkte tatsächlich ein wenig müde in diesem Moment. Dann straffte er die Schultern, als habe er einen Entschluss getroffen, und schaute sie direkt an. Ella überlegte, dass er wohl genauso aussah, wenn er dem Patienten vor sich die unausweichliche Wahrheit über seinen Gesundheitszustand mitteilen musste.

»Fakt ist, Neugierde ist mir zuwider. Ehrliches Interesse hingegen oder gar Empathie schätze ich sehr. Ich mache Ihnen einen Vorschlag: Ich suche aus den Akten heraus, was ich finden kann, und darf Sie dann auf einen Kaffee einladen? Die Unterlagen von Frau Basler sind archiviert, und ich kann Ihnen nicht versprechen, das ich dort was finde. Ich weiß, dass sie einen Bruder hatte, der aber nicht hier in der Nähe wohnte, und dieser Bruder hatte Familie ... Aber mehr kriege ich aus meinem Gedächtnis nicht zusammen. Geben Sie mir ein paar Tage, und ich versuche, mein ungebührliches Benehmen von eben wiedergutzumachen, okay?«

Widerwillig stimmte Ella zu. Eigentlich hatte sie wenig Lust, sich mit diesem arroganten Spinner noch länger abzugeben, aber ihr fehlte eine Alternative.

Als sie von dem missglückten Arztbesuch nach Hause kam, lag ein großer Strauß roter Rosen vor ihrer Tür. Carl hatte einen Zettel hineingesteckt. Sie kannte den Notizblock, den er in seinem Auto in der Mittelkonsole liegen hatte, für den Fall der Fälle. Nun war wohl so ein Fall eingetreten, denn ganz offenbar hatte er nicht damit gerechnet, sie heute Nachmittag nicht zu Hause anzutreffen. Er kannte ihre Gewohnheiten gut und wusste, dass sie für gewöhnlich gern früh aufstand, einen langen Marsch mit Balou vor dem Frühstück machte. Sitzungen und Besprechungen legte sie möglichst auf den Vormittag, damit sie dann, lediglich von weiteren Spaziergängen mit Balou unterbrochen, den Nachmittag unbegrenzt bis in den Abend hinein arbeiten konnte, ohne auf die Uhr schauen oder irgendwelchen Verpflichtungen nachkommen zu müssen. Tja, so konnte man sich täuschen.

Eine Weile betrachtete sie den Rosenstrauß. Dann entschied sie, dass die armen Blumen völlig umsonst gestorben wären, wenn sie sie wegschmeißen würde, zerknüllte den Zettel ungelesen, warf ihn in den Ofen, in dem schon das Anmachholz auf das abendliche Feuer

wartete, und stellte die Rosen in einen mit Wasser ge-
füllten Sektkühler vom Flohmarkt. Bekam der wenigstens auch mal eine sinnvolle Aufgabe.

Dann setzte sie sich mit Schreibblock und Karlas
Aufzeichnungen auf den dicken Teppich und begann,
weitere Notizen zu entziffern.

31

Karla

Ich habe Tagebucheinträge nie gemocht, empfand es als Zeitverschwendung aufzuschreiben, was mein Tun angefüllt und meinen Tagesablauf bestimmt hat. Es gab immer zu viele Dinge, die erledigt, erdacht, erarbeitet werden mussten. Jetzt muss ich mir die Zeit nehmen und aufschreiben, was ich noch weiß, wozu mein Kopf noch fähig ist, welches Denken mir noch möglich ist. Nicht für andere, andere sind mir egal. Aber für mich. Das bin ich mir schuldig. Damit ich über mich selbst nachlesen kann, mich wiederfinden kann, wenn ich drohe, mich zu verlieren, wenn ich irgendwann nicht mehr weiß, wer ich bin.

Wie viel Zeit habe ich noch? Was werde ich zuerst verlieren? Schon jetzt kann ich mich manchmal einiger Alltäglichkeiten nicht mehr entsinnen, verliere die Namen meiner Mitmenschen, stehe vor einem mir völlig unbekannten Haus und weiß doch, dass mich ein bestimmter Beweggrund hierhergeführt hat, verliere ich phasenweise das Gefühl für Tag und Nacht. Es kommt näher, es macht mir Angst. Noch nie hatte ich solche Angst. Bedrohliches war endlich oder umkehrbar, oder man konnte lernen, damit zu leben. Aber diese Regeln gelten nicht mehr.

Gerade habe ich die Zeilen gelesen, mit denen ich

meine Erinnerungen begonnen habe, und merke, wie gut mir dieser Rückblick tut. Mir fallen so viele Dinge aus meiner Kindheit ein, jetzt, wo ich mich damit beschäftige, und sie aufzuschreiben, ist, wie es einer guten Freundin zu erzählen, der man nichts erklären muss, sondern die versteht. Die nicht kritisiert, nicht zweifelt, sondern hinnimmt, interessiert zuhört und den Gedankensprüngen klaglos folgt.

Ich weiß nicht, ob ich diese Zeilen später jemals lesen werde, um mein Vergessen zu bremsen, ich weiß nur, dass es mir jetzt Freude bereitet.

Und auf einem anderen Blatt, mit deutlich unsicherer Handschrift:

Es ist erschreckend, wie schnell es geht. An manchen Tagen fühle ich mich von den kleinsten Kleinigkeiten überfordert. Ich habe den Schlüssel für mein Auto den Nachbarn gegeben, ich werde es nicht mehr benutzen. Habe mich gestern verfahren, dabei war ich nur beim Einkaufen in dem Supermarkt, in dem ich seit Jahren einkaufe. Vor einigen Tagen musste ich die Nachbarn anrufen, mir zu helfen, weil ich vergessen hatte zu tanken.

Heute geht es mir ein wenig besser; ich nutze die Zeit aufzuschreiben, was in meinem Kopf ist. Vielleicht schaffe ich es, ihn aufzuräumen, das Durcheinander ist sehr groß im Moment, und ich würde es gern ordnen. Aber ich weiß nicht wie. Das Schreiben fällt mir schwerer, die Wörter wollen nicht so kommen wie früher. Ich habe furchtbare Angst.

Habe mit Dr. Wollschläger gesprochen und mit ihm vereinbart, dass er mich in das Heim einweisen soll, wenn ich eine Gefahr für mich selbst werde. Mein Platz dort ist gekauft, sie warten nur darauf, dass ich komme. Ich möchte so lange hierbleiben, wie es geht, aber ich weiß auch, dass ich, wenn es so weit ist, den richtigen Moment nicht einschätzen kann.

Dr. Wollschläger hat mir den Bericht eines holländischen Arztes zum Lesen mitgegeben. Er schreibt, dass das Langzeitgedächtnis wie eine Bibliothek voller Tagebücher sei, die von vorn nach hinten abgebaut wird. Zuerst verschwinden die aktuellen Aufzeichnungen, später dann die aus der Kindheit. Ich muss also ganz anders vorgehen, eher aufschreiben, was ich bald verlieren werde, also das, was zuletzt passiert ist. Oder zumindest das, was mich in den letzten Jahren zu der Karla gemacht hat, die heute hier am Schreibtisch sitzt und versucht zu schreiben.

Das also war der Beweggrund Karlas, sich selbst einzuweisen – oder vielmehr Dr. Wollschläger darum zu bitten, dies zu tun. Eine große Verantwortung für einen Arzt. Die beiden mussten sich recht nahegestanden haben.

Ella war jedoch auch überrascht über die Weitsicht, die Karla hatte aufbringen können. War es so, dass man als Betroffener die Demenz auf sich zukommen sah, dass man an sich selbst den Verfall beobachten konnte? Wie grausam!

Ella hatte immer gedacht, mit dem Vergessen ginge auch das Verständnis verloren, dass bei ihrem Vater

quasi mit dem Fehlen der Erinnerungen der schwin-
dende Intellekt einherginge. Aber Karla las sich nicht so.
Oder war sie ein besonderer Fall dieser tückischen
Krankheit gewesen?

32

Als sie sich am Sonnabendvormittag mit Dr. Dietrich Wollschläger traf, schwirrte ihr schon vorher der Kopf vor lauter Fragen, die sie ihm stellen wollte. Der Frühling zeigte sich von seiner schönsten Seite, und bei seinem versprochenen Anruf hatte sie ihm vorgeschlagen, sich in einem Café ganz in der Nähe des Wochenmarktes zu treffen, den sie gern besuchte, und ihn auf eine der köstlichen hausgemachten Quiches dort einzuladen.

Er hatte sich an einem Tisch in der Sonne niedergelassen und winkte ihr zu, als sie ihm mit Balou und den Wochenendeinkäufen vom Markt entgegenkam. Ella entspannte sich merklich. Dr. Wollschläger schien in seiner Freizeit um einiges zugänglicher zu sein als in der Arztpraxis. Vielleicht hatte er aber auch neulich einfach nur einen schlechten Tag gehabt. Während Balou in dem Mann sofort einen Hundefreund witterte und sich ausgiebig von ihm streicheln ließ, versuchte Ella, ihre Taschen unter dem Tisch unterzubringen und ihren Stuhl in die Sonne zu drehen, die ihr so angenehm ins Gesicht schien, dass sie am liebsten die Augen geschlossen und sich voll und ganz auf dieses wunderbare Gefühl konzentriert hätte. Aber ihr Notizblock mit all den offenen Fragen brannte förmlich in der Tasche.

In diesem Moment entdeckte sie Carl. Er schlenderte

mit seiner Frau am Arm entspannt durch die kleine Geschäftsstraße und steuerte, den Blick auf die Schaufenster konzentriert, unmittelbar auf sie zu.

Plötzlich blieb die Zeit stehen. Das leise, aber konstante Stimmengewirr um Ella herum war mit einem Schlag erstorben, die Sonne wärmte nicht mehr angenehm, sondern brannte in ihrem Gesicht, das Herz schlug ihr bis zum Hals, und wie von den Instinkten eines Fluchttieres gesteuert hatte sie nur einen Wunsch: weg hier!

Aber wo sollte sie hin? Die Tüten unter dem Tisch, Balou, der es sich unter dem Stuhl ihres Gegenübers bequem gemacht hatte, das Gespräch, auf das sie schon so gespannt war …

Da durchbrach die Stimme von Dr. Wollschläger ihre Trance: »Frau Lehmensieck? Hallo? Ist alles okay? Sie sind ganz blass, soll ich Ihnen ein Glas Wasser holen?«

Ella schüttelte sich leicht und riss den Blick von Carl und Saskia los, die in wenigen Augenblicken direkt an ihrem Tisch vorbeilaufen würden und sie immer noch nicht bemerkt hatten.

»Nein danke, es ist schon gut. Es ist nur …« Dr. Wollschläger drehte sich um, folgte Ellas Blick – und in diesem Moment sah Carl Ella. Hatte eben alles noch scheinbar in Zeitlupe stattgefunden, schienen sich die Ereignisse plötzlich zu überschlagen. Carl ließ Saskias Arm los, die verwundert von einer Schaufensterauslage aufsah, und steuerte auf Ella zu. Balou bemerkte ebenfalls, dass das Carl war, der sich da näherte, und sprang auf, hatte dabei jedoch vergessen, dass er Stuhl mit

Mann über sich hatte. In Panik, er könne Carl verpassen, quetschte er sich laut bellend unter dem Stuhl hervor. Dr. Wollschläger stand auf, um ihn zu befreien. Plötzlich ohne Hindernis über sich, geriet Balou aus dem Gleichgewicht, stieß gegen den Arzt, der strauchelte, stolperte gegen den Kaffeetisch, riss ihn um und fiel Ella, die, in der Hoffnung, Balou irgendwie bändigen zu können, ebenfalls aufgesprungen war, quasi in die Arme.

Balou sprang an Carl hoch und ließ seiner Freude, ihn endlich mal wiederzusehen, freien Lauf. Mit knappen Worten brachte Carl ihn zur Raison, Balou gehorchte sofort und setzte sich schwanzwedelnd hin, nicht ohne ihn von unten herauf mit leidenschaftlichen Blicken zu bedenken. Kaum hatten Dr. Wollschläger und Ella ihr Gleichgewicht wiedergefunden, stellte der Arzt den Tisch wieder auf, während Ella mit scharfer Stimme ihren Hund zu sich rief. Nur widerstrebend löste sich Balou von Carls Seite und trottete mit hängendem Kopf die zwei Schritte zu Ella.

Carl hatte sich nicht mehr bewegt, seit Balou von ihm abgelassen hatte, und schaute Ella und ihr männliches Gegenüber mit großen Augen an.

Noch bevor Ella jedoch entscheiden konnte, wie sie aus dieser furchtbaren Situation herauskommen sollte, hatte Saskia die kleine Gruppe erreicht. »Was ist denn hier los? Oh, was für ein Durcheinander!« Sie bückte sich und sammelte lachend ein paar Tomaten auf, die von allen unbemerkt aus einer umgekippten Tasche gekullert waren. »Kleiner Überschwang an Emotionen, was?«

Ella erstarrte einen Moment genauso wie Carl, bis sie begriffen, dass Saskia Balous Freudenausbruch meinte.

»Ihr kennt euch?« Sie strahlte Ella an und streckte ihr die Hand entgegen. »Da mein Mann keine Anstalten macht, uns einander vorzustellen, übernehme ich das mal eben: Saskia Lobknecht, Carls Frau!«

»Ella Lehmensieck, Carl und ich kennen uns …«

»Von der Arbeit!«, unterbrach Carl eine Spur zu scharf, und Ella fragte sich, ob er wohl befürchtet hatte, sie würde etwas Unpassendes sagen. Doch Saskia war schon dabei, sich mit Dr. Wollschläger bekannt zu machen.

»Nehmen Sie Ihren schönen Hund immer mit zur Arbeit?«, fragte Saskia.

Ella sah sie verständnislos an.

»Sonst würden er und mein Mann sich ja nicht so gut kennen, oder? Es war doch erstaunlich, wie gut er Carl gehorcht hat!«

Da sprang Dr. Wollschläger ein, zog Balou liebevoll an sich und grinste Saskia an: »Nein, ganz und gar nicht! Balou ist einfach gut erzogen. Ella und ich legen sehr viel Wert darauf. Manchmal geht allerdings sein Temperament mit ihm durch, besonders wenn er Menschen trifft, die ihm mal ein Leckerli gegeben haben. Es kann noch so lange her sein, Balou vergisst so etwas nie!«

Ella traute sich kaum, zu Carl hinüberzuschauen, der schneeweiß im Gesicht geworden war. Sie war völlig geflasht von Adrenalin und dieser absurden Szene, die sich da gerade abspielte, und merkte, wie langsam ein hysterisches Kichern in ihr aufstieg. »Ella und ich« – wie kam der Arzt darauf? Aber er hatte eindeutig die Situation gerettet, das musste man ihm lassen.

Dr. Wollschläger zog gerade zwei Stühle heran und fragte die anderen: »Wollen Sie sich nicht setzen? Es gibt wunderbare Quiche hier, die müssen Sie unbedingt probieren, wenn Sie sie noch nicht kennen!«

Das Kichern stieg Ella rasant am Zwerchfell vorbei die Luftröhre hoch. O nein, bitte nicht hinsetzen!

Während Saskia noch zu überlegen schien, zog Carl sie jedoch zurück: »Nein, herzlichen Dank. Wir wollen Ihre romantische Dreisamkeit um keinen Preis stören. Ein schönes Wochenende noch!« Er steuerte Saskia davon.

»Warum bist du denn plötzlich so bissig?«, hörten sie sie noch fragen, bevor die beiden um die Hausecke verschwunden waren.

Gerade noch rechtzeitig, denn nun brach Ellas hysterischer Lachanfall sich Bahn. Sie lachte, bis ihr die Tränen runterliefen und sie nach Luft japste, und nach kurzer Zeit fiel Dr. Wollschläger mit ein.

Es dauerte eine ganze Weile, bis sie sich unter Kontrolle hatten, während Balou glücklich zwischen den beiden hin und her schaute und sich über so viel Fröhlichkeit freute.

»Danke!«, war das erste Wort, das sie herausbrachte, während sie sich die Tränen von den Wangen wischte und hoffte, sie würde ihre Wimperntusche nun nicht im ganzen Gesicht verteilen. »Sie haben mich wirklich gerettet! Aber woher wussten Sie …?«

»Ich finde, wir sollten beim Du bleiben, sonst fliegt

unser kleiner Schwindel noch auf! Ich heiße Dietrich. Es stand dir im Gesicht geschrieben. Als hättest du ein Laufband auf der Stirn! ›Nein – ich will diesen Mann jetzt nicht sehen und seine Frau noch viel weniger!‹ Eins und eins zusammenzuzählen war da nicht schwierig. Zumal der Typ passend reagiert hat. Ich glaube, er hätte mich am liebsten in der Luft zerrissen und Balou zum Fraß vorgeworfen.« Dietrich lachte schon wieder. »Ich konnte einfach nicht widerstehen, ich musste ihn auflaufen lassen.« Er wurde ernst: »Ich hoffe, ich habe dir jetzt keine Schwierigkeiten gemacht? Wenn du möchtest, dann stelle ich gern klar, dass da nichts zwischen uns ist. Nur passe ich dann vielleicht besser einen Moment ab, an dem seine hübsche Frau nicht dabei ist.«

Ella zuckte zusammen, aber dann besann sie sich und entgegnete: »Na ja, so hübsch ist sie nun auch nicht, sie hat nur Geld! Und nein, bitte stell das nicht klar! Wenn das für dich okay ist, dann lassen wir ihn in dem Glauben, dass wir ... also, dass du ...« Ella wurde rot. Bis eben hatte sie Karlas Arzt noch kaum gekannt, war sogar mit sehr gemischten Gefühlen zu diesem Treffen gefahren, nachdem er sie neulich so abwertend behandelt hatte.

»Prima, dann bin ich beruhigt«, strahlte Dietrich. »Wir können das Spiel gern weiterspielen. Sag einfach Bescheid, wann du den Einsatz eines heldenhaften Retters wieder benötigst. Zum Alibi-Lover eigne ich mich sehr gut!«

Ella starrte ihn an. War das jetzt eine Anmache? Dann war sie aber sehr plump.

»Und bevor du dir nun Sorgen machst, ich könnte

diese Situation ausnutzen wollen, kann ich dir zu deiner Beruhigung sagen, dass ich sehr glücklich verheiratet bin, und zwar mit einem Mann!«

Ella wurde wieder rot. Waren ihre Gedanken immer derart klar zu lesen? Dann musste sie tatsächlich deutlich besser aufpassen.

33

Die Quiches waren genauso lecker, wie Ella versprochen hatte. Es gab sie in verschiedensten Geschmacksrichtungen, und die beiden bestellten gemeinsam drei kleine Varianten, um von möglichst vielen probieren zu können. Endlich kamen sie dabei auf Karla zu sprechen.

»Ich weiß, dass du mir nichts über sie erzählen darfst und deiner Schweigepflicht unterliegst«, sagte Ella. »Ich erzähle dir einfach mal, was ich mir für Gedanken über diese Frau gemacht habe, und dann kannst du ja sehen, was du dazu ergänzen oder korrigieren kannst, ohne Verbotenes zu tun.« Und so berichtete Ella von ihren Recherchen, von den Übersetzungen der Notizen und Briefe und ihrer wachsenden Hochachtung und Faszination.

»Versteh mich nicht falsch. Ich bin wirklich der Meinung, dass diese Unterlagen, die mir da quasi in den Schoß gefallen sind, in die Hände der Familie, zumindest aber eines Menschen gehören, der ihr nahegestanden hat. Aber ich möchte sie gern vorher in Ruhe alle durchsehen. Es ist fast, als wäre es … ich weiß nicht … vorbestimmt gewesen, dass ich sie kennenlerne. Schon im Heim, wenn wir zusammengesessen haben, dann hat sich ein Frieden auf mich gelegt und eine Ruhe, als hätte sie meine Hand genommen und mich trösten wollen. Dabei haben wir nie ein Wort gewechselt.«

Dietrich nickte.

»Und dann ist da plötzlich dieser Koffer ... Die Heimleiterin hat ihn mir gegeben, weil sie meinte, ich hätte als einzige Zugang zu der alten Dame gefunden, verstehst du?«

»Du musst dich nicht rechtfertigen. Es tut mir leid, dass ich neulich so harsch war. Ich hatte wenige Tage zuvor ein sehr unliebsames Erlebnis mit der Enkelin eines Patienten, die versucht hatte, mich auszuhorchen, dabei wusste ich genau, sie wollte nur schon mal planen, wann sie endlich sein Erbe antreten kann. Das hat mich so wütend gemacht, und ich war echt erschüttert über die Kaltschnäuzigkeit mancher Menschen. Und dann kamst du, und mir hat sich so gar nicht erschlossen, was du eigentlich wolltest.« Er lächelte sie an. »Ich habe in den letzten Tagen, als ich Karla Baslers Unterlagen durchgesehen habe, viel über sie nachgedacht. Sie war wirklich eine wunderbare Frau, sehr intelligent, aber auf der anderen Seite auch sehr eigensinnig. Ich glaube, es gab wenig Menschen, die ihr nahestanden, und die Nähe, die sie von dir im Heim zugelassen hat, legitimiert dich so gut wie jeden Verwandten, ihren Nachlass zu verwalten. Mich freut besonders, dass du den persönlichen Dingen Respekt entgegenzubringen scheinst. Auch wenn du nie mit ihr hast sprechen können und sie nur eine kurze Zeit kanntest, hast du ihre Besonderheit erfasst und scheinst sie wirklich zu mögen.« Er dachte einen Moment nach und rührte in seinem Milchkaffee.

»Sie fand intelligente und eigenständige Frauen toll, sie hätte dich bestimmt auch gemocht. Also, wenn ihr euch früher und unter anderen Umständen getroffen hättet. Heimchen hat sie eher verachtet, und mit Männern hatte sie viele Schwierigkeiten. Vielleicht hatte sie deshalb Vertrauen zu mir, weil ich schwul bin und mir das typische Machogehabe nicht so liegt.« Er grinste wieder.

»Ich kann dir einiges erzählen von Karla, ohne meine Schweigepflicht zu missachten. Wir haben nie irgendwelche Untersuchungen angestellt, die mit ihrer geistigen Verfassung zu tun gehabt hätten. Insofern gibt es da auch keine Geheimnisse. Ich war lange ihr Hausarzt, aber sie kam nur, wenn sie eine Erkältung hatte oder sonst meine Hilfe brauchte, also relativ selten. Ich hätte sie zu der Zeit nicht mal auf der Straße erkannt, wenn du verstehst, was ich meine.

Dann hat sie eines Tages um einen Gesprächstermin gebeten, es ginge um das Thema Demenz. Ich war davon ausgegangen, dass sie einen Angehörigen oder ihr nahestehenden Menschen in ihrem Umfeld hatte, bei dem sie gewisse Anzeichen der Demenz beobachten musste, aber nein, es ging um sie selbst. Weißt du, es passiert sehr selten, dass sich jemand an seinen Arzt wendet, wenn er erste Anzeichen dieser Krankheit verspürt. Der menschlichen Natur liegt es näher zu verdrängen, als zuzulassen, und so sind es eigentlich eher die Angehörigen, die mit der Beobachtung von Veränderungen kommen und um Rat und Hilfe bitten. Aber ich habe ja schon gesagt, Karla Basler war eine besondere Frau. Ihr messerscharfer Verstand hat sie nicht auf berufliche Höhenflüge gebracht, aber ihr sehr viel innere Zufriedenheit gegeben und bei ihrer Arbeit sicher geholfen. Wenn ich sie richtig verstanden habe, hat sie im Sozialministerium gearbeitet, viele Ehrenämter innegehabt und sich dabei besonders für Frauen eingesetzt, die vom Schicksal nicht so gut bedacht waren wie sie. Sie empfand ihren Intellekt als eine Gottesgabe, ein Geschenk, für das man dankbar sein musste und das man in den Dienst anderer stellte. Frauen, die von ihren Männern misshandelt wurden, Mädchen, die aufgrund schwieriger häuslicher Umstände ohne Chance auf Eigenständigkeit groß wurden, Frauen, die ungewollt schwanger geworden waren und nun mit den Konsequenzen allein klarkommen mussten. Weibliche Opfer der Gesellschaft, so nannte sie sie gern, das waren die Menschen, für die sie sich einsetzte.« Wieder dachte er einen Moment nach, bevor er fortfuhr: »Aber sie hatte begonnen, an sich Veränderungen festzustellen. Ihr Verstand gehorchte ihr nicht mehr so wie früher. Sie vergaß. Nichts Besonderes, nichts, was sie in ihrem Alltag nicht hätte überspielen können. Es waren nur Kleinigkeiten, aber das Vergessen war da. Also kam sie zu mir und ließ sich erklären, wie Demenz funktionierte und was Alzheimer ist. Ich versuchte, ihre Beobachtungen als kleine Schusseligkeiten abzutun, alle kleinen Tests, die ich mit ihr in der Praxis machen konnte, waren ohne Befund, und ich wollte vermeiden, dass sie sich in etwas hineinsteigerte, was gar nicht da war. Aber nach einer Weile bemerkte ich dann ebenfalls Veränderungen an ihr. Es war nicht unbedingt, dass das Vergessen deutlicher wurde oder die Ausfälle zunahmen. Aber ihre Angst und Verunsicherung wurden mehr. Ja, das war eigentlich das Auffälligste. Diese starke und selbstsichere Frau begann, sich unterlegen und ausgeliefert zu fühlen, und das mit anzusehen, war nicht einfach. Ich gab ihr Medikamente, die sie beruhigen, Ängste nehmen und eine eventuell drohende Demenz ausbremsen sollten. Eine Weile halfen sie auch. Zumindest gaben sie ihr noch genügend Zeit, ihre Aufzeichnungen zu machen, die du jetzt wahrscheinlich in ihrem Koffer gefunden hast. Sie hatte mir erzählt, dass sie aufschreiben wollte, was sie noch wusste, damit sie es dann später nachlesen könnte. Und sie hatte genügend Zeit, ein paar Vorkehrungen zu treffen. Sie machte ein Testament, über das ich nicht viel weiß und ich dir natürlich sowieso nichts sagen dürfte. Aber sie verfügte auch, in das Heim zu kommen, in dem du sie kennengelernt hast.«

»In ihren Aufzeichnungen hat sie davon erzählt«, warf Ella ein. »Und auch, dass sie es dir überlassen hat, zu entscheiden, wann sie dort hinkommen sollte. So spät wie möglich, aber rechtzeitig, bevor sie sich selbst zur Gefahr werden konnte, so steht es da. Das muss ja für dich eine ganz schöne Verantwortung gewesen sein!«

»Eine Verantwortung, die mich völlig überforderte, das gebe ich gern zu. Wie soll man den richtigen Zeitpunkt wissen? Selbst wenn wir zusammengelebt hätten, wie das viele Menschen tun, die ihre Angehörigen pflegen und dann irgendwann an die Grenze des Machbaren stoßen, wäre so eine Entscheidung schwierig gewesen. Aber so – bei einer Patientin? Ich habe daher auch rundweg abgelehnt, diese Aufgabe zu übernehmen, und ihr das lang und breit erklärt. Sie hat mir in Ruhe zugehört, ihr Verständnis für meine Situation bekundet, aber trotzdem darauf bestanden, dass sie keine andere Lösung sähe. Sie habe keine Verwandten oder so enge Freunde, dass sie sich auf diese verlassen könne. Sie müsse auf mein ärztliches Fachwissen vertrauen. Ich hatte einfach keine Chance gegen diesen Dickkopf.« Dietrich lächelte gedankenverloren. »Ich gewöhnte mir an, alle paar Tage nach der Arbeit bei ihr vorbeizuschauen, oder machte mit meinem Mann am Wochenende ab und zu einen Spaziergang zu ihr nach Hause. Glaub nicht, dass sie sich über diese Fürsorge gefreut hätte. Jedenfalls nicht immer. Manchmal war sie sichtlich genervt, wenn ich sie von ihrem Schreibtisch oder einem Buch weggeholt habe. Aber darauf konnte ich keine Rücksicht nehmen. Ich wollte mir zumindest nicht nachsagen lassen, ich hätte meine Pflichten vernachlässigt.«

»Und wie ist es dann zum Umzug ins Heim gekommen?«, fragte Ella.

»Das ging schneller, als ich lange Zeit gedacht hatte. Sie war tough, kämpfte gegen den Verfall ihres Gehirns an, so schien es mir, obwohl ich ja wusste, dass es kein wirkliches Kämpfen gibt. Eines Tages war sie wieder bei mir in der Praxis und erzählte mir von der letzten Vorkehrung, die sie beschlossen hätte, solange sie noch einigermaßen Herrin der Dinge sei. Da hatte sie schon lange ihren Führerschein abgegeben, den Herd abklemmen lassen, damit sie nicht mal vergessen würde, das Gas abzustellen, und ihr Haus mit Notizzetteln gepflastert, auf denen tägliche Abläufe standen, zum Beispiel wo sie den Hausschlüssel aufbewahrte. Aber ihr letzter Entschluss war das Haarsträubendste, was ich je gehört hatte!«

Wie um die sowieso schon unerträgliche Spannung noch ein wenig hinauszuzögern, winkte er der Bedienung nach einem neuen Milchkaffee.

Dann fuhr er fort: »Sie hatte beschlossen, nicht mehr zu sprechen!«

»Das hat sie beschlossen?«, fragte Ella entgeistert. »Ich dachte, sie hätte aufgrund ihrer geistigen Verwirrung nicht mehr sprechen können!«

»Das ist ja das Aberwitzige. So geistig verwirrt ist Karla nie gewesen, Ella, NIE!«

»Und die Notizzettel und das mit dem Auto?«

»Ich kann es dir nicht genau sagen. Ja, sie wurde vergesslich und machte manchmal auch Dinge, die ins Muster passten, zum Beispiel dass man sie in einer Gegend fand, von der sie angeblich nicht wusste, wie sie da hingekommen war. Aber auf mich machte das immer ein wenig den Eindruck, als wolle sie ihr Umfeld, also in erster Linie mich davon überzeugen, dass ihre Vergesslichkeit auf jeden Fall ernst zu nehmen sei.«

»Du meinst also, sie war gar nicht wirklich dement?«

»Ach weißt du, es gibt verschiedene Formen der Demenz, und vieles kann man am Gehirn ablesen, wenn man zum Beispiel Schichtaufnahmen davon macht. Davon wollte Karla aber nie etwas wissen. Nach meinem Geschmack lief das alles auf viel zu intellektuelle Weise ab. Sie hat sich in den Verlauf der Krankheit eingelesen, und ich fütterte ihren Wissensdurst mit den verschiedensten medizinischen Ausführungen. Früher oder später zeigte sie dann Anzeichen genau dieser Verläufe, von denen sie gerade gelesen hatte.«

»Ich verstehe das alles nicht«, sagte Ella nachdenklich. »Sie hat sich die Demenz also nur eingebildet? Was sollte das dann mit dem Nichtmehrsprechen? Oder war das eher ein Hilferuf nach Aufmerksamkeit? War sie vielleicht einfach nur einsam?«

»Alles Fragen, die ich mir auch gestellt habe. Und das nicht nur einmal. Ihr graute davor, sich irgendwann so wenig unter Kontrolle zu haben, dass sie Blödsinn vor sich hin brabbeln würde. Also hat sie sich das Sprechen vorher abgewöhnt.«

»Unfassbar!«

»Ja, das finde ich auch. Ihr Alltag gab sowieso nicht mehr viel Kommunikation her. Wie du schon sagtest, sie lebte allein, der Bruder, mit dem sie regelmäßig telefonierte, war verstorben, sie hatte kaum noch Kontakt zu anderen Menschen. Und der wenige Umgang ließ sich dann auch mit Handzeichen oder Zettel und Stift erledigen. Es war ja nicht so, dass sie mit ihren Nachbarn intellektuelle oder tiefgründige Gespräche geführt hätte.« Dietrich schmunzelte bei der Vorstellung, vermutlich kannte er die Nachbarn.

»Wo hat sie eigentlich gewohnt?«

Dietrich nannte ihr die Adresse. Dann reichte er ihr einen Zettel. »Und hier ist noch eine Anschrift, aber ich habe keine Ahnung, ob sie noch stimmt. Es ist das einzig Verwertbare, das ich in den Unterlagen gefunden habe.

Ich glaube, es ist die Adresse einer Nichte. Karla hat sie ganz am Anfang, bei der Aufnahme in die Patienten- kartei, angegeben. Auf unseren Fragebögen, die neue Patienten ausfüllen müssen, gibt es auch immer den Ab- schnitt, wer im Notfall zu benachrichtigen ist. Ich hatte damals einen sehr resoluten Mitarbeiter, der vorn am Tresen arbeitete, der ließ unter keinen Umständen zu, dass ein Teil des Formulars nicht ausgefüllt wurde. Wahrscheinlich hat Karla die Angabe damals vor lauter Verzweiflung und Angst vor ihm gemacht.« Dietrich lachte. »Ich hielt es irgendwann für besser, meine Patien- ten vor diesem Kerl zu beschützen, und habe ihn lieber geheiratet.«

»Danke«, grinste Ella und wusste jetzt schon, dass sie nicht nur den Arzt wiedersehen, sondern auch seinen Mann irgendwann mal kennenlernen wollte.

»Als Karla schon eine ganze Weile nicht mehr sprach, hörte sie auf zu essen. Ich merkte schnell, dass sie ab- magerte. Sie war nie von besonders kräftiger Statur ge- wesen, aber nun verfiel sie schnell. Ich weiß noch, dass ich eines Tages zu ihr fuhr und mich auf dem Sofa neben sie setzte. Sie war nur noch ein Schatten ihrer selbst, fal- tig, ihre Haut blass und übersät mit roten Flecken. Ich nahm ihre kleinen zittrigen Hände in meine und sagte sinngemäß zu ihr: ›Es gibt jetzt nur noch zwei Wege, und Sie ganz allein entscheiden, welchen Sie gehen wollen. Entweder Sie fangen wieder an, sich um sich zu küm- mern, und beginnen zu essen, oder ich muss sie ins Heim bringen.‹ Ich hatte gedacht, wenn ich so deutlich würde, würde sie wieder vernünftig werden. Aber das tat sie nicht. Das Einzige, was sie tat, war zu weinen. Dann schaute sie mich an und nickte. Als ich am nächsten Morgen nach ihr schaute, hatte sie ihre Koffer gepackt und saß wartend in der gleichen Ecke, in der ich sie am Abend vorher verlassen hatte. Ich habe noch nie einen Demenzerkrankten gesehen, der so vernünftig und vorausschauend seine Einweisung ins Heim plant, ganz ehrlich! Aber ich hatte auch verstanden, dass sie es so wollte, und mit der Mangelernährung hatte ich Argument genug. Weißt du, wenn ich vorher gewusst hätte, dass sie alles so genau plante und steuerte, dann hätte ich vor der Verantwortung keine Angst gehabt. Sie hat mich nur gebraucht, um ihre Pläne umzusetzen, die Entscheidung über ihr Leben hat sie nie aus der Hand gegeben.«

Beide schwiegen eine Weile und hingen ihren Gedanken nach. Dann schaute Dietrich auf die Uhr. »O Mann, schon so spät. Ich muss längst zu Hause sein, wir bekommen heute Abend Gäste. Andi wird richtig stolz auf mich sein, dass ich wieder mal die Zeit verquatscht habe.«

34

Karla

Wovor ich mich am meisten fürchte, ist, meine Würde zu verlieren. Ist Würde nicht das Wichtigste, das ein Mensch besitzt? Geht es nicht um Würde bei den essenziellen Problemen unserer Zeit? Meine Würde zu behalten heißt, dafür zu sorgen, dass andere, aber auch ich selbst die Achtung vor mir nicht verlieren. Ich möchte mich nicht eines Tages im Spiegel betrachten und denken, was das doch für eine bemitleidenswerte Kreatur ist, die ich da sehen muss.

Würde und Achtung hat mein Vater mich gelehrt. Nicht nur mich, uns alle Kinder. Achtung vor der Natur zu haben und diese in ihrem unerlässlichen Wert, den sie für den Kreislauf des Lebens hat, zu würdigen, empfand er als Lebensaufgabe. Dafür zu sorgen, dass die Natur den Menschen in seinen Bedürfnissen unterstützt und diese aber dabei die Achtung vor den Pflanzen und Tieren nie vergessen. Wie oft sind wir gemeinsam unterwegs gewesen, und Papa hat uns gelehrt, die Zeichen der Natur zu lesen und zu verstehen. Knospende Blätter im Frühjahr, die nicht weniger als das Ergebnis der stillen Arbeit eines langen Winters sind, das Zusammenspiel von Insekten und Pflanzen, die sich gegenseitig unterstützen, ihr Leben so sinnvoll und zielführend wie möglich zu gestalten. Vor allen Abläufen in der Natur hatte Papa eine ehrfürchtige Achtung, und wenn er auch, wie sich das für einen ordentlichen Christen gehörte, den Menschen als ein gottähnliches Wesen mit einer eigenen Würde ansah, so gestand er diese auch den kleinsten Lebewesen zu, die ebenfalls vom Herrn geschaffen und geachtet werden mussten.

So bin ich aufgewachsen, und als ich dann als junges Mädchen in die Stadt zu meiner Tante Gerda, der Schwester meiner verstorbenen Mutter, umsiedeln musste, um mein Bein in mehreren mühevollen Operationen und mit immer wieder zu wiederholenden schmerzhaften Übungen richten zu lassen, so war es das, was ich am meisten vermisste: Dass man auch Kindern als den kleinen Lebewesen dieser Welt bereits eine gewisse Achtung zugestand. Die Achtung, die es den Erwachsenen hätte verbieten müssen, uns Kinder zu belügen, weil es bequemer war, oder mir Dinge vorzuenthalten, die mir gehörten. Wie die Briefe meines Vaters zum Beispiel. Er schrieb mir regelmäßig, oft nur kurze Briefchen, die jedoch so voller Liebe waren, dass ich mich mit diesen Nachrichten in der Hand in meine Lieblingsecke verkriechen und von ihm und meinem Zuhause, das ich so schmerzlich vermisste, träumen und daraus Kraft schöpfen konnte. Doch meine Tante hielt es für unklug, dass mein Vater mich »nicht losließ« und mir in seiner ihm eigenen Offenheit Gedanken und Gefühle offenbarte. Also teilte sie mir das, was mir doch zustand und einzig und allein mir gehörte, was mir der wichtigste Halt in der fremden großen Stadt war, in kleinen Dosen zu. Ich konnte ja noch nicht lesen, und solange ich die Briefchen nur mit mir herumtrug, konnten sie keinen

Schaden anrichten. Das Vorlesen der Zeilen wurde jedoch auf den Sonntagmorgen begrenzt. Zu dieser Zeit, kurz vor dem Kirchgang, setzte sich meine Tante zu mir und las mir einige der Nachrichten meines Vaters vor. Dieser Zeitpunkt wurde von ihr gewählt, damit ich danach in der Kirche beim Gebet wieder Halt für meine kleine verlorene Kinderseele bekommen und Trost aus der Nähe des Herrn schöpfen konnte. Ich fand die Ungerechtigkeit dieses Verhaltens unerträglich, konnte aber mit keinem Argument einer Vierjährigen meine Tante überzeugen, dass sie die Liebe zwischen meinem Vater und mir nicht schmälerte, wie sie wohl gehofft hatte, sondern eher noch zu einer heißen, weil ständig unerfüllten Sehnsucht steigerte.

Etwas anderes jedoch, das sie sicherlich nicht gewollt hatte, erreichte sie dadurch: Ich brachte mir selbst heimlich das Lesen bei. Das vergebliche Betteln und Flehen empfand ich als dermaßen demütigend, dass ich einen Ausweg finden musste. Und ich musste dabei sehr behutsam sein, denn wenn Tante Gerda herausgefunden hätte, dass ich die Briefe meines Vaters lesen konnte, hätte sie sie mir selbstverständlich weggenommen. Die Briefe begannen immer mit der gleichen Anrede »Mein kleines Mädchen«, und das letzte Wort war immer »Papa« – das gab mir genug Ausgangsmaterial, mich in winzigen Schritten durch die Zeilen zu buchstabieren. Was ich nicht wusste, erriet ich, und wenn es wieder Sonntag war, begann ich, meiner Tante über die Schulter zu schauen, die die einzelnen Briefe, die ich ihr hinhielt, in ihrer Kurzsichtigkeit dankenswerterweise las, indem ihr Zeigefinger dem Wortlaut folgte.

Als ich endlich in der Lage war, seine Briefe selber zu lesen, wurde ich ruhiger. Ich fühlte mich nicht mehr zu einem kleinen Menschen degradiert, über den andere entschieden, sondern konnte über mich entscheiden. Quasi hatte ich mir meine Würde zurückgeholt. Die Schmerzen und die Einsamkeit ließen sich so viel leichter ertragen. Und Tante Gerda dachte, sie hätte meinen Widerstand endlich gebrochen. Wie sehr sie sich täuschte!

Es sollte nicht mein letzter Aufenthalt in der Stadt sein. Sich meiner schnellen Auffassungsgabe bewusst, entschied mein Vater – natürlich nicht ohne dies eingehend mit mir diskutiert zu haben –, ich solle nicht nur zur Volksschule im Dorf gehen, sondern die Staatliche Oberschule für Mädchen in der Stadt besuchen. Ich wollte auf der einen Seite nichts weniger, als mein Zuhause und meinen Papa schon wieder zu verlassen, aber lernen zu dürfen war für mich eine große Freude, und mir war klar, dass ich dieser nur in der Stadt nachgehen konnte.

So bekam ich im Hause meiner Tante mein Zimmer wieder und machte erneute Versuche, mich mit meinen Cousinen, alle drei älter als ich, anzufreunden, was jedoch nur sehr verhalten gelang. Für sie war ich der kleine Bauerntölpel aus dem Wald, meine Kleider waren nicht voller Spitzen und Satin, meine Interessen so ganz anders als die ihren. Trotzdem kamen wir einigermaßen miteinander aus. Sie hielten wenig von mir, aber sie taten mir auch nichts. Und ich brauchte keine Freundinnen, weder in meinem städtischen Zuhause noch in der Schule. Wie ich es bereits im Wald gelernt hatte, war ich mir selbst genug, konnte stundenlang lesen und malen oder mit meinen Puppen spielen.

Als wir alle älter wurden und meine großen Cousinen begannen, kichernd nach den Jungs in der Straße zu schielen, konnte ich dem ganzen Theater wenig abgewinnen, zum einen sicherlich, weil ich jünger war, zum anderen, weil ich nie begriff, warum es wichtig sein könnte, ein besonderes Kleid anzuziehen oder die Haare auf eine bestimmte Art zu frisieren, wenn sich die seltene Gelegenheit ergab, einen Jungen beim Spielen oder bei einem Kaffeetrinken der Mütter zu treffen. Mich erinnerte dieses Verhalten an das einiger Pflanzen, von denen mein Vater mir beigebracht hatte, dass sie sich auf besondere Weise zurechtmachten, um bestimmte Insekten anzulocken. Der Zusammenhang zwischen Insekten und Jungs erschloss sich mir nicht, und so zog ich mich wieder zurück zu meinen Büchern.

In den nächsten Tagen bekam Ella weitere Rückmeldungen auf ihre E-Mails vom vergangenen Wochenende, doch keine davon half ihr wirklich weiter.

Beim Beamtenbund, in dem Karla nachweislich Mitglied gewesen war, konnte man sich nicht an sie erinnern.

Ein Mitarbeiter der Staatskanzlei, Abteilung »Protokoll und Orden«, teilte lediglich mit, Ella könne den Orden zurücksenden, wenn sie ihn nicht behalten wolle.

Nur seine Kollegin des benachbarten »Referats für Ordensangelegenheiten« schrieb:

Sehr geehrte Frau Lehmensieck,

leider kann ich Ihnen nur wenig über Frau Karla Basler mitteilen, da mir die Akte nicht mehr vorliegt.

Die Vorschlagsbegründung zur Verleihung des Verdienstkreuzes am Bande des Verdienstordens der Bundesrepublik Deutschland habe ich Ihnen in der Anlage beigefügt. Den von Ihnen übermittelten Fotos zufolge wurde die Aushändigung des Verdienstordens vom damaligen Ministerpräsidenten im Gästehaus der Landesregierung vorgenommen. Ich bedaure, Ihnen keine weiteren Informationen zukommen lassen zu können.

Und als Anhang daran ein Auszug, der dem des Grund-
buchregisters ihres Häuschens glich und folgenden, mit
Schreibmaschine getippten Text aufwies:

*Vorschlagsbegründung: Frau Karla Basler setzt sich seit vielen
Jahren ehrenamtlich für die Belange der Frauen ein. Sie ist Mitglied, Landesvorsitzende der Frauenkommission im Landesver-
band des Deutschen Beamtenbundes und gehört dem Landes-
vorstand an, außerdem Mitglied der Bundesfrauenvertretung.*

*Dem Deutschen Verband Berufstätiger Frauen gehört sie
seit 1967 an und war über mehrere Jahre Mitglied des Bundes-
vorstandes.*

*Weitere Mitgliedschaften bestehen im Aufsichtsrat des Ins-
titutes »Frau und Gesellschaft«, im Trägerverein zum Schutz
misshandelter Frauen und Kinder und im Beirat der Stiftung
»Familie in Not«.*

Schön wäre jetzt noch gewesen zu erfahren, wer es war,
der Karla für diesen Orden vorgeschlagen hatte. Aber
dieses Wissen war wohl mit Karlas Akte im Schredder
gelandet.

36

Die Begegnung mit Carl im Café am Wochenmarkt belastete Ella mehr, als sie sich eingestehen mochte. Sie schlief schlecht und versuchte sich immer wieder auszumalen, was nun wohl in seinem Kopf vorging. Einen sauberen Bruch hätte sie in jedem Falle bevorzugt, und die Ausführungen Karlas zum Thema Würde und Achtung spukten durch ihre Gedanken wie Fledermäuse, die immer wieder im Steilflug an ihr vorbeihuschten.

Hatte sie Carl mit Achtung behandelt?

Vielmehr noch: Wie viel Achtung hatte er Ella zukommen lassen?

Was einmal mit unglaublich überschäumenden und atemberaubenden Emotionen begonnen hatte, war nun zu einem Konglomerat aus Verletzungen geworden, das jedes Gefühl zu ersticken drohte.

Er hatte ihr eine SMS geschickt mit den Worten *Wäre es nicht fair gewesen, es mir zu sagen?*, und sie ging davon aus, dass er den vermeintlich neuen Mann an ihrer Seite meinte. Aber was war schon fair? War es von ihm immer fair gewesen, wie er mit ihr umgegangen war, Verabredungen nicht eingehalten hatte, sie auf Nachrichten hatte warten lassen? Wie er verschwunden war, wenn sie schlief, ohne sich zu verabschieden, ohne sie zu wecken? Sicher, als sie sich kennenlernten, war klar gewesen, dass

Carl gebunden war und nicht daran dachte, das zu ändern. Er hatte hieraus keinen Hehl und diesbezüglich Ella nie leere Versprechen gemacht. Musste sie nun ein schlechtes Gewissen haben, weil sie ebenfalls einen anderen Mann in ihr Leben gelassen hatte? Noch dazu einen, der gar nicht existierte?

Mit Mühe brachte Ella den Auftrag für den Verlag pünktlich zum Versand und verordnete Balou und sich einen Tapetenwechsel. Sie musste den Kopf freibekommen, einmal Abstand gewinnen zu den Gespenstern darin: eine eigenwillige, aber tote Frau, die fast ihr ganzes Denken einnahm, ein ehemaliger und beleidigter Geliebter, ein dementer Vater, der sich nicht über ihren Besuch freute, aber über den ihres Hundes, eine Tochter, die irgendwo in der Weltgeschichte nach ihrer Identität suchte, und eine verstorbene Mutter, die in Ellas Gedanken noch immer auf ihrem Küchenstuhl saß.

Ella rief bei Tilda an, die immer für einen Spontantrip an die Küste zu haben war, und sie verabredeten sich für den nächsten Tag. Wenn sie früh starteten, konnten sie zum zweiten Frühstück am Strand sein.

»Ich möchte nicht über Karla reden!«, erklärte Ella ihrer Freundin, gleich nachdem diese in ihr Auto gestiegen war.

»Wieso das? Geht sie dir auf die Nerven?«

»Nein, das ist es nicht, sie ist wirklich faszinierend! Aber ich bin inzwischen wie besessen von ihr, kann schon nicht mehr schlafen, ohne von ihr zu träumen.«

»Gut, mir soll es recht sein. Dann erzähl mir aber wenigstens von deiner neuen Eroberung. Ich hatte ja gedacht, da geht was zwischen dir und dem bärtigen Pastor. Aber einen Bart hat der Neue nicht, habe ich mir sagen lassen. Und zwar aus direkt allererster Quelle: von Carl!« Tilda lachte. »Du hast ihm ganz schön zugesetzt, meine Liebe! Er hat mich so auffällig unauffällig gelöchert, als ich Thomas neulich aus dem Büro abholte, dass er mir schon fast leidtat. Gott sei Dank weiß er nicht, dass ich alles über euch weiß.«

Also erzählte Ella Tilda die ganze Geschichte von dem Zusammenstoß mit Carl und Saskia und wie sich der schwule Hausarzt als ihr Retter ausgegeben hatte. Beide lachten Tränen über die Situation.

»Und was gedenkst du nun zu tun?«, fragte Tilda und wischte sich über die Augen. »Wirst du Carl aufklären, oder benutzt du den Arzt als Notausgang?«

»Nicht ganz. Ich möchte definitiv die Beziehung beenden, habe aber noch nicht so ganz den Mumm dazu, mich einem Gespräch mit ihm zu stellen. Du weißt, wie er sein kann, und ich habe einfach Sorge, dass ich wieder schwach werde, wenn ich ihm gegenübersitze und er mich so anschaut. Aber ihn zu belügen, fände ich würdelos. Ihm reinen Wein einzuschenken und das Ganze ehrlich zu beenden, bin ich uns beiden schuldig.« Und während sie sich so zuhörte, musste sie lächeln. »Ich habe von dir gelernt, Karla!«

Später saßen sie am Wasser und beobachteten die Wellen, die an den Strand spülten, die Segelboote draußen auf dem Meer und den dicken Frachter, der zum Greifen nah an ihnen vorbei ins Hafenbecken glitt. Balou lag, vom Toben in Sand und Wellen völlig erschöpft, neben ihnen und ließ sich von der milden Frühlingssonne das Salzwasser in seinem dichten Fell trocknen.

»Wie oft haben meine Mutter und ich hier gestanden und meinen Vater abgeholt oder verabschiedet. Wenn er nicht mit dem Zug zu einem anderen Hafen musste, um dort an Bord zu gehen. Ich bin lange nicht mehr hier gewesen, hab diesen Ort und alles, was er für uns bedeutete, abgrundtief gehasst!«

»Warum wolltest du dann heute hierher?«

»Ausprobieren, ob es noch wehtut.«

»Und?«

Ella horchte in sich hinein. »Nicht mehr wie früher. Aber schon noch ein bisschen. Komisch, nicht wahr, das ist so lange her …«

Beide schwiegen eine Weile und hingen ihren Gedanken nach.

»Wäre mein Vater nicht zur See gefahren, dann wäre alles anders gelaufen. Mein ganzes Leben!«

»Und das wäre besser gewesen, glaubst du?«

»Sicherlich. Meine Mutter hätte keine Depressionen bekommen, weil sie sich nicht ständig allein gefühlt hätte. Ich hätte in eine andere Stadt gehen können zum Studieren. Vielleicht hätte ich geheiratet …«

»Stopp mal eben, Ella, ich glaube, jetzt spinnst du! Dein Vater ist schuld daran, dass du nicht geheiratet hast? Du willst mir nicht erzählen, dass du einer Ehe hinterhertrauerst und meinst, das wäre deine Glückseligkeit gewesen. Eine Ehe? Du bist doch immer die große Verfechterin davon gewesen, dass die Ehe eine schlechte

Erfindung der Männer ist, die Frauen von sich abhängig zu machen! Schon vergessen?«

»Ja, aber auch nur, weil das bei meinen Eltern so war. Die haben mir doch vorgemacht, wie man es nicht macht.«

»Welcher Ehe trauerst du denn da plötzlich nach, einer mit Leonies Vater?« Tilda hatte die Worte kaum ausgesprochen, da sah man ihr augenblicklich an, dass sie sie am liebsten wieder runtergeschluckt hätte. Das war dünnes Eis. Eis, auf das sie sich so schnell nicht mehr hatte wagen wollen.

Ella schwieg, dann zuckte sie mit den Schultern, und Tilda nutzte die Gelegenheit, um vom Thema abzulenken. »Meinst du, an dem Scheitern der Ehe deiner Eltern war nur dein Vater schuld? Also, ich habe gelernt, dass dazu immer zwei gehören!«

»Was hatte meine Mutter denn für eine Wahl? Mit neunzehn schwanger, keine Berufsausbildung und der Mann nie da.«

»Sorry, Ella, ich will deiner Mama nicht zu nahetreten, du weißt, ich habe sie immer gern gemocht. Aber jeder ist seines eigenen Glückes Schmied. Warum ist sie nie unter Leute gegangen? Sie hätte sich unter Menschen mischen können, sich eine Beschäftigung suchen, sobald du im Kindergarten oder in der Schule warst. Oder hätte dein Papa ihr da Stress gemacht?«

»Nein, ich denke nicht.«

»Siehst du, du hast recht, dass sie immer zu Hause gesessen und gewartet hat. Ich habe sie ja auch jahrelang so erlebt. Aber das war ihre Entscheidung und nicht die deines Vaters! Warum ist er eigentlich zur See gefahren?«

»Keine Ahnung, ich gehe mal davon aus, dass ihn das Abenteuer mehr gelockt hat, als zu Hause mit Frau und Kind zu sitzen. Als Mama mit mir schwanger war, hat er studiert, Schiffsmaschinenbau. Aber das hat er dann abgebrochen. War ihm wohl nicht spannend genug!«

»Oder er musste Geld verdienen, um seine kleine Familie zu ernähren?«, fragte Tilda.

Ella sah sie verständnislos an. »So habe ich das noch nie gesehen. Mama hat immer gesagt: Der Papa braucht die Seeluft, sonst hat er nichts zu atmen.«

»Ich glaube, deine Mama fühlte sich aber auch ganz wohl in ihrer Opferrolle, kann das sein? War da nicht mal irgendwann ein anderer Mann? Du hattest mir damals so etwas erzählt, aber das bekomme ich nicht mehr zusammen …«

»Der Nachbar? Ach, ich weiß nicht. Mir kam das so vor, und ich fand den Gedanken schrecklich romantisch, dass die Mama sich verliebt und mit einem Prinzen auf seinem weißen Pferd davonreitet … Er wohnte im Haus gegenüber und war früh verwitwet, glaube ich. Er hatte ein Geschäft in der Stadt, ich glaube, einen Tabakwarenladen oder so. Auf jeden Fall war er eine Zeit lang sehr häufig bei uns und machte immer irgendetwas heil oder brachte Mama oder mir etwas mit. Mama hatte immer so rosa Wangen, wenn er da war, und blühte förmlich auf. Das ging ein paar Wochen, dann kam mein Vater wieder zu seiner Zweimal-im-Jahr-Stippvisite nach Hause. Am Abend vor seiner Ankunft war Mama zu dem Nachbarn nach drüben gegangen und hatte dann die ganze Nacht geweint. Kurz darauf ist er weggezogen.«

»Wie tragisch. Hätte sie sich doch wenigstens ein bisschen Spaß gegönnt!«

»Typisch Tilda!«, musste Ella jetzt lachen. »Lässt du eigentlich immer noch nichts anbrennen?«

Tilda bewarf ihre Freundin mit Sand. »Hallo? Du weißt genau, dass ich Thomas treu ergeben bin!«

Ella warf zurück. »Ich sage ja, die Ehe ist nur dazu da, die Frauen zu unterjochen!«

Balou war aufgesprungen und lief bellend um die beiden Freundinnen herum, die sich nun lachend im Sand wälzten und versuchten, sich gegenseitig zu kitzeln und mit Sand zu bedecken.

Als sie im Auto saßen, müde und glücklich über den Tag, nahm Tilda all ihren Mut zusammen und sprach ihre Freundin noch einmal auf das Thema an, dem sie seit Monaten auswichen.

»Wegen Leonies Vater … Ich …«

»Tilda, der Tag war so schön, mach ihn nicht kaputt!«

»Ich mache ihn nicht kaputt, aber wir müssen doch irgendwann mal darüber reden.«

»Dann sag, was du sagen willst, und lass es gut sein.«

Tilda schwieg einen Moment. Sie stellte immer wieder fest, dass es im Auto einfacher war, miteinander zu reden; keiner konnte einfach aufstehen und gehen, man musste sich nicht anschauen, konnte einfach dem Lenkrad oder der Windschutzscheibe erzählen, was man auf dem Herzen hatte. Doch nach der recht schroffen Aufforderung Ellas war Tilda klar, dass sie ihre Worte sehr vorsichtig und mit Bedacht wählen musste.

»Du machst dir viele Gedanken über deine Eltern und welchen Einfluss sie auf dein Leben gehabt haben. Leonie geht es genauso. Sie möchte wissen, was ihre Wurzeln sind.«

»Ihre Wurzeln sind hier!« Ella klopfte sich mit der flachen Hand auf ihr Herz. »Wurzeln sind das, was einem mitgegeben wurde, Erfahrungen, Erlebnisse, Emotionen.«

»Und was ist mit den Genen?«

»Was soll damit sein? Schau sie dir an, sie sieht ihm nicht mal ähnlich!«

»Aber hat nicht jeder das Recht darauf, das für sich festzustellen? Was er von welchem Elternteil, von welcher Familie mitbekommen hat?«

»Wozu? Das Einzige, was ihr Erzeuger zu Leonie beigetragen hat, war ein Schuss Sperma, den er nicht unter Kontrolle hatte. Du weißt doch, wie er war, du kanntest ihn, vielleicht bist du sogar auch mit ihm im Bett gewesen?«

Tilda antwortete nicht, und Ella wusste, dass sie mit dieser völlig unbegründeten Bemerkung zu weit gegangen war. »Er war verantwortungslos, unzuverlässig und oberflächlich. Ja, er war sexy, aber das ist doch kein Grund, ihn in unser Leben zurückzuholen. Ein Leben, das er ganz klar nicht haben wollte. Siehst du denn nicht, dass ich mein Kind vor diesem Mann beschützen wollte? Er hat uns sitzen lassen, nicht nur mich, sondern auch

Leonie. Er hat sich einen Dreck um uns geschert. Was will sie mit so einem Mann?«

»Er ist ihr Vater!«

»Nein, ist er nicht. Ihr Erzeuger, okay, aber nicht ihr Vater. Ein Vater wechselt Windeln, erzählt Gutenacht-geschichten, klebt Pflaster auf und bringt einem das Fahrradfahren bei. Er verschwindet nicht einfach so.«

Einen Moment schwiegen beide und schauten dar-auf, wie die graue Landstraße in der Dämmerung vor ihnen wie ein endloses Band am Horizont verschwand. Außer ihnen waren kaum Autos unterwegs, nur ein paar vereinzelte Lichter vor ihnen zeigten, dass sie nicht ganz allein waren.

»Du hast recht mit allem, was du sagst«, nahm Tilda das Gespräch nach einer Weile wieder auf und legte ihrer Freundin die Hand auf den Oberschenkel.

»Aber?«

»Aber Leonie ist erwachsen und muss das alles selbst herausfinden. Sie muss ihren eigenen Weg gehen, und wenn dazugehört, dass sie ihren Vater wiederfindet, musst du das akzeptieren.«

Ella lachte verbittert auf: »Danke, ja. Das tut sie aus-giebig und ohne Rücksicht auf Verluste. Aber gut, dass du mir das noch mal erklärst. Kannst du mir auch er-klären, warum sie mich einfach so eintauscht gegen ihn? Kaum dass sie ihn gefunden hat, ist sie abgehauen und hat sich nicht mehr bei mir gemeldet. Ist mit ihm um die Welt gereist, und die Postkarten habt ihr bekommen, nicht ich. War es notwendig, mich einfach wegzuwerfen, um ihren eigenen Weg zu gehen?«

37

Sie waren erst spät wieder zu Hause, und Ella legte große Handtücher auf Balous Schlafstelle und ihr eigenes Kopfkissen. Den Sand und das Salz aus seinem dichten Fell und ihren eigenen Locken zu bekommen, würde sie morgen Stunden kosten. Heute war sie viel zu müde dazu. Obwohl sie von dem Gespräch über Leonie noch völlig aufgewühlt war, träumte sie in der Nacht nicht von ihr, sondern von ihrem Vater. Ihre Mutter und sie hatten ihn zum Hafen begleitet. Zum Abschied nahm er seine Frau und seine Tochter fest in seine Arme, und als er sie losließ, sah Ella, dass er weinte. Da bewarf Edith ihn mit Sand und fuhr ihn an: »Hör auf zu weinen! Das darf nur ich!« Aber er konnte nicht aufhören, stand nur da und weinte und weinte, während seine Frau ihn unaufhörlich mit Sand bewarf und Balou bellend um sie herumsprang.

Ella schreckte hoch – Balou bellte wirklich! Mitten in der Nacht! Ihr gefror das Blut in den Adern. Das konnte nur bedeuten, dass jemand draußen vor dem Haus war! Ohne Licht zu machen, stieg Ella leise aus dem Bett und schlich zum Schlafzimmerfenster, das hinausging auf die Terrasse. Der Bewegungsmelder hatte kein Licht gemacht, dort war also offenbar keiner.

Mit klopfendem Herzen schob sie leise den schweren Vorhang der Schlafzimmertür beiseite, der die warme

Kaminluft aus dem kühlen Zimmer halten sollte. Balou stand an der Haustür und bellte immer noch. Als er sie kommen sah, lief er zu ihr und dann aufgeregt wieder zur Tür zurück.

Plötzlich hörte sie eine Stimme, verstand aber nicht, was sie sagte.

»Sei doch mal leise!«

Da, wieder.

»Ella? Bist du da? Lässt du mich rein? Bitte!«

Wenig später saß Carl auf dem Teppich vor dem Ofen und sah Ella zu, die sich abmühte, mit zitternden Händen das Feuer wieder zu entfachen. Sie hatte sich einen dicken Pulli über ihren alten Schlafanzug gezogen und selbst gestrickte Socken an die Füße, trotzdem bebte sie am ganzen Körper vor Kälte und Adrenalin.

»Ich hoffe, ich störe die junge Liebe nicht!« Carl wies mit dem Kopf Richtung Schlafzimmer. Eben noch am Boden zerstört vor Verlegenheit, fiel ihm der Sarkasmus nun offenbar schon wieder leicht.

Ella seufzte. »Es gibt keine junge Liebe.«

»Und was war das neulich in dem Café für ein schmucker Kerl, der dir da zur Seite gesprungen ist und so getan hat, als wäre Balou sein Hund?«

Erst jetzt bemerkte Ella, dass Balou seine Schnauze auf Carls Bein gelegt hatte und Carl ihn hinter den Ohren kraulte, dort, wo der Hund es am liebsten hatte. Verräter!

»Er ist nicht MIR zur Seite gesprungen, sondern eher dir, würde ich sagen. MEINE Ehe war da gerade nicht in Gefahr, oder?«

»Jetzt soll ich ihm auch noch dankbar sein? Gib mir seine Adresse, ich schicke ihm ein Bouquet mit Karte!«

»Damit würdest du dann seine Ehe in Gefahr bringen.«

»Du stehst wohl auf verheiratete Männer, was?«

»Nein, tue ich nicht. Und schon gar nicht auf verheiratete schwule Männer.« Jetzt reichte es Ella wirklich. »Also, da das Thema nun hoffentlich zu deiner Zufriedenheit geklärt sein dürfte: Was kann ich für dich tun zu dieser nachtschlafenden Zeit? Hat dich Saskia nicht rangelassen, und nun kommst du wieder bei mir an?«

Am nächsten Morgen wachte Ella mit heftigen Kopfschmerzen auf. Sie fühlte sich wie durch den Fleischwolf gedreht. Alles tat ihr weh, und sie konnte kaum aus den Augen gucken, die vom vielen Weinen völlig verquollen waren. Der weitere Verlauf des Abends hatte sich kaum gebessert, der Ton zwischen ihnen nur selten die bissige Note der Verletzung und des geknickten Stolzes verloren. Aber sie hatten mehr oder weniger in Frieden zu Ende gebracht, was so wunderschön und leidenschaftlich begonnen hatte: ihre mehrjährige und intensive Beziehung.

Als Carl zum Abschied dem schlafenden Balou noch einmal über den Kopf gestrichen und gemurmelt hatte: »Ich werde dich vermissen, Dicker!«, hatte Ella ihre Tränen nicht mehr zurückhalten können und sich, nachdem die Tür hinter Carl ins Schloss gefallen war, erst schluchzend auf dem Teppich zusammengerollt und dann irgendwann im Bett in den Schlaf geweint wie ein Teenager beim ersten Liebeskummer.

Eine Weile schaute Ella an die Zimmerdecke und ließ die letzten Stunden Revue passieren. Ja, es tat weh, und noch konnte sie nicht wirklich glauben, dass sie nie wieder Carls Nähe und Wärme spüren sollte. Aber es war auch eine Leichtigkeit in ihr, als sei eine Last von ihrer Seele genommen, die schon so lange dort drückte, dass sie sie kaum mehr wahrgenommen hatte. Sie war frei! Kein Warten mehr auf Nachrichten, keine Heimlichtuerei, keine Angst davor, Carls Frau würde ihnen auf die Schliche kommen. Keine Verletzungen mehr, keine gebrochenen Versprechen, kein angekratzter Stolz. Und alles andere würde sich finden. Vielleicht ja tatsächlich auch irgendwann mal ein Mann, der sie ohne Beschränkungen von Uhrzeit, Kalender und Konventionen liebte und für sie da war.

Und wenn nicht, dann war das auch okay.

38

Karla

Sehr verehrtes Fräulein Karla,

der Spaziergang mit Ihnen hat mir unendlich viel Freude bereitet, und ich möchte mich bei Ihnen von Herzen bedanken, dass Sie sich die Zeit genommen und mir den Frühling gezeigt haben. Mit Ihrem Blick auf die Natur, mit Ihren Worten, die das, was ich bisher nur achtlos durchwanderte, so trefflich beschrieben, ist mir, als erlebe ich das Erblühen der Knospen, die fröhlichen Gesänge der Vögel das erste Mal.

Oh, welche Sehnsucht nach mehr da in meinem Herzen entsteht, mehr Grünes, mehr Blüten, mehr Sonne!

Ich freue mich auf ein Wiedersehen!

Ihr ergebener

Erwin Ludwig Krösner

PS: Erlauben Sie mir, Ihnen ein Gedicht von Ludwig Uhland beizulegen, als Dank für diese wunderbaren Stunden.

—

Verehrte Karla,

ich flehe Sie an, verzeihen Sie mir! War ich in der Tat zu vermessen, mir zu erlauben, Ihnen zu schreiben? Und nun tue *ich es schon wieder. Es zerreißt mir mein Herz zu wissen, dass Sie mir gram sind.*

Ich weiß, als Ihr Lehrer steht es mir nicht zu, mich in meinen Gedanken mit Ihnen zu befassen. Aber es sind doch nur die keuschen Gedanken eines Freundes der Poesie, der in einer ihm verwandten Seele eine Gleichgesinnte gefunden hat.

Bitte verwehren Sie mir nicht die kostbaren Momente, wie ich sie bereits mit Ihnen verbringen durfte.

Ich erwarte Sie zur bekannten Zeit im Park und werde dies mit klopfendem Herzen tun.

Ihr ergebener
Erwin Ludwig Krösner

—

Verehrtes Fräulein Karla,

wie wunderschön, Sie lachen zu hören, auch wenn es ein Lachen über mich ist. Ich weiß, dass Sie sich über mich amüsieren, und ich möchte nicht einen Moment davon missen.

Ich habe lange in meinen Gedichtbänden geblättert gestern Abend, aber dann hat eine glückliche Fügung meine Hand zu der Seite jener Zeilen geleitet, die Sie so trefflich zitierten.

Und was, verehrteste Karla, musste ich dort sehen? Sie haben beim Rezitieren dieser mir bisher unbekannten Zeilen einige ausgelassen. War es Absicht, oder kannten Sie diese Verse ebenso wenig wie ich?

Wie gern wüsste ich eine Antwort darauf.

Wie ich so stand und bei mir sann,
Ein mächt'ger Trieb in mir begann.

Ein freundlich Mädchen kam gegangen
Und nahm mir jeden Sinn gefangen.

…

Sie ging vorbei, ich grüßte sie,
Sie dankte, das vergeß ich nie
Ich mußte ihre Hand erfassen
Und sie schien gern sie mir zu lassen.

…

Mit Verlaub, Sie spielen mit mir, verehrte Karla!
Hören Sie nicht auf damit!
Ihr für immer ergebener
Erwin Ludwig Krösner

Von einem fast masochistischen Verlangen getrieben, hatte Ella sich über den Stapel der Briefe hergemacht, die sie bisher noch nicht angeschaut hatte. Wenn sie selbst schon kein Glück in der Liebe hatte, so war es Karla vielleicht besser ergangen?

Die Liebesbriefe waren von einem zartrosa Band umwickelt und meist ohne Datum geschrieben. Wie die Briefe des Vaters waren sie vom vielen Lesen dünn, die Knickfalten an einigen Stellen eingerissen, das Papier porös. Die Schrift war schwer zu lesen, und es dauerte eine Weile, bis Ella zumindest diese drei Briefe entziffert hatte. Es gab also auch eine romantische Seite in Karlas Biografie, auch wenn sich der Beginn nicht so anhörte, als sei er von Glück gesegnet gewesen. Durfte ein Lehrer eine außerschulische Beziehung zu seiner Schülerin führen, ohne dafür gehörig Ärger zu riskieren? Sicher nicht, zumindest nicht, wenn seine Schutzbefohlene noch nicht volljährig war. Ella fand keinen Hinweis auf das Jahr, in dem die Briefe verfasst worden waren, auf den Umschlägen war kein Poststempel, und so blieb dann auch offen, wie die Briefe überhaupt zugestellt werden konnten.

Ella war ganz fasziniert von der verehrungsvollen Art, mit der Erwin Ludwig an seine angebetete Karla schrieb. Bestimmt lohnte es sich, auch die anderen Briefe zu entziffern.

39

Die Begegnung im Wochenmarkt-Café war Ella nicht
nur wegen des denkwürdigen Zusammentreffens mit
Carl und seiner Frau sehr präsent, sondern auch, weil sie
bemerkt hatte, dass Karlas Hausarzt offenbar viel Erfahrung mit Demenzkranken hatte. Vielleicht konnte er ihr
helfen, ihren Vater besser zu verstehen?

Ella hatte Dietrich eine Nachricht auf sein Handy geschickt, und tatsächlich rief er sie abends zurück und lud
sie ein, auf einen Drink zu ihm nach Hause zu kommen,
wenn auch bitte ohne Balou, denn Andreas hätte eine
Tierhaarallergie.

Einen Moment blieb sie im Auto sitzen und schaute
auf das kleine Siedlungshäuschen, in dem die beiden
Männer wohnten. Sie war dem alten Klischee erlegen,
dass Ärzte immer in großen Villen nobler Vororte lebten,
und war ein wenig überrascht gewesen, das Zuhause der
beiden in dieser recht spießigen Wohngegend zu finden,
in der die Alpenveilchen hinter den Spitzengardinen gediehen und Gartenzwerge die geharkten Auffahrten be-
wachten. Aus den Fenstern des Hauses Wollschläger
allerdings schien so gar nichts Altbackenes hervor, und
Ella war gespannt, was sie erwartete.

Innerhalb weniger Minuten fühlte sie sich wie zu
Hause. Die Einrichtung hatte einen kühlen, skandina-

vischen Touch, alles war in Grau und Weiß gehalten, einige wenige Antiquitäten vom Flohmarkt und viele Pflanzen brachten genau so viel Leben hinein, wie es brauchte, um heimelig und gemütlich zu wirken. Die beiden Männer liefen auf dicken Socken über die alten Echtholzdielen und bewirteten sie, als sei sie ein ganz besonderer Besuch.

Andreas erklärte lachend, er freue sich enorm, die neue Flamme seines Mannes kennenzulernen, und nach kurzer Zeit saßen sie zu dritt auf der Couch, mit einem Glas Wein in der Hand, die Füße untergezogen, und quatschten miteinander, als würden sie sich seit Jahren kennen. Ella hatte sich lange nicht mehr so wohlgefühlt.

Diesmal schaffte sie es, Dietrich auf ihren Vater anzusprechen. Sie erzählte von der Entfremdung, die schon lange, ja eigentlich in ihrer Kindheit begonnen hatte, und dass sie wenig Liebe miteinander verband. Trotzdem fühle sie sich verpflichtet, sich um ihn zu kümmern und ihn regelmäßig zu besuchen, obwohl er sie überhaupt nicht erkenne.

Dietrich hörte ihr aufmerksam zu. Dann sagte er: »Ich möchte dich nicht entmutigen, Ella, und ich finde es toll, dass du dich um deinen alten Herrn kümmerst. Aber ich kann dir kein Geheimrezept sagen, das du anwenden könntest, um ihn zum Erinnern zu bringen. Wenn du sagst, dass die Ärzte bei deinem Vater eine vaskuläre Demenz diagnostiziert haben, dann musst du dir das so vorstellen: Lauter kleine Infarkte haben die Gefäße im Gehirn absterben lassen, dadurch ist es quasi geschrumpft. Dort, wo mal Gehirn war, sammelt sich jetzt Gehirnwasser, und das, was fort ist, ist für immer fort.«

Ella nickte. So weit konnte sie ihm folgen.

»Bei der Demenz verschwindet nicht nur die Erinnerung an Ereignisse und andere Menschen, die Erinnerungen an den Betroffenen selbst werden unvollständig. Die Welt um ihn herum löst sich auf, und es ist fast, als würde der Mensch selbst sich verflüchtigen.«

»Er weiß, wovon er spricht«, warf Andreas ein. »Wir haben meine Mutter hier in ihrem Häuschen gepflegt, so lange es ging. Natürlich kann man das aus ärztlicher Sicht alles ganz wissenschaftlich erklären, aber im Grunde gibt es nicht viel anderes zu sagen als genau das: Der Mensch verflüchtigt sich. Alles, was sie mal war, was sie ausgemacht hatte, ihre Charakterstärken und -schwächen, ihre Vorlieben, Neigungen und Interessen brachen weg und haben sich irgendwann einfach in Luft aufgelöst. Der Weg dorthin war lang, und es wurde immer schwerer, es ihr recht zu machen. Sie war selber so irritiert von dem, was da mit ihr passierte, es machte ihr Angst und verwirrte und verunsicherte sie. Irgendwann war sie einfach nicht mehr sie selbst.«

Dietrich hatte Andreas' Hand genommen und gedrückt. Andreas lief eine Träne über die Wange, die er dann ganz unvermittelt fortwischte und betont fröhlich sagte:

»Aber wir wollten ja nicht von meiner Mutter sprechen, sondern von deinem Papa. Ich kann dir aus nicht-ärztlicher Sicht, aber aus der des Kindes nur sagen: Lass dich auf deinen Vater ein. Wenn er dich schon vorher auf der Straße kaum erkannt hätte, wirst du ihm jetzt auf den letzten Metern nicht klarmachen können, wer du bist. Das ist vergebene Liebesmüh und verschwendete Energie.«

Dietrich ergänzte: »Nutze die Zeit, die sich dein Vater öffnen kann. Ob dir oder deinem Hund oder irgendwelchen Blumen im Garten, ist egal. Gehe auf ihn ein, hör ihm zu, beantworte seine Fragen. Was Andreas eben sagte, ist ganz wichtig: Demenzkranke sind sehr verunsichert, verstehen oft einfachste Zusammenhänge nicht, und das macht ihnen Angst. Wenn du ihm für ein paar Minuten die Angst nehmen kannst, ist das ein Geschenk, das du ihm und dir machst!«

»Meine Mutter hatte zusätzlich zu ihrer Demenz das Problem, dass sie fast blind war«, übernahm Andreas nun wieder das Wort. »Ich konnte mit ihr durch den Garten gehen, den sie immer so geliebt hat, und sie konnte die Vögel zwitschern hören und die Sonne auf ihrem Gesicht spüren, aber nicht sehen, wie schön ihre Blumen blühten oder wie die Schmetterlinge um den Sommerflieder tanzten. Auch wenn sie phasenweise nicht mal genau wusste, wer das war, der sie da eingehakt hatte und mit ihr über die Wiese bummelte, an eines konnte sie sich noch lange erinnern: die Lieder, die sie als Kinder gesungen hatten, über den Sommer oder über die fallenden Blätter im Herbst. Also habe ich mit ihr gesungen, immer und immer wieder. Besonders wenn sie Angst hatte, wenn sie nachts aufwachte und nicht wusste, wo sie war, wenn sie um Hilfe rief und meine Anwesenheit es nur noch schlimmer machte, weil ich einfach ein Mann in ihrem Schlafzimmer war. Dann habe ich gesungen, und sie hat sich beruhigt. Ich glaube, ich werde nie wieder ›Der Mond ist aufgegangen‹ hören können, ohne an meine Mama zu denken, wie sie da als kleines Häufchen Elend in ihrem hellblauen Nachthemd mit zerdrückten Locken und tränenüberströmtem Gesicht in ihrem Bett lag und langsam nach und nach aufhörte zu zittern.«

»Und dass sie sich beruhigt hat, will was heißen«, warf Dietrich ein. »Andreas kann nämlich gar nicht singen!« Schnell duckte er sich weg, als Andreas lachend mit einem Kissen nach ihm schlug.

40

Auch wenn der Abend bei den beiden Männern nett und gemütlich gewesen war – oder vielleicht gerade deshalb –, fühlte Ella sich traurig und leer, als sie spät mit Balou an ihrer Seite vor dem Kamin saß. Sie vermisste Carl mehr, als sie sich eingestehen wollte, und hatte Schwierigkeiten, sich auf etwas anderes zu konzentrieren als darauf, dass sie schrecklich allein war. Oder war es gar nicht Carl, der ihr fehlte, sondern das Gefühl, geliebt zu werden?

Die vertraute Zweisamkeit der beiden Männer, die Wärme, die Andreas' Stimme trug, wenn er von seiner Mutter sprach, all das gab ihr plötzlich das Gefühl, der einzige Mensch auf der Welt zu sein, der ohne Liebe auskommen musste. Keine Eltern, die sie geliebt hatten, sondern eine Mutter, die sie gebraucht hatte, und ein Vater, den sie störte. Kein Partner, der sie liebte und begehrte, dem sie wichtig war und der sie in die Arme nahm, wenn es ihr schlecht ging. Keine Tochter, die an ihrer Seite war und mit ihr durch das Leben ging. Nur ein Hund, der für sie durch dick und dünn gehen würde. Immerhin ein Hund.

Ella stand auf und ging in den Abstellraum. Sie musste ihr Selbstmitleid in den Griff bekommen und sich von Carl und Leonie ablenken. Irgendwo mussten sie doch sein, die Fotos ihrer Mutter. Irgendwo hatte sie sie nach der Haushaltsauflösung hingepackt. Wenn sie sich recht erinnerte, waren es mindestens drei Alben gewesen …

Sie fand sie in einen alten Leinenbeutel gewickelt, geschützt gegen den Staub, ganz oben auf einem Regal, wo sie seit ihrem Einzug darauf warteten, dass sich jemals jemand für sie interessierte.

Ella machte es sich wieder auf dem Teppich vor dem Kamin gemütlich und tauchte ein in die Vergangenheit.

Die Bilder des ersten Albums zeigten ihre Eltern in jungen Jahren, auf der Schulabschlussfeier mit den Großeltern. Ella hätte die alten Herrschaften fast nicht erkannt. Sowohl Edith als auch Horst hatten die Beziehung zu ihren Eltern, also Ellas Großeltern, kaum gepflegt, nachdem Ella geboren war. Keines der beiden Paare war besonders interessiert gewesen an dem kleinen Enkelchen und hatte es nicht für nötig gehalten, ihr Leben den Bedürfnissen der jungen Familie anzupassen, mitzuhelfen, anzupacken, zu unterstützen. Sie kümmerten sich kaum, und Edith hatte bald aufgehört, die Großeltern zu fragen, ob sie ihr Enkelkind mal sehen oder gar wissen wollten, wie es sich entwickelte und was es so tat. Für Ella waren Großeltern alte Menschen, die man nur zweimal im Jahr bemerkte: zum Geburtstag und zu Weihnachten. Und oft genug beschränkte sich dieser spärliche Kontakt auf ein Päckchen oder eine kitschig billige vorgedruckte Karte mit einem Geldschein darin, den Edith auf Ellas Sparkonto einzahlte.

Ja, damals bei der Schulabschlussfeier, da waren die

Eltern noch stolz auf Edith und Horst gewesen, hatten große Pläne für sie, das konnte man auf den Fotos sehen. Horsts Vater war selbst zur See gefahren, aber sein Sohn sollte studieren und etwas Besseres werden, das war für alle beschlossene Sache. Ediths Eltern hingegen gingen davon aus, dass Edith wie ihre großen Schwestern eine Ausbildung zur Krankenschwester oder Kindergärtnerin machte, bevor sie dann später geheiratet werden und Kinder kriegen würde. Wobei natürlich die Betonung auf später lag. Tja, und erstens kommt es anders ...

Ella blätterte weiter.

Ihre Eltern beim Zelten, vielleicht auf Urlaub in Dänemark?

Mit Freunden auf einer Party.

Horst in Schlips und Kragen und voller Stolz vor der Universität.

Horst und Edith lachend mitten in der Menschenmenge einer Kneipe, die Luft dick von Zigarettenqualm.

Horst und Edith vor dem Standesamt, die kleine Gruppe aus Brautpaar und Eltern mit ernsten Gesichtern, versteinerten Mienen, steifer Haltung, nicht mal ein gezwungenes Lächeln auf den schmalen Lippen. Die einzig erkennbare Wärme liegt in der Art, in der Horst die schmalen Schultern seiner frisch angetrauten Edith liebevoll umfasst.

Edith mit dickem Bauch auf der Couch, Horst und sie lachend bei dem Versuch, ein Bierglas auf der dicken Kugel zu balancieren.

Wieder ein paar Feiern mit Freunden, Horst nicht mehr mitten zwischen seinen Kumpanen, sondern stets an Ediths Seite, in liebevoller Fürsorge.

Horst mit seiner kleinen Tochter im Arm, Krankenhausatmosphäre. Sein Blick strahlt vor Stolz.

Edith mit Baby im Arm, Baby allein, Baby mit beiden Eltern.

Und in allen Blicken liegen Liebe und Wärme.

Ella schlug das Album zu. Ihre Eltern hatten trotz ungewollter Schwangerschaft so viel Liebe füreinander empfunden. Wie hatte diese Liebe, die doch aus jedem Bild, jeder Geste, jedem Blick sprach, kaputtgehen können? Wann hatten sie Glück und Liebe verloren?

Immerhin hatte ihr Vater nicht das Weite gesucht, als Edith entdeckt hatte, dass sie schwanger war. Er hatte zu ihr gestanden. War das eine Frage der Zeit gewesen? Eine Abtreibung wäre in den Siebzigerjahren wohl kaum infrage gekommen und gesellschaftlich nicht akzeptiert worden. Hatten ihre Eltern überhaupt darüber nachgedacht?

Ella konnte sich gut an das Gefühl erinnern, das sie selbst bei der Erkenntnis überkommen hatte, schwanger zu sein. Schwanger von einem Mann, der alles versprochen und nichts gehalten hatte, der sie den Satz »Ich bin schwanger, und das Kind ist von dir!« nicht mal hatte zu Ende sprechen lassen. Hatte sie über eine Abtreibung nachgedacht? Ja, immer wieder. Und sie war ziemlich schnell zu dem Ergebnis gekommen, dass sie das nicht wollte. Der Gedanke, ihr Kind ohne Vater aufzuziehen, hatte ihr keine Sorgen gemacht, schließlich hatte auch ihr Vater in ihrer Kindheit durch Abwesenheit geglänzt. Es würde sich schon alles finden. Edith hingegen war nicht allein gewesen mit einem dicken Bauch. Der Mann, der sie geschwängert hatte, hatte zu ihr gestanden und sie geliebt.

Gern hätte sie jetzt Karlas Meinung dazu gehört. Sich um Frauen zu kümmern, mit denen es das Schicksal nicht gut gemeint hatte, war ihre Leidenschaft gewesen. Aber zählte Edith, sicher ungewollt schwanger, aber nicht ungeliebt, zu dieser schützenswerten Gruppe? Oder wäre eher sie, Ella, eine von den Frauen gewesen, um die Karla sich gekümmert hätte?

Ella stand auf und kramte in dem Koffer. Vielleicht konnte sie Passagen, in der Karla von ihrer Arbeit berichtet hatte, finden.

41

Karla

Die Arbeit im Sozialministerium war interessant. Ich war dankbar für all die Fortbildungsmöglichkeiten, die mir geboten wurden, und nicht zuletzt natürlich dafür, dass man mir mit dieser Anstellung eine wirtschaftliche Unabhängigkeit und ein ausreichendes, ja großzügiges Auskommen als Austausch für mein Engagement gewährt hatte. Doch auch wenn ich mich bei den entsprechenden Tätigkeiten (später gab es sogar eine Abteilung für Frauen und Gleichberechtigung, der Weg dorthin war jedoch ein langer) mit dem befassen konnte, was mir auf der Seele brannte – die Umsetzung der gesetzlich verankerten und tatsächlich gelebten Gleichberechtigung der Frau –, verschaffte mir diese Arbeit nicht jene innere Befriedigung wie die, wie ich es nannte, Arbeit auf der Straße, der ich in meiner Freizeit nachging.

Ich selber hatte das Glück gehabt, meinen persönlichen und für mich richtigen Weg wählen zu dürfen, hatte Unterstützung und Rückhalt von meiner Familie erfahren, hatte mich nicht irgendwelchen gesellschaftlichen Konventionen oder Zwängen unterwerfen müssen. Das war in den Jahren nach dem Krieg und auch noch eine ganze Zeit später keine Selbstverständlichkeit. Doch wie sah es tag-

täglich für andere Frauen aus? Selbst jetzt, nach siebzig Jahren Grundgesetz, scheint es mir fraglich, ob wirklich alle Menschen, alle Männer den Satz »Männer und Frauen sind gleichberechtigt« verstanden, ja überhaupt jemals zur Kenntnis genommen haben. Ich bin alt, lange nicht mehr aktiv in meiner Lebensaufgabe, jene Frauen zu unterstützen, die ungerecht behandelt, sexuell unterworfen, zu Ungewolltem gezwungen werden, in deren Leben Gewalt Normalität und Unterdrückung Alltag ist. Doch auch wenn ich ihnen nicht mehr helfen kann, so schlägt doch mein Herz immer noch und nur für sie.

Karla

Wir – und damit meine ich all die Frauen der Frauenverbände, die in diesem, aber auch anderen Ländern gekämpft haben – können stolz auf das Erreichte sein, und doch reicht es immer noch nicht aus. Nachdem unsere Vorstreiterinnen das Gleichberechtigungsprinzip im Grundgesetz verankert hatten, oblag es uns, diese in Rechtsstreitigkeiten und Rechtsverbesserungen in die Praxis umzusetzen und zu erkämpfen. Im täglichen Leben der Frauen herrschte jedoch noch immer das Patriarchat prügelnder Männer, die ihre vermeintlichen Rechte mit Gewalt und Vergewaltigungen durchsetzten. Die männlichen Machtstrukturen waren und sind überall spürbar. Es war eine mühsame Arbeit, den Frauen das Recht auf ihren eigenen Körper und die Entscheidung über ihr eigenes Leben zu erkämpfen. Die Selbstverständlichkeit der Antibabypille, der mehr oder weniger geltenden Möglich-

keit, ohne Rechtsverfolgung abtreiben zu können, der Frauenhäuser, in denen jene, die häuslicher Gewalt immer noch ausgeliefert sind, unterkommen – all dies und mehr haben wir durch Demonstrationen, unermüdliche Diskussionen, aktive Einmischung in die Politik und kleinteilige gerichtliche Auseinandersetzungen erstritten.

Karla

Ich könnte hier seitenlange Einzelschicksale notieren, die mir im Detail im Gedächtnis, ja ins Herz eingebrannt sind, aber ich fürchte, dazu habe ich nicht mehr genügend Zeit und Kraft. Frauen und Kinder, die von ihren Männern und Vätern zu Tode geprügelt wurden, junge Frauen, die aufgrund ungewollter Schwangerschaft für die Familie nicht tragbar waren und verstoßen wurden, Mädchen, die unter schwierigsten Verhältnissen aufwachsen und die Straße gegen ihr Dach über dem Kopf eintauschen mussten, um Gewalt und sexuellen Übergriffen zu entkommen. Nicht immer waren wir rechtzeitig zur Stelle, nicht immer hatten wir genug Raum im Frauenhaus, nicht immer gelang uns der Zugang zu denen, deren physische und psychische Verletzungen stärker waren als die Kraft, noch einmal Vertrauen zu schöpfen.

Nein, weder Edith noch sie hätten zu jenen Frauen gehört, auf deren Fokus Karlas Denken und Handeln gelegen hatten, dachte Ella. Im Vergleich war es ihnen ja sogar denkbar gut ergangen.

Ein wenig schämte Ella sich für den Wunsch, Karla

hätte sich um sie gekümmert, wenn sie sich denn zu der Zeit gekannt hätten. Ein irrationaler Wunsch nach jener Geborgenheit und Liebe, die ihr ihre eigene Mutter nicht hatte geben können.

Und doch war sie indirekt in den Genuss von Karlas Schutz gekommen, hatte sie doch bereits von dem erkämpften gesellschaftlichen Wandel und dem Mehr an Selbstbestimmung der Frauen profitieren können.

Und ihre Mutter? Sicherlich war diese noch den Zwängen der Was-sollen-die-Nachbarn-denken-Sorgen unterlegen gewesen, aber ihre Eltern haben sich geliebt. Zumindest anfangs hatten sie sich geliebt.

42

In dieser Nacht träumte Ella von ihrem Vater. Er ging durch den Garten des Heims, pflückte alle Blumen ab und sang »Der Mond ist aufgegangen«. Ella versuchte mit ihm Schritt zu halten und mitzusingen, aber ihr fiel der Text nicht ein. Plötzlich richtete sich ihr Vater von einem Beet auf und fuhr sie an: »Lass das. Du hast dich ja vorher auch nie für mich interessiert.«

Schweißgebadet und mit klopfendem Herzen wachte Ella auf.

Eine Weile lag sie im Dunkeln und wartete darauf, dass ihr Puls sich beruhigte. Irgendwie geriet ihr Innerstes immer mehr aus den Fugen. Wo war die kühle souveräne Ella geblieben, der Kopfmensch? Nicht ihr ganzes Leben, aber den größten Teil davon hatte sie nach Werten und Normen gelebt, die ihre Welt in Gut und Schlecht, Falsch und Richtig, Oben und Unten einteilten. Doch plötzlich kamen diese festen Größen ins Wanken und erschütterten nicht nur diese Welt, sondern in erster Linie sie selbst.

Um bei der Wahrheit zu bleiben – und das musste sie tun, wenn sie sich wieder in den Griff bekommen wollte –, hatte das alles gar nichts damit zu tun, dass Carl nicht mehr da war. Es wäre einfach gewesen, das Chaos in Kopf und Herz darauf und damit Carl die Schuld zu-

zuschieben. Aber das war es nicht. Das Ende der Beziehung hatte sie traurig gemacht, aber es war nicht das erste Mal, dass etwas Derartiges in ihrem Leben passierte. Mal war sie es gewesen, die den Versuch einer Partnerschaft als gescheitert erklärt hatte, mal der Mann, mal waren wenig Tränen geflossen, mal war sie völlig verzweifelt gewesen und hatte sich nicht nur von ihm, sondern auch gleich von Gott und der Welt verlassen gefühlt. Doch auch wenn der Schmerz mit den Jahren nicht weniger geworden war oder gar das Herz dazugelernt hatte, so hatte der Verstand dies getan, und Ella wusste, dass sie nur lange genug durchhalten musste, bis der Verlust ganz von allein weniger und weniger wehtat, bis die ganze Affäre im Rückblick einfach eine Phase gewesen war, die ihren Reiz gehabt hatte, aber eben einfach hatte zu Ende gehen müssen.

Nein, das Ende der Beziehung war es nicht, das sie so in ihren Grundfesten erschütterte, auch wenn es sie sicherlich emotional angreifbar machte.

Völlig überrollt wurde sie hingegen von den Gefühlen zu ihrem Vater. Es hatte für sie immer festgestanden, dass er der Böse war, der Schuldige, der Verursacher allen Kummers und Leids ihrer Mutter und damit zwangsläufig auch ihres eigenen Unglücks.

Warum ging jede ihrer Beziehungen in die Brüche? Der Vater war schuld. Warum saß sie plötzlich mit einem Kind und ohne Hilfe da? Der Vater war schuld. Warum hatte sie bis ans Ende ihre Mutter an den Hacken? Der Vater war schuld.

Doch diese Mauer der Schuldzuweisung begann zu

bröseln, bekam Risse. Tildas Worte am Strand über ihre Mutter hatten sie mehr aufgewühlt, als sie zugeben wollte. Stimmte es, dass ihre Mutter die Wahrheit verdreht hatte?

Die Fotos, die sie sich am Abend angesehen hatte, zeigten nicht ein einziges Mal einen Mann, der von seiner Frau und später von seiner Familie in ein Leben gezwungen worden war, das ihm nicht behagte und aus dem er lieber geflohen war. Wie viel von den Erklärungen über das Verhalten ihres Vaters beruhte eigentlich auf eigenen Beobachtungen, auf Aussagen ihrer Mutter oder auf Mutmaßungen? Hatte Ella sich das alles so zurechtgelegt, weil es ihr so am einfachsten erschien? Oder weil es eben die einzige Erklärung war?

Ruhelos wälzte Ella sich hin und her, bis sie es schließlich aufgab und aufstand. Mit dicken Wollsocken und einem kuscheligen Pullover setzte sie sich an den Schreibtisch ihres nächtlich ausgekühlten Arbeitszimmers.

Je länger Ella über ihre Eltern nachdachte, desto deutlicher wurde ihr, dass es wichtiger war, in ihrem eigenen Leben zu graben als in dem von Karla. Die Fragezeichen über ihre Vergangenheit würden sie nicht mehr loslassen. Sie musste herausfinden, was wirklich passiert war, wie ihre Eltern gelebt, gedacht, gefühlt hatten, damit sie die Möglichkeit bekam, mit ihnen Frieden schließen zu können. Erst wenn sie das geschafft hatte, würde sie sich wieder um Karla kümmern. Auch wenn diese Frau die Gedankengänge in Ellas Kopf angestoßen hatte, musste sie nun erst einmal warten.

Ella holte das handgeschriebene Telefonverzeichnis ihrer Mutter heraus und blätterte darin. Wer konnte ihr bei der Suche nach der Wahrheit helfen? Edith hatte, soweit Ella sich erinnern konnte, keine Freundinnen gehabt, und auch aus dem Leben ihres Vaters erinnerte Ella keine Namen außer denen der Familie. Der einzige Mensch, der ihr nun offenbar noch weiterhelfen konnte, war die ältere Schwester ihres Vaters, Elvira.

Sie konnte sich nicht mehr erinnern, wie Elvira mit Nachnamen hieß, und so ging sie das ganze Telefonverzeichnis Buchstabe für Buchstabe durch, was bei den wenigen Einträgen nicht lange dauerte. Unter P fand Ella schließlich den Hinweis auf Elvira und Paul Pehrke.

Als der frühe Morgen so weit fortgeschritten war, dass man einen betagten Menschen anrufen konnte, ohne ihn maßgeblich zu stören, wählte Ella die Nummer ihrer Tante. Sie brauchte eine Weile, bis sie ihr erklärt hatte, wer sie war, obwohl der Name Elvira Lehmensieck eigentlich hätte Bände sprechen müssen, war Ella doch nach ihr benannt worden und trug somit den gleichen Namen, den ihre Tante vor der Hochzeit mit Paul Pehrke hatte. Dass Paul nicht mehr lebte, wusste Ella, er war vor vielen Jahren an Krebs gestorben, viel zu früh und viel zu schnell. Elvira selbst war jedoch noch gut beieinander, auch wenn sie nun schon hoch in den Achtzigern sein musste.

Im Gespräch mit ihrer einzigen Nichte blieb sie kühl und distanziert, und als Ella fragte, ob sie sie besuchen dürfe, sie würde gern mit ihr über ihre Eltern und besonders über ihren Vater sprechen, fragte ihre Tante rundheraus: »Wozu? Was soll das jetzt noch bringen?«

»Ich verstehe nicht, wie meinst du das?«

Ella fühlte sich an den barschen Ton ihres Vaters aus dem Traum erinnert: »Du hast dich nie für mich interessiert!«

Zu Recht, denn ihre Tante fragte: »Was möchtest du, Elvira? Dass er dir vergibt, bevor er stirbt? Das kann er doch sowieso nicht mehr, er weiß bestimmt nicht mal, wer du bist, oder?« Offenbar war ihre Tante bestens über den Gesundheitszustand ihres Bruders informiert. Das wunderte Ella. Sie hatte gedacht, die Geschwister hätten keinen Kontakt. Und was sollte das »vergeben« in der bissigen Frage? Hatte ihr Vater IHR etwas zu vergeben, war es nicht eigentlich eher umgekehrt?

Ella bemühte sich, das Gespräch auf eine sachliche Ebene zu bringen und ihre Emotionen außen vor zu lassen. »Du hast recht, er erkennt mich nicht mehr. Aber ich fahre trotzdem jede Woche hin und besuche ihn. Und ich möchte mehr über ihn wissen.« Kaum ausgesprochen, ärgerte sie sich über ihre Worte, die klangen, als sei sie auf ein Lob ihrer Tante aus.

Und tatsächlich sprang Elvira sofort darauf an. »Ein bisschen spät, findest du nicht? Du hättest dich für ihn interessieren sollen, als er noch bei Verstand war. Da hätte er sich bestimmt gefreut, wenn du ihn mal besucht hättest, und er hätte dir selbst etwas von sich erzählen können. Aber du warst ja immer nur damit beschäftigt, deine Mutter in Watte zu packen.«

»Meine Mutter war krank und brauchte meine Hilfe.«

»Dein Vater war auch krank und hätte ebenfalls deine Hilfe gebraucht!«

»Er war krank?« Das hörte Ella das erste Mal. Sie hatte nicht gewusst, dass … Nein, eigentlich hatte Elvira recht, Ella hatte GAR nichts gewusst.

»Ja, er war krank«, sagte ihre Tante. »Er hatte ein gebrochenes Herz, das nie verheilt ist!«

43

Ella hatte kein zweites Mal gefragt, ob sie ihre Tante besuchen dürfe. Die Ablehnung in der Stimme war mehr als deutlich gewesen, und im Grunde verspürte Ella auch wenig Lust darauf, sich noch mehr von dem alten Drachen abbürsten zu lassen. Dadurch war sie jedoch in einer Sackgasse angekommen und fragte sich verzweifelt, wie sie nun jemals Licht in die Dunkelheit bringen sollte, die da über ihr hing.

Um den müden und verwirrten Kopf freizubekommen, würde sie mit Balou nach dem Frühstück einen größeren Marsch machen. Ihr war der kleine Friedhof in dem Dorf jenseits des Waldes wieder eingefallen, und plötzlich erschien ihr das als der beste Ort, um ihre Gedanken besser ordnen zu können.

Sie war schon in Jacke und Stiefeln, als ihr Telefon klingelte.

Ella seufzte, öffnete die Jacke wieder, schlüpfte schnell aus den Stiefeln und lief zum Telefon.

Der Mann am Ende der Leitung klang völlig unbekannt, doch sein Name machte schnell klar, um wen es sich handelte: Elvira und Paul Pehrkes Sohn Paul jr. Was für eine blöde Familiensitte, die Vornamen in der nächsten Generation wieder zu benutzen … Als würde es nicht genug davon geben oder als hätten die Namensgeber keine Lust gehabt, sich mehr Gedanken als nötig zu machen!

»Hey Elvira junior«, begrüßte Paul sie, nachdem geklärt war, wer er war. »Ich hoffe, ich störe dich nicht?«

»Ich wollte gerade mit dem Hund raus, aber nein, du störst nicht. Wie komme ich zu der Ehre deines Anrufs? Hat deine Mutter dir von unserem Telefonat erzählt?«

»Ja, das hat sie, und daraufhin habe ich mir deine Nummer geben lassen. Ich war ja nicht dabei, als ihr gesprochen habt, aber ich kann mir gut vorstellen, wie das Telefonat abgelaufen ist. Zumindest, wenn ihre Empörung, mit der sie sich über dein Anliegen aufgeregt hat, Maßstab ist. Sie hat dich bestimmt ganz schön auflaufen lassen, was?«

Ella lachte bitter. »Ja, tatsächlich, das hat sie. Scheint so ihre Art zu sein, wenn ich dich richtig verstehe?«

»Nein, ganz so würde ich es nicht sagen, aber sie ist nicht einfach. Deswegen wollte ich mit dir sprechen. Wenn du etwas über die Familie wissen willst, kann ich dir vielleicht weiterhelfen. Klar, ich bin die falsche Generation, und wenn es um deinen Vater in jungen Jahren geht, kann ich nicht als Augenzeuge dienen. Aber es wurde immer viel getratscht und geredet bei den Lehmensiecks, und Oma und Opa haben nie darauf geachtet, ob ich unterm Tisch gesessen und zugehört habe oder nicht. Und auch meine Mutter hat nie aufgehört, ihre Umwelt darüber aufzuklären, was genau im Leben ihrer Mitmenschen falsch lief. Du siehst, ich bin sicherlich keine objektive, aber definitiv eine lohnenswerte Quelle.«

Die erfrischende Art und der Humor ihres Cousins gefielen Ella, und die Möglichkeit, eventuell doch noch etwas über ihren Vater zu erfahren, ließ ihr Herz schneller schlagen. »Nach dem Telefonat bezweifle ich stark, dass sich ein Besuch bei deiner Mutter gelohnt hätte. Umso dankbarer bin ich dir für dein Angebot. Es wäre schön, wenn wir uns treffen könnten!«

Ein wenig leichter ums Herz als noch vor wenigen Minuten machten Ella und Balou sich auf den Weg. Am nächsten Wochenende würde sie Paul treffen. Eine ganze Woche war zwar eine lange Zeit, aber vielleicht konnte sie sich mit der Perspektive auf dieses Treffen ja ausreichend ablenken.

Die zwei Stunden, die sie brauchten, um den Wald zu durchqueren, vergingen schnell. Der Frühling hatte inzwischen deutlich Einzug gehalten und ließ sich nicht mehr bremsen. An vielen Bäumen begannen die Blattknospen auszutreiben, und auf dem Unterholz lag das satte Grün der Frühblüher. Märzenbecher und Buschwindröschen schauten durch das abgestorbene Laub und genossen die freie Sicht auf die Frühlingssonne, die sie noch hatten, bevor sich das Blätterdach des Waldes über ihnen schloss, die blauen Tupfer des Lungenkrauts rundeten die erste zarte Farbenvielfalt ab. Die Vögel sangen um die Wette, und irgendwo hämmerte ein Specht. Was für ein völlig neues Lebensgefühl der Frühling jedes Jahr aufs Neue in diesen Wald brachte! Wieder mal war Ella dankbar dafür, dass sie dies alles täglich genießen durfte, und bedauerte alle, die in dieser Jahreszeit in der

Stadt wohnten und das explodierende junge Leben ver-
passten.

Als sie auf dem kleinen Friedhof ankamen, fühlte Ella
sich schon viel besser; es war fast, als wäre der Weg dorthin schon ausreichend gewesen, um ihr inneres Gleichgewicht wiederherzustellen. Wie beim letzten Besuch
strich sie wieder zwischen den Grabreihen herum, hatte
diesmal jedoch Balou am Eingangstor festgemacht. Das
junge Gras kämpfte sich durch den dicken Teppich un-
gemähter Halme der Vorjahre, und auch hier lag auf den
Büschen der grüne Schimmer des knospenden neuen
Lebens. Vor einem Grabstein kniete sie nieder. Sie hatte
im Vorbeigehen versucht, die Namen zu entziffern, und
bei einem der Male war es ihr für einen kurzen Moment
erschienen, als hätten sich die Buchstaben dort zu »Lehmensieck« geformt. Als sie jedoch begonnen hatte, vorsichtig das Moos zu entfernen, merkte sie schnell, dass
es ein anderer Name sein musste als der ihres Vaters.
Welcher es genau war, konnte sie nicht entziffern.

Ihre Finger hatten das dichte Netzwerk aus Moos und
Flechten angekratzt, und die Spuren sahen aus wie frische Wunden. Ella bereute, die Patina des alten bewach-
senen Steins zerstört zu haben, und ließ sich ins Gras
sinken. War das nicht ein gutes Sinnbild für ihre eigenen
Überlegungen und Gedankengänge? Sie hatte angefangen, an der Oberfläche ihrer eigenen Familie zu kratzen,
hatte das dichte Moos zerstört, das über die Wunden
und Verletzungen gewachsen war. Nun lagen einzelne
Teile entblößt vor ihr, konnten nicht mehr übersehen
werden, aber zu entziffern waren sie deswegen noch

lange nicht. Sollte sie weiter kratzen und graben, das Moos und die Flechten Schicht um Schicht abtragen, ohne zu wissen, was sich darunter verbarg? Wollte sie wirklich wissen, was da verborgen lag?

Je länger sie darüber nachdachte, desto klarer wurde ihr, dass sie die Antwort auf diese Fragen längst wusste. Durch Karla und die Bruchstücke, die sie über sie und ihr Leben freigelegt hatte, war Ella bewusst geworden, dass es mehr Facetten an einem Menschen gab, mehr zu entdecken war als das, was man an der Oberfläche sah. Auf den ersten Blick war Karla einfach eine senile alte Dame gewesen. Doch sie war weitaus mehr gewesen: willensstark und stolz, ängstlich, einsam, vorausschauend, strategisch. Und offenbar auch nicht einfach eine Frauenrechtlerin, womöglich eine Emanze, die sich pauschal gegen die Vorherrschaft der Männer stellte. Es hatte auch eine weiche Seite gegeben, an der Männer durchaus ihren Platz hatten und mit Wärme und Liebe bedacht worden waren, ihr Vater, ihr Bruder, der Lehrer mit den Gedichten.

Und genauso würde es auch mit ihrem Vater, ihren Eltern gewesen sein. Es musste mehr gegeben haben als das Bild, das Ella sich von beiden gemacht hatte – die Mutter auf dem Küchenstuhl, der Vater auf Abenteuersuche in der weiten Welt.

Sie würde herausfinden, welche Facetten es noch gegeben hatte, und dann hoffentlich endlich Frieden mit den beiden und ihrer eigenen Jugend schließen können.

44

Ella band Balou los, der in der schon recht warmen Sonne selig vor sich hin gedöst hatte. »Es wird Zeit, dass wir beide etwas zu trinken bekommen und uns dann auf den Heimweg machen«, sagte Ella zu ihm und steuerte einen kleinen Gasthof in unmittelbarer Nähe des Friedhofs an. Die beiden hatten gerade auf der Terrasse ihr kühles Wasser ausgetrunken, als die Kirchenglocken anfingen zu läuten und Ella eine Idee hatte.

Schnell bezahlte sie und fragte nach dem Weg zur Kirche.

»Auf der anderen Seite des Marktes, immer dem Läuten nach«, sagte die Wirtin und zeigte grob in eine Richtung.

Als Ella und ihr Hund vor der Kirche standen, zögerte sie. Was, wenn seine Frau auch da war? Sie hatte keine Lust auf Gezicke und wollte auch kein Grund für Streitereien sein. Und überhaupt, was wollte sie eigentlich hier, sie hatte ja nicht mal einen konkreten Anlass, Jo zu besuchen. Außer dass sie sich selbst eine leise Enttäuschung angemerkt hatte, ihn nicht auf dem Friedhof anzutreffen.

Das Gebäude war aus grob gehauenen Feldsteinen gebaut, und der Turm stand, wie es sich für eine alte Kirche gehörte, ein wenig schief. Das Portal öffnete sich, und einige wenige Gottesdienstbesucher verließen die Kirche. Ella beobachtete das Geschehen eine Weile, von Jo war jedoch nichts zu sehen, die Kirchentür schloss sich wieder. Sie suchte Balou ein gemütliches Plätzchen, band ihn dort fest und machte dann leise die Tür wieder auf. Innen war es kühler als draußen in der Frühlingssonne, die durch die bunt verglasten Fenster hinter dem Altar leuchtete und die weiß gekalkten schmucklosen Wände in ein warmes Licht tauchte. Statt Prunk und Protz gab es hier nur ein großes, aus altem Holz grob zusammengehauenes Kreuz, das über einem schlichten Altar hing, und außer den bunten Fenstern, die offenbar verschiedene Szenen aus der Bibel darstellten, war ein dicker Strauß verschiedenster Tulpen der einzige Farbtupfer.

»Gefällt Ihnen die Kirche?« Offenbar war es Jos Art, seine Gesprächspartner von hinten zu überraschen und das Gespräch mit einer Frage statt leeren Begrüßungsfloskeln zu beginnen.

»Ja, sie ist wunderschön«, nickte Ella. »Ich mag keine überladenen Kirchen, mit Pomp und vergoldeten Figuren. Nichts, was mich ablenken könnte von dem, was mich in die Kirche zieht.«

»Und was ist das?«

Ella überlegte einen Moment. »Das Beten, natürlich, und auch um nachzudenken. Runterzufahren, mich auf das Wesentliche zu besinnen.«

»Was ist das Wesentliche Ihrer Meinung nach?«

Da war sie wieder, die Intensität in den Gesprächen mit Jo. Er wollte es genau wissen, hohle Phrasen würde er aufdecken, leeres Gerede der Lächerlichkeit preisgeben, da war Ella sich ganz sicher.

Sie suchte nach den richtigen Worten. »Das kommt ganz auf das Thema an, über das ich gerade nachdenke. Der Kern eines Problems ... oder der Lösung.«

Jo lächelte. »Und wie oft geben Sie Ihrem Geist die Möglichkeit, runterzufahren und sich auf den Kern zu besinnen?«

»Viel zu selten«, gab Ella zu. »Gottesdienste mag ich nicht so gern, obwohl ich den Klang einer singenden Kirchengemeinde oder eines Chors in der tollen Akustik einer Kirche liebe. Und das Gemeinschaftsgefühl, wenn ein Lied gesungen wird, das ich kenne und mitsingen kann. Meine Stimme gehört dann zu denen der anderen, ist ein Teil des Ganzen. Als Kind hat mir das immer so etwas wie Geborgenheit gegeben, und wenn ich das heute erlebe, fühle ich mich in diese Zeit zurückversetzt. Aber sonst ziehe ich eine leere Kirche der vollen vor.«

»Und die Stille dem Geschwafel des Pastors.«

Ella lächelte verlegen. »Ja, irgendwie schon. Sorry ... Aber wie soll man nachdenken, wenn da vorn die ganze Zeit jemand redet?«

»Man könnte ja zuhören und über die Worte des Redners nachdenken. Vielleicht bringen sie einen zum Kern einer Lösung.«

»Mag sein, aber dann ist es die Lösung seines Problems, des Problems, das er da aufgreift, und hat wenig mit dem, was mich gerade beschäftigt, zu tun. Mir reicht mein eigenes Päckchen, ich will nicht auch noch über die Dinge anderer nachdenken müssen.«

Jo nickte. »Ja, das kann ich verstehen. Und welches Problem führt Sie heute hierher? Oder soll ich Sie lieber allein lassen, damit Sie die Stille der Kirche auf sich wirken lassen können?«

Ella war sich nicht sicher, ob er sich über sie lustig machte, aber seine dunklen Augen blickten sie voll Wärme an.

»Nein, das ist nicht nötig, vielen Dank! Der Wald hat heute auf dem Weg hierher seinen Teil zur Lösungsfindung beigetragen, und auch auf dem kleinen Friedhof bei der Kapelle waren wir schon!«

»Wir?«, fragte Jo und sah sich suchend um.

»Mein Hund und ich. Ich dachte, ich nehme ihn besser nicht mit in die Kirche.«

»Gute Idee!«, lachte Jo.

»Eigentlich bin ich hergekommen, um Sie zu sehen.« Es war ganz einfach, das zu sagen, und Ella machte sich plötzlich gar keine Sorgen mehr darüber, wie es klingen könnte. Einem Pastor lief man ja nicht nach. Einen Pastor sprechen zu wollen, war völlig normal.

Jo sah sie einen Moment prüfend an, dann fragte er:

»Wollten Sie Jo, den Pastor, sehen oder Jo, den netten Kerl von neulich Abend?«

Nun wurde Ella doch ein wenig rot, aber sie konterte:

»Macht das einen Unterschied?«

»Ella, Ella!« Jo grinste. »Man könnte fast meinen, Sie wollten mit mir flirten.«

Die Gespräche mit diesem Mann machten wirklich Spaß! Gerade wollte sie sagen, dass sie mit verheirateten Männern schlechte Erfahrungen gemacht hatte, da fiel ihr ein, dass das vielleicht ein Thema war, über das Kirchenvertreter nicht wirklich spaßen konnten. Also schluckte sie die Bemerkung runter. »Sagen wir, ich wollte den Pastor Jo sehen. Was dann?«

»Dann bin ich als Mann tief enttäuscht und als Pastor mehr als erfreut. Haben Sie Zeit, mit mir eine Tasse Tee zu trinken? Mein Büro ist gleich gegenüber der Kirche, und Ihren Hund können wir dann auch aus der Einsamkeit erlösen.«

Während Jo einen Tee kochte, sah Ella sich in seinem Büro um. Unendlich viele Bücher füllten die Regale, die an den Wänden links und rechts zum Fenster standen, ein großer Schreibtisch mit Laptop, davor eine kleine Sitzgruppe mit drei gemütlichen Ohrensesseln, einem kleinen Tisch und einem langhaarigen weißen Teppich, mit dessen Fransen das Fell von Balou geradezu verschmolz.

»Meine Reinemachefee wird richtig stolz auf mich sein, wenn sie das nächste Mal kommt«, sagte Jo, als er mit Teetassen, einer Kanne und einem Teller Keksen um Balou herumging. »Lange dunkle Hundehaare im hellen Teppich …«

»Geben Sie her, ich nehme Ihnen das ab.« Ella war aufgestanden und nahm das Geschirr entgegen. »Balou muss immer im Weg liegen, das ist sozusagen eingebaut«, erklärte sie.

Vorsichtig die heiße Kanne balancierend, stieg Jo über den Hund hinweg und machte es sich in dem gegenüberliegenden Sessel gemütlich. »Ich würde das als

Hund ganz genauso machen, vor allen Dingen, wenn ich Balous Maße hätte. Glauben Sie mir, ich kenne das, nicht zu wissen, wo man mit langen Armen, langen Beinen und viel Körper hinsoll! So, nun zum Kern Ihres Problems. Oder sind Sie schon beim Kern der Lösung? Was beschäftigt Sie so sehr, dass der Frühlingswald und der kleine Friedhof nicht ausgereicht haben und Sie dazu noch wahlweise die Stille der Kirche oder das Sabbelmaul des dazugehörigen Pastors aufsuchen mussten?«

Und da war es, als gäbe es nichts Einfacheres, als über all das zu sprechen, was sie in den letzten Wochen beschäftigt hatte.

Von Karla wusste Jo bereits, aber die Grübeleien über ihre Eltern waren neu für ihn. Und weil sie gerade dabei war, erzählte sie auch gleich noch von Carl und der Trennung. Es tat unglaublich gut, sich das alles von der Seele reden zu können. Nur über Leonie wollte sie nicht sprechen, irgendwie fühlte sich das nicht richtig an.

Wie im Jazzclub hatte sie auch jetzt das Gefühl, dass Jo sich voll und ganz auf das konzentrierte, was sie sagte, kein Wort verpassen und alles genau verstehen wollte. Er schaute ihr bei ihrem Wortschwall unentwegt direkt in die Augen und fesselte sie mit seiner Intensität, wie sie das noch bei keinem Gesprächspartner erlebt hatte.

Als sie fertig war, stand er auf, stieg wieder über Balou hinüber und ging an sein Bücherregal. Dort suchte er einen Moment, dann holte er ein Buch hervor, blätterte kurz darin und sagte, als er sich wieder hingesetzt hatte: »Es gibt da ein Gedicht, das mir viel Mut gemacht hat, als meine Frau starb. Ich habe mit Gott gehadert und war untröstlich, aber das alles machte sie nicht wieder lebendig. Dann bin ich über Hermann Hesse gestolpert. Ich kannte ihn aus meiner Jugend als schwermütigen, fast suizidalen Dichter, der mit düsteren Farben malt und mich in meiner pubertären Sinnfindung eher in den Abgrund zog als alles andere. Aber dies Gedicht hat mir geholfen. Ich will Sie nicht mit endlosen Versen langweilen, nur so viel:

Es muss das Herz bei jedem Lebensrufe
Bereit zum Abschied sein und Neubeginne,
Um sich in Tapferkeit und ohne Trauern
In andre, neue Bindungen zu geben.
Und jedem Anfang wohnt ein Zauber inne,
Der uns beschützt und der uns hilft, zu leben.
… Wohlan denn, Herz, nimm Abschied und ge-
sunde!

Er reichte Ella das aufgeschlagene Buch und sagte: »Lesen Sie. Man erfasst es nicht gleich, das weiß ich. Aber es sagt Ihnen, dass alle Veränderung im Leben sein muss, auch wenn die Abschiede noch so schmerzhaft sind. Und auch die Veränderung in Ihrer Wahrnehmung gehört dazu. Nehmen Sie es als Gottes Fügung oder meinetwegen als Geschenk des Schicksals an, dass Karla Sie darauf gebracht hat, die Rolle Ihrer Eltern in Ihrem Leben zu überdenken. Nichts ist starr, auch keine Werte. Das Leben ist Veränderung!«

Jetzt erst merkte Ella, dass ihr Gesicht tränennass

war. Draußen legte sich bereits die Dämmerung über das Dorf. Wie viele Stunden hatten sie hier gesessen?

Sie wischte sich das Gesicht mit einem Taschentuch trocken, das Jo ihr wortlos reichte. »Es tut mir leid, dass ich Ihre Zeit so lange in Anspruch genommen habe. Sie hatten sicherlich ganz andere Dinge zu tun, als sich stundenlang mit meinen Sorgen zu befassen!«

Jo lächelte. »Sie werden sich wundern – nein, da gab es nichts anderes zu tun! Jedenfalls nichts Wichtigeres. Weder für Pastor Jo noch für Jazzclub-Jo. Wären Sie zu mir privat gekommen, hätte ich Sie jetzt allerdings gefragt, ob ich Sie zum Essen einladen darf. Reden und Weinen machen enorm hungrig, das weiß ich aus eigener Erfahrung. Aber als Pastor Jo biete ich Ihnen lediglich mein Auto und Balou den Kofferraum an, um Sie nach Hause zu bringen. Sie können unmöglich die zwei Stunden jetzt noch durch den Wald marschieren, auch wenn die Luft noch so verführerisch nach Frühling duftet.«

Im Auto schwiegen sie, aber es war ein angenehmes Schweigen.

Vor ihrer Haustür angekommen, stieg Ella nicht gleich aus und sagte dann: »Ich überlege, ob ich Sie noch auf ein Glas Wein zu mir einlade, aber ich weiß nicht genau, wen der beiden Jos ich da wirklich vor meinem Kamin sitzen haben möchte. Den Pastor Jo habe ich für heute lange genug in Anspruch genommen. Und was den Netten-Jo-von-neulich-aus-dem-Jazzclub betrifft, geht mir die langbeinige Blondine nicht aus dem Kopf.«

»Jetzt flirten Sie aber wirklich mit mir«, grinste Jo

und beugte sich zu Ella hinüber. »An das, was in Ihrem Kopf ist, müssen Sie noch arbeiten. Und die Einladung auf einen Wein hebe ich mir für einen anderen Abend auf.« So wie im Jazzclub küsste er sie wieder leicht auf die Wange. Seine Lippen berührten sie kaum, aber sein dichter Bart kitzelte auf der Haut. »Schlafen Sie gut, Ella!«

Und das tat sie. Lange und tief und so erholsam wie lange nicht mehr.

45

Bevor Ella sich am Wochenende mit ihrem Cousin Paul treffen würde, machte sie sich mit Balou auf den Weg zu ihrem Vater. Sie hatte die Ratschläge von Dietrich und Andreas sacken lassen und viel darüber nachgedacht. Auch die Erwähnung des niederländischen Wissenschaftlers, von dem Karla geschrieben hatte, war ihr nicht mehr aus dem Kopf gegangen. Das Langzeitgedächtnis war wie eine Bibliothek voller Tagebücher, die in umgekehrter Reihenfolge vernichtet wurden, die aktuellsten zuerst. Von seiner Tochter wusste ihr Vater nichts mehr, aber vielleicht noch von den Jahren mit seiner Mutter oder zumindest von seiner Jugend. Ganz egal, was, sie würde versuchen, dem Rat der beiden Männer zu folgen und ihrem Vater auf seiner Ebene zu begegnen. Auf der Ebene seiner Erfahrungen und Erinnerungen. Und das erste Mal, seit der Sonnenhof bei ihr angerufen und gesagt hatte, dass ihr Vater nun bei ihnen wohne und sicherlich für einen Besuch dankbar sei, freute sie sich darauf, zu ihm zu fahren.

Paul und Ella hatten sich bei ihrem Lieblingsitaliener verabredet, und als sie mit Balou ankam, ein wenig zu spät und abgehetzt, saß ihr Cousin schon dort. Sie hatte überlegt, ob sie ihn wiedererkennen würde – wie lange war das her, dass sie sich zuletzt gesehen hatten ... Bei ihrer oder seiner Konfirmation, irgendeinem Familienfest, dem sich ihre Mutter und sie nicht hatten entziehen können?

Aber der Mann dort am Fenster mit den fast durchgehend ergrauten kurzen Locken hatte etwas von den Lehmensiecks in seinen Zügen, das Ella unwillkürlich an ihren Vater erinnerte.

Er sei Lehrer geworden, erzählte Paul, nachdem sie die Getränke bestellt hatten, und dabei habe er, wie sie sich vielleicht erinnerte, die Schule nicht wirklich gemocht. »Aber jetzt kommt mir das zugute. Ich weiß noch, wie das in der Pubertät ist, wenn man sich selbst so völlig fremd ist und keine Ahnung hat, wo man hingehört. Der Druck meiner Eltern hat mich unglaublich genervt, aber in keiner Weise dazu bewogen, darüber nachzudenken, dass sie vielleicht mit ihren Sorgen und Ermahnungen recht haben könnten. Wenn ich mir jetzt die Kids an unserer Schule angucke, dann sehen sie so völlig anders aus, gestylt, mit Markenklamotten, Smartphone und teuren Fahrrädern, nach denen wir uns damals die Finger geleckt hätten. Aber hinter dieser Fassade sind sie genauso hilflos und unsicher wie wir damals.«

Ella nickte. So hatte sie auch das Heranwachsen von Leonie erlebt.

»Ich habe auch eine Familie«, arbeitete Paul Ellas Frageliste ab. »Meine Frau Andrea ist ebenfalls Lehrerin, Gleich und Gleich gesellt sich gern. Hatte natürlich immer große Vorteile. Die sagenumwobenen unglaublich ungerechten, weil maßlos übertrieben vielen Ferien genossen wir beide, besonders als unsere Töchter noch klein waren. Jetzt sind beide aus dem Haus – oder zumindest fast.«

»Oh, das wird bestimmt eine Umstellung, wenn beide Mädchen nicht mehr da sind?« Ella merkte, dass sie das Thema sofort schmerzte, und sie hoffte nur, dass sie Paul schnell würde ablenken können.

Und tatsächlich hielt er sich nicht länger bei seinen Töchtern auf, sondern erzählte: »Ja, eine Umstellung wird das mit Sicherheit werden. Andrea und ich haben nämlich entschieden, uns zu trennen. Aber das ist jetzt nicht wichtig, und du musst auch nicht so betreten gucken, es ist okay. Mir graut ehrlich gesagt weniger davor, allein zu leben, als das Ganze meiner Mutter beizubringen.«

»Hängt sie so sehr an Andrea?«

»Nein, das kann man nicht gerade sagen. Du kannst dir vorstellen, dass in den Augen meiner Mutter keine Frau gut genug für ihren Sohn sein kann. Aber eine gescheiterte Ehe geht in ihren Augen gar nicht. Stell dir nur vor, was die Nachbarn sagen werden? Sie wird nicht eine Gelegenheit auslassen, uns deutlich zu machen, was sie davon hält. Genauso wie sie das übrigens bei deinen Eltern getan hat.«

»Elvira scheint ein wirklicher Drachen zu sein.«

»Ja«, lachte Paul, aber es klang nicht wirklich amüsiert, sondern eher resigniert. »Es macht ihr unglaublich viel Freude, über andere zu reden, am liebsten natürlich schlecht, und auf ihre Mitmenschen herabzuschauen, als sei sie etwas Besseres.«

»Ehrlich gesagt machen mir deine Worte ein bisschen Hoffnung«, überlegte Ella nach einer kurzen Pause, in der sie bei Maria ihr Essen bestellt hatten. »Elviras Worte über meinen Vater und mich und dass ich quasi schuld an seinem Zustand bin, haben mich schon sehr getroffen. Aber wenn es ihre Eigenart ist, bösartige Kommentare zu machen, um andere zu verletzen, dann hatten ihre Worte ja vielleicht gar nicht so viel Wahrheitsgehalt?«

Paul schwieg einen Moment. Dann seufzte er. »Das kann ich dir nicht sagen, und ich würde mir auch, im Gegensatz zu meiner Mutter, nicht anmaßen wollen, darüber ein Urteil zu fällen. Ich kann dir nur berichten, was in der Familie über euch geredet wurde. Sicherlich war das alles nicht besonders objektiv und mit der Boshaftigkeit meiner Mutter gespickt. Du wirst selbst am besten beurteilen können, wie es wirklich war, denn im Gegensatz zu allen anderen warst du dabei!«

Ella stippte gedankenverloren das köstliche Brot, das es bei Luigi immer vorab gab, wieder und wieder in den leckeren Olivenöldip. Sie war sich nicht sicher, ob sie wirklich hören wollte, was Paul zu erzählen hatte. Es war ja genau das, worum sie ihn gebeten hatte, aber jetzt, so kurz davor, würde sie ihn am liebsten ablenken und auf andere Themen bringen.

Und als ob Paul das gespürt hätte, holte er ein wenig weiter aus und kam gar nicht sofort auf Horst und Edith zu sprechen. »Die fiese Art hat meine Mutter von unserer Oma. Kannst du dich an sie erinnern?«

Ella schüttelte den Kopf. »Oma Hertha? Nur vage. Ich

habe sie selten gesehen, sie hat sich nie sonderlich für mich interessiert. Ich war nur das Kind der Frau, die meinem Vater das Leben versaut hat. Zu Weihnachten und zum Geburtstag gab es irgendwelche doofen Geschenke, das weiß ich noch. Mama nannte die Päckchen ›Schenken aus Schränken‹, was wohl so viel heißen sollte wie: irgendwann mal im Sonderangebot gekauft und dann für den Nächstbesten eingepackt.«

Paul nickte. »Ja, an die Geschenke von Oma Hertha kann ich mich auch noch erinnern. Ich habe mir immer Bücher über irgendwelche aufregenden Themen gewünscht. Über Dinosaurier oder das Weltall oder so. Stattdessen gab es Gutenachtgeschichten mit lächelnden Tieren. Jedenfalls war Hertha genauso gehässig wie meine Mutter. Sie ging regelmäßig zum Kaffeeklatsch hinüber zur Oma, und ich musste natürlich mit. Der Kuchen war immer trocken und staubig, und das stundenlange Getratsche über irgendwelche Leute langweilte mich zu Tode. Aber das war immer noch besser, als in Omas Fokus zu geraten. Kein Mensch konnte so schmerzhaft mit den knochigen Händen in die Wange kneifen wie sie.« Paul lachte. »Also saß ich lieber unter als am Tisch, spielte mit meinen Spielzeugautos und versuchte nicht aufzufallen. Meist hatten die beiden Frauen mich dann schnell vergessen, und es wurden die ganze Nachbarschaft und Familie durchgehechelt. Wusstest du, dass … Stell dir vor, dies … Ohne Punkt und Komma.«

»Und wir waren auch Thema?«

»Ja, ihr kamt immer als Erstes, da habe ich noch zugehört. Dann wurde es mir irgendwann zu langweilig, und ich habe auf Durchzug geschaltet.«

»Und was haben sie gesagt?«

»Dass es ein Trauerspiel war, dass Horst sein Studium aufgegeben hat und Geld verdienen musste, um das kleine Flittchen und das Kind durchzufüttern. Glaub mir, ich wusste lange nicht, ob der Nachwuchs von Onkel Horst ein Mädchen oder ein Junge war, du warst immer nur ›das Kind‹. Ich war so neugierig auf dich, wollte dich unbedingt kennenlernen. Du warst etwas total Spannendes für mich, du warst DAS KIND!«

Ella musste lachen, obwohl ihr bei dem Wort Flittchen gerade die Galle hochgekommen war. »Aber wir kannten uns doch, oder nicht?«

»Ja klar, die kleine Ella mit der blassen Haut und den dunklen Haaren, die unablässig plapperte und nie wie die anderen Mädchen immer gleich anfing zu heulen, wenn sie ihren Willen nicht bekam, das war meine Cousine. Ella eben. Aber DAS KIND – das musste etwas ganz Besonderes sein!« Nun lachten sie beide. »Jedenfalls waren sich meine Mutter und Oma Hertha einig, dass der Horst viel zu anständig war für dieses billige Mädchen, das ihm ein Kind angehängt hatte und sich nun von ihm aushalten ließ. Und dass ›sie‹ – also deine Mutter; sie wurde nie mit Namen genannt, so dass du mich jetzt schlagen könntest, ich wüsste nicht, wie sie heißt – dafür gesorgt hatte, dass Horst zur See fuhr, damit sie ihr eigenes Leben weiterleben konnte, ohne sich um deinen Vater zu kümmern und ihm eine gute Haus- und Ehefrau sein zu müssen.«

»Edith. Meine Mutter hieß Edith. Aber wieso sollte sie gewollt haben, dass mein Vater sie allein ließ?«

»Keine Ahnung, wie Mutter und Oma darauf kamen. Aber es war mit Sicherheit viel einfacher, deiner Mutter die Schuld für alles in die Schuhe zu schieben, als sich darüber Gedanken zu machen, dass ein Mann ein Kind nicht einfach angehängt bekommt, sondern einen maßgeblichen Teil dazu beitragen muss. Oder dass dein Vater mit seiner jungen Frau vielleicht einfach glücklich war, weil er sich geliebt fühlte. Liebe war schließlich in Oma Herthas Haushalt nicht das, was freigiebig und großzügig verteilt wurde.«

»Wie kommst du darauf, dass meine Eltern sich geliebt haben?«

»Findest du das so abwegig?«

»Irgendwie schon. Also zu Beginn ja, das habe ich auf den alten Fotos sehen können. Aber später? Ich kann mich nicht an viele Situationen erinnern, in denen ich so etwas wie Liebe zwischen den beiden gespürt hätte.«

»Vielleicht gab es diese Liebe nicht mehr, als du so weit warst, klar denken und beobachten zu können.«

Ella überlegte eine Weile. Es hatte durchaus Erzählungen ihrer Mutter über schöne Zeiten gegeben. Die Zeiten, bevor sie, Ella, da war.

»Aber was ist dann passiert?«, fragte Ella mehr sich selbst als ihren Cousin.

Maria trug das Essen auf, aber Ella schaffte es kaum, sich auf die dampfenden Nudeln zu konzentrieren.

»Vielleicht hat ihnen beiden die Trennung durch die Seefahrt nicht gutgetan«, überlegte Paul.

»Also ist mein Vater doch zur See gefahren, weil er uns als Familie nicht ertragen konnte.«

»Das hast du jetzt gesagt. Und mal ganz ehrlich, Ella, wie soll das denn zusammenpassen: Deine Eltern waren glücklich, zumindest am Anfang, darauf hatten wir uns eben geeinigt, aber dann wollte dein Vater euch aus dem Weg gehen?«

»Vielleicht ja auch nur mir. Vielleicht wäre er mit Mama glücklich geblieben, wenn ich nicht gewesen wäre.«

Paul schwieg einen Moment. Dann sagte er vorsichtig: »Ich bin mir sicher, dass ihre Beziehung anders verlaufen wäre, wenn deine Mutter nicht schwanger geworden wäre. Vielleicht wären sie nicht mal zusammengeblieben und hätten später auf diese erste Liebe mit verträumtem Seufzer zurückgeblickt. Aber alles Hätte, Wenn und Aber nützte ja nichts. Horst hatte Edith geschwängert und dann dafür geradegestanden. Ich finde das okay!« Nach einer weiteren Weile des Schweigens fragte Paul: »Woran erinnerst du dich denn aus den ersten Jahren deiner Kindheit?«

Ella erzählte ihm von den gemeinsamen Ausflügen, die sie gemacht hatten, vom Schwimmenlernen und Picknicken, von tränenreichen Abschieden und dem vielen Warten, von den Familien ihrer Freundinnen, die alle einen Papa hatten, und ihrer eigenen Einsamkeit. Von den Depressionen ihrer Mutter, in die sie verfiel, wenn ihr Vater abgereist war, und dass Ella schon früh gelernt hatte, sich um ihre Mutter an diesen dunklen Tagen zu kümmern.

»Also für mich hört sich das eher wie eine junge Frau an, die ihren Mann unendlich vermisst, als wie jemand, der Purzelbäume schlägt, dass der Alte endlich wieder auf und davon geschippert ist«, fand Paul. »Aber Depressionen zu haben bedeutet, krank zu sein. Ist deine Mutter jemals beim Arzt gewesen deswegen und hat sich Hilfe geholt?«

Ella lachte bitter. »Meine Mutter ist nur vor die Tür gegangen, wenn es sich nicht vermeiden ließ. Zu einem Arzt ging sie erst recht nicht. Wenn sie sich mal etwas eingefangen hatte und Medizin brauchte, bin ich zur Apotheke gelaufen und habe dort erzählt, was meine Mama hat.« Ella fühlte noch heute die Scham, die sie damals empfunden hatte, wenn der Apotheker und seine Angestellte Blicke tauschten und der »armen Kleinen« einen Bonbon schenkten.

»Die Frage ist aber auch, was ein Arzt damals gemacht hätte. Depression als Krankheit anzuerkennen war in den Siebziger- und Achtzigerjahren nicht so Mode«, spann Paul seine Überlegungen weiter. »Nach allem, was ich weiß, steht für mich fest, dass dein Vater zur See gefahren ist, weil er Geld verdienen musste. Deine Vermutung, er wollte nur sein Abenteuer und euch aus dem Weg gehen, passt überhaupt nicht zu dem Horst Lehmensieck, den ich kannte.«

»Was kanntest du denn von ihm?«, fragte Ella nicht ohne einen Hauch Spott in der Stimme. Wenn sie als Tochter ihren Vater kaum kannte, wie sollte es Paul da besser tun?

»Schon einiges. Nachdem deine Mutter und er sich

getrennt hatten, ist Onkel Horst bei uns eingezogen. Nicht für lange und ja auch nur, wenn er mal wieder an Land war, aber wir hielten den Kontakt auch über diese Zeit hinaus. Ich war damals zwölf, also musst du vierzehn gewesen sein? Ich weiß noch, dass ich immer wenn Horst da war, mein Kinderzimmer räumen und in die kleine Abstellkammer ziehen musste. Aber das hat mir gar nichts ausgemacht, denn ich fand meinen Onkel toll. Er war so voller Erlebnisse und konnte richtig interessant erzählen, nicht wahr?«

Ella starrte ihn an. »Ja? Konnte er das? Ich weiß es nicht, mir hat er nie etwas erzählt. Und nach der Trennung habe ich ihn kaum noch gesehen.«

»Das kann ich gar nicht glauben«, staunte Paul. »Er hat immer so viel von dir geredet, dass ich mir sicher war, ihr hättet euch regelmäßig getroffen.«

»Nein, haben wir nicht!« Ella zögerte. »Ich war so sauer auf ihn, dass er Mama nun endgültig allein gelassen und keine Rücksicht auf mich genommen hatte. Dass ich nun für immer an meine Mutter gekettet war und er sich aus dem Staub gemacht hatte.«

»Du hast ihn also nicht mehr sehen wollen?«

Ella nickte langsam. »Ja, ich denke, so kann man das wohl sagen. Wenn er angerufen hat, habe ich aufgelegt. Wenn ich durch den Spion gesehen habe, dass er vor der Tür stand, habe ich nicht aufgemacht. Seine Briefe habe ich zerrissen. O mein Gott, Paul, das hatte ich total vergessen, das fällt mir jetzt alles erst wieder ein!« Ihre Augen wurden feucht.

Paul streichelte tröstend ihren Arm, bis Ella sich wieder ein wenig im Griff hatte. Dann fragte er vorsichtig: »Warum haben sich deine Eltern eigentlich getrennt?«

Ella schnäuzte sich die Nase und trank einen Schluck von ihrem Rotwein. Ihre Nudeln, die sie kaum angerührt hatte, waren kalt geworden, und auf der Soße hatte sich eine dünne Haut gebildet, die Ella mit ihrer Gabel jetzt in kleine Fetzen riss. »Ich weiß es nicht, Paul. Vor einer Stunde hätte ich noch gesagt, er hatte einfach irgendwann endgültig keine Lust mehr auf uns und ist abgehauen. Weil Mama ihm zu anstrengend war, mit ihrer Heulerei und dem wehleidigen Getue. Aber jetzt bin ich mir nicht mehr so sicher. Die beiden haben sich zum Schluss viel gestritten, wenn er da war. Manchmal flogen die Teller tief. Aber dann haben sie sich wieder versöhnt, und ich bin mehr als einmal nachts davon aufgewacht, wie laut und leidenschaftlich die Versöhnung sein konnte. Und das nach all den Jahren!«

»Und wie habt ihr euch früher verstanden, dein Vater und du?«

Ella überlegte eine Weile. Es war, als hätte Paul den Verschluss einer Kiste geöffnet, in die Ella alle ihre Erinnerungen gepackt und sie dann fest zugemacht hatte.

»Er hat mir immer etwas mitgebracht von seinen Fahrten. Als ich klein war, hat er mich gefragt, was ich mir wünsche, er würde jetzt über das große Meer dorthin fahren, wo er mir jeden Wunsch erfüllen könne. Nur für mich. Eine Zeit lang habe ich mir extra exotische Dinge ausgedacht, mir einen Papagei gewünscht oder eine Giraffe. Die habe ich dann auch bekommen, aus Stoff, und den Zoobesuch gleich dazu, wo er mir viel über die Tiere beigebracht hat. Später habe ich ihm auf seine Frage geantwortet, dass ich mir wünsche, er würde nicht wieder wegfahren müssen, oder er solle machen, dass Mama nicht immer so traurig wäre, wenn er fort wäre. Und dann hat er mich ganz fest in die Arme genommen und gestreichelt und mir gesagt, was auch immer passiere, er würde immer wiederkommen und dafür sorgen, dass es Mama und mir gut ginge.« Ella wischte sich über die Augen. Und plötzlich spürte sie die altbekannte Wut in sich aufsteigen. »Aber das hat er nicht getan, verstehst du? Er ist zwar immer wiedergekommen, aber es ging uns nicht gut! Er hat sein Versprechen nicht gehalten!«

Paul stand auf und setzte sich neben Ella auf die Bank. Dann legte er seinen Arm um sie und drückte sie an sich, während sie ihrem Cousin, den sie seit so vielen Jahren nicht gesehen hatte, Tränen und Schnodder in das hellblaue Hemd schmierte.

Er lächelte und sagte leise: »Da ist sie ja wieder, meine Cousine Ella aus den Kindertagen. Mit ihrer blassen Haut, irgendwie besonders. Zwar älter, aber kleiner als ich. Ihre Locken so widerspenstig wie meine eigenen, und dann dieses wütende Funkeln in den Augen. Den Fuß in ihren ausgetretenen Ballerinas trotzig aufstampfend. Nein, du hast nie geheult wie die anderen Mädchen, die ich so albern fand. Du warst wütend und starrköpfig und hast gekämpft! Gegen den dicken Franz von nebenan, der mir meinen Ball geklaut und mit einem Messer zerstochen hat. Gegen unsere Oma, vor der ich Angst hatte und der du gesagt hast, sie solle nie wieder ein böses Wort über deine Mama sagen. Gegen alle Ungerechtigkeit dieser Welt.«

Nun musste Ella lachen, trotz der Tränen, die ihr über die Wangen liefen. Sie nahm die Serviette, wischte Paul über die Schulter und murmelte: »O wie peinlich. Alles voller Rotz und Schminke!« Dann fuhr sie sich selbst über das Gesicht. »An den dicken Franz kann ich mich erinnern! Er hatte uns hinter der Hecke aufgelauert. Ich glaube, er wollte eigentlich nur mitspielen, aber wir haben ihn nicht gelassen …«

Paul grinste. »An diesem Tag hätte ich dich mit keinem anderen Jungen geteilt. Ich glaube, ich war ein bisschen verknallt in dich. First love is the deepest, besonders wenn man sechs Jahre alt ist und noch nicht mal, wie seine Angebetete, in die Schule gehen darf!«

Sie hingen ihren Gedanken nach und schwiegen eine Weile. Dann fragte Ella: »Wie lange bleibst du in der Stadt? Musst du heute noch nach Hause?«

»Bei dem leckeren Rotwein wäre das eine Sünde und Schande! Nein, ich habe mir ein kleines Zimmer im Hotel an der Mauer gemietet. Ella, wenn du morgen Zeit hast, würde ich dir gern etwas zeigen.«

»Ich muss arbeiten.«

»Am Sonntag?«

»Selbstständig kommt von selbst und ständig! Ich arbeite gerade an einem Manuskript, das ich diese Woche noch abliefern muss, und ich bin noch nicht halb so weit, wie ich um diese Zeit eigentlich sein müsste.«

»Bitte, Ella! Es kostet dich ungefähr zwei Stunden deines Tages.«

46

Ella musste sich sehr zwingen, zu arbeiten und die verlorene Zeit aufzuholen. Sie war kaum bei der Sache – es war so viel passiert in den letzten Tagen, und es gab so viel, worüber sie nachdenken musste! Und dazu zählte sie nicht die fünf vergeblichen Anrufversuche von Carl, die sie bei ihrer Rückkehr gestern Abend auf ihrem Anrufbeantworter gefunden hatte.

Paul hatte sich mit Ella zum Frühstück in seinem Hotel getroffen und dann mit ihr einen Spaziergang zum Hafen gemacht. Erst als er zwei Eintrittskarten löste und sie auf das Museumsschiff führte, das dort vertäut lag, ahnte sie, was er vorhatte.

Sie ließen sich ihre Audio-Guides aushändigen und bummelten durch die Ausstellung.

Zu Beginn schlug Paul vor: »Jeder in seinem Tempo, was meinst du? Wir treffen uns am Oberdeck!« Und dann setzte er sich seine Kopfhörer auf und schlenderte davon. Einige Male meinte sie, ihn dabei zu erwischen, wie er sie beobachtete, aber Ella war sich nicht sicher, ob sie sich das nicht nur einbildete. Sie ließ sich durch das Schiff führen und technische Daten erklären, sah sich Reiserouten auf interaktiven Karten an, staunte, wie klein und eng die Kajüten waren, ließ sich von einer nachgestellten Geräuschkulisse das Dröhnen der Maschinen um die Ohren hauen und setzte sich im Speiseraum an einen Tisch, in dem die Oberen der Mannschaft mit den zahlenden Passagieren zu essen pflegten. Ihr Vater hatte nicht dazugehört, das wusste sie, aber was er genau gemacht hatte, konnte sie nicht sagen. Nicht mal das …

Nachdem Ella über Stiegen geklettert, durch metallene Luken mit schweren Türen gestiegen und sich an einem Drehkreuz den Rücken gestoßen hatte, war sie endlich wieder an der frischen Luft auf dem Oberdeck, auf dem Paul schon auf sie wartete.

»So, und nun gehen wir einen Tee trinken«, hatte Paul den weiteren Ablauf bereits beschlossen und führte sie in das Bordbistro.

Kaum dass sie sich niedergelassen hatten, trat ein alter Mann auf sie zu und setzte sich zu ihnen. Er strahlte sie an und zeigte dabei ein lückenhaftes Gebiss. »Dat is also nun de Dochter von Hosse! Großes Mädchen geworden!« Der Mann lachte und legte Ella kurz seine wettergegerbte Hand auf den Arm wie zur Begrüßung. »Ich kenne Sie als lüttes Mädchen von den vielen Fotos, die Hosse immer in seiner Kajüte hatte!«

Ella schaute Paul irritiert an. »Was wird das hier? Wandeln auf den Spuren meines Vaters?«

»So ungefähr. Mit diesem Schiff hier ist er unzählige Male nach Südamerika gefahren. Mit anderen Schiffen auch, klar. Aber die kann ich dir nicht mal eben so zeigen.«

»Und woher weißt du das alles?«

»Ich habe dir ja schon gesagt, ich war als kleiner

Junge total fasziniert von seinen Geschichten. Dieses Schiff wurde irgendwann ausgemustert, und als es als Museumsschiff in den Hafen kam, habe ich deinen Vater eingeladen, es mit mir zu besichtigen. Du hättest ihn sehen sollen! Mit leuchtenden Augen ist er mit mir herumgelaufen und hätte mir am liebsten jede Schraube erklärt … Nach unserem Telefonat letzte Woche habe ich im Internet nachgeschaut und gesehen, dass das Schiff immer noch hier liegt und weiterhin von vielen ehrenamtlichen ehemaligen Seefahrern betreut und instand gehalten wird. Wie von Hannes hier.« Paul zeigte auf den Seebären an ihrem Tisch.

»Ihr Cousin hat uns angerufen und gefragt, ob unter uns Männern jemand dabei ist, der sich an Horst Lehmensieck erinnert. Klar, habe ich gerufen! Der Hosse, dat wör mien Kumpel! Und dann bin ik heute eigens hergekommen, um Sie kennenzulernen.«

»Was hat mein Vater auf dem Schiff gemacht?«

»Sie meinen, wenn er nicht von seiner Frau und seiner Tochter geschnackt hat?« Hannes grinste. »Dann hat er im Maschinenraum gearbeitet. War ja ein Ungelernter, aber mit den Jahren hatte er 'ne Menge Erfahrung gesammelt. Wir waren ein gutes Team!«

»Sie waren also auch Maschinist?«

»Joh! Auf allen sieben Meeren dieser Welt! Nur dass wir da unten natürlich weniger gesehen haben davon als die, die an Deck gearbeitet haben.«

»Wenn Sie nicht in den Häfen irgendwelcher exotischer Länder lagen«, ergänzte Ella spöttisch.

»Na klar, auf jeden Fall! Ich könnte Ihnen Geschich-

ten erzählen … Aber das ist nix für sanfte Frauengemü-
ter.« Ellas Spott perlte völlig an Hannes ab. »Zu Hosse
muss ich allerdings sagen, dass er zwar gern mit uns
einen getrunken hat und manchmal auch einen mehr.
Aber wenn wir losgezogen sind, um die Mädchen zu besuchen oder zu uns an Bord zu holen, hat er sich immer
ausgeklinkt.«

»Und das soll ich Ihnen glauben? Nichts für ungut,
Hannes, ich weiß es sehr zu schätzen, dass Sie hergekommen sind, aber nur weil ich Horsts Tochter bin,
müssen Sie mir kein Seemannsgarn erzählen!«

Hannes wurde ernst. »Das ist kein Seemannsgarn,
und Sie können sich nicht vorstellen, was Horst wegen
seiner Treue zu Ihrer Mutter hat einstecken müssen.
Viele von uns hatten ein Mädchen oder sogar Familie zu
Hause, aber keiner war so treu wie Horst. Das kam bei
den anderen nicht gut an. Manche waren sich sicher, er
sei vom andern Ufer, und haben ihn damit aufgezogen.
Andere haben ihn nur den Mönch genannt, und als er
mal völlig benüsselt auf einer Bank in einer Kneipe eingeschlafen ist, haben sie ihm so ein Loch in die Haare
rasiert, wie nennt man das noch?«

»Tonsur?«, warf Paul ein.

»Ja, genau. Horst hat immer alle Spötteleien tapfer
ertragen, aber das konnte er nich verknusen. Es gab eine
böse Schlägerei, bei der auch Ihr Vater einiges einzu-
stecken hatte. Und am gleichen Abend noch hat er sich
eine vullstännige Glatze rasiert.«

Ella fiel in diesem Moment wieder ein, dass ihr Vater einmal mit ganz raspelkurzen Haaren nach Hause

gekommen war und auf Ediths Nachfrage gesagt hatte, sie hätten die Läuse an Bord gehabt, da habe er sich eine Glatze rasiert, damit er die nicht mit nach Hause brächte.

Hannes stand auf. »Kommen Sie mal mit, ik heff da noch n bisschen wat für Sie.«

Ella und Paul folgten Hannes, der trotz seines hohen Alters behände und sicher die metallenen Stiegen nach oben erklomm. An einer Tür stand *Archiv*, und Hannes winkte sie hinein. Auf einem großen Touchscreen-Bildschirm an der Wand gab er in eine Maske *Lehmensieck – Horst – Maschinist* ein.

»Wir haben alle hier im Archiv«, erklärte er, »die irgendwann mol auf dit Schiff mitgefahren sind. Natürlich sind nicht bei allen viele Informationen dorbi, aber bei Hosse schon. Sie werden glieks seh'n!«

Nach einigen Momenten öffnete sich eine Übersicht. *Fahrten – Dokumente – Fotos* stand da als Auswahlmenü, und Hannes drückte auf *Fahrten*. »Kiek mol, das sind die Touren, die Ihr Vadder auf diesem Schiff gemacht hat. Gleich bei seiner ersten haben wir uns kennengelernt, hier, Montreal, Baltimore, New York, Recife, Rio de Janeiro, Buenos Aires, Santos, Antwerpen, Rotterdam und wieder na Huus. Danach sind wir noch ein paar Mol zusammen gefahren.« Hannes drückte auf *Dokumente*. »Wir haben versucht, von ein paar Leuten die Seefahrtsbücher und so zu bekommen. Horst hat uns alles überlassen, sagte, es gäbe keinen in sien Familie, für den er das aufheben müsse.«

Und dann tauchte vor Ellas Auge das Passbild ihres

Vaters auf. Jung musste er da gewesen sein, gerade mal Mitte zwanzig. Dazu in sauberer Behördenhandschrift sein Name, eine Personenbeschreibung nebst Angabe des Vaters, und dann Stempel und Angaben, auf welchen Schiffen er im Laufe der Jahre seiner Laufbahn angemustert hatte. Als Nächstes ein *Seedienstlichkeitszeugnis*, auf dem durchgestrichen war, dass er seetauglich für den Decksdienst und für den Küchendienst sei, wohl aber für den Maschinen- und den sonstigen Dienst, gefolgt von Heuervertrags- und Heuerscheinen.

Ella schwirrte es vor den Augen.

»Und dann hebb wi hier noch n paar Fotos, wenn Sie mögen.« Hannes drückte die entsprechenden Felder auf dem Bildschirm. Einige Bilder waren unscharf oder verblichen, aber sie alle zeigten ihren Vater. Allein in einer Kajüte, mit anderen Männern Arm in Arm, auf dem Tisch ein Sixpack Bier, bei Partys, mit einem albernen Strohhut an einem Strand. Im Gegensatz zu seinen Kollegen hatte er jedoch nie eine Frau im Arm, und auch seine Kajüte war offenbar der einzige abgelichtete Ort ohne bar- und großbusige Frauen, die sich lasziv auf Postern rekelten oder breitbeinig posierten.

Hannes war ein bisschen verlegen und sagte: »Na ja, wir waren jung damals und voll im Saft. So lange ohne Fruh zu sein, das war schon hart. Der Eenzige, dem das nichts ausmachte, das war Horst. Sehen Sie hier?« Er zoomte das Foto, auf dem ihr Vater allein in einer Kajüte abgelichtet war, heran. »Hier kann man noch ein bisschen sien Teil vonne Kajüte sehen. Da hingen immer nur Fotos von Ihnen und Ihrer Mutter! Sie haben schon einen verdammten Dusel mit diesem Kerl gehabt! Keiner von uns war so standhaft wie er!«

Ella drehte sich um und stürmte hinaus.

Paul hatte sie eine Weile suchen müssen, bis er sie auf einer Parkbank in der Nähe des Museumsschiffes fand.

Ihr Verhalten war ihr nun fast ein wenig peinlich. Sie hatte sich nicht mal von Hannes verabschiedet.

»Ella, es tut mir leid«, sagte Paul, als er sich neben sie setzte. »Du wolltest etwas über deinen Vater erfahren, und ich habe gedacht, dass es eine tolle Idee sei, dir das Schiff zu zeigen.«

Ella nickte, konnte Paul aber nicht ansehen dabei. »Es ist nur ... ich hatte ... Ich habe mir das Leben auf dem Schiff ganz anders vorgestellt, nicht so laut und so eng. Ich habe mir immer nur die exotischen Länder ausgemalt, die er bereist hat, und nicht das, was ich gerade über monatelange Fahrten mit wenig Abwechslung, Schlafmangel und Alkohol aus Frust gelernt habe. Ich habe das Gefühl, dass ich meinen Vater überhaupt nicht gekannt habe. Das hätte ein völlig fremder Mensch sein können, über den ihr geredet habt, du gestern Abend und der Typ da eben. Wenn nicht die Fotos gewesen wären – ich hätte schwören können, er meint jemand anderen. Hosse ... Hosse, der Mönch ... Hosse, der Treue ... Mit Bildern von Frau und Kind statt irgendwelchen leichten Mädchen ... Das passt alles so gar nicht zu dem, was ich immer in meinem Vater gesehen, von ihm gewusst habe, verstehst du? Das passt nicht zu dem Bild, das ich mein ganzes Leben von ihm hatte!«

Paul legte den Arm um ihre Schultern und wartete schweigend, bis sie sich beruhigt und ihre Tränen abgewischt hatte.

»Aber ist es nicht besser, du lernst ihn jetzt noch kennen als gar nicht?«

Diese Frage ging Ella nicht mehr aus dem Kopf. War es besser? Was änderte es jetzt noch? Der Mann dort im Heim war ihr inzwischen so fremd wie sie ihm, was sollte daran gut sein? Hatte sie nicht, bedingt durch seine Demenz und die dadurch entstandene Wehrlosigkeit, schon längst eine Art Frieden mit ihm geschlossen? Vergeben und vergessen?

Aber dann wurde ihr klar, dass das eine sehr egoistische Betrachtungsweise war. Würde und Achtung hatte Karla sich von sich selbst und ihren Mitmenschen erhofft, und das war das Mindeste, auf das auch Ellas Vater hoffen durfte. Die Liebe der beiden Frauen, denen er in all den Jahren treu ergeben war, hatte er verloren. Aber wenigstens die Achtung seiner Tochter wiederzuerlangen, das war Ella ihm schuldig.

47

Weil sie mit ihrem Manuskript kämpfte und eigentlich eher über ihren Vater als über den Text vor sich nachdachte, nahm Ella das Telefon erst wahr, als es aufgehört hatte zu klingeln. Sie schaute auf das Display, aber erkannte die Nummer nicht. Zumindest war es nicht Carl. Sie drückte die Rückruftaste.

»Ich möchte Sie sehen, Ella!«

Es war der Mann, der sich nichts aus Begrüßungsfloskeln machte und ohne Einleitung zur Sache kam.

»Haben Sie den Rotwein noch, den Sie mir neulich fast angeboten hätten, oder soll ich welchen mitbringen?«

»Woher wollen Sie wissen, dass *ich* Sie sehen möchte?« Ella fand es schon ein wenig dreist, wie Jo sich da selbst einladen wollte, und war fest entschlossen, ihm zu zeigen, dass sie nicht so ohne Weiteres verfügbar war.

»Weil Sie sich neulich, als ich Sie nach Hause gefahren hatte, eindeutig so angehört haben!«

»Sprechen Sie als Pastor oder als Mann zu mir?«

»Nun, sagen wir mal so. Auch in meiner Person als Pastor finde ich mich ziemlich männlich. Aber heute ist Sonntag, und sonntags haben Pastoren immer viel zu tun. Sie dürfen also davon ausgehen, dass hier Jo, der

Nette-Typ-von-neulich, anruft. Und mit dem haben Sie sich doch gut verstanden, oder?«

»Mit dem Pastor auch.«

»Würden Sie den lieber heute Abend bei sich haben? Da muss ich Sie enttäuschen!«

»Und wenn ich heute Abend gar keine Zeit habe?«

»Dann riskieren Sie, dass ich vor lauter Kummer sämtliche Weinvorräte meines Kellers entkorke und austrinke und morgen dann meinen pastorlichen Pflichten nicht nachkommen kann. Das werden Sie doch weder mir noch meiner Gemeinde zumuten wollen, oder?«

»Ich muss tatsächlich arbeiten heute.«

»Ella, tun Sie mir das nicht an!«

»Doch, Jo, es tut mir leid. Das Wochenende war anstrengend, und ich habe ein umfangreiches Manuskript hier vor mir, das bis Dienstag fertig sein muss. Ich weiß auch so schon nicht, wie ich das schaffen soll!«

»Das verstehe ich. Wie lange müssen Sie daran sitzen heute?«

»Na, vor zehn Uhr werde ich kaum fertig sein damit«, seufzte Ella und hoffte, ihn überzeugt zu haben.

Es war ziemlich genau zweiundzwanzig Uhr, als Balou anschlug. Er hatte Autoreifen auf dem Kies vor dem Haus knirschen hören und lief aufgeregt zur Tür. Ella musste ihn mit aller Kraft beiseiteschieben, um durch den Spion schauen zu können.

Vor der Tür stand Jo, mit einer Tasche und einer Flasche Wein in der Hand. »Sind Sie fertig mit Ihrem Tagespensum?«, fragte er lächelnd und hielt ihr die Flasche hin. Sie hatte fast die Intensität seiner Ausstrahlung vergessen, und obwohl sie sich ärgern wollte, dass er trotz des eindeutigen Korbes, den sie ihm gegeben hatte, nun vor ihr stand, konnte sie nur nicken und ihn hereinbitten. »Machen Sie es sich gemütlich, ich muss noch eben etwas fertig schreiben und den Rechner ausmachen.« Sie deutete in die Kaminecke. »Zehn Minuten maximal!«

»Haben Sie die Überstunden mit Ihrem Arbeitgeber abgestimmt?«

»Ich lasse sie mir sogar teuer bezahlen!«, grinste sie und ging zurück an ihren Schreibtisch.

Jo hingegen ließ sich nicht in der Kaminecke nieder, sondern pusselte in ihrer Küche rum und sorgte gleichzeitig dafür, dass das Feuer im Kamin in Gang kam. Einen Moment schloss Ella die Augen und lauschte Jos Stimme, mit der er leise vor sich hin summte, mit Balou sprach wie mit einem alten Freund, und den Geräuschen, die sich nur so und nicht anders anhörten, wenn sich jemand Vertrautes im eigenen Haus bewegte.

»Das nennen Sie arbeiten?«, unterbrach Jo ihre Träumereien. Er stand mit zwei Rotweingläsern vor ihr.

»Ich wollte Ihnen eine Stärkung bringen, aber ich komme wohl zu spät.«

»Nein, Sie kommen genau richtig«, lächelte sie.

Sie stießen miteinander an, Ella klappte den Rechner zu und machte das Licht aus.

Auf einem niedrigen Tischchen hatte Jo einige Käsestücke, Weintrauben und Kräcker platziert und mit der

Rotweinflasche und einer Kerze vor den Kamin gescho- ben. »Ich war mir nicht sicher, ob Balou seine große Nase von den Sachen lassen kann, aber er scheint mir tatsächlich sehr wohlerzogen zu sein!«

Balou lag auf seinem Lieblingsplatz und beobachtete die beiden durch halb geschlossene Lider.

»Was sagt Ihre blonde langbeinige Gefährtin denn dazu, dass Sie sich um nachtschlafende Zeit zu anderen Frauen vor den Kamin setzen?«

Hatte sie das gerade gesagt?! Ella hätte sich ohrfeigen können! So konnte man eine entspannte Stimmung, die schon fast drohte, romantisch zu werden, auch kaputt machen.

Aber Jo schien unbeeindruckt. »Ich denke, dass meine Schwester ihren Abend auch ohne meine Hilfe- stellung gut überstehen wird.« Dann nahm er Ella das Glas aus der Hand, beugte sich zu ihr und küsste sie.

Ihr erster Instinkt war, sich zu wehren. Was fiel die- sem Mann eigentlich ein? Hielt er sich für so besonders, dass er sich alles erlauben konnte?

Doch bevor sie diesen oder auch nur irgendeinen anderen Gedanken zu Ende führen konnte, war ihr Wi- derstand gebrochen, und etwas in ihr begann zu schmel- zen. Alle Anspannung der letzten Tage, all die wider- streitenden Gefühle, mit denen sie seit dem Besuch auf dem Schiff ihres Vaters kämpfte, alle Mauern, die sie um ihr Herz gebaut hatte, um sich gegen Carls Verletzungen zu schützen, zerflossen unter der Hitze dieses erst zarten und dann immer leidenschaftlicheren Kusses.

Wie von allein bewegten sich ihre Arme in die Höhe

und schlangen sich um seinen Nacken, als wolle sie ihn nicht wieder loslassen.

Ella spürte die Umarmung Jos und das Gefühl der Geborgenheit. Seine Berührungen waren zärtlich und zögerlich, als wolle er ihr die Möglichkeit lassen, einen Schritt zurückzumachen, doch als er spürte, dass Ella ihn an sich zog, hielt er sich nicht weiter zurück. Für einen Moment löste er sich aus dem Kuss und sah ihr tief in die Augen. Worte waren jetzt nicht notwendig, nur die Bestätigung, die ihm ihr Blick gab.

Als seine Lippen Ellas wieder sanft berührten, loderte ein Feuer in ihr, das sie schon lange nicht gespürt hatte.

48

Karla

Unsere Liebe war von Beginn an zum Scheitern verurteilt. Aber ist es nicht genau das, was die Liebe oft so unvergleichlich, so sehnsuchtsvoll und so brennend macht? Die Unerreichbarkeit? Das Wissen, dass nichts und niemand auf der Welt, schon gar nicht der in den Gedichten so häufig angeflehte Herr im Himmel, nicht er, noch ich, noch seine Frau jemals dazu in der Lage sein würden zu ändern, was nicht zu ändern war?

Er war mein Lehrer, er war verheiratet, und er liebte mich. Es gab daraus kein Entkommen.

Ich hatte im Anschluss an meine Ausbildung als Angestellte des Öffentlichen Dienstes im Sozialministerium ein staatliches Stipendium bekommen und absolvierte das Verwaltungsrechts-Studium an der örtlichen Akademie. In keiner Weise ließ der Unterricht der Betriebswirtschafts- oder auch der Volkswirtschaftslehre, den Erwin Ludwig Krösner gab, darauf schließen, dass in seiner Brust das Herz eines Poeten schlug. Dass seine Augen während des Unterrichts die meinen suchten, erklärte ich mir damit, dass ich mit meinen 32 Jahren nicht nur mehr Reife als meine deutlich jüngeren Mitstudenten, sondern auch mehr Engagement und Interesse an den Tag legte. Ich brannte vor Eifer, weiter lernen zu dürfen. Die Ausbildung hatte mich gelangweilt, und auch wenn ich dankbar gewesen war, als Frau überhaupt eine Chance zwischen den ganzen Kriegsheimkehrern bekommen zu haben, wusste ich doch jeden einzelnen Tag, dass diese Ausbildung nur das Mittel zum Zweck sein konnte. Ich wollte mehr, so viel mehr! Mehr lernen, mehr leisten, etwas bewegen dürfen. Ich wollte nicht im Schreibbüro mein Dasein fristen und nicht als Sekretärin einem Mann zu Diensten sein. Ich wollte lernen, was es zu lernen galt, um mit meinem Wissen selbst aktiv werden zu können. Ich hatte Großes vor mit mir. Also wunderte es mich nicht, wenn ein Lehrer diesen Eifer spürte und meine Lernfortschritte mit besonderem Interesse verfolgte.

Eines Tages, der Frühling hatte gerade begonnen, traf ich ihn zufällig im Park neben der Schule. Ich hatte mich für den späteren Nachmittag mit einer Kommilitonin zum Lernen verabredet, musste jedoch darauf warten, dass sie ihre Kurse, die etwas anders lagen als meine, noch hinter sich brachte. Es gab kaum Frauen damals an der Akademie, ich war die einzige mit meiner Fächerkombination. Öffentliches Recht und Steuerrecht jedoch hatten Brigitte und ich gemeinsam belegt und waren froh darüber, ein wenig weibliche Solidarität in dieser Männerwelt zu finden.

So saß ich also in der Frühlingssonne auf einer Bank und blätterte in einem Gedichtband, den ich mir kürzlich aus der Bücherei ausgeliehen hatte. Poesie ist wunderbar erholsam zwischen Paragrafen und Statistiken.

Überrascht, aber auch erfreut über dies zufällige Tref-

fen machten Erwin Ludwig und ich einen Spaziergang durch den Park, und ich wies ihn, der kaum Augen für die Natur um uns herum, sondern fast ausschließlich für mich hatte, auf die kleinen Frühblüher hin, die ihre Blätterspitzen durch die Erde schoben und mit zarten Farben erahnen ließen, in welcher Pracht sie sich bald zur Blüte öffnen würden. Ich zeigte ihm die Kätzchen einiger Büsche, die trotz der bitteren Kälte der letzten Tage mutig genug waren, schon blühen zu wollen, und den zartgrünen Schleier, der, wenn man genau hinsah, über den Büschen lag. Aber er sah nicht genau hin, er schaute nur mich an. Oder zumindest erschien es mir so. Er las mir jedes Wort von den Lippen ab, und ich war schon fast versucht, ihm irgendeinen Irrsinn zu erzählen, nur um auszuprobieren, ob er mir überhaupt zuhörte.

In der nächsten Unterrichtsstunde verteilte er, entgegen jeder Gepflogenheit, eigenhändig die Zettel, die es zu bearbeiten galt, und schmuggelte mir auf diesem Weg ein zartes Kuvert auf den Schreibtisch. Ich werde nie vergessen, wie mir das Herz bis zum Halse schlug, denn ich empfand diese Aufdringlichkeit als derart ungehörig, dass mir die Luft zum Atmen fehlte. Wir waren ein paar Meter spazieren gegangen, das war alles. Was gab ihm das Recht, mir so nahezutreten?

Die Liebe. Es war die Liebe, die ihm jedes Recht gab. Ach, wie sehr ich das lernen durfte in den nächsten Wochen!

Wir trafen uns bald regelmäßig in dem kleinen Park, der uns ganz allein zu gehören schien, denn außer uns war dort selten ein Mensch zu Gast. Unendlich viele Vögel je-

doch lebten dort, die uns mit ihrem Gesang verzauberten. Die Natur explodierte in diesem Frühjahr mit einer noch nie dagewesenen Lieblichkeit und entwickelte sich, wie unsere Gefühle, von einem zarten kleinen Blümchen zu einer leuchtenden Rose, die in der Sommerhitze blühte und neben ihrer ihr eigenen Farbenpracht eine gehörige Portion Dornen mit sich brachte. Unsere Liebe war so leidenschaftlich, wie sie das in einem Park sein konnte. Wir hatten keinen anderen Platz als diesen, und das war vielleicht auch gut so, denn so fiel es ihm sicher leichter, seiner Frau unter die Augen zu treten, konnte doch zumindest von einer körperlichen Untreue keine Rede sein. Und doch war es keine keusche Liebe und unsere Küsse voller Sehnsucht und Verlangen. Einen Frühling und einen Sommer dauerte unser Glück, bis endlich mein Verstand wieder Oberhand gewann und ich begriff, dass ich dieses Verhältnis beenden musste, wenn es mich nicht völlig verzehren wollte. Wie gesagt, ich hatte viel vor mit mir, und das würde ich nicht schaffen, wenn ich meine Energien unverändert in eine Beziehung steckte, die keine Zukunft hatte. Das Ende war so leidenschaftlich schmerzvoll, wie es nur eine echte Liebe sein konnte.

Nachdem wir uns bereits eine Weile bemüht hatten, wie Lehrer und Schülerin miteinander umzugehen, wurde ich krank und musste mit einer schweren Lungenentzündung über Wochen vom Unterricht fernbleiben. Als ich genesen zurückkehrte, hatte sich Erwin Ludwig Krösner an eine andere Schule versetzen lassen. Ich sah ihn nie wieder.

49

Ella wusste nicht, was das Schönste an der vergangenen Nacht gewesen war. Die süße Überraschung des Kusses, die Vertrautheit, die so plötzlich zwischen ihnen entstanden war, die Gespräche oder die Geborgenheit, die in Jos Zärtlichkeiten lag. Als sie langsam aus dem kurzen Schlaf, den sie sich geleistet hatte, wieder an die Oberfläche des Bewusstseins glitt, genoss sie noch für eine Weile diesen Zustand der Schwere und Bewegungslosigkeit. Das Glücksgefühl in ihrem Bauch, die Wärme des Bettes, seinen Geruch. Sie würde jetzt nur ihre Hand hinüberschieben müssen, vermutlich nur ein kleines Stückchen, und dann wäre es wieder da, diese wunderbare Gewissheit, nicht allein aufwachen zu müssen, sondern auch den Beginn eines neuen Tages gemeinsam zu erleben. Die ganze Nacht über hatte sie immer wieder nach Jo getastet, ihn gespürt und wäre am liebsten gar nicht eingeschlafen, um das Gefühl seiner Nähe nicht zu verpassen. Dann hatte sie der Schlaf doch eingefangen, und aus dem bereits dämmernden Morgen war nun heller Sonnenschein geworden, der in ihr Schlafzimmer drang. Ella schlug die Augen auf.

Das Bett neben ihr war leer.

Sie versuchte, von ihm verursachte Geräusche zu erlauschen, das Rauschen der Dusche, Bewegungen in der Küche.

Nichts.

War er aufgestanden und mit Balou nach draußen gegangen?

Sie hielt es nicht mehr aus im Bett. Mit klopfendem Herzen stand sie auf, schlüpfte in ihren Morgenmantel und ging durchs Haus.

Balou lag dösend auf dem Teppich, den Schwanz vor Freude, sie zu sehen, laut auf den Boden klopfend.

Von Jo keine Spur!

Nichts.

Das Haus still und leer.

Er war fort, einfach gegangen, ohne Abschied, ohne eine Geste des Bedauerns.

So wie Carl.

Er war genauso ein verdammtes Schwein wie Carl.

Die Glücksgefühle, die eben noch wie Schmetterlinge in Ellas Bauch getanzt hatten, schmeckten nach bitterer Galle. Ihr war übel, ihr Kopf schmerzte vom Schlafmangel, die grelle Sonne blendete.

Den Zettel mit dem einen Wort *Verzeih!* fand sie erst später, zerknüllte ihn und warf ihn weg.

50

Während sie mit Balou durch den Wald marschierte, machte sie einen Pakt mit sich selbst. Sie würde keine Männer mehr in ihr Leben lassen, sie würde sich nie wieder auf jemanden einlassen, nie wieder verletzbar machen. Nie wieder. Die letzte Nacht war schön gewesen, wunderschön, aber auch sie hatte am Ende wieder nur Schmerzen und Enttäuschung gebracht. Darauf konnte Ella ganz prima verzichten. Und hatte sie nicht genug anderes in ihrem Leben? Ihr Zuhause, ihren Hund, ihre Arbeit, ihre Tochter, ihre Freunde … ihren Vater?!

Ja, ihr Vater brauchte sie, und wenn sie ihm in all den Jahren unrecht getan hatte, dann würde sie jetzt in der Zeit, die ihm blieb, versuchen, ein wenig davon wieder wettzumachen. Sie würde versuchen, ihm da zu begegnen, wo sie ihn erreichen konnte. Und wenn er auch vielleicht nie verstehen würde, dass sie seine Tochter war, dann wäre sie eben einfach nur jemand, der an seiner Seite wäre und ihm Wärme und Geborgenheit geben würde, ihm die Ängste der Verwirrtheit nahm. Wenigstens das!

Der Schmerz der Enttäuschung würde vorbeigehen, wie er immer vorbeigegangen war, und an Einsamkeit konnte man sich gewöhnen. Sie würde sich ein Beispiel an Karla nehmen, die war sich selbst auch genug gewesen, hatte sich auf sich besonnen, Zufriedenheit daraus gewonnen, sich nur noch mit den Menschen zu umgeben, die es wert waren.

Überhaupt Karla – da gab es noch so viel zu tun und zu erforschen! Im Grunde hatte Ella gar keine Zeit, sich auf einen Mann einzulassen. Wann sollte sie sich denn um Karlas Nachlass kümmern?

Sie würde sich freinehmen, sich voll und ganz auf ihren Vater, ihre eigene Geschichte und auf die Karlas konzentrieren. Das würde ihr guttun. Ihre Tage würden in der nächsten Zeit mehr als ausgefüllt sein. Ihr konnten alle Carls und Jos dieser Welt gestohlen bleiben.

Die Schwester, die ihr entgegenkam, war völlig verwundert. »Ella, das ist eine ungewöhnliche Zeit für Sie!«

»Wie geht es meinem Vater? Meinen Sie, er würde sich über einen Spaziergang freuen?«

»Haben Sie Ihren Hund gar nicht dabei?«

»Nein, den habe ich heute Morgen schon so lange durch den Wald gejagt, dass er nun selig schläft«, lächelte Ella. »Aber vielleicht kann ich ja auch ohne ihn meinem Vater eine Freude machen.«

Die Schwester winkte sie nach hinten durch in den Aufenthaltsraum, und dort saß er. Wie er sich verändert hatte seit dem Tag, an dem das Foto für seinen Seefahrerausweis gemacht worden war. Wie lange war das jetzt her, vierzig Jahre? Der stolze junge Mann, der mit geraden Schultern und einem keck erhobenen Kinn in die Kamera geblickt hatte.

Ella ging zu ihrem Vater und setzte sich neben ihn. Sie fühlte sich seltsam befangen. Der letzte Besuch war erst zwei Tage her, aber was war alles passiert seither? Nie in ihrem ganzen Leben hatten sich ihre Gedanken und Gefühle so intensiv um ihren Vater gedreht, und doch oder gerade deswegen fühlte es sich an, als wäre er fremder als je zuvor.

Dann begann sie zu reden, leise und ruhig. Sie wollte ihren Vater um keinen Preis aufregen, dachte an die Worte von Dietrich und Andreas, dass Unsicherheit und Angst maßgebliche Probleme bei Demenzkranken sein konnten und dass sie genau das so häufig bei ihm beobachtet hatte. Sie sah ihn nicht an, wusste nicht, ob er ihr zuhörte und ob er sie verstand, aber er blieb ganz ruhig neben ihr sitzen, und als Ella mitten in ihrem Monolog das Bedürfnis hatte, seine Hand zu nehmen, ließ er es zu. Seine Hand war warm und trocken und zerbrechlich knochig. Und doch war es die Hand, die sie früher beim Balancieren auf der kleinen Mauer vor dem Haus festgehalten und ihr beim Radfahren das Gleichgewicht gegeben hatte.

Sie erzählte ihm von Paul und dem Museumsschiff. Dass sie Hannes kennengelernt und was sie alles über ihn, ihren Papa, gelernt hatte an diesem Wochenende. Sie erzählte ihm von ihrer Einsamkeit als kleines Mädchen, von ihrer Hilflosigkeit, mit der depressiven Mutter allein zu sein und sich für sie verantwortlich zu fühlen. Wie sehr sie ihn vermisst hatte und dass … ja, dass sie stolz auf ihn war. Stolz darauf, dass er seine eigenen Bedürfnisse zurückgesteckt hatte, um seine Familie zu ernähren, und das eben auf eine Weise, wie er es in seiner eigenen Familie gelernt hatte. Auf See. Sie redete und weinte und redete, und Horst saß schweigend neben ihr.

Zum Schluss fragte sie: »Darf ich dir einen Kuss geben?«

Horst sah sie an. Als sie sich hinüberbeugte und ihm einen Kuss auf die Wange gab, sagte er leise: »Edith! Oh, Edith!«

Und dann lächelte er.

51

Als Tilda an diesem Tag aus der Agentur nach Hause kam, traute sie ihren Augen nicht. Und auch wenn es schon eine ganze Weile her war, dass sie das Mädchen zuletzt gesehen hatte, erkannte Tilda sie gleich. Die Haltung ihres Kopfes, die Linie des schmalen Kinns, der gedankenverlorene Blick, mit dem sie dort im Gras des Vorgartens hockte. Ein kleines Häufchen Mensch nur, zart und zerbrechlich, und doch sprach selbst aus dem abwesenden Zupfen der Grashalme und den hochgezogenen Schultern die Unerschrockenheit und der jugendliche Starrsinn, der so typisch für Leonie war.

›Der gleiche Dickkopf wie Ella‹, ging Tilda unwillkürlich durch den Kopf. Und: ›Gott sei Dank, sie ist wieder da.‹

So sehr sie sich darüber freute und erleichtert war, so schwer, wusste sie, würde es werden, für sie alle. Keiner wusste wirklich, wo das Mädchen in den letzten Monaten gewesen war, und eigenwillig, wie Leonie war, würde es schwierig werden, die richtigen Worte zu finden, nicht das Falsche zu sagen oder zu tun und Leonie dadurch gleich wieder zu verscheuchen wie ein scheues Wildtier, das sich sofort in die Deckung zurückzog und versteckte.

Einen Moment blieb Tilda im Auto sitzen und beobachtete das junge Mädchen, bis dieses den Kopf hob und sie ansah. Erst regungslos, dann mit einem leichten Lächeln. Tilda öffnete die Autotür und ertappte sich dabei, dass sie sich bemühte, dies leise zu tun, sich nicht ruckartig zu bewegen.

Aber noch bevor Tilda ausgestiegen war, stand Leonie auf, wischte sich über den Hosenboden, nahm ihren Rucksack und ging wie selbstverständlich vor Tilda zur Haustür.

So, als sei sie gestern erst hier gewesen, fragte sie: »Ist Zoe zu Hause? Ich habe geklingelt, aber sie hat wahrscheinlich wieder Kopfhörer auf ...«

Tilda entschied sich, auf Leonies beiläufigen Ton einzugehen, und schloss ihr die Tür auf. »Geh einfach hoch, ich weiß nicht, ob sie da ist. Ihr Fahrrad habe ich nicht gesehen, vielleicht ist sie noch in der Schule.«

So viele Monate hatten sie nichts von ihr gehört. So viele lange Monate, in denen sie alle, besonders Ella, gewartet und gelitten, sich mit Selbstvorwürfen verrückt gemacht hatten – bis das Thema Leonie irgendwie versiegt war. Wie ein Rinnsal im Sand schwächer geworden, versickert. Es war keineswegs so, dass sie in einem ihrer Köpfe in Vergessenheit geraten war, im Grunde war sie sogar durch das Schweigen präsenter als vorher. Das Tabuthema, das keiner anzusprechen wagte. Das Niemandsland, das man nicht betrat.

Am Anfang waren noch Lebenszeichen in Form von Postkarten aus verschiedensten Ländern gekommen, doch schnell war auch diese Informationsquelle versiegt. Und man machte sich ja auch nicht ernsthafte Sorgen, schließlich war sie mit ihrem Vater unterwegs. Und der würde sich ja wohl sicherlich kümmern?

Je länger das Schweigen dauerte, desto schwieriger war es, das Tabu zu durchbrechen. Es weitete sich aus, steckte andere Themen an, die plötzlich ihre Leichtigkeit verloren. Tildas Kinder, die mit Leonie befreundet gewesen waren. Anstehende Schulabschlüsse, Lehrerstress, Abschlussfahrten und Theatervorführungen, Liebeskummer und Freundinnenstreit. Nichts, was auch nur ansatzweise an Leonie hätte erinnern können, war noch leicht oder einfach gewesen.

Und nun war sie plötzlich wieder da.

Tilda kochte Tee und setzte sich in ihrer Wohnküche an den Tisch. Sie lauschte nach oben. Leonie kam nicht herunter, dabei war sich Tilda recht sicher, dass Zoe nicht da war. Was tat sie da oben? Sollte sie Zoe versuchen anzurufen, würde die sicher sofort herkommen wollen.

Sie nippte an ihrem Tee und verbrannte sich fast die Lippen. Was war mit Ella? Sie musste Ella informieren, dass Leonie bei ihr war.

Doch konnte sie das einfach so tun?

52

Mit fieberhafter Energie machte Ella sich daran, in ihren Erinnerungen zu forschen. Wieder und wieder blätterte sie in den alten Fotoalben. Sie machte Aufzeichnungen über die Dinge, an die sich erinnern konnte – ihre Geburtstage, die Familienausflüge. Dabei versuchte sie, so objektiv wie möglich zu bleiben, die Bilder in ihrem Kopf unter journalistischen Aspekten zu beurteilen, frei von Emotionen und – noch wichtiger – von Bewertungen anderer.

Sie kramte die Schallplatten ihres Vaters hervor und sah sie durch. Sie hatte keinen Plattenspieler, aber sie würde Thomas fragen. Ella Fitzgerald, Louis Armstrong, aber auch Janis Joplin, Jimi Hendrix, Beatles, Stones, The Doors. Viele Namen sagten ihr nichts, aber an manche Alben konnte sie sich erinnern. Seltsam, die Musik des Oldiesenders, den Ella manchmal im Auto hörte, mit ihrem Vater in Verbindung zu bringen, mit dem alten Mann, der da im Heim saß.

Ihre Eltern hatten viel Musik gehört, als sie klein gewesen war, und im Wohnzimmer miteinander getanzt – wieder so ein Erinnerungssplitter, der plötzlich auftauchte. Irgendwann war Ella zu groß und zu schwer gewesen, um auf Papas Schultern mitzumachen, also war sie um ihre Eltern rumgehüpft oder hatte im Kreis mit ihnen getanzt, in dem die drei sich an den Händen hielten. Irgendwann fand sie Papas und Mamas Musik doof und hatte nicht mehr mitmachen wollen, aber vom Sofa aus beobachtet, wie die beiden all ihre Liebe und ihr Glück und ihre Freude, wieder zusammen zu sein, in dieses Miteinandertanzen gelegt hatten.

Dann hatte das aufgehört, ihre Eltern hatten nicht mehr getanzt, hatten keine Musik mehr gehört. Ella konnte die Erinnerung an diesen plötzlichen Wandel in ihrer Familie ganz deutlich nachfühlen. Stille, es war eine ganz plötzliche Stille, die ihr schon als Kind erdrückend erschienen war. Ihr eigenes Lachen hatte sich plötzlich zu laut angehört, sie sich nicht mehr getraut zu singen, das laute Rufen nach ihrer Mutter sich unpassend angefühlt.

Dies war auf jeden Fall ein roter Faden, den sie weiterverfolgen musste. Irgendetwas musste passiert sein, irgendetwas ganz Gravierendes, das alles zerstört hatte, was der kleinen Familie bis dahin wichtig gewesen war. So sehr sie sich das Hirn zermarterte, es fiel ihr nicht ein, was das hätte sein können. Die erdrückende Stille war in ihrer Erinnerung fast körperlich spürbar, den Grund dafür jedoch kannte sie nicht.

Aber vielleicht wusste ihre Tante etwas darüber. Schließlich war Horst nach der Trennung bei ihr eingezogen. Also rief Ella Paul an.

53

Jo war nicht nach Gesprächen zumute, nicht nach dem Alle-zwei-Wochen-Besuch im Kindergarten, nicht nach Schreibtischarbeit, nicht nach dem Seniorenkaffee, der heute ebenfalls auf dem Programm stand. Nicht mal ein Zwiegespräch mit dem Herrn fühlte sich richtig an. Konnte Er überhaupt verstehen, was mit ihm los war? Und der Friedhof war auch tabu. Dort war der Platz, an dem er sich mit Selma traf. Und der mochte er nicht unter die Augen treten im Moment.

Am liebsten wäre er ins Bett gegangen und hätte die Decke über seinen Kopf gezogen oder raus ans Meer gefahren, um den Kopf freizubekommen. Er beneidete Ella um Wald und Hund – wie hilfreich mussten ausgiebige Spaziergänge in der Natur sein, um die Gedanken zu ordnen.

Ella.

Sie war die ganze Zeit in seinem Kopf. Nicht eine Sekunde konnte er mehr sein, ohne an sie zu denken. Was für eine wunderbare Frau. Selbstbewusst, stark und kantig. Immer auf der Suche nach etwas, das ihr keine Ruhe lassen würde, bis sie es gefunden, erforscht, verstanden hatte. Getrieben von einer inneren und faszinierenden Unruhe und trotz allem weich und voller Wärme und Zärtlichkeit.

Die Nacht war wunderschön gewesen; er hatte sich das erste Mal seit langer Zeit einfach vergessen und treiben lassen können, getragen von der Nähe dieser Frau.

Aber das war genau das Problem! Jo saß in seinem Auto vor dem Büro und ließ den Kopf auf seine Hände am Lenkrad sinken. Durfte er das alles empfinden? Durfte er Selma so hintergehen? Verriet er sie nicht, wenn er sich jetzt auf eine andere Frau einließ? Sie war erst drei Jahre fort, und schon konnte sein Herz stärker schlagen, wenn er an eine andere Frau dachte?

Irgendwann war Jo an Ellas Seite eingeschlafen, und wie in jeder Nacht war Selma zu ihm gekommen. Und wie schon so oft in letzter Zeit hatte er sie nicht genau sehen können, schlimmer noch, sie war nicht mehr als ein durchsichtiger zarter Nebel gewesen, der beim leisesten Windhauch zerwehen konnte. Er hatte versucht, sie zu berühren, und in diesem Moment hatte er sogar ihre Stimme hören können. Nur dass es nicht Selma gewesen war, sondern Ellas leises Murmeln. Mit klopfendem Herzen war er aufgewacht und hatte versucht, sich in Ellas durch die gerade aufgehende Sonne heller werdendem Schlafzimmer zu beruhigen. Er drohte Selma endgültig zu verlieren! Das Gefühl der Scham, seine Frau und auch Ella betrogen zu haben, weil er ihre Nähe gesucht hatte, ohne ihr diese wirklich geben zu können, war immer stärker geworden und hatte ihm plötzlich die Luft zum Atmen genommen. Leise war er aufgestanden, hatte sich angezogen und war gegangen.

Sein schlechtes Gewissen, Ella zurückzulassen, als sei sie von Anfang an nichts anderes als ein One-Night-

Stand für ihn gewesen, war erdrückend gewesen. Eine Weile hatte er sich mit leerem Blick über ein Blatt Papier gebeugt, auf dem er sie um Verständnis bitten, ihr hatte erklären wollen. Dann war ihm nur ein Wort eingefallen, das ihm passend schien.

Verzeih!

Als sie nach einer guten Stunde immer noch kein Geräusch von oben gehört hatte, schlich Tilda leise die Treppe hinauf. Zoes Zimmertür stand offen, Leonies Rucksack lag achtlos vor dem Schreibtisch auf dem Boden und selbst auf Zoes Bett. Sie hatte sich mit Zoes Zebra – dem Kuscheltier aus Kindertagen, das noch immer ihr Bett teilte, auch wenn es immer öfter ihrem Freund Platz machen musste – in den Schlaf gekuschelt.

Tilda ging zum Bett und setzte sich auf die Kante. Leonies zarte Schminke war verwischt, das Gesicht von Tränen verschmiert, ein bisschen Wimperntusche war auf das Fell des Zebras gelaufen und dort im schwarz-weißen Plüsch versickert. Leonie schlief tief und fest und wachte auch nicht auf, als Tilda ihr vorsichtig über die verfilzten Dreadlocks strich.

Ein Geräusch an der Tür ließ sie aufblicken. Zoe war hereingekommen und offensichtlich bemüht, das Bild, das sich ihr bot, zu begreifen.

»Was …?«, begann sie, doch Tilda legte den Finger auf die Lippen und schüttelte den Kopf. Dann bedeutete sie ihr, dass sie runtergehen würde und sie nachkommen solle, wenn sie reden wollte.

Nun schüttelte Zoe den Kopf und wies auf Leonie. Sie würde hierbleiben, bis ihre Freundin aufwachte.

Es gab nun nur noch diese zwei Projekte in Ellas Kopf – ihre Eltern und Karla. Alle Arbeit hatte Ella beiseitegeschoben, ihren Anrufbeantworter und ihren E-Mail-Account mit einer Abwesenheitsnotiz versehen.

Um die Zeit zu überbrücken, bis Paul zurückrief, wollte Ella sich mit den Recherchen und dem Thema beschäftigen, dem sie bisher ausgewichen war: Karlas Kindheit und die offenbar sehr prägende und innige Beziehung zu ihrem Vater.

Inzwischen hatte Ella nicht mehr das Gefühl, die alte Dame um diese enge Bindung beneiden zu müssen. Ganz im Gegenteil, das Thema kam jetzt wie gerufen. Von der Liebe zu seiner Tochter lesen zu dürfen, gab Ella plötzlich ein sonderbares Gefühl der Geborgenheit.

Karla

Während ich in der Stadt bei meiner Tante lebte, vermisste ich meine Brüder schmerzlich, den Wald, die Natur, das Tempo unseres Haushaltes, das nicht so hektisch war wie das in der Stadt, Minchen, das unbeschwerte Dasein in bequemen Stiefeln und Kleidern ohne Spitze und Chichi. Vor allen Dingen aber vermisste ich meinen Vater. Vielleicht lag es daran, dass meine Mutter vor meiner Geburt mehrere Kinder verloren hatte und mein Überleben daher für meine Eltern ein besonderes Geschenk war, vielleicht ist es dieses besondere Verhältnis, das Vätern und Töchtern nachgesagt wird, oder es war die Tatsache, dass ich meiner Mutter wie aus dem Gesicht geschnitten war, ich weiß es nicht. Papa vergötterte mich, und wenn er auch seine Söhne beide von ganzem Herzen liebte, so stand einem zu innigen Verhältnis im Wege, dass Väter Söhne mit strenger Hand aufzuziehen pflegten und beizeiten der Kampf des jungen Wolfs gegen den alten Wolf folgen musste. Mir gegenüber konnte Papa all seine Milde walten lassen, seine gefühlvolle Seite zeigen, die unter normalen Umständen sicherlich meine Mutter hätte genießen können, die bedingungslose Liebe, die er bei keinem anderen Menschen so frei hätte verschenken können. Hans und Gustav gegenüber wäre sie als Schwäche ausgelegt worden. Minchen war immer seine Hausangestellte, und obwohl ich fest davon überzeugt bin, dass sie ihm gern mehr gewesen wäre, so kam Papa niemals auf die Idee, dass dies möglich sein könne. Sein Herz gehörte Käthe, ihr würde er niemals untreu werden, auch nicht nach ihrem Tod. Aber mich konnte er lieben ohne Wenn und Aber, mich verwöhnen und verhätscheln und buchstäblich auf Händen tragen.

Unserem Minchen habe ich es zu verdanken, dass ich laufen lernte, denn aufgrund einer Fehlstellung meines linken Beines, die meine motorische Entwicklung ausbremste, trug mein Vater mich die ersten drei Jahre meines Lebens fast ausschließlich mit sich herum. Gustav, dem Neugeborenen, gab Minchen das, was er durch den Tod meiner Mutter vermissen musste: Wärme, Geborgenheit *und Liebe. Hans war bereits zwölf Jahre alt, als der Tod unserer Mutter unser Leben auf den Kopf stellte, und er erwartete nicht zuletzt selbst von sich, schnell erwachsen zu werden, um Vater in Haus und Hof zu unterstützen und sein Nachfolger zu werden.*

Oft weckte mich der Vater früh am Morgen und nahm mich auf seinen ersten Gang mit in den Wald, bei dem er nach dem Rechten schaute und überprüfte, ob sein Revier und alle darin lebenden Wesen die Nacht gut überstanden hatten. Beim Frühstück saß ich nicht selten auf seinem Schoß, um von ihm gefüttert zu werden, und danach begleitete ich ihn unablässig auf allen Wegen, die er des Tages ging. Ich war wie ein kleiner Hund, der immer dabei war, wenn auch getragen, statt seinem Herrchen hinterherzulaufen. Wenn Vater etwas zu tun hatte, was mich einer Gefahr ausgesetzt hätte, wurde ich entweder in sicherem Abstand in die Sonne oder den Schatten gesetzt, von wo aus ich zuschauen konnte, was mein Vater und mein Bruder taten, oder mein Bruder wurde als Babysitter abgestellt, der auf mich aufpassen musste, bis die Aufgabe erledigt war. Ich kann mich nicht erinnern, ob ihn diese wiederkehrende Pflicht störte, seinen Beschützerinstinkt hat er jedoch sein ganzes Leben nicht verloren, und auch als Erwachsener hätte er zu gern auf mich aufgepasst, wenn ich ihn gelassen hätte.

Meine motorischen Fähigkeiten mögen in dieser Zeit lahmgelegt worden sein, meine intellektuelle Entwicklung beeilte sich jedoch, dieses Manko zu kompensieren. Schon früh konnte ich sprechen und lernte schnell, mich zu artikulieren, da mein Vater quasi zwölf Stunden am Tag zu-

hörte, antwortete und meinen Bemühungen zu lernen so Rechnung trug. Hans erzählte mir einmal, dass ich in der Zeit, bevor ich in die Stadt geschickt wurde, fast unablässig geredet und ihn dabei manchmal zur Weißglut getrieben hätte, mein Vater jedoch mit einer Engelsgeduld auf mich eingegangen sei oder, wenn seine Arbeit Konzentration erforderte, mich liebevoll um eine kleine Pause gebeten hatte, die ich dann wohl auch großzügig gewährte.

An eine Episode aus dieser Zeit erinnere ich mich besonders deutlich. Ich war immer wieder auf das Töpfchen gesetzt worden, um zu lernen, mein kleines und großes Geschäft dort hinein zu machen und nicht länger eine Windel zu tragen. Es fiel mir schwer, sitzen zu bleiben, wollte ich doch lieber beim Vater draußen sein. Aber aufstehen und weglaufen konnte ich ja auch nicht. Also gab ich mir alle erdenkliche Mühe, das Gewünschte zu erreichen, und als ich dann eines Tages tatsächlich schaffte, meinen Darm gezielt in das Töpfchen zu entleeren, war ich mir des Stolzes und der Freude meines Vaters gewiss. Tatsächlich lobte er mich auch sehr, schüttete dann jedoch zu meinem haltlosen Entsetzen das Produkt meiner Anstrengung und meines Stolzes in die Toilette. Es hat lange gedauert, bis ich diese Enttäuschung verwunden hatte und mich zu einem erneuten Versuch überreden ließ, trocken zu werden.

Eine Weile nach meinem dritten Geburtstag, Minchen war nun schon über ein Jahr bei uns, nahm sie meinen Vater beiseite und ermahnte ihn, dass er meiner Entwicklung im Wege stünde, wenn er nicht dafür sorgte, dass ich laufen und mich sicher bewegen lerne. Mein Vater war *ein kluger Mann, und auch wenn es ihn schmerzte, mich gehen zu lassen, so war er sich darüber im Klaren, dass nur der vorübergehende Umzug in die Stadt und die konsequente Behandlung eines Arztes mir helfen konnten, und er war Minchen, wie schon so oft, dankbar, dass sie ihn auf den Weg der Vernunft gewiesen hatte.*

Für mich war die Umstellung hart: keiner mehr, der unablässig bei mir war und auf mich aufpasste, mir zuhörte und meine Fragen beantwortete und dessen Mittelpunkt ich war. Im Tausch dafür bekam ich ein großes Haus, das in seiner Eleganz eine besondere Kühle ausstrahlte und in dem Liebe wohldosiert und nach einem festgelegten Zeitplan verteilt wurde. Weder während des ersten Aufenthaltes zur Instandsetzung meines Beines noch während der zweiten Phase, die ich dort lebte, als meine Schullaufbahn nur in der Stadt fortzuführen war, und auch nicht viel später, als ich das Stadthaus nutzte, um meinen Sprung ins eigene Leben zu wagen, fühlte ich mich unwillkommen und störend, aber auch nie geliebt und umsorgt. Nie so sehr, wie zu Hause bei meinem Vater.

Im Jahre 1942 beendete ich meine Schulausbildung und zog zurück in den Wald. Ich war glücklich, die Stadtumgebung mit all ihren Besonderheiten hinter mir lassen zu können. Das Elend des Krieges hatte herbe Spuren gemalt. Der braundumpfe Wahn der Nazis, die Angst vor nächtlichen Fliegeralarmen, die stumpfen Blicke der Frauen, die ihre Söhne und Männer in fernen Kämpfen wähnten, ohne zu wissen, ob sie überhaupt noch lebten, das alles übte einen deprimierenden Druck auf mich aus, dem ich nur zu gern entkam. Bei uns auf dem Dorf tickten die politischen Uhren noch anders, im Wald eher gar nicht. Auch im Dorf gab es Wichtigtuer, die meinten, die nationalsozialistischen Lebensmaximen dort einführen zu müssen, aber was der Bauer nicht kennt, das interessiert ihn auch nicht. Wahrscheinlich war es für die Gemeinschaft von Vorteil, dass wir keine jüdischen Dorfbewohner hatten, denn das hätte den Zusammenhalt, der auf dem Fundament vieler Generationen beruhte, auf eine Nagelprobe gestellt, an der er vermutlich zerbrochen wäre. Wir waren hier keine besseren Menschen als in anderen Gegenden, wir hatten nur einfach das Glück, das Elend nicht an uns heranlassen zu müssen.

Manchmal überlege ich, ob Gustav noch leben würde, wenn die Realität stärker Einzug gehalten hätte in unser beschauliches Dasein. So hatte der Krieg besonders für uns Menschen im Wald zu wenig Schrecken, als dass er nicht auch Abenteuerlust für die Heranwachsenden bedeutet hätte. Hans meldete sich freiwillig zum Kriegsdienst, und auch wenn er schon lange volljährig war, wusste mein Vater anfangs noch zu verhindern, dass sein Ältester eingezogen wurde. Er gab bei den entsprechenden Behörden an, dass der Forstbetrieb die Arbeitskraft des jungen Mannes benötige und unmöglich auf ihn verzichten könne. Im Gegensatz zu Hans wusste mein Vater, worum es ging, er war selbst im Krieg gewesen, in dem gleichen Irrsinn, der während seiner Jugend stattgefunden hatte und dem er mit viel Glück und einer leichten Verletzung entkommen war. Hans, der am Tag des Kriegsausbruches, am 28. 7. 1914, geboren worden war, sollte nicht auch noch in den zweiten Krieg hineingezogen werden, den sich die Größenwahnsinnigen da draußen leisteten.

Nach zwei Jahren stummer Auseinandersetzung zwischen Jung und Alt begriff mein Vater, dass er seinen Sohn nicht länger zu Hause halten konnte. Der junge Mann war lange flügge geworden, und so sehr er den väterlichen Hof auch übernehmen sollte und wollte, so sehr verlangte es ihn danach, sein Vaterland zu verteidigen. Für ihn war es offenbar nicht mehr als ein längerer Ausflug, denn er argumentierte, er käme danach ja auf jeden Fall zurück und bis dahin könne mein Vater mit einem oder zwei Tagelöhnern den Hof sicherlich halten.

So ließ Papa seinen Ältesten schweren Herzens ziehen und war sich gewiss, nach Käthes Tod nun ein zweites Mal in seinem Leben Abschied für immer nehmen zu müssen. Hans jedoch kehrte einige Jahre später nach Kriegsende und Kriegsgefangenschaft nach Hause zurück.

Nicht so Gustav. Mit aller Euphorie, die mein jüngerer Bruder an den Tag legte, seinem Idol Hans in allem nachzueifern, sehnte er sich nach dem Tag, an dem für ihn der Kriegsdienst trotz seines jungen Alters ebenfalls möglich wurde. An seinem achtzehnten Geburtstag meldete er sich freiwillig, die Sondergenehmigung der Behörden nutzend, die so dringend neue Menschenware benötigte, um diese an die fast schon verlorene Front zu schicken.

Gustav fiel wenige Tage vor Kriegsende, sein Einsatz hatte keine vierzehn Tage gedauert.

Als die Nachricht bei uns zu Hause eintraf, brachen mein Vater und Minchen zusammen. Jeder einzeln für sich. Mein Vater verschwand im Wald und kehrte erst nach Tagen zurück, verfilzt, schmutzig, abgemagert und genauso schweigend, wie er gegangen war.

Minchen trauerte laut. Sie weinte, schluchzte und jammerte herzzerreißend und verfiel in ein hohes Fieber, aus dem sie immer wieder mit den wildesten Fantasien auftauchte. Sie hatte Gustav wie ihren eigenen Sohn großgezogen, es hätte nur noch gefehlt, dass ihre jungfräuliche Brust Milch für den Kleinen gehabt hätte, um ihr unverhofftes und einziges Mutterglück perfekt zu machen. Sie war seine Mutter und er ihr Sohn, fast so, wie ich Papas Tochter war, das Verhältnis war innig und so voller Liebe, wie es nur sein konnte, mit einem Kind, das nicht im eigenen Leib gewachsen, aber vom Herzen bereits von der ersten Sekunde an aufgenommen worden war. Unserer ganzen Familie wegen, aber vor allen Dingen für Gustav hatte Minchen auf eine eigene Familie und eigene Kinder verzichtet. Die ersten Jahre hatte sie sicherlich gehofft, der Herr Förster würde sie zur Frau nehmen, doch irgendwann hatte sie resigniert und fortan hauptsächlich für Gustav gelebt.

Nun war ihr alles genommen, was ihrem Leben einen Sinn gegeben hatte.

Ella war erschüttert. Dass im Krieg unzählige Unschuldige ihr Leben verloren hatten und dies in allen Teilen der Welt immer noch und gerade in diesem Moment taten, war im Grunde jedem Denkenden klar. Wenn man jedoch von einem konkreten Beispiel las und mit den direkten Konsequenzen für die Nahestehenden konfrontiert wurde, bekam der Tod plötzlich eine so deutliche und fassbare Form, dass man sich selbst viele Jahrzehnte später noch davon betroffen fühlte. Einen achtzehnjährigen Sohn mit all der Endgültigkeit des Todes an den sinnlosen Krieg zu verlieren, war tatsächlich unsagbar viel schlimmer als ein achtzehnjähriges Mädchen vorübergehend an die Hürden des Lebens. Und doch war es genau dieser Schmerz des Verlustes, dem Ella nachspürte, als sie die Worte Karlas las. Diesen Schmerz, der die Kehle zuschnürte, sich in jede Faser des Körpers fraß, alles in einen dumpfen Nebel hüllte und es unmöglich scheinen ließ, jemals wieder lachen zu können.

Ella las weiter und vergaß über die geteilte Trauer, das Entzifferte und Gelesene in Reinschrift zu übertragen, wie sie es bisher getan hatte.

Tilda hatte den Mädchen einen Teller mit belegten Broten und eine Kanne Tee gemacht und vor die Tür gestellt. Erst wollte sie klopfen und eintreten, aber die leisen Stimmen, die durch die Tür drangen, hielten sie davon ab. Eine kurze Nachricht auf Zoes Handy würde ausreichen, um die beiden über die Mahlzeit zu informieren.

Spät am Abend, als Thomas und Tilda gerade ins Bett gehen wollten, hörten sie Leonies zögernde Schritte auf der Treppe. Leise kam sie herein, setzte sich aufs Sofa, schlang die Arme um ihre Knie und fummelte verlegen an einem Loch in ihrer rechten Socke.

Tilda und Thomas schwiegen.

»Zoe hat gesagt …«, begann Leonie zögerlich, dann brach sie ab.

»Ich würde gern ein bisschen bei euch bleiben!«

Tilda und Thomas tauschten Blicke.

»Wie genau stellst du dir das vor?«, fragte Tilda vorsichtig.

Leonie zuckte mit den Schultern.

»Versteh mich nicht falsch, du bist immer bei uns willkommen!« Tilda streckte den Arm aus und strich Leonie sanft über die Schulter. »Selbstverständlich kannst du bleiben, aber …« Hilfesuchend blickte sie zu ihrem Mann, der ihr zunickte. »Es gibt einige Menschen, die sich große Sorgen um dich machen. Dürfen wir denen sagen, dass du hier bist?«

»Du meinst meine Mutter?«

Tilda nickte und beobachtete, wie sich Leonies Gesichtszüge verschlossen. Dann stand das Mädchen auf und sagte im Hinausgehen: »Nein, noch nicht!«

Ratlos blickten sich Tilda und Thomas an.

Am nächsten Morgen erschien keines der Mädchen zum Frühstück, und auch während der Arbeit hörte Tilda nichts von ihnen. War Leonie überhaupt noch da?

Zoe stand in der Küche und schnitt einen Apfel auf, als Tilda am frühen Abend aus der Agentur kam.

»Das hast du ja prima hingekriegt, gestern!«, warf Zoe ihr vor, ohne sich lange mit Begrüßungsfloskeln aufzuhalten. »Ich habe die halbe Nacht gebraucht, um Leonie davon zu überzeugen, nicht gleich wieder abzuhauen. Was hast du denn zu ihr gesagt?«

»Hallo, Zoe«, sagte Tilda, stellte ihre Tasche ab und gab ihrer Tochter einen Kuss auf die Wange. »Ich habe sie gefragt, ob ich jemanden darüber informieren darf, dass sie da ist. Wir sind schließlich nicht die einzigen Menschen, die sich monatelang Sorgen gemacht haben, wo sie ist und wie es ihr geht.«

»Ella?«

Tilda nickte.

»Du weißt genau, dass Leonie es nicht wollen würde, dass du Ella informierst. Das hättest du gar nicht fragen müssen!« Zoe stellte einen schmutzigen Teller auf die Ablage über der Spülmaschine.

»Habt ihr euch mal darüber Gedanken gemacht, wie es Ella geht? Dass sie sich Sorgen macht, dass sie Angst hat? Sie ist schließlich ihre Mutter!«

»Nach dem, was mir Leonie gestern erzählt hat ...« Zoe stockte.

»Ja? Was denn?«

»Ach, nichts.«

Tilda seufzte. So kam sie nicht weiter.

»Wie soll es denn jetzt weitergehen?«, fragte sie und wies mit einem Kopfnicken auf das schmutzige Geschirr.

Zoe verdrehte die Augen, öffnete die Spülmaschine und stellte ihren Teller hinein.

»Du hast zwar bald Ferien, aber was ist danach?«

»Bis dahin ist es noch lange hin«, wehrte Zoe mit einer wegwerfenden Geste ab. »Ganz ehrlich? Ich glaube, Leonie muss erst mal 'ne Menge Schlaf nachholen. Und mindestens dreimal in die Badewanne, bevor dieser komische Geruch weg ist.« Sie grinste. »Ich habe eben, als sie eingeschlafen ist, ihre ganzen Klamotten in die Waschmaschine gesteckt. Alter, die stinken vielleicht! Hoffentlich kriege ich den Muff wieder aus meinem Zimmer raus!«

»Du bist eine tolle Freundin!« Tilda ging zu ihrer Tochter und nahm sie in den Arm. »Aber verstehst du nicht, Ella ist meine Freundin. Und ich fühle mich so schlecht zu wissen, dass ich ihr ihre Sorgen mit nur einem Telefonat nehmen könnte!«

»Damit sie dann gleich hergestürmt kommt?« Zoe machte sich aus der Umarmung los. »Du kennst sie doch!«

»Ich glaube, ich kenne sie besser, als du denkst. Wenn ich ihr das Versprechen abnehme, dass sie euch in Ruhe lässt, wird sie das respektieren.«

»So wie Leonie mir das Versprechen abgenommen hat, dafür zu sorgen, dass erst mal keiner von ihrer Rückkehr erfährt? Gib ihr wenigstens ein bisschen Zeit, hier wieder anzukommen!«

Tilda überlegte. Wahrscheinlich war es wirklich besser, sich zurückzuhalten und dem Mädchen die Chance zu lassen, ihre Angelegenheiten selbst zu regeln. »Okay. Ich gebe euch drei Tage. Aber nicht länger!«

»Und dann?« Zoe hob angriffslustig das Kinn und blickte ihrer Mutter in die Augen.

»Und dann geht ihr zu Ella! Oder ich tue das für euch!«

Zoe zuckte die Schultern, was ihre Mutter zumindest nicht als ein Nein wertete.

»Hat sie dir erzählt, was sie die ganze Zeit gemacht hat? War sie mit ihrem Vater zusammen? Wie war das für sie? Wo hat sie die ganze Zeit gesteckt?«

Zoe seufzte. »Du bist wie Ella. Willst immer alles wissen, jedes Detail. Ein bisschen hat sie mir schon erzählt. Aber ich möchte nicht darüber sprechen, solange …«

»Ist schon okay, Zoe«, kam es von der Tür.

Leonie stand an den Türrahmen gelehnt, ein Sweatshirt von Zoe über einem Paar Boxershorts und mit nackten Füßen, die Dreadlocks mit einem schmuddeligen Tuch zu einem dicken Bündel auf dem Hinterkopf geschnürt. Sie sah so blass, klein und verletzlich aus, wie sie da ungeschminkt, mit roten Augen und verschränkten Armen lehnte, dass Tilda sich sehr zusammenreißen musste, nicht zu ihr zu gehen und sie fest in den Arm zu nehmen.

»Komm, ich gebe dir ein Paar dicke Socken von mir«, sagte sie stattdessen und holte aus der Waschküche ein Paar Selbstgestrickte von der Leine.

Leonie hockte sich auf die alte Eichenbank und zog die Socken über ihre Füße. Dann begann sie langsam und zögerlich zu erzählen.

58

Herr, ich flehe dich an, gib mir mein Gleichgewicht zurück.

Du sollst nicht ehebrechen … Habe ich die Ehe gebrochen? Habe ich Selma verraten, die Frau, der ich vor dir das Eheversprechen gegeben habe?

Bis dass der Tod uns scheidet … aber was dann? Was dann, Herr? Ich liebe sie immer noch, auch nachdem der Tod uns geschieden hat, und als geschieden fühlte ich mich nie. Auch nicht als verlassen … Als zurückgelassen vielleicht, zwischengeparkt in einer anderen Sphäre als Selma. Ich hier, sie dort, bis wir wieder zusammen sein können.

Und Ella … Ella passt da nicht rein, in diese Aufteilung. Das war so nicht geplant und gedacht von mir. Ich hier mit Ella, Selma dort, bis wir wieder zusammen sein können? Das geht nicht. Wie soll das denn funktionieren? Das kann ich doch keiner der beiden Frauen antun, Ella als Zwischenlösung, Notnagel. Bis Selma wieder für mich greifbar ist.

Hast DU dir das so gedacht? WAS hast du dir dabei gedacht, als du ihre Schritte auf den kleinen Friedhof gelenkt hast, genau in dem Moment, in dem auch ich dahin gehen würde. Und zum Jazzclub. In die Kirche.

Na gut, in die Kirche kam sie ja schon meinetwegen,

da hattest du vielleicht gar nichts mehr mit zu tun. Und dass ich zu ihr gefahren bin, das war eindeutig MEIN Wille.

Dein Wille geschehe – was ist dein Wille? Dass ich Selma zurücklasse, so wie Adriana mir das immer wieder sagt? Dass ich ›diesen Lebensabschnitt abschließe und einen neuen beginne‹? Hast du mir deshalb diese Sehnsucht ins Herz gesetzt, die nicht Sehnsucht nach meiner Frau, nicht nach irgendeiner Frau, sondern nach der Gesellschaft und Nähe DIESER Frau war? Wolltest du mich auf die Probe stellen? Wie viel mein Treueversprechen Selma gegenüber wert ist? Keinen Pfifferling, das kann ich dir verraten! Ich bin zu Ella gefahren, habe mich ihr förmlich aufgedrängt, habe sie nach allen Regeln der Kunst, an die ich alter und aus der Übung gekommener Mann mich erinnern konnte, verführt. Kerzen und Wein, sanfte Musik, Liebe geht durch den Magen, starke Arme, Zärtlichkeit. Berechnend? Vielleicht, ich habe mir das schon vorher ausgemalt, wie es sein würde, sie zu spüren. Aber keine Fleischeslust. Also, nicht nur. Okay, auch. Und es war wirklich eine Lust und wunderschön. Aber es war auch mehr. Den reinen Sex hätte ich mir verzeihen können. Und Selma auch, das weiß ich. Sie hätte nie von mir erwartet, den Rest meiner Tage keusch durchs Leben zu gehen.

Aber Ella ist mehr als eine Frau mit großen Brüsten und weichen Kurven. Ella ist Kopf und Herz und Intellekt. Wenn ich mich früher in Gedanken mit Selma auseinandergesetzt habe, ihr von meinem Alltag erzählt oder Probleme mit ihr ausdiskutiert habe, ertappe ich mich jetzt bei Zwiegesprächen, wie ich sie mit Ella führen würde. Wie würde sie damit umgehen? Was würde sie hierzu sagen?

Ich verliere Selma an Ella. Ich kann sie immer weniger spüren, in meinen Träumen weniger sehen. Ich drohe sie zu vergessen, und das liegt an Ella. Es ist Ellas Schuld, auch wenn sie sich nicht wissentlich und zielgerichtet dazwischengeschoben hat. Vielmehr hast du sie geschoben.

Warum tust du das? Warum nimmst du mir erneut, was mir so viel bedeutet? Du hast mir Selma schon einmal genommen, sie meiner Welt, meiner Körperlichkeit entrissen. Aber danach konnte ich sie wenigstens noch erreichen, sie war noch da für mich, wenn auch nur in meinem Kopf und nicht mehr in meinen Armen. Aber nun nimmst du sie mir ganz, warum?

Ich kann nur hoffen, dass sie wiederkommt, wenn ich die Gedanken an Ella nicht mehr weiterverfolge. Ich werde sie mir aus dem Kopf schlagen, sie nicht mehr treffen. Es war eine wunderschöne kurze Episode, aber es darf nicht mehr als das sein. Nicht zu diesem Preis.

War es das, was du bezwecken wolltest, Herr? Dass ich weiß, wo ich hingehöre? Gut, nun weiß ich es. Hast dein Ziel erreicht. Aber jetzt sei bitte so nett und hilf mir auch, den Rest des Weges zu gehen und Ella zu vergessen!

Amen.«

59

Karla

Ich pflegte Minchen über Wochen, bis sie wieder in kleinen Schritten zu sich kam. Der Schmerz der Trauer war unendlich, und sie schrie ihn so manche Nacht heraus. Irgendwann weigerte sie sich, schlafen zu gehen, um den Träumen zu entkommen, in denen sie Gustav Nacht für Nacht, zerfetzt, mit fehlenden Gliedmaßen und nach ihr rufend, sah.

Während sie die dunklen Stunden des Tages mit rot geweinten Augen über ein Buch gebeugt verbrachte, in dem sie nie umblätterte, weil sie kein Wort davon wirklich las, schwieg mein Vater. Er machte sich die schlimmsten Vorwürfe, nicht ebenso wie bei seinem Ältesten versucht zu haben, seinen jungen Sohn am Kriegsdienst zu hindern. Er hatte einfühlsam sein wollen, seinen Kindern und sich selbst zeigen wollen, dass er aus den Auseinandersetzungen mit Hans gelernt hatte, und bezahlte seine Sanftmütigkeit nun mit dem Tod seines Kindes. Er lief umher wie ein Geist, nahm Gegenstände in die Hand, die er mit Gustav verband, ein Buch, ein Bild, und setzte sie wieder nieder, den Schmerz nicht ertragend, den diese Erinnerung heraufbeschwor.

Ich hatte alle Hände voll zu tun, meinen Vater zum

Essen und einem Mindestmaß an Körperpflege zu zwingen, während ich parallel darum bemüht war, Minchen eine Stütze und Trost in ihrer Trauer zu sein. Keiner von ihnen konnte die Gesellschaft des anderen mehr ertragen, Minchen nicht meinen Vater, dem sie die Schuld an Gustavs Tod gab, und Papa nicht Minchen, die für ihn die zum Menschen gewordene Schuldzuweisung bedeutete. Ich eilte vom einen zum anderen, hier tröstend, dort zuhörend, hier fütternd, dort streichelnd, und rieb mich dabei völlig auf. Denn, bei aller Trauer der beiden, auch ich hatte etwas verloren – meinen Bruder! Den Menschen, mit dem ich aufgewachsen war, der mir nach meinem Vater näherstand als jeder andere Mensch, der nicht nur fast mein Zwilling, sondern auch mein Spielgefährte und bester Freund gewesen war.

Doch die Trauer des Vaters und der Ziehmutter war so groß, dass meine keinen Platz mehr in diesem Haus hatte und ich sie, um funktionieren und unser Überleben sichern zu können, fortschloss, um sie später, viel später erst durchleben und durchleiden zu können.

Mein Vater erholte sich von Gustavs Tod nicht mehr richtig. Der Angestellte, den er als Vertretung seines Sohnes Hans beschäftigte – ein Kriegsversehrter, der aufgrund des Verlusts eines Auges durch einen Splitter nicht mehr zum Dienst an der Waffe taugte –, konnte nicht die Arbeit und Führung, die mein Vater missen ließ, auffangen. So stellten wir nach kurzer Zeit zwei weitere Kriegsheimkehrer ein – alles Männer, die mehr Glück gehabt hatten als Gustav, was mein Vater ihnen trotz aller Hilfe und Rettung, die sie uns boten, nie ganz verzeihen konnte. Er *hatte, soweit wir alle zurückdenken konnten, nicht einen Tag seines Lebens darauf verzichtet, durch den Wald zu streifen und sich um alles, was darin lebte, zu kümmern. Höchstens in den Tagen nach dem Tod meiner Mutter, bis uns Hans' Lehrer gefunden und versorgt hatte, hatte er sein Reich kurzzeitig sich selbst überlassen. Wenn ich ihm jetzt vorschlug, einmal nach draußen zu gehen und nach dem Rechten zu schauen, sah er mich verständnislos an. Dann wieder war er tagelang verschwunden, hatte im Wald Raum und Zeit und wohl auch sich selbst verloren, und wir gewöhnten uns daran, dass er früher oder später unvermittelt wieder vor der Tür stehen würde, ein kleines Häufchen Elend, weinend wie ein Kind, das sich verlaufen hatte.*

Nach Mutters Tod war es die Verantwortung für uns drei Kinder gewesen, die ihm geholfen hatte, über die Trauer hinwegzukommen, und nicht zuletzt auch Minchens resolute Art, die ihn das eine oder andere Mal mit in die Hüften gestemmten Händen und lauter Stimme ausgeschimpft und mit ihren Worten gehörig durchgeschüttelt hatte, wenn er wieder mal in einem See aus Selbstmitleid versinken wollte und uns dabei ganz vergaß. Nun hatte er gar nichts mehr. Wir Kinder waren groß oder tot, und Minchen hatte genug mit sich selbst und ihrer eigenen Trauer zu tun, als dass sie sich um den Menschen hätte kümmern können, der ihrer Meinung nach einzig und allein die Verantwortung für das Elend trug.

Wenn diese Schuldfrage nicht mit uns dreien wie ein unwillkommener düsterer Gast ständig anwesend und die Atmosphäre vergiftend gewesen wäre, wer weiß, vielleicht hätten mein Vater und Minchen in ihrer Trauer doch noch zueinandergefunden. Vielleicht hätten sie lernen können, sich gegenseitig die Stütze zu sein, deren sie nun so dringend bedurften. So aber packte Minchen eines Tages ihre Sachen und verließ uns für immer.

Sie hatte mich beiseitegenommen und mir erzählt, dass der Müller aus dem Dorf, aufgrund eines Unglücks seit zwei Jahren Witwer, seit einiger Zeit um sie werbe und sie sich nur bisher aus Pflichtgefühl uns und unserem Vater gegenüber selbst verboten hatte, darauf einzugehen und den Mann zu erhören. Nun halte sie es jedoch auf unserem Hof im Wald nicht mehr aus, wo jeder Stein und jede Faser sie an Gustav erinnere. Außerdem sei sie nicht mehr die Jüngste und es sei tatsächlich eine Gottesgnade, dass der Müller ein Interesse an ihr zeige, wo doch jetzt nach Kriegsende so viele Soldatenwitwen allein seien und zur Verfügung stünden. Nein, mit Liebe hatte diese Verbindung nichts zu tun, es war eher eine Flucht nach vorn, aber ich konnte es Minchen, die unseretwegen auf alles verzichtet hatte, nicht verdenken, wenigstens ein klein wenig Glück im Leben für sich selbst einzufordern. Der Müller war ein respektabler Mann mit gutem Ruf und Minchen eine tüchtige Hausfrau ohne eigenes Vermögen, ohne Altersversorgung, ohne den Halt, den sie mit dem Tod Gustavs verloren hatte.

60

Ich wollte einfach nur weg hier, versteht ihr? Dass Mama nicht akzeptieren konnte, dass ich meinen Vater suchen musste ... Ich konnte das alles nicht mehr aushalten, alles war mir zu eng. Also habe ich meinen Rucksack gepackt, mein Sparkonto geräumt und bin los. Ich wollte unbedingt zu ihm, hatte gedacht, er würde sich freuen, wenn ich da plötzlich vor der Tür stehe und er endlich Gelegenheit hat, mich kennenzulernen.

Es dauerte länger, als ich gedacht hatte, ich war tagelang unterwegs. Hunderte Autos fuhren an mir vorbei, ohne mich zu beachten, nur manchmal bekam ich ein bedauerndes Schulterzucken oder einen mitleidigen Blick, für den ich mir auch nichts kaufen konnte.

Und die, die dann anhielten ... Einer war so eklig und machte so eindeutige Sprüche, dass ich gar nicht erst einstieg und ihm die Tür vor der Nase wieder zuknallte. Die Lkw-Fahrer waren die Nettesten. Besonders ein älterer Osteuropäer. Konnte kein Wort Deutsch, schob mir einfach nur eine Thermoskanne mit Kaffee und einen riesigen Stapel belegte Brote rüber und ließ mich in Ruhe schlafen. Aber so hatte ich komplett die richtige Richtung verloren und musste dann mit anderen Leuten erst wieder zurück in den Süden.«

Leonie trank einen Schluck Tee, und Tilda nutzte die Chance. »Wo wohnt er denn, dein Vater?«

»In der Nähe von München, in so 'nem kleinen Kaff. Alles ziemlich spießig irgendwie. Keine Ahnung ... bin ja eh nicht dageblieben!«

Tilda zog eine Augenbraue hoch. »Nicht dageblieben? Du meinst, weil ihr dann gemeinsam gereist seid?«

Leonie griff wieder nach ihrem Teebecher und sah Tilda nicht in die Augen. »Nee ... sind wir gar nicht. Also, gemeinsam gereist. Das habe ich euch nur erzählt, weil ... also, damit ihr mir nicht die Polizei hinterherschickt. Und euch Sorgen macht.«

Tilda schluckte. Tatsächlich war Ella davon ausgegangen, dass sich ihre Tochter in der Obhut des Mannes befand, der sie vor zwanzig Jahren gezeugt hatte. Vorsichtig fragte sie nach: »Was hast du stattdessen gemacht?«

»Eine ganze Weile war ich in München, es gibt tolle Parks da, und im Sommer kann man zelten. Man darf sich nur nicht zu lange an einer Stelle aufhalten, sonst fällt man auf. Ab und zu habe ich einen Platzverweis bekommen und hatte Angst vor Ärger mit der Polizei. Ich wollte schließlich keine Spuren hinterlassen und irgendwann von euch eingesammelt werden.«

»Irgendwie komme ich da nicht mit«, unterbrach Zoe. »Wir haben doch Postkarten von dir bekommen, aus Thailand, aus Australien. Wir dachten, dein Vater hat dir das alles gezeigt.«

»Lass mich raten«, grinste Tilda. »Du hast Leute kennengelernt, die du gebeten hast, diese Karten für dich abzuschicken!«

Leonie nickte. »Woher weißt du das?«

»Sie passten von der Abfolge nicht zu einer Reiseroute. Wir haben uns alle erst keine Gedanken darüber gemacht, aber irgendwann fiel es auf, dass ihr da einen komischen Zickzackweg gemacht haben müsst, der total unlogisch war.«

»Ich wollte nicht, dass mir jemand hinterherkommt, wollte meine Ruhe haben. Unter den Leuten, die ich kennenlernte, waren auch immer irgendwelche, die genauso mit dem Rucksack unterwegs waren wie ich. Ich konnte das natürlich nicht steuern, wann die Karten verschickt wurden und von wo, im Grunde war ich froh, wenn überhaupt jemand dran gedacht hat.«

Zoe lachte. »Und ich habe dich beneidet um die tollen Länder, die du siehst, und die Abenteuer, die du erlebst! Dabei warst du in Bayern statt auf Bali.« Noch immer verwundert schüttelte sie den Kopf. »Aber was war denn nun mit deinem Vater?«

Leonie schnaubte. »Ach, der. Als ob der sich einen Dreck für mich interessiert hätte. Als er hier war, hat er die höchsten Töne gespuckt von wegen, endlich hätte er mich gefunden, er wolle mich nie wieder verlieren. Er wolle all die verlorenen Jahre gutmachen. Nix wollte er. Alles leeres Gelaber!« Sie knallte den Becher so heftig auf den Tisch, dass ein bisschen Tee herausschwappte. Doch ihr versteinertes Gesicht zeigte keinerlei Regung. »Als ich es endlich geschafft hatte, in diesem kleinen Kuhdorf anzukommen, und bei ihm geklingelt hab, hat er mich nicht mal reingelassen! Das müsst ihr euch mal vorstellen. Ich bin endlich da, nach tagelanger Irrfahrt, und er dreht sich nur ängstlich in der Tür um, weil er fürchtet, seine Alte könnte Wind von mir bekommen. Nicht mal aufs Klo durfte ich bei ihm. Er drückte mir einen Zehner in die Hand, sagte, ich solle bei der Tanke um die Ecke 'nen Kaffee holen oder eine heiße Wurst und auf ihn warten. Er käme nach, so schnell er könnte. Dann hat er mir die Tür vor der Nase zugeknallt!«

Zoe sah ihre Freundin mit großen Augen an. »Das ist nicht dein Ernst, oder?«

»Doch! Aber es kommt noch besser. Nach 'ner Stunde ist er dann endlich aufgekreuzt und hat mir allen Ernstes erklärt, er würde sich bei der Beziehung zu mir eher so ein bisschen Familienleben auf Raten im Norden vorstellen. Immer, wenn er mal Zeit hätte, vorbeizukommen, dann könnten wir uns das schön machen zusammen. Und meine Mutter wäre ja auch immer noch total sein Typ, das wäre doch dann eine tolle Idee, wenn wir einen auf Vater-Mutter-Kind machen würden. Bei ihm würde ich allerdings nicht bleiben können, seine Frau wüsste nichts von mir und er sähe auch keinen Grund, warum er sich von mir hier alles kaputt machen lassen solle, das würde ja keinem helfen. Dann hat er sein Portemonnaie rausgeholt, zwei Hunderter rausgezogen und sie unter meine Kaffeetasse geschoben. ›Ich melde mich, wenn ich mal wieder bei euch auf der Ecke bin. Grüß deine Mutter. Tolle Frau!‹ Damit hat er sich umgedreht und ist so schnell rausgegangen, dass ich ihm nicht mal die Scheine vor die Füße schmeißen konnte.«

»Was für ein Arsch!« Zoe legte den Arm um die Schultern ihrer Freundin.

»Es hat ihn nicht mal interessiert, wie du wieder nach Hause kommen solltest?«, fragte Tilda.

Leonie zuckte mit den Schultern. »Vielleicht dachte er, mit seiner Kohle würde ich mir ein Ticket kaufen.«

»Was du ganz offensichtlich nicht gemacht hast!« Tilda schenkte Tee nach. Sie war so entsetzt über das Verhalten dieses Mannes, dass ihr Herz raste. Am liebsten wäre sie aufgesprungen, aber sie fürchtete, Leonies Redefluss damit zu beenden.

»Na ja, erst wollte ich das. Ich war so sauer! Und so enttäuscht. Die ganze Busfahrt nach München habe ich geheult. Aber dann ist mir klar geworden, dass ich gar nicht nach Hause zurückkann. Mama hat mich ja mehr oder weniger rausgeschmissen, und den Triumph, dass sie mit ihren Sprüchen über meinen Vater recht hat, wollte ich ihr nicht gönnen.«

»Ella hat dich nicht rausgeschmissen, du wolltest gehen!«, erinnerte Tilda sie und dachte an die unschöne Szene zurück, als Leonie ihre Mutter darüber unterrichtet hatte, sie würde zu ihrem Vater fahren. Tilda war gerade auf einen kurzen Kaffee bei Ella vorbeigekommen und Zeugin der letzten Auseinandersetzung zwischen Mutter und Tochter gewesen.

»Sie hat gesagt, ich soll gehen!«

»Sie hat gesagt, wenn du denn unbedingt gehen möchtest, dann kann sie dich wohl kaum aufhalten. Das ist schon ein Unterschied!«

Wieder zuckte das Mädchen nur mit den Schultern.

»Ist doch egal. So oder so ist sie froh, mich endlich los zu sein.«

Tilda wollte gerade etwas darauf erwidern, als Zoe ihr die Hand auf den Arm legte.

Nach einer kleinen Pause, in der alle ihren Gedanken nachhingen, fuhr Leonie fort. »Ich fühlte mich völlig allein. Meine Eltern wollten mich nicht, ich war irgendwo in einer fremden Stadt und wusste nicht, was ich machen sollte. Und plötzlich war da ein ganz anderes, neues Gefühl. Ich fühlte mich plötzlich nicht mehr verlassen, sondern frei. Allein, ja, aber nicht einsam. Es war, als hätte ich ein Abenteuer vor mir, müsste einfach nur den ersten Schritt machen, und dann würde ich die tollsten Sachen erleben.« Zögernd hob sie den Kopf und schaute Tilda das erste Mal an. »Hört sich völlig bescheuert an, oder?«

Tilda schüttelte den Kopf. »Nein, ich kenne das Gefühl. Als ich als junges Mädchen das erste Mal allein gereist bin, da hatte ich das auch. Dieses Gefühl, dass einem die ganze Welt offensteht und man alles selbst in der Hand hat!«

Dankbar nickte Leonie. »Ja, ungefähr so! Am liebsten wäre ich bis zum Flughafen gefahren und hätte mich einfach in irgendeinen Flieger gesetzt, irgendwohin, aber das ging natürlich nicht. Es war eine einfache Rechnung – ich hatte nicht allzu viel Geld. Wenn ich das schon gleich für Flüge ausgegeben hätte, wäre ich nicht weit gekommen. Und dann beantrag mal ein Visum oder eine Einreisegenehmigung ohne Reisepass. Den habe ich nämlich nicht.«

»Also bist du in München geblieben. Was hast du dort die ganze Zeit gemacht?«

»Versucht, mein Leben in den Griff zu kriegen«, wich Leonie der Antwort aus, und Tilda beschloss, auch an dieser Stelle erst mal nicht weiter nachzufassen.

61

Karla

Nachdem Minchen zum Müller gezogen war, blieb ich mit meinem Vater allein auf dem Hof. Es wurde still um uns, die drei Arbeiter hatten ihre Familien im Dorf, radelten jeden Abend dorthin zurück und nahmen das Leben, die Stimmen und Geräusche mit.

Als Minchen fort war, lebte mein Vater ein wenig auf; die stumme Anklage aus ihren Augen war für ihn zum Martyrium geworden. Und doch sprach er weiterhin wenig, und oft war das Knacken des Holzes im Kamin das einzige Geräusch, das den Abend über zu hören war. Wir saßen dann beieinander, ich lesend, er ins Feuer blickend, und schwiegen. Hatte ich, die die Hektik und das Leben in der Stadt nicht gemocht hatte, die einfachen Strukturen im Wald zuvor geliebt, begannen mich das Schweigen und die Stille langsam zu erdrücken. Ich war jung, noch nicht mal Mitte zwanzig! Ich vermisste nicht Trubel und Tanz, andere Mädchen in meinem Alter oder gar Männer, die mich umwarben, aber ich vermisste Kommunikation und Leben, ich vermisste das Lernen und die geistige Anforderung, die das Zusammensein mit meinem Vater bisher bedeutet hatte. Er war ein intelligenter und belesener Mann, ich hatte es genossen, mit ihm zu diskutieren, über

Bücher zu sprechen, die wir beide gelesen hatten, oder mit dem Schachbrett zwischen uns darum zu wetteifern, wer der hellere Kopf von uns beiden war. Und so war es denn dann auch dieses Schachbrett, das ihn ab und an ein wenig aus seiner Lethargie zu holen vermochte. Öfter und öfter ließ er sich auf ein Spiel mit mir ein, seine Hände fanden wieder Beschäftigung, seine Augen eine Aufgabe, seine Gedanken ein Ziel.

Zwei Jahre nach dem Tod meines Bruders stand Hans vor der Tür. Er war in französischer Kriegsgefangenschaft gewesen, schrecklich abgemagert, und ich erkannte diesen Mann, der da an unsere Tür geklopft hatte, für einen Moment nicht. Für meinen Vater war die Rückkehr seines Sohnes die Rettung. Über viele Jahre unserer Kindheit war ich sein Liebling gewesen, sein Augenstern, sein Ein und Alles – nun jedoch wurde deutlich, dass ich mit aller Liebe und Fürsorge die Wunde nicht hatte heilen können, die Gustavs Tod in Papas Herz gerissen hatte. Zumindest den einen Sohn nach so langer Zeit in die Arme schließen zu können und ihn – wenn auch nur äußerlich – unversehrt zu wissen, war heilsamer als alles, was ich über die Jahre versucht hatte.

Hans war nur noch ein Schatten seiner selbst. Über das Erlebte der Kriegsjahre sprach er nie. Er wachte auch nicht schreiend nachts auf, weil die Toten um sein Bett herumstanden oder durch seine Träume geisterten, wie man es sich hinter vorgehaltener Hand von anderen Heimkehrern im Dorf erzählte. Aber er war auch nicht mehr der fröhliche, ausgelassene Mann, den wir alle gekannt und geliebt hatten. Seine Ernsthaftigkeit hatte eine gehörige Portion Traurigkeit inne, und es dauerte Monate, bis ich in einem unbeobachteten Moment ein Lächeln auf seinem Gesicht entdecken konnte.

Eine große Hilfe bei seiner Genesung von den Schrecken der Jahre war der Wald. Unermessliches Leid war geschehen, aber die Natur gedieh unverdrossen im gleichen Rhythmus weiter und wies das Menschengeschick auf seinen Platz. Das gab Hans den Halt, den er brauchte, und die Orientierung, die er über die Jahre verloren hatte.

Mit dem Maß, in dem Hans gesundete, tat dies auch mein Vater. In kleinen Schritten, manchmal auch rückwärtsgerichtet, aber doch Stückchen für Stückchen kamen die beiden Männer auf ihren eigenen verschlungenen Wegen ins Leben zurück, und ich konnte das erste Mal seit langer Zeit darüber nachdenken, wie denn meine Zukunft aussehen sollte. Würde es einen Tag geben, an dem ich meinen Vater getrost allein lassen und meinen eigenen Weg gehen konnte? Noch war es nicht absehbar, aber auch nur davon zu träumen, war unendlich süß.

Meine Wachablösung kam von unerwarteter Seite und wäre doch für jeden absehbar gewesen, der mit der normalen Entwicklung eines jungen Menschen vertrauter war als ich. So wenig ich mich nach der Nähe eines Mannes sehnte, den ich umsorgen könnte, um im Gegenzug finanzielle Absicherung zu bekommen, so überrascht war ich, dass sich mein Bruder, kaum dass er ein paar Kilo seines ursprünglichen Gewichtes und die ersten Ansätze seiner alten Arbeitskraft wiedererlangt hatte, auf Freiersfüße begab. Zielgerichtet und entscheidungsfreudig, wie in allen Dingen seines Lebens und ehe wir verschrobenen Waldkäuze etwas davon mitbekommen hätten, eroberte er aufs Neue das Herz seiner ersten großen Liebe Hilda. Oder vielleicht hatte sie ja auch auf ihn gewartet, wer weiß, ich bin in diesen Dingen nicht so bewandert und war es nie. Wie es sich gehörte, fragte er unseren Vater um Erlaubnis, heiraten und sein Mädchen auf den Hof bringen zu dürfen, hielt bei ihren Eltern um ihre Hand an, und plötzlich war der stille Hof wieder voller Leben. Die Hochzeit der beiden wurde im kleinen Rahmen gefeiert, keiner hatte viel Geld in dieser Zeit, und Gesundheit und Geborgenheit hatten einen höheren Stellenwert als rauschende Hochzeitsfeste.

Was ich nicht kannte, war die alte Weisheit, die eine jede Bauersfrau hätte bestätigen können: Zwei Frauen an einem Herd, das geht nicht gut. Hin und her gerissen zwischen Loyalität meinem Vater gegenüber und dem Wissen, dass ich es weder der jungen Liebe schwer machen durfte noch eine Chance hatte, gegen sie anzukommen, wandte ich mich an Minchen und ihre Lebensweisheit. Sie hatte sich gut eingerichtet in ihrer Mühle, und wenn auch ihr Alltag um einiges anstrengender war als der im Forsthaus, galt es doch, täglich die Gesellen und Lehrlinge durchzufüttern und auch so manchem Burschen auf der Wanderschaft Obdach zu gewähren. So stand ihr die Würde der Ehefrau gut, und ich konnte beobachten, wie der Müller seine Frau mit Respekt behandelte, was für diese Zeit nicht unbedingt selbstverständlich war. Während Minchen mit gekrempelten Ärmeln und vor Anstrengung roten Wangen in ihrer Küche Brotlaibe knetete, von denen wir uns im Wald Wochen hätten ernähren können, hörte sie meinen Klagen geduldig zu und fragte mich dann, was ich mir eigentlich für mein Leben vorstellen würde. »Wenn eine gute Fee käme, die dir deinen Herzenswunsch erfüllen würde, was würdest du dir wünschen?«

Ich brauchte nicht lange zu überlegen. Ich wollte lernen, lernen und nochmals lernen.

»Worauf wartest du dann noch?«, fragte sie und strahlte mich an.

Es war nicht einfach, einen Ausbildungsplatz zu bekommen. Die Wirtschaft hatte sich noch nicht erholt und leckte ihre Wunden, freie Arbeitsstellen und Ausbildungsplätze standen Kriegsheimkehrern eher zu als Frauen. Überhaupt hatten Frauen schlechte Karten in dieser Welt. Waren sie eben noch gut genug gewesen, Steine und Balken zu schleppen, wurden sie, je mehr Männer nach Hause zurückkehrten und wie selbstverständlich die Regie übernahmen, wieder auf ihren Platz verwiesen. Und der war natürlich hinter dem Herd. Die drei K – Kinder, Kirche, Küche – markierten das Revier, in dem frau geduldet wurde und wo sie, so die offiziellen Formulierungen, die sich tatsächlich in Recht und Gesetz niederschlugen, »aufgrund ihrer biologischen Eigenart und ihrer Andersartigkeit« auch hingehörte. Wie sehr mich diese Formulierung an das braune Gesocks erinnerte, von dem wir doch nun gerade versuchten, uns zu erholen!

Schließlich war es mein Onkel aus der Stadt, der für mich mit seinen Beziehungen zum Sozialministerium eine Ausbildungsstelle im Büro ergatterte. Erneut musste ich

Abschied von Wald und Vater nehmen, und ich wusste, dass dieser Abschied endgültig sein würde. Dies war kein Ausflug in eine andere Welt, von dem ich in Kürze, spätestens aber zu den nächsten Ferien zurückerwartet wurde. Dies war der Absprung in ein neues Leben.

62

Ella hatte unablässig gelesen und ihre Gedankenwelt auf das Leben und Leiden Karlas reduziert. Es war nicht einfach gewesen, das Geschriebene zu entziffern. Fast konnte man spüren, dass es Karla emotional enorm aufgewühlt hatte, diese Phase ihres Lebens zu Papier zu bringen, ihre eigene Trauer und die der anderen. Ella musste die Seiten mehrfach durchgehen, bis sie alles so weit verstanden hatte und übertragen konnte.

Karlas Worte hatten sie tief berührt, und sie hatte einmal mehr das Gefühl, dieser alten Dame inzwischen sehr nahe zu sein. Sie drehte den Notizzettel mit der Adresse der Nichte hin und her und überlegte erneut, ob sie Kontakt zu dieser Frau aufnehmen sollte oder nicht. Auf der einen Seite erhoffte sie sich, weitere Facetten von Karla kennenzulernen, und es war sicherlich interessant, Informationen von jemandem aus der Familie zu bekommen, die auch das jüngere Mädchen gekannt hatten. Auf der anderen Seite scheute Ella sich davor, Karla mit jemand anderem zu teilen. Sie hatte sie lieb gewonnen, sie stand ihr nahe, als hätte sie sie selbst gekannt und als hätte Ella die Tagebucheinträge nicht mühsam entziffert, sondern von Karla erzählt bekommen. Musste sie den Inhalt des Koffers, der innerhalb kurzer Zeit Ella nicht nur eine neue Welt eröffnet, sondern ihr eigenes Leben komplett umgekrempelt hatte, tatsächlich an diese Person geben? Sie hatte ja offenbar gar keinen Kontakt zu Karla gepflegt, sich nicht um sie gekümmert, war ihr nicht wichtig gewesen. Und auch Karla erwähnte bisher in keiner der Passagen, die Ella gelesen hatte, weitere Familienmitglieder als die, die ihr schon von Kindheit an zur Seite gestanden hatten. Aber Ella hatte auch noch nicht alles durchgesehen, es fehlten noch viele Jahre in Karlas Leben …

Ach was, sie hatte es Dietrich versprochen, und im Grunde war sie sich darüber im Klaren, dass sie keine Ruhe finden würde, bevor sie nicht zumindest versucht hatte, die persönlichen Dinge den rechtmäßigen Erben zukommen zu lassen.

»Agentur LaBelle, guten Tag, wie darf ich Ihnen behilflich sein?«

Ella war einen Moment sprachlos. Sie war davon ausgegangen, einen privaten Anschluss angewählt zu haben, und musste sich kurz besinnen, um einen möglichst geschäftsmäßigen Ton anzuschlagen. »Wortmanufaktur Lehmensieck, hallo. Ich hätte gern Frau Nicole Basler gesprochen.«

»Frau Basler ist nicht im Haus, darf ich ihr eine Nachricht hinterlassen?«

»Nein, das ist nicht notwendig, danke schön, ich habe ein privates Anliegen, das ich gern mit ihr persönlich besprechen würde. Wann kann ich Frau Basler denn erreichen?«

»Sie ist auf Reisen, wir erwarten sie nicht vor Ende nächster Woche zurück. Sie liest jedoch ihre E-Mails.

Wollen Sie sich vielleicht auf diesem Wege mit ihr in Verbindung setzen?«

Im Internet entdeckte Ella, dass LaBelle Models vermittelte, Nicole Basler war eine der Geschäftsführerinnen. Ein weiter Weg von einem Mädchen, das vermutlich noch im Forsthaus Eichbrink aufgewachsen war … Doch wenn Ella die Hoffnung gehabt hatte, nun endlich auf eine Person gestoßen zu sein, mit der sie sich über Karla hätte austauschen können oder die neugierig auf die persönlichen Dokumente der alten Dame war, so wurde sie schnell enttäuscht. Die nüchterne Antwort, die von der Nichte auf Ellas Kontaktanfrage kam, entbehrte jeglicher Wärme und jeglichen Interesses.

63

Es sollte einige Tage dauern, bis Tilda wieder Gelegenheit hatte, etwas über Leonies vergangene Monate zu erfahren. Sie kam dazu, als die beiden Mädchen in der Küche werkelten, um einen Kuchen zu backen – ein Zeitvertreib, dem sie schon vor Leonies Verschwinden gern und zu Thomas' Freude öfter nachgekommen waren.

Offenbar war Leonie eine Weile mit einem Wanderzirkus durch Süddeutschland gezogen, denn sie erzählte ihrer Freundin von kleinen Abteilen, in denen man drohte seekrank zu werden, wenn sich zeitgleich mehr als zwei Mitbewohner des gleichen Wagens umdrehten, und in denen die Wände so dünn waren, dass man gute Chance gehabt hätte, alle Telefonate mitzuverfolgen, wenn man denn der verschiedenen Sprachen mächtig gewesen wäre. Von 12-Stunden-Schichten und dem Toilettenhäuschen, das manchmal so weit fort stand, dass man die Gänge dorthin sehr genau planen musste.

»Auf die Dauer war mir das dann aber doch zu blöd, und ich habe wieder gekündigt. Immerhin sah mein Konto aber wieder ein bisschen besser aus, und außerdem – wer kann schon von sich behaupten, in einem Zirkus gearbeitet zu haben?« Leonie lachte und schnappte sich die Teigschüssel, um sie auszulecken.

Schnell gab sie sie jedoch wieder an ihre Freundin zurück. »Nein. Nimm du!«

»Alles okay?« Zoe war genauso wie Tilda aufgefallen, dass Leonie blass geworden war, aber sie winkte ab, und so packte Tilda weiter die Einkäufe aus und gab sich unbeteiligt.

»Und wo warst du im Winter? Du wirst ja wohl kaum im Zelt geschlafen haben?«, fragte Zoe, während sie ihre Finger ableckte.

»Nein, stimmt. Die meiste Zeit war ich auf einem Bauernhof, oberhalb, in den Bergen. Das hatte so ein bisschen was von einer Kommune.« Und dann erzählte Leonie von ihrer Arbeit dort. Vom Ausmisten der Ställe über Arbeiten in der Gemeinschaftsküche bis zum Putzen und Wäschewaschen. Sie erzählte von den Abenden, an denen gemeinsam Musik gemacht wurde, von Zickereien zwischen einigen Frauen und der gemeinsamen Erziehung der Kinder.

»Kibbuz auf Bayrisch«, grinste Zoe, und Leonie nickte. Aber sie sah ernst dabei aus. Zu ernst, fand Tilda.

64

Karla

Trotz allem fiel mir der Abschied nicht schwer, als ich dieses Mal in die Stadt zog. Ich wusste, es würde für immer sein, aber ich wusste auch, dass das gut so war. Irgendwann ist die Zeit reif, das Nest ist zu eng, und man muss seine Flügel aufspannen und davonfliegen. Der Lauf der Zeit.

Über meinen Onkel bekam ich jene Lehrstelle, die mir den Start ins eigenständige Leben ermöglichte, und nach einigen Monaten, in denen ich jeden Pfennig zusammenhielt und sparte, konnte ich in mein erstes eigenes Heim ziehen – ein möbliertes Zimmer zur Untermiete bei einer Witwe, die sich bemühte, ihre kärgliche Rente ein wenig aufzubessern. Dass mir die Lehrstelle nicht unbedingt Erfüllung gab, merkte ich schnell. Auch die anderen Mädchen, die in den Büros arbeiteten und sich abends nach Dienstschluss gern trafen, um zum Tanz oder in ein Café auszugehen, bedeuteten mir wenig. In einem Faltblatt, das irgendwo herumgelegen hatte, fand ich jedoch eines Tages das, wonach ich bis dahin offenbar immer gesucht zu haben schien. Zitiert wurde hier die Gründerin des Verbandes Berufstätiger Frauen in Amerika, Dr. Lena Madesin Phillips, die sinngemäß gesagt hatte, dass wir Frauen *eine neue Art von Mut benötigen würden. »Wir scheinen in einer Atmosphäre der Angst zu leben, fürchten uns, uns auszudrücken. Wir können keine Gleichberechtigung erwarten, wenn wir nicht in der Lage sind, aufzustehen und für unsere Ideale zu kämpfen.« So oder so ungefähr. Ich werde diesen Moment nie vergessen. Mir war, als hätte jemand meine Gedanken in Worte gefasst, bevor ich dazu in der Lage gewesen war. Tatsächlich sah ich mich von Frauen umgeben, die noch vor Jahren all jene Männerberufe ausgefüllt hatten, die brachgelegen hatten, weil noch so viele Männer in Kriegsgefangenschaft noch nicht zurückgekehrt waren. Sie hatten Trümmer weggeräumt, Lkws gefahren und Straßenbahnen gelenkt. Doch kaum waren die Männer wieder da, waren genau diese Frauen zurück an den Herd geschickt worden, wie ein Hund in sein Körbchen. Und so viele hatten sich gefügt! Wo war ihr Selbstbewusstsein geblieben, mit dem sie sich eben noch nach dem Krieg behauptet und das Überleben ihrer Familien gesichert hatten?*

So wollte ich nicht sein. Ich war von meinem Vater, der keinen Unterschied im Wert zwischen Mann und Frau gesehen hatte, stets als vollwertiges Wesen behandelt worden. Für meinen Vater gab es nur die Natur und die Rollenverteilung, die das Überleben mit sich brachte. Egal, ob Männchen oder Weibchen, beide kümmerten sich um die Nahrungsbeschaffung, die Pflege des Nachwuchses. Nur der Mensch – oder besser gesagt, der Mann – hatte zum Machterhalt über Jahrhunderte hinweg bereits eine Kultur der Ungerechtigkeit geschaffen, die mir bei näherer Betrachtung nicht einleuchten wollte. Aber wie sollte man die Frauen dazu bewegen, sich nicht als alberne, kichernde, den Männern hinterherlaufende und sich, sobald sie endlich den heißersehnten Hafen der Ehe erreicht hatten, jegliche eigene Meinung aufgebende Kindsköpfe zu gebärden? Konnte es tatsächlich ihr Ziel sein, im Heim am Herd den eigenen Verstand zu verkochen und sich mit Klosterfrau Melissengeist und anderen Elixieren selbst ruhigzustellen? Nein, gewiss nicht, und das hatten außer mir noch weitaus mehr Frauen erkannt, als die Männer ahnten. Doch sie trauten sich kaum aus ihren Küchen oder hinter ihren Stenoblöcken hervor. Umso willkommener war mir diese Amerikanerin, die, schon lange bevor in unserer Heimat das Frauenverständnis so weit war, mit ihren klaren Aussagen ein Bewusstsein bei mir weckte, das mich für den Rest meines Lebens prägen sollte.

Auch in meiner Stadt gab es einen Ableger des Verbandes, wie er in vielen Städten aus dem Boden spross, und endlich fühlte ich mich angekommen, zwischen Frauen, die von anderen Gedanken bewegt wurden und andere Ziele verfolgten als viele um mich herum.

Der Club war wie eine kleine Familie für mich. Wir kämpften nicht nur für die gleichen Ideale, wir gingen gemeinsam ins Theater oder ins Kino und unternahmen viele Dinge zusammen.

Die Frauenbewegung war meine Leidenschaft, das Lernen mein Werkzeug, mich in der Männerwelt zu behaupten. Nach meiner Lehre begann ich, Verwaltungsrecht zu studieren, und konnte mich in dem Ministerium, das von Beginn an mein Arbeitgeber war, bis zur Regierungsoberamtsrätin emporarbeiten.

So sehr es mich befriedigte, mich über die Jahre in der Männerwelt zu behaupten, so wichtig war es mir jedoch in erster Linie, mein Selbstbewusstsein an jene Frauen weiterzugeben, die allein zu schwach waren, sich gegen Vorherrschaft und Bevormundung zu wehren.

Die Aussage von Dr. Phillips hat mich dabei stets begleitet, und so war es genau diese Botschaft, die ich versuchte zu verbreiten: Frauen, habt keine Angst, macht den Mund auf und steht ein für eure Bedürfnisse.

Mit ehrenamtlicher rechtlicher Beratung versorgte ich hilfesuchende Frauen mit dem notwendigen Grundwissen, sich in den verschiedensten Situationen zu behaupten. Zufluchtsorte, anfangs kleine Wohneinheiten, bald jedoch durchorganisierte Häuser, die ich mit anderen auf die Beine stellte, gaben Frauen Schutz und unterstützten sie dabei, sich gegen körperliche und seelische Gewalt zur Wehr zu setzen. Meine Führungs- und Rhetorik-Seminare machten Frauen zu starken Rednerinnen, die sich nicht mehr scheuten, vor einer Gruppe oder ihrem Chef, vor ihrem Mann oder Geschäftspartnern ihre Meinung zu vertreten und sich nicht die Butter vom Brot nehmen zu lassen.

Doch nun sitze ich selbst hier und fürchte, genau das zu verlieren: meine Fähigkeit, mich zu behaupten, mein Selbstbewusstsein in seinem wahrsten Sinne. Wie lange noch werde ich meiner selbst bewusst sein und mich frei ausdrücken können?

65

Völlig in Gedanken vertieft, riss das Telefon Ella aus ihren Tagträumen. Der Anrufbeantworter sprang sofort an und zeichnete eine unerwartete Nachricht von Zoe auf. Ella konnte sich nicht erinnern, dass Tildas jüngere Tochter sie je angerufen hatte, und so war sie in erster Linie beunruhigt, ob etwas passiert sei. Zoe hinterließ jedoch eine fröhlich klingende Nachricht und die Frage, ob sie sie besuchen und mit ihr und Balou einen Spaziergang machen dürfe, sie müsse mal mit ihr reden.

Ella überlegte. Sie wollte niemanden sehen, der sie von ihren Projekten abhielt. Es war ihr so wichtig, sich voll und ganz auf ihre eigene Geschichte und die von Karla zu konzentrieren, dass ihr sogar die Spaziergänge mit Balou als störend erschienen und er sie seit Tagen mit vorwurfsvoller Miene bedachte, weil er sich ihre mangelnde Aufmerksamkeit nicht erklären konnte. Doch der Gedanke, durch das Treffen mit Zoe auch bei Balou etwas wiedergutmachen zu können, brachte Ella dazu, das Mädchen zurückzurufen.

Während sie auf Zoe wartete, die mit dem Rad kommen würde, erledigte sie all die Dinge, die sie in den letzten Tagen vernachlässigt hatte. Sie holte die Post aus dem Briefkasten, machte den Abwasch, der das Becken und die Ablage daneben füllte, machte Wäsche. Dabei fragte sie sich unablässig, was Zoe zu ihr führen mochte. Sie war jünger als Leonie, trotzdem waren die beiden unzertrennliche Freundinnen gewesen. Jedes Mal, wenn sie Zoe sah, fühlte Ella sich schmerzlich daran erinnert, dass Leonie nicht mehr da war. Sie vermisste sie so sehr, dass es wehtat, versuchte aber sich damit zur beruhigen, dass es völlig normal war, wenn junge Frauen ihren eigenen Weg gingen, dass sie irgendwann zurückkäme und Ella dann die Chance bekommen und ihrer Tochter, inzwischen gereift und erfahrener, klarmachen könnte, warum sie auf die Suche nach dem biologischen Vater so ungehalten reagiert hatte. Es würden keine einfachen Gespräche werden, aber irgendwann würde sie sich entschuldigen können und Leonie verstehen.

Ella hatte fast schon Perfektion darin, den Gedanken an das Mädchen ganz weit weg und die Schmerzen in eine Schublade ihres Herzens zu schieben, die sie fest verschlossen hielt. Schlimmer noch als der Verlust wog jedoch die Ungewissheit, wo Leonie war und wie es ihr wohl ging. Sicherlich war sie mit ihrem Vater unterwegs, auch wenn es Ella sehr erstaunte, dass er plötzlich so väterliche Gefühle entwickelt hatte und Monate mit seiner Tochter verbrachte. Aber hey, es geschahen Zeichen und Wunder. Trotzdem hätte Leonie sich wenigstens ab und zu mal melden können. All diese verdrängten Gedanken brachen sich jetzt, da Zoe jeden Moment vor ihr stehen und ein Abbild Leonies sein würde, Bahn.

Davon ausgehend, dass Leonie keinem Verbrechen zum Opfer gefallen war – eine Möglichkeit, die sie nicht mal zu Ende denken wollte –, war Ella der Überzeugung, dass ihrer Tochter nichts Schlimmes zugestoßen sein könnte, denn dann hätten sie von ihr gehört. Die Polizei wusste, an wen sie sich zu wenden hatte, wenn es Neuigkeiten geben würde. Ella hatte längst aufgehört, in regelmäßigen Abständen auf dem Revier nachzufragen. Es gab keinerlei Veranlassung, von einem Verbrechen auszugehen, ganz im Gegenteil, die Vorgeschichte deute, so sagte die Polizei, eher darauf hin, dass Leonie zurzeit einfach keinen Kontakt wünschte. Leider musste Ella den Beamten recht geben.

Die Sehnsucht, jedoch zumindest zu wissen, wo und wie Leonie lebte, was sie dachte und fühlte, wer an ihrer Seite ging und ob das Leben gut zu ihr war, brannte plötzlich wieder in einer solchen Intensität auf Ellas Seele, wie es nur etwas konnte, das man sich selbst lange verwehrt hatte. Zoes Kontaktaufnahme war derart ungewöhnlich, dass Ella im ersten Moment gehofft hatte, sie würde mit Nachrichten von Leonie kommen. Aber warum sollte sie dann einen Spaziergang vorschieben? Hatte sie doch schlechte Nachrichten?

Wenig später klingelte Zoe an ihrer Tür. Mit roten Wangen von der Radfahrt strahlte das Mädchen Ella an.

»Möchtest du ein Glas Wasser, oder soll ich dir einen Tee machen?«, fragte Ella.

Aber Zoe schüttelte den Kopf. »Nein, lass uns lieber gleich losgehen. Schau mal, Balou ist auch schon ganz aufgeregt!«

»Der freut sich, dass endlich mal wieder jemand mit ihm in den Wald geht«, lächelte Ella, während Balou das junge Mädchen so stürmisch begrüßte, dass er es fast zu Boden riss.

»Ich habe im Moment wenig Zeit für ihn. Aber du hast recht. So viel Energie verlangt nach freiem Auslauf.« Ella nahm die Leine vom Haken, schlüpfte in Jacke und Gummistiefel und folgte den beiden nach draußen.

»Was hast du auf dem Herzen, Zoe?«, fragte sie direkt, nachdem sie das Gartentor hinter sich zugemacht hatte. »Du kommst nicht einfach her, um mit Balou und mir durch den Wald zu gehen.«

Zoe nickte verlegen und sagte dann: »Ich möchte mit dir über Leonie sprechen.«

Ella blieb stehen. »Hast du von ihr gehört? Gibt es etwas Neues?«

Zoe wich Ellas Blick aus. »Es ist nur, ich verstehe das alles nicht, weißt du? Warum ihr euch so zerstritten habt. Ich zermartere mir den Kopf, aber ich finde keine Erklärung. Wie war das alles, das mit ihrem Vater? Warum konntest du nicht verstehen, dass sie ihn unbedingt kennenlernen wollte?«

»Oje, das ist eine lange Geschichte«, seufzte Ella und setzte sich wieder in Bewegung. »Deine Mutter hat dir doch sicher erzählt, wie das damals war?«

»Natürlich, sie hat früher mal davon berichtet. Aber als ich Mama jetzt noch mal genauer gefragt habe, hat sie gesagt, dass es ihr nicht zusteht, darüber zu sprechen, und dass ich dich fragen soll.«

Wenn Tilda doch nur auch so verschwiegen gewesen wäre, als Leonie sie nach der Vergangenheit gefragt hatte, dachte Ella. Stattdessen hatte sie dem Mädchen Flausen in den Kopf gesetzt. Aber wenigstens hatte Tilda jetzt aus ihren Fehlern gelernt und Zoe gegenüber nichts gesagt.

Was Zoe Ella jedoch nicht erzählte, war, dass Tilda stattdessen etwas ganz anderes gesagt hatte: »Zoe, die drei Tage sind um. Meldet ihr euch bei Ella, oder soll ich das tun?«

Zoe hatte gebettelt und diskutiert, aber Tilda sich nicht von dem von ihr vorgegebenen Zeitrahmen abbringen lassen.

Das Mädchen verstand seine Mutter gut, im Grunde wusste es, dass sie recht hatte. Aber trotzdem war Zoe hin und her gerissen zwischen diesem Wissen und dem Versprechen, das sie Leonie gegeben hatte. Vielleicht würde es ihr leichter fallen, sich zu verhalten, wenn sie alle Hintergründe kannte. Hatte Ella Leonie wirklich »rausgeschmissen«? Und konnte sie ihre Freundin vor diesem Hintergrund wieder in Ellas Arme schubsen? Das wollte sie nun unbedingt herausfinden.

»Erzähl mir die ganze Geschichte von Leonie und dir«, bat Zoe.

»Ganz von Anfang an?«

Zoe nickte.

»Aber wieso jetzt? Warum interessiert dich das plötzlich so sehr, obwohl Leonie schon Monate fort ist?«

Wieder wich Zoe ihrem Blick aus, und Ellas Magen zog sich in böser Vorahnung zusammen. Sie blieb stehen und hielt Zoe am Arm fest. Sanft drehte sie sie zu sich und zwang sie, ihr in die Augen zu schauen. »Zoe, ist Leonie etwas passiert? Gibt es etwas, das ich wissen sollte?«

Zoe schüttelte den Kopf, hielt aber Ellas Blick stand. Nach einer Weile ließ Ella sie los und seufzte. Dann begann sie zu erzählen: »Als ich mit der Schule fertig war und mein Abitur in der Tasche hatte, wäre ich gern in die große weite Welt aufgebrochen. Aber meine Eltern waren längst getrennt, und meine Mutter war sehr krank, ich musste mich um sie kümmern. Das Journalistikstudium in Hamburg war das Weiteste, was möglich war, und ich musste zwischen Uni und Zuhause pendeln. Während alle anderen von zu Hause auszogen, war ich an meine Mutter gekettet. Aber mein Studium hat mich glücklich gemacht. Ich hatte schon während der Schule bei unserer regionalen Zeitung gejobbt und wusste mit Sicherheit, dass es genau das ist, was ich beruflich machen will: Dinge schreiben, die andere lesen. Um Erfahrungen zu sammeln, hätte ich in verschiedenen Städten bei verschiedenen Zeitungen arbeiten müssen, aber meiner Mutter ging es immer schlechter, und das bloße Nachdenken darüber, dass ich eventuell woanders hinziehen könnte, und sei es auch nur für ein paar Monate, löste einen erneuten Schub ihrer Krankheit aus.«

»Was hatte sie denn?«, unterbrach Zoe.

»Heute nennt man das Depression und weiß, dass das eine ernst zu nehmende, aber behandelbare Krankheit ist. Damals sagte man dazu Schwermut, und keiner von uns erwartete, von einem Arzt Hilfe zu bekommen. Abgesehen davon, dass meine Mutter sowieso nie dahin gegangen wäre. Man war schwermütig, und das war dann eben so.«

Ella bückte sich nach einem Stock und warf ihn vor

dem wild drauflosstürmenden Balou her in das Unterholz.

»Es blieb mir nichts anderes übrig, als wieder bei
unserem Käseblatt anzuklopfen und mich um ein Volontariat zu bewerben. Immerhin traf ich deine Mutter
dort wieder. Man nahm mich mit Kusshand, Volontäre
wurden nicht oder kaum bezahlt, sie kannten mich, und
ein Studium hatte ich inzwischen auch in der Tasche.
Die Zeitung war mittlerweile zwar von einem größeren, überregionalen Verlag gekauft worden, so dass der
Job gar nicht so schlecht war, aber ich hatte trotzdem
das Gefühl, um viele Dinge, die mir zugestanden hätten, betrogen worden zu sein. Dann lernte ich Marc
kennen. Er war zu uns versetzt worden, um die Strukturen des Verlages bei unserem Regionalblatt einzuführen. Er sah gut aus, war einige Jahre älter als ich,
strahlte Selbstsicherheit und Weltgewandtheit aus. All
die Dinge, die ich selber gern gehabt hätte. Das Gran-
dioseste war jedoch, dass er sich vom ersten Moment
an für mich interessierte. Ich hatte bereits einige miss-
glückte Liebschaften hinter mir und traute dem Glück
anfangs nicht. Wer war ich denn schon, dass er etwas
an mir finden konnte? Eigentlich war es immer eher
deine Mutter, die den Männern den Kopf verdrehte,
aber ich? Klein, pummelig und ohne modische Frisur.«
Ella lachte und zeigte auf ihre Locken, die zwar inzwischen von Grau durchzogen, aber immer noch genauso wenig zu bändigen waren wie früher. »Marc
jedoch ließ das alles nicht gelten. Er umwarb mich,
machte mir Geschenke, lud mich in teure Restaurants

ein. Er war wie eine Offenbarung – ich hatte nicht in die Welt hinausgehen können, nun brachte er die Welt zu mir. Irgendwann hat er mich dann rumgekriegt. Noch bevor sich daraus eine richtige Beziehung entwickeln konnte, wurde ich schwanger. Einmal nicht aufgepasst, einmal zu viel Wein getrunken, einmal gehofft, es würde schon nichts passieren. Aber es passierte. Ich war in Schockstarre, bis ich mir selbst glauben machen konnte, dass Marc, der Mann von Welt, sicherlich eine Lösung finden würde. Die fand er auch – und sie war ganz einfach für ihn. Schlagartig war sein Interesse an mir verflogen. Er forderte von mir, keinem im Verlag etwas zu sagen und das Kind wegmachen zu lassen, bevor jemand von der Schwangerschaft Wind bekam.«

»Was? Das gibt es ja wohl nicht!« Zoe war entsetzt. »Du solltest Leonie wegmachen lassen?«

»Na ja, zu dem Zeitpunkt war es ja noch nicht Leonie, es war ein Wesen, das zu klein war, um es spüren zu können, und das trotzdem mein ganzes Leben auf den Kopf stellte. Eins wusste ich jedoch: Eine Abtreibung kam für mich nicht infrage!«

Zoe nickte erleichtert. »Und wie ging es dann weiter?«

»Marc setzte mich unter Druck. Er würde in jedem Fall die Vaterschaft nicht anerkennen und ich solle am besten selbst kündigen, damit seine Karriere nicht zerstört werden würde.«

»So ein Arsch! Der hat ja voll nur an sich gedacht!«

Ella nickte. Sie konnte sich plötzlich wieder gut an

den Druck erinnern, der ihr in den ersten Tagen auf der Seele gelegen hatte. Sie hatte kein Geld gehabt, um das Kind allein großzuziehen, das Volontariat aufzugeben, hätte ihre letzten Träume zerstört, und die Art und Weise, wie Marc sie behandelt hatte, war so verletzend und demütigend gewesen, dass sie vor Wut hätte heulen können. »Als er merkte, dass ich mich nicht einfach verscheuchen lassen würde, aber auch mein Versprechen hielt, keinem zu sagen, wer der Vater des Babys war, das ich langsam nicht mehr verleugnen konnte, beruhigte er sich ein wenig. Noch bevor Leonie geboren wurde, war er fort, hatte seinen alten Job im Mutterkonzern und ward nie wieder gesehen.« Ella lachte bitter. »Ich schlug mich mehr schlecht als recht durch. Als alleinerziehende Mutter war man keine Schande mehr für die Nachbarschaft, aber es gab wenig, was einem das Leben erleichterte. Keine Kitas, keine Rundumbetreuung, wenig Tagesmütter. Mein Volontariat habe ich auf Teilzeit umgestellt und ab diesem Moment gar kein Geld mehr bekommen, tagsüber habe ich gearbeitet und mich um die Kleine gekümmert, nachts Artikel geschrieben, die ich versucht habe irgendwohin zu verkaufen. Meine Mutter hat uns unterstützt, soweit sie konnte, aber zu vielem war sie nicht in der Lage. Nach und nach konnte ich mir als freiberufliche Journalistin eine kleine Existenz aufbauen, mit Leonie aus der Wohnung meiner Mutter ausziehen, auf eigenen Füßen stehen. Es waren harte Jahre, aber auch wunderschöne. Leonie aufwachsen zu sehen, beobachten zu können, wie sie sich entwickelte, wie aus einem Säugling ein Kleinkind, ein Schulkind, ein junges

Mädchen, eine junge Frau wurde, das war das größte Geschenk meines Lebens!« Ella musste schlucken und machte eine kleine Pause. Dann fuhr sie fort: »Leonie und ich, wir waren ... wir waren einfach unzertrennlich. Nie war ich so glücklich wie in der Zeit, als ...« Hier brach Ella ab. Tränen liefen ihr übers Gesicht, aber es war ihr egal, ob Zoe sie sah oder nicht. Es war so befreiend, über das alles sprechen zu können, und gleichzeitig so schmerzhaft!

Zoe gab ihr einen Moment, dann hielt sie Ella am Ärmel fest. Ella blieb stehen und drehte sich zu Zoe um. Das Mädchen nahm sie in den Arm und hielt sie fest, während Ella all ihre Tränen herausließ. Tröstend strich Zoe ihr über die Schultern, verdrehtes Rollenbild, Kind tröstet Frau. Einen Moment gab sich Ella dem Gefühl hin, es könne sogar ihre eigene Tochter sein, die sie da in den Armen hielt. Dann riss sie sich wieder zusammen. »Danke, du Liebe!«, lächelte sie Zoe durch den Tränenschleier an. Dann putzte sie sich die Nase und pfiff nach Balou, der irgendwo zwischen den Bäumen und Büschen herumstreunerte. »Den Rest der Geschichte kennst du. Leonie wurde groß, sie hat meinen Dickkopf geerbt, sie wollte mit dem Kopf durch die Wand, genau wie ich. Das Schlimmste, was ich mir vorstellen konnte, war, dass sie aus Mitleid mit ihrer einsamen Mutter bei mir bleiben statt ihr Leben leben würde. Natürlich lässt man sein Kind nicht gern ziehen, aber ich war mir sicher, je weniger ich sie an die Leine legte, desto weniger würde sie mich endgültig verlassen. Das waren jedenfalls meine guten Vorsätze. Womit ich nicht gerechnet hatte, war, dass sie plötzlich Sehnsucht nach diesem – wie hattest du ihn vorhin genannt? – Arsch von Mann hatte, der sie zwar gezeugt, aber sich danach einen Dreck um sie oder mich gekümmert hatte. All mein Reden von früher half nichts. Je schlechter ich über ihn sprach, desto spannender wurde er für sie. Wir stritten fast nur noch, kreisten ständig um dieses Thema. Aus der Einheit Ella-Leonie war plötzlich ein Kriegsgebiet mit scharfen Waffen geworden. Und dann, dann stand er plötzlich vor der Tür. Ich habe ihn nicht gleich erkannt; mit seiner hohen Stirn und dem dicken Bauch war er nicht mehr ansatzweise so attraktiv wie früher. Noch bevor ich mich wundern konnte, wie er uns gefunden und warum er uns überhaupt gesucht hatte, fiel ihm Leonie um den Hals. Offenbar hatte sie hinter meinem Rücken Himmel und Hölle in Bewegung gesetzt, um ihren Vater zu finden.

Plötzlich war das alles nichts mehr wert, das Kämpfen um unsere Existenz, die gemeinsamen Jahre, das unzählige Tränentrocknen, Pflasteraufkleben, Geschichtenvorlesen und, und, und. Für Leonie existierte nur noch dieser Typ, der sich fast zwanzig Jahre überhaupt nicht für sie interessiert hatte. Es kam, wie es kommen musste. Leonie packte tatsächlich ihre Sachen, aber nicht, um das Leben zu erobern, sondern ihren Vater. Und mich und alles, was wir beide zusammen hatten, damit zu verraten und zu verkaufen.«

Ellas Tränen waren versiegt, statt Trauer sprach nun Kälte aus ihrer Stimme.

Zoe wusste nicht, was sie sagen sollte. Die ganze Geschichte in ihrer Intensität war mehr, als sie erwartet hatte, Ellas Verletztheit so heftig und intensiv, dass sie ein Spiegel dessen waren, was Leonie ihr noch vor wenigen Tagen in ihrem Zimmer erzählt hatte.

Eine Weile gingen sie schweigend nebeneinanderher, dann hatte Ella sich gefasst. »Tut mir leid, Zoe. Das war dumm von mir. Ich hätte wenigstens versuchen müssen, neutral zu bleiben und Leonie nicht die Schuld in die Schuhe zu schieben. Aber …«

»… es tut so weh!«, ergänzte Zoe das Unausgesprochene mit einem Zitat Leonies.

Ella nickte. »Ja, genau das ist es. Es tut so weh. Und trotzdem wünsche ich mir nur eins: mein Mädchen endlich wieder in den Arm nehmen zu dürfen. Den Duft ihrer Haare zu riechen, ihren schmalen Körper zu spüren und Frieden mit ihr zu schließen.«

»Die Haare möchtest du im Moment nicht riechen!«, dachte Zoe mit einem Grinsen. »Das wünsche ich euch beiden auch«, sagte sie stattdessen.

66

Das Gespräch mit Zoe hatte Ella dermaßen aufgewühlt, dass sie nicht in der Lage war, sich wieder an den Schreibtisch zu setzen. Erst räumte sie ihr Arbeitszimmer auf, dann ordnete sie die Unterlagen von Karla und sortierte den Stapel der noch zu lesenden Einträge. Sie versuchte sogar, im Internet zu recherchieren, wie stark Karlas Heimat im Zweiten Weltkrieg zerbombt worden war, aber es hatte einfach keinen Sinn: Sie konnte sich auf nichts konzentrieren. Also fuhr sie zu ihrem Vater und setzte sich zu ihm in den Park.

Sie sprachen nicht viel, aber Horst Lehmensieck fürchtete sich heute nicht vor ihr oder stand gleichgültig auf, sondern wärmte sich mit ihr in den Sonnenstrahlen des späten Nachmittags. Am liebsten hätte Ella wieder seine Hand genommen, aber sie hatte Sorge, dass ihn das in der Ruhe, die er gerade zu verspüren schien, stören würde. So genoss sie einfach seine Nähe, während ihre Gedanken unaufhörlich um Leonie kreisten. Warum war Zoe da gewesen? Was machte sie nun mit der Geschichte, die Ella ihr erzählt hatte? Zoe war nachdenklich und in sich gekehrt gewesen, sie hatte sich nicht mal richtig von Ella verabschiedet, als sie sich wieder aufs Rad geschwungen hatte. Als hätte Ella ihr ein Rätsel aufgegeben, das es um jeden Preis zu lösen galt.

Ihr Vater nieste, und erst da bemerkte Ella, dass die Sonne hinter den Bäumen verschwunden und es empfindlich kühl geworden war. So behutsam wie nötig und so schnell wie möglich brachte sie ihren Vater wieder hinein.

Auf ihrem Rechner erwartete Ella eine Überraschung. Von der nüchternen Absage, die Karlas Nichte ihr geschickt hatte, hatte sie sich nicht einschüchtern lassen und ihr erneut geschrieben. Dass sie dabei betont hatte, nichts fordern, sondern eher anbieten zu wollen, hatte bei der kühlen Geschäftsfrau offenbar etwas ausgelöst. Zumindest bot sie Ella für den gleichen Abend ein kurzes Zeitfenster an, in dem sie telefonisch erreichbar sei.

Die Stimme am anderen Ende der Leitung war kühl, geschäftsmäßig und distanziert. Ella musste Nicole Basler erst mal erklären, wer sie war, offenbar hatte die viel beschäftigte Dame bereits wieder vergessen, dass sie Ella die Nummer gegeben und ein Telefonat angeboten hatte.

»Um was für Unterlagen handelt es sich also?«

»Um Tagebucheinträge, Fotos, Briefe ihres Großvaters an ihre Tante, Dokumente wie Zeugnisse und so weiter. Auch das Bundesverdienstkreuz am Bande, das Ihrer Tante verliehen wurde, ist dabei, nebst entsprechenden Verleihungsdokumenten.«

»Sieht ihr ähnlich, dass sie den ganzen Plunder aufgehoben hat. Und Sie kannten sich beruflich?«

»Nein, ich … Wie kommen Sie darauf?«, fragte Ella überrascht.

»Nun – ›Wortmanufaktur‹, das hätte Tante Karla gefallen. Sie stand eher auf die inneren Werte, wenn Sie verstehen, was ich meine.«

Ella konnte es sich denken. Die Modewelt hatte Karla sicherlich nicht sehr interessiert, und es hätte sie nicht gewundert, wenn sie dies ihrer Nichte auch deutlich zu verstehen gegeben hätte.

»Nein, ich habe Ihre Tante leider erst kurz vor ihrem Tod kennengelernt. Mein Vater lebt im gleichen Pflegeheim wie sie.«

»Tante Karla war in einem Pflegeheim? Das wusste ich nicht. Wir hatten früher schon wenig Kontakt. Seit mein Vater tot ist, gab es keinen Grund mehr, warum wir miteinander hätten reden sollen.«

Ella schluckte. Sie hatte sich mit der Nichte eigentlich über Karla austauschen wollen, über ihren Entschluss, nicht mehr zu sprechen, und über die Dinge, die sie über Karla gelernt hatte. Aber plötzlich war sie sich nicht mehr so sicher, ob das eine gute Idee war.

»Dann standen Sie sich also nicht sehr nahe?«, hakte sie vorsichtig nach.

Nicole Basler lachte ein kurzes kaltes Lachen. »Nein, in keiner Weise. Sie mochte mich nicht, auch wenn sie sich Mühe gegeben hat, mir das nicht allzu offen zu zeigen. Schon um meiner Eltern willen.«

»Und Sie? Mochten Sie Ihre Tante?«

»Warum wollen Sie das wissen? Ehrlich gesagt geht Sie das recht wenig an, meinen Sie nicht?«

»Da haben Sie völlig recht. Ich würde mich trotzdem freuen, wenn Sie mir diese eine Frage beantworten würden.«

»Schreiben Sie ein Buch oder einen Artikel über Karla? Ich sage Ihnen hier und jetzt gleich, dass ich Ihnen keinerlei Rechte erteile, das, was ich sage, irgendwo zu veröffentlichen!«

»Sie können ganz beruhigt sein. Mein Job ist es zwar, Texte zu verfassen, aber mein Interesse an Ihrer Tante ist rein privater Natur.«

»Nun, ich fand meine Tante immer schwierig. Mein Vater hat sie vergöttert, und meine Mutter liebte sie ebenfalls, aber ich empfand es meist als anstrengend, wenn sie da war. Sie hat mich immer Dinge gefragt, die ich nicht beantworten konnte, oder zumindest hatte ich immer den Eindruck, dass meine Antworten ihren Ansprüchen nicht genügten. Als sie dann erfuhr, welche berufliche Laufbahn ich einschlagen wollte, ist sie extra angereist und hat mir ins Gewissen geredet. Wenn man ihr so zuhörte, hätte man meinen können, ich wolle mich prostituieren. Dass ich mir nicht habe reinreden lassen, hat sie mir nicht verziehen. Ich war wohl die Enttäuschung ihres Lebens. Als ob *ihr* Leben besonders erstrebenswert gewesen wäre … Habe ich Ihre Fragen damit beantwortet? Ich habe gleich noch einen Termin.«

Ella fragte nicht, ob Nicole die Sachen von Karla haben wollte. Die Antwort kannte sie schon, und es tat ihr um Karlas willen weh, diese Ablehnung zu spüren.

Aber wie auch immer – jetzt gehörte Karla ihr, ihr ganz allein!

67

Karla

Als ich die Pflege meines Vaters von Minchen übernahm, erwartete er wie selbstverständlich von mir, dass ich ihm jeden Wunsch von den Augen ablas und mich und meine Maßstäbe seinem Willen unterwarf. Ist das nicht seltsam? Das Wesen, das eben noch mein liebender Vater gewesen war, der mich auf Händen getragen hatte, mutierte in dem Moment, in dem Minchen mir die Hoheit ihrer Küche übergeben hatte, zum durchschnittlich normalen Mann seiner Generation, der wie selbstverständlich erwartete, gehätschelt zu werden. Natürlich habe ich mich um ihn gekümmert und ihn in seiner Trauer um Gustav so gut, wie es mir möglich war, umsorgt, aber ich kann nicht sagen, dass ich es uneingeschränkt gern getan hätte. Mir war durchaus bewusst, dass ein Elternteil, der zeit seines bisherigen Lebens darauf bedacht war, dem Kind Gutes zu tun, im eigenen Alter eine ebensolche Fürsorge von diesem Kind erwarten durfte. Dennoch widerstrebte es mir zutiefst, diese Rolle zugeschrieben bekommen zu haben, nur weil ich weiblich und nicht, weil ich ein meinen Vater liebender Nachkomme war.

Genauso selbstverständlich wurde später von Hilda, der jungen Braut meines Bruders, erwartet, dass sie die

Pflege meines Vaters übernahm. Sie hatte sozusagen nicht nur Hans, sondern den Vater gleich mit geheiratet und war hierzu sicherlich nicht befragt worden. Zum Glück gehörte sie wie Minchen jener Sorte Frauen an, die das Wohlbefinden ihrer Familie als einzigen Maßstab für die eigene Glückseligkeit ansahen und die sich gern für sie aufopferten. Waren mein Bruder und mein Vater noch dankbar für ihre Fürsorge, so wuchs jedoch mit meiner Nichte ein Mädchen der neuen Generation heran, die selbstverständlich nahm, was sie bekommen konnte, und es als ebenso selbstverständlich ansah, selbst nichts geben zu müssen.

Auch wenn mein Vater nach Gustavs Tod nie wieder der Alte war, hatte er doch mit Hans' Hilfe langsam in die Arbeitswelt und damit in das Leben zurückgefunden. Hans legte Wert darauf, meinen Vater wieder voll ins Geschehen des Forstbetriebes einzubinden, was sich als bestmögliche Therapie gegen seine Trauer erwies. Trotzdem war er dann eines Tages so weit, dass er offiziell in den Ruhestand ging, woraufhin der Pachtvertrag, der der Försterei zugrunde lag, nicht weiter verlängert wurde. Für meinen Bruder kam das nicht ganz überraschend; er hatte gehofft, in das bestehende Pachtverhältnis einzutreten, aber man hatte ihm seitens der Landesregierung schon bald mitgeteilt, dass das Gebiet rund um den Eichbrink einem anderen Forstbetrieb zugeschlagen werden würde, um so kostengünstiger wirtschaften zu können. Im Grunde konnte meine Familie von Glück sagen, dass man auf das Pensionsalter meines Vaters gewartet hatte.

Gemeinsam mit seiner Frau Hilda, seiner einzigen

Tochter Nicole und Papa zog Hans um ins Dorf, wo er einen Hof aus der Familie Hildas übernehmen konnte, auf dem es keinen Nachfolger gab. Die Söhne waren im Krieg geblieben, der alte Bauer verstorben, und Hans war jung genug, um sich in die Arbeit als Landwirt einfinden zu können. Im Dorf hatte man ihm und meinem Vater nicht vergessen, dass sie drei Kriegsversehrte ohne wirkliche berufliche Zukunftsperspektiven auch dann noch beschäftigt hatten, als Hans die Arbeit in der Försterei allein hätte bewerkstelligen können, und so für das Auskommen der Familien gesorgt war. Nun stand man dem jungen »Wäldler« gern mit Rat und Tat zur Seite und bat den alten Herrn um manche Unterstützung, deren man eigentlich nicht bedurft hätte. Hans und seine Frau hätten gern mehr Kinder gehabt, Hilda war jedoch bei Nicoles Geburt fast gestorben, und Hans fühlte sich auf grausame Weise an seine Kindheit und den Verlust seiner Mutter erinnert. Hilda erholte sich, durfte jedoch keine weiteren Kinder bekommen. Nicole hatte die gleichen schwarzen Haare, die gleiche helle Haut und die gleichen Wassermann-Augen wie unser Vater, nur waren die Haare glatt. Gepaart mit den ebenmäßigen Zügen war sie schon als kleines Mädchen eine exotische Schönheit. Als einziges Kind wurde Nicole auf eine mir völlig unverständliche Weise verwöhnt und entwickelte sich zu einem eingebildeten und eitlen jungen Ding, mit dem ich nie warm geworden bin.

Zu meinem Entsetzen brach sie die Schule ab und vergab damit die einzige Möglichkeit, die junge Frauen auch heute noch haben, um in der männerdominierten Welt ernst genommen zu werden: Bildung. Nicole war nicht dumm, sie hätte die Schule mit einem guten Abschluss und damit einer vernünftigen Basis für einen weiteren beruflichen Weg zu Ende bringen können. Hier versagten mein Bruder und seine Frau in ihrer Erziehung jedoch völlig. Nicole erhielt mit siebzehn einen Vertrag als Mannequin und zog in die Stadt. Den Männern zu gefallen, sie mit äußeren Werten zu umgarnen und daraus ihre Vorteile zu ziehen, war Nicoles Lebenselixier, und es fiel mir schwer, diese Verschwendung von Intelligenz und den Rückschritt in ein Leben in Männerabhängigkeit zu ertragen. Wofür hatten wir jahrelang gekämpft? Für eine Frauengeneration, die nur die Werte des Konsums kennt, sich freiwillig den Gaffern präsentiert und zu einem Schaustück degradieren lässt?

68

Als Ella Paul die Tür öffnete, stand eine völlig andere Frau vor ihm als erwartet. Seine Cousine hatte abgenommen, ihre Haut hatte die gesunde Farbe der zahlreichen Waldspaziergänge verloren, war grau geworden, die Wangen ein wenig eingefallen, das Haar stumpf.

Fast schon zerstreut bat Ella ihn herein.

Einige Tage nachdem sich Ella mit Paul getroffen hatte, hatte Paul sie angerufen und verkündet, er habe einiges in Erfahrung bringen können und eine Menge zu erzählen. Ella hatte ihn eingeladen, nicht zuletzt, weil der Gedanke, das Haus und damit ihre Aufzeichnungen, mit denen sie sich nun fast ausschließlich befasste, zurückzulassen, unerträglich war.

Nach einer kurzen Begrüßung ließen sie Balou in den Kofferraum springen und fuhren zu Ellas Vater ins Pflegeheim. Pauls Onkel erkannte seinen Neffen genauso wenig wie seine Tochter. Eine gewisse Enttäuschung darüber war Paul anzumerken, aber Ella hatte ihn auf den Besuch vorbereitet, und so nutzten sie, wie schon so oft, die Brücke über Balou, um Horst aus seiner Welt zumindest für ein paar Momente herauszuholen. Sie konnte den alten Mann sogar zu einem kleinen Spaziergang durch den Garten bewegen, bei dem Balou so lammfromm neben Horst hertrottete, dass man meinen konnte, er habe noch nie in seinem Leben getobt. Paul plauderte über das Meer und die Schiffe, auf denen Horst gefahren war, aber entweder hörte der nicht zu, oder er verstand nicht, worum es ging. Das Gespräch blieb einseitig, nur unterbrochen von Horsts Äußerungen über Balou, den er immer wieder aufs Neue bewunderte. Bald war er jedoch erschöpft und musste sich ausruhen. Bei einer kurzen Pause auf der Bank in der Sonne wurde Horst unruhig. Ella kannte das schon und begleitete ihn auf kürzestem Weg zurück ins Haus, in dem sich ihr Vater offenbar wohler fühlte und schneller wieder entspannen konnte.

Im Auto schwiegen sie lange, bis Paul mit einem tiefen Seufzer sagte: »Es ist schon traurig, was diese Krankheit aus den Menschen macht. Es ist, als wäre er ein völlig fremder Mann, der lediglich die Züge meines Onkels trägt.«

Ella nickte. »Ja, und alt ist Papa geworden in den letzten Wochen, er verfällt auch körperlich immer mehr. Ich glaube nicht, dass er noch lange hat.«

»Bist du denn inzwischen ein bisschen mehr mit ihm im Reinen?«, fragte Paul vorsichtig.

»Ja, schon. Meine Wut auf ihn, die immer irgendwo im Hinterkopf gelauert hat, ist weg. Auch wenn ich noch immer nicht alles nachvollziehen kann, was damals zwischen meinen Eltern gelaufen ist. Aber das ist wohl normal, oder? Auch Kinder glücklicher Ehen können doch nicht immer wissen, was in den Köpfen ihrer Eltern vor sich geht?« Mit fast schon verzweifeltem Blick schaute

Ella Paul an, und er hatte das große Bedürfnis, sie in den Arm zu nehmen und vor ihren Unzulänglichkeiten, die sie offenbar quälten, zu beschützen.

Nachdem Balou im Wald für seine unendliche Geduld mit einem ausgiebigen Spaziergang inklusive Bad im See belohnt worden war, saßen Paul und Ella zusammen in der kleinen Küche und naschten sich durch die vom griechischen Delikatessenstand mitgebrachten Leckereien.

»Ich liebe Knoblauch!«, schwärmte Paul und tunkte sein Fladenbrot noch einmal extra tief in den Frischkäse. »Gut, dass zu Hause keiner mehr wartet, der mich küssen will – ich würde achtkantig rausfliegen.«

Ella beobachtete ihren Cousin. Er schien wirklich mit seiner aktuellen Lebenssituation völlig zufrieden zu sein. Wie kam es, dass Menschen ihr Leben lang eine unumstößliche Einstellung dazu und ein klares Lebensziel hatten und diese dann später doch noch einmal völlig umdrehten? Paul hatte sich schnell und früh an seine Frau gebunden. Wenn er von den Jahren als Ehemann und Familienvater berichtete, klang er liebevoll und begeistert und nicht so, als hätte er etwas verpasst. Nun stand sein Leben vor einer grundlegenden Veränderung, das Haus war verkauft, seine Frau und er mussten es nur noch leer räumen und sich dabei einigen, wer welches Geschirr und welches Fotoalbum mit in das neue Leben nahm. Was lag vor ihm? Er wusste es nicht, und es schien ihm keine Angst zu machen. Er war voller Energie und freute sich auf die Freiheiten, die ihm geschenkt wurden. In ein ganz anderes Leben zu starten, ohne durch eine neue Liebe hormonell völlig fremdgesteuert zu sein, das gelang sicher nicht jedem so fröhlich wie Paul.

»Es liegt sicherlich auch daran, dass Andrea und ich uns im Guten trennen. Da gibt es keine Verletzungen und keine Bitterkeit, die unnötige Energie kosten.«

Paul zögerte spürbar, dann fuhr er fort: »Bei deinen Eltern war das damals anders.« Wieder machte er eine Pause. »Ella, ich habe mich bisher nicht getraut, dich darauf anzusprechen, aber so, wie meine Mutter es mir erzählt hat, ist die Ehe deiner Eltern auseinandergegangen, weil deine Mutter ein Verhältnis gehabt hat.«

Ella starrte Paul an. »Das kann nicht sein! Das hätte meine Mutter nie getan!«, empörte sie sich. »Wann denn auch, sie hat doch nur zu Hause rumgesessen und vor sich hin geträumt. Sie war ja oftmals nicht mal in der Lage, für uns einzukaufen oder sich um irgendwas zu kümmern!«

»War das denn immer schon so?«

»Ich weiß nicht …«, überlegte Ella und drehte ihr Rotweinglas hin und her. »Ich kann mich nicht genau erinnern, wann das angefangen hat. Als ich noch ganz klein gewesen bin, muss es anders gewesen sein, ich habe erst nach und nach all die Aufgaben übernehmen können, die außerhalb unserer Wohnung erledigt werden mussten …«

Und dann fiel ihr plötzlich der Nachbar wieder ein, über den sie erst neulich mit Tilda gesprochen hatte. Könnte es sein, dass da tatsächlich mehr zwischen den beiden gewesen war? Er war selbstständig gewesen, Edith immer zu Hause, und wenn Ella in der Schule war, dann konnten die beiden sich tatsächlich getroffen haben, ohne dass sie jemals davon etwas mitbekommen hatte. Wie alt war sie damals gewesen? Sieben, vielleicht acht Jahre, mehr nicht.

»Es kann nicht lange gedauert haben«, unterbrach Paul Ellas Überlegungen. »Und es war Edith wohl auch nicht so ernst, dass sie überlegt hätte, Horst zu verlassen. Aber sie hat es ihm gesagt, als er das nächste Mal zu Hause war. Und laut meiner Mutter war es das, was ihm das Herz gebrochen hat.«

»Jetzt, da wir darüber sprechen … Ja, da könnte etwas gewesen sein. Meine Eltern haben sich aber erst viel später getrennt. Bis dahin sind ja noch mal mehrere Jahre ins Land gegangen!«

»Vielleicht haben sie erst noch versucht, neu anzufangen, und dein Vater hat ihr verzeihen wollen. Aber wenn das Vertrauen erst mal weg ist …«

Ella dachte nach. Das konnte alles zusammenpassen. Dass plötzlich die Musik aufgehört hatte, zu der ihre Eltern gemeinsam getanzt hatten, die Streitereien, von denen sie nachts wach geworden war, die Versöhnungen danach, die vielen Tränen, die ihre Mutter geweint hatte. Und die Depressionen, die in der Zeit eigentlich erst richtig schlimm geworden waren. Worunter hatte Edith gelitten? Hatte sie bereut, ihrem Mann untreu gewesen zu sein, oder eher, Horst davon erzählt zu haben? Hatte es sie so erschüttert, dass ihre Eltern nicht über diesen Vertrauensbruch hinweggekommen waren? Oder – und hier fiel Ella ein, was sie gerade erst über die Entwicklung des Scheidungsgesetzes in den Siebzigern gelernt hatte –

hatte sie sich einfach nur nicht von Horst getrennt, weil sie keinen Unterhalt bekommen und das Sorgerecht für Ella verloren hätte? War sie in der Ehe gefangen gewesen, weil Frauen wie Karla noch nicht so weit in die Männerhirne vorgedrungen waren, um ihnen die vom Grundgesetz theoretisch längst eingeräumte Gleichberechtigung auch in der Praxis zu ermöglichen?

Und ihr Vater, wie musste es dem gegangen sein? Er hatte sich lieber von seinen Kameraden hänseln lassen, als dass er den zahlreichen Versuchungen erlegen gewesen war, hatte die leichten Mädchen fortgeschoben, die sich bereitwillig auf seinen Schoß gesetzt hatten. Wollte nichts tun, um die Ehe zu Edith zu gefährden, nur um zu Hause zu entdecken, dass seine Frau weniger sorgfältig mit dem heiligen Gut der Treue umgegangen war.

Hatte Edith gehofft, der andere Mann würde sie aus dieser Ehe in der Warteschleife erlösen, ein besseres Leben bieten, nur um dann vielleicht enttäuscht zu werden, als sie entdeckt hatte, dass sie nur ein Spielzeug für sein Bett gewesen war?

Ella seufzte – auf alle diese Fragen würde sie nie eine Antwort bekommen. Aber mal angenommen, Edith hatte den zweiten Mann ehrlich geliebt, dann hatte sie im Grunde beide Männer verloren, hatte beide nicht halten können. Und aus welchem Grund auch immer aus dieser zweiten Beziehung nichts geworden war, das Scheitern musste nach der frustrierenden Ehe mit Horst der Auslöser für die Depression gewesen sein.

69

Ella hatte das Gefühl, in einem Vakuum zu leben, in das kein anderes Lebewesen, nicht mal Balou, Zutritt hatte und in dem kein anderer Platz fand. Sie war auf einer Zeitreise, die sie nicht nur durch das Leben Karlas, sondern auch durch das ihrer Eltern führte. Sie wollte nicht aus diesem tranceähnlichen Zustand aufwachen, obwohl ihr tief im Innern bewusst war, dass sie sich selbst und auch ihrem Hund etwas zumutete, das grenzwertig war. Balou bekam täglich sein Fressen, seine Bedürfnisse erledigte er jedoch im Garten oder auf seinen wenigen Streifzügen durch den Wald. Sie ging nicht mit, das würde sie zu viel Zeit kosten – Zeit, die sie für andere Dinge benötigte. Also blieb sie an der Haustür stehen und pfiff nach Balou, sobald er ihrem Blickfeld entlaufen war.

Auch jetzt stand sie wieder dort und beobachtete Balou, wie er konzentriert schnüffelnd die Spur eines Wildtieres verfolgte, das durch ihren Garten den Weg in den Wald gefunden hatte. Die Frühlingssonne schien warm auf ihr Gesicht, und sie schloss einen Moment die Augen, um dieses Gefühl zu genießen. War sie nicht vor Kurzem noch über zugefrorene Pfützen gelaufen und hatte Handschuhe tragen müssen? Wo war die Zeit geblieben? Sie versuchte sich zu erinnern, welches Datum, zumindest welchen Wochentag sie schrieben, aber es gelang ihr nicht.

Ella drehte sich in der Haustür um und schaute in den Spiegel. Die Frau, die ihr entgegenblickte, war ihr vertraut und doch fremd. Ihre unfrisierten Locken hatte sie mit einem Schal zu einem unachtsamen Knoten auf dem Kopf befestigt, unter ihren Augen lagen tiefe schwarze Ringe. Aber da war noch etwas anderes. Ella trat näher und betrachtete sich im Sonnenlicht, das über ihre Schulter in den Hausflur fiel. Die verbitterten Züge der letzten Jahrzehnte hatten tiefe Spuren in ihrem Gesicht hinterlassen, und doch waren sie auf sonderbare Weise geglättet. Lag es an dem, was sie über ihren Vater herausgefunden hatte, der offenbar doch kein so verachtenswerter Kerl war, wie sie immer gedacht hatte? Hatten die neuen Erkenntnisse dazu geführt, dass sie ihm nicht mehr böse war, ja dass sie mit ihren Eltern, denen sie immer alle Schuld für ihr eigenes verkorkstes Ich gegeben hatte, nun endlich Frieden schließen konnte? Auch wenn ihre Augen müde und vom stundenlangen Sitzen über Papieren und dem Bildschirm rot gerändert waren, strahlte ihr Spiegelbild eine Stärke aus, die sie vorher nicht an sich bemerkt hatte. Ihre Schultern waren gerader, es sah fast aus, als sei ihr eine Last abgenommen worden, die unbemerkt und doch erdrückend über Jahre dort gelegen hatte.

Ella strich sich über ihr müdes Gesicht. Sie würde nicht aufgeben und nicht nachlassen, bevor sie nicht alles aufgearbeitet hatte. Dann würde sie sich wieder um Balou und um sich kümmern und dem Frühling eine

Chance geben, in ihr Leben einzudringen. Doch bis dahin gab es noch viel zu tun.

Das Telefon riss sie aus ihren Gedanken, sie lauschte kurz, dann vernahm sie das beruhigende Klicken des Anrufbeantworters. Als sie das letzte Mal darauf geschaut hatte, hatten dreiundzwanzig unbeantwortete Anrufe auf dem Display geblinkt. Auch darum würde sie sich kümmern. Später.

Mit ihren Recherchen über Karla kam sie gut voran, und sie fühlte sich dieser alten Frau verbundener als ihrer eigenen Mutter, fast, als gäbe es eine Art Seelenverwandtschaft. Die einzelnen Bruchstücke über Karlas Leben setzten sich wie Puzzleteile zusammen und ergaben ein recht klares Bild. Eine willensstarke und für ihre Generation widerspenstige Frau, die durch die bedingungslose Liebe ihres Vaters ein großes Selbstbewusstsein besaß und damit genau die Voraussetzungen mitbrachte, die man in einer männerdominierten Gesellschaft benötigte, um sich durchzuboxen. Sie war starrsinnig gewesen, und es war sicherlich nicht einfach gewesen, mit ihr zu arbeiten oder zu leben. Aber sie hatte ihre Prinzipien gehabt, die auf Werten beruhten wie Christlichkeit, Gerechtigkeit und Achtung vor dem Menschen und sich selbst. Und diese Werte hatte sie verfolgt bis in den Tod.

Ellas Mutter hingegen war eine schwache Frau gewesen, die so gar nicht dem Wesen Ellas entsprach. Sicherlich war sie gefangen gewesen in ihren Lebensumständen, aber Ella konnte nicht nachvollziehen, warum Edith diese Umstände nicht einfach in die Hände genommen und geändert hatte. Hatte sie tatsächlich gedacht, es würde eines Tages jemand an ihre Küchentür klopfen und sie aus ihrem Elend herausholen? Warum hatte sie ihr Leiden nicht als Depression erkannt? Warum hatte sie sich nicht um Hilfe bemüht? Ella schüttelte den Kopf. Nein, das war nicht die Art, wie man mit seinem Leben umgehen sollte, dazu war es viel zu kostbar und zu bunt.

Was jedoch weiterhin ein Rätsel blieb, waren die letzten Monate in Karlas Leben. Entweder war Karla am Ende ihrer Tage so verwirrt gewesen, dass sie in einer Demenzabteilung am besten aufgehoben gewesen war, oder so starrköpfig, dass sie allen etwas vorgespielt hatte. Ella sah die Papiere durch, die sie bisher noch nicht in ihre eigenen Aufzeichnungen übertragen hatte, und nahm sich den Stapel vor, zu dem sie die schwerer lesbaren Zettel sortiert hatte. Der gleiche Notizblock, der gleiche Stift, aber eine sich verändernde Schrift, die aussah, als habe jemand anderes versucht, Karlas Handschrift zu imitieren. Oder als habe Karla versucht, mit links zu schreiben. Oder als sei sie betrunken gewesen oder hätte versucht, diese Aufzeichnungen im Dunkeln oder ohne Brille zu verfassen. Nicht alle Zeilen unterschieden sich so krass von dem Schriftbild, an das Ella sich inzwischen gewöhnt hatte. Es sah eher so aus, als sei das Geschriebene aus vielen Teilen zusammengepuzzelt, unterschiedlicher Druck der Mine auf das Papier, verschiedene Größe der Buchstaben. Viele Worte waren durchgestrichen, manche Satzteile gar, als habe Karla zwischen Anfang und Ende lange Pausen eingelegt und den Faden verloren.

Eine zeitliche Abfolge hineinzubringen, fiel bei diesen Zetteln relativ leicht. Die am besten lesbaren Seiten ergaben einen optischen Zusammenhang mit den bisherigen Tagebucheinträgen. Je chaotischer das Schriftbild, desto später waren offenbar die Aufzeichnungen entstanden. Und desto schwieriger war die Übersetzung. Sortiert und abgeschrieben lasen sich diese Einträge so.

70

Karla

*Die Angst, meinen Verstand zu verlieren, treibt mich um,
und die Nächte werden zur Hölle. Manchmal denke ich,
ich stehe mir selbst im Weg, treibe mich mit meinen Sorgen
in den eigenen Wahnsinn. Aber die Anzeichen sind unverkennbar und erinnern mich so sehr an das Verhalten meines Vaters, der ganz langsam den Verstand verlor, als man
ihm den Wald genommen hatte. Ich brauche keine Dia-
gnose von Dr. Wollschläger und will seine ganzen Tests
nicht, die Demütigung wäre unerträglich für mich. Auch
so kann ich es schon nicht ertragen, dass ich Alltägliches
vergesse, nicht mehr weiß, wohin ich den Schlüssel getan
habe, wie meine Nachbarn heißen, was ich einkaufen
wollte. Diese geistige Unzulänglichkeit ist mir zuwider,
und ich habe Mühe, mich nicht selbst dafür zu verachten.*

*Dass mein Körper altert, ist kein Problem. Ich beob-
achte diesen Prozess seit Langem und bin nur froh, nicht
einem Modediktat oder wohlmöglich einem männlichen
Anspruch unterworfen zu sein, mich nach einer gewissen
Konfektionsgröße oder ewiger Jugendlichkeit richten zu
müssen. Entsetzlich diese ungepflegten Männer, die ihre
dicken Bäuche vor sich herschieben und dabei verächtlich
über ihre Frauen herziehen, die nicht mehr so schlank sind*

wie zu Beginn ihrer Ehe. Dass ihre Körper drei Kinder ausgetragen, ihre Brüste drei hungrige Mäuler gestillt haben, ist in den Augen dieser ungehobelten Kerle genauso selbstverständlich wie ihr Anspruch, stets und über alle Jahre eine Ehefrau mit Kleidergröße 36 und straffem Körper an ihrer Seite zu haben. Ganze Wirtschaftszweige profitieren von dem Schlankheitswahn, den die Männer den Frauen auferlegt haben, und meine Nichte schwimmt auf dieser Welle ganz oben mit. Verachtenswert! Sie ist die einzige Verwandte, die ich noch habe, und der Gedanke, sie könnte oder gar müsste mich in einem Zustand ähnlich dem sehen, den ich bei meinem Vater erlebt habe, raubt mir den Schlaf.

Nachdem mein Vater ins Dorf umgesiedelt war, verfiel er zusehends. Rein rechtlich hätte es ihm zugestanden, in dem alten Forsthaus und damit in seinem Wald zu bleiben, aber wer hätte sich um ihn kümmern sollen? Hans und Hilda hatten alle Hände voll zu tun mit ihrer neuen Aufgabe, einen Hof zu führen und ihre Tochter zu versorgen. Vater hatte keine Wahl, er musste mit umziehen und tat dies klaglos, jedoch mit schwerem Herzen. Und wie so oft in seinem Leben, wenn die Trauer überhandnahm und ihn zu ersticken drohte, verfiel er in Schweigen. Diesem Umstand war es sicherlich geschuldet, dass keiner von uns, nicht ich, die ich mich bemühte, ihn möglichst häufig zu besuchen, noch mein Bruder und seine Familie seinen geistigen Zustand richtig einschätzten. Die neuen Nachbarn, die den alten Förster seit Jahrzehnten kannten, hatten sich bemüht, ihm die Umsiedlung zu erleichtern, und versucht, ihn in das Dorfgeschehen zu integrieren.

Auch wenn mein Vater schon aus Höflichkeit keinen dieser Versuche ausschlug, blieb er doch wortkarg und verschlossen.

Aus Verschlossenheit wurde Starrsinn, aus Starrsinn Irrsinn. So mancher auf das Altenteil abgeschobene Bauer sprach dem Alkohol mehr zu, als es ihm guttat, und erst hatten wir unseren Vater im Verdacht, es seinen Altersgenossen gleichzutun. Unsicherer Gang, unsichere Wortwahl, Vergesslichkeit. Doch dann musste Hans Vaters Schlafstube absperren, da er nachts auf Wanderschaft ging und nicht wieder zurückfand. Immer wieder stand er plötzlich von der Bank vor dem Haus auf und ging einfach los, zielstrebig direkt in den Wald, als habe er dort eine dringende Aufgabe zu verrichten. Tagsüber und vor allem im Sommer war das kein großes Problem. Irgendjemand aus dem Dorf sammelte ihn wieder auf und brachte ihn zurück, sollte Hilda sein Fortgehen nicht rechtzeitig bemerkt haben. Aber nachts wurde er sich selbst zur Gefahr. Sein Augenlicht war nicht mehr das beste, und die Sorge, er würde im Dunkeln stürzen und dann eventuell hilflos irgendwo liegen, machte die radikale Maßnahme des Einsperrens erforderlich. Noch nie in seinem Leben seiner Freiheit beraubt, wurde mein Vater renitent, sobald er an der für ihn völlig überraschend verschlossenen Tür rüttelte, und beschimpfte meinen Bruder, bis er sich, des Tobens müde, irgendwann wieder ins Bett legte und weiterschlief. Am nächsten Morgen war alles vergessen, nur um in der darauffolgenden Nacht von vorn loszugehen.

Als ich nach einer längeren Abwesenheit, zu der mich meine beruflichen Aufgaben zwangen, eines Tages wieder auf den Hof kam, erkannte mein Vater mich nicht. Ich werde dieses Gefühl nie vergessen. Es war, als wäre der Mann, den ich mein Leben lang gekannt und geliebt hatte, der mich umsorgt hatte und dessen Augenstern ich gewesen war, von einem bösen Zauber besessen. Er schaute mich mit wildem Blick an, zuckte vor meinem Versuch, ihn in den Arm zu nehmen, zurück, als hätte ich ihn schlagen wollen, und rief um Hilfe. Es war furchtbar. Hilda kam und musste geahnt haben, was vor sich ging. Sie nahm meinen Vater liebevoll, aber resolut an die Hand und brachte ihn in die Küche, wo sie ihn, laufend auf ihn einredend, mit einem Becher heißer Schokolade in die Eckbank drückte. Als er sich beruhigt hatte, trat sie zu mir. Ich hatte in der Küchentür gestanden und mich nicht getraut, mit hineinzukommen, ich wollte meinen Vater nicht noch weiter ängstigen und mir selbst eine erneute Konfrontation mit ihm ersparen. Hilda nahm mich in den Arm und drückte mich. Dann erklärte sie mir, dass solche Aussetzer in letzter Zeit wiederholt vorgekommen waren. Manchmal würde er nicht mal Hans erkennen, aber der sei wenigstens stark genug und könne Vater bändigen, wenn der vor lauter Angst um sich schlug. Als er am nächsten Morgen aufwachte und in die Küche kam, war mein Vater überrascht, mich dort vorzufinden, und freute sich unbändig, mich zu sehen, von der gestrigen Irritation keine Spur.

Wenige Tage später nässte er das erste Mal mitten auf dem Hof stehend ein. Er ließ seinem Harndrang einfach freien Lauf und redete dabei weiter auf einen Knecht ein, mit dem er sich gerade unterhalten hatte. Im darauffolgenden Herbst stürzte er von der Bank und war sofort tot.

Seit einiger Zeit vermute ich, dass mich das gleiche Schicksal ereilen wird wie meinen Vater. Immer wieder verliere ich den Faden meines Tuns und Handelns. Das einzig Schlüssige, dessen ich noch fähig bin, ist das Schreiben. Aber es dauert länger und länger. Wenn ich noch vor wenigen Monaten ganze Abschnitte meines Tagebuches in einem Stück habe schreiben können, so brauche ich jetzt deutlich länger für einen Satz. Ist Demenz erblich? Wenn ich Dr. Wollschläger frage, wird er das verneinen, da bin ich mir sicher, schon um mich zu beruhigen. Er glaubt mir nicht, ist nicht davon überzeugt, dass ich ebenfalls auf dem Weg bin, meine geistigen Fähigkeiten nach und nach zu verlieren. Wie soll er auch, er kennt mich nicht, weiß nicht wie ich um die Dinge, die mir einst leichtfielen und die ich jetzt nicht mehr tun kann.

Womit hat ein Satz begonnen, was wollte ich damit sagen? Welchen Gedanken verfolge ich gerade? Mangelnde Konzentration hätte ich das früher genannt. Jetzt weiß ich, dass es die ersten Zeichen mangelnden Geistes sind.

Ich muss niemanden davon überzeugen, auch nicht Dr. Wollschläger. Ich habe alles in die Wege geleitet, so dass ich nur noch seine endgültige Einweisung in das Heim benötige. Das ist der einzige Schritt, den ich nicht selbst in der Hand habe.

Was mich am meisten bewegt, ist, wie ich es mir ersparen kann, mich selbst zu demütigen. Werde ich ir-

gendwann irgendwo stehen und einnässen, weil ich mich nicht mehr unter Kontrolle habe? Nach meinem Ermessen führen nur zwei Maßnahmen daran vorbei. Suizid steht für mich aus Glaubensgründen absolut außer Frage. Ich muss rechtzeitig die Kontrolle über meine körperlichen Bedürfnisse in erfahrene Hände abgeben. Und ich muss aufhören zu sprechen. Über den letzten Schritt habe ich lange nachgedacht, aber er ist unvermeidlich. Wenn ich mir jetzt, da ich mich und mein Tun noch einigermaßen steuern und beeinflussen kann, ja sogar in gewisser Weise noch lernfähig bin, beibringe, auf das Sprechen zu verzichten, dann habe ich Hoffnung, dieses Verhalten bis zu den letzten Tagen meines zweifellos von Irrsinn geprägten Seins durchhalten zu können. Ich habe keine Garantie dafür, aber ich muss es wenigstens probieren, und ich flehe den Herrn an, er möge mich in seiner unendlichen Güte erhören. Ich muss versuchen, diesen Weg zu gehen, um mich und meine Würde zu retten. Das bin ich mir schuldig.

Die nächsten Abschnitte waren weitaus schwieriger zu entziffern und viele Sätze nicht zu Ende geschrieben. Aus den Bruchstücken, durchgestrichenen Passagen und Wortfetzen versuchte Ella die festgehaltenen, wirren Gedanken zusammenzubauen. Sie musste dabei Wörter und Satzzeichen ergänzen oder streichen und manche Absätze komplett auslassen, da sie sie nicht entschlüsseln konnte. Zusammengefasst lauteten die Passagen ungefähr so:

Karla

Der Alltag wird immer schwieriger. Ich notiere alles, was ich für einen klaren Gedanken halte, auf Zetteln. Aber dann weiß ich plötzlich nicht mehr, was diese Zettel bedeuten.

Ich bin froh, mit keinem mehr sprechen zu müssen, ich würde meine Unsicherheit nicht verstecken können.

Beim Einkaufen hat mich die Kassiererin gefragt, ob ich mir sicher sei, Zigaretten kaufen zu wollen. Ich rauche gar nicht. Es sind aber die Lieblingszigaretten meines Bruders. Er wird mich sicherlich besuchen kommen. Dann fiel mir wieder ein, dass Hans nicht mehr lebt, aber da hatte ich die Zigaretten schon gekauft. Und zu den anderen getan, die auch schon jemand gekauft hatte und sie mir hierhergelegt hat. Ich glaube nicht, dass ich das gewesen bin. Ich weiß doch, dass mein Bruder nicht mehr lebt.

Ich traue mich nicht mehr zu kochen, habe Angst, zu vergessen, den Herd auszumachen. Liest man das nicht immer wieder? Dass Wohnungen in Flammen aufgehen, weil jemand mit einer Zigarette im Bett eingeschlafen ist? Das möchte ich natürlich nicht. Ich esse nur noch Brot und Aufschnitt. Und Obst. In meinem Obst sind viele kleine Fliegen, ich versuche mich zu erinnern, woher sie kommen. Ich habe sie schon mal gesehen. Ich habe einen Zettel, auf dem steht, dass ich Obst wegschmeißen muss, aber ich *habe das Obst doch gekauft, um es zu essen, nicht um es wegzuschmeißen. Früher hatten wir viel Obst, es wuchs bei uns im Garten. Wir mussten nie etwas kaufen, aber es gab ja auch keinen Laden bei uns. Aber kleine Fliegen hatten wir auch manchmal. Dann hat Minchen das Obst zu Marmelade gekocht. Ich möchte aber nicht kochen, weil ich Angst habe, den Herd zu vergessen. Man hört das ja immer wieder, dass Häuser anfangen zu brennen, weil jemand nicht aufgepasst hat. Vielleicht sollte ich das Obst wegschmeißen.*

Ich bin so traurig, möchte nur weinen. Keiner spricht mit mir, und ich kann auch nicht sprechen. Meine Kehle ist wie ein Reibeisen, kratzig und wund. Weil ich so lange nicht gesprochen habe mit irgendjemandem. Und weil ich meine Tränen immer wieder runterschlucken muss. Manchmal kommt der Arzt vorbei und besucht mich. Er heißt Dr. Wollschläger, das habe ich mir gemerkt. So wie früher der Schäfer die Wolle geschlagen hat, nach dem Scheren. Ich weiß aber nicht mehr, warum er das getan hat. Wenn Dr. Wollschläger kommt, möchte ich gern mit ihm reden, aber ich weiß, dass ich das nicht darf. Ich weiß nicht genau, warum, aber ich habe Zettel in meinen Taschen, auf denen steht: Karla, du darfst nie wieder sprechen. Karla, das bin ich. Und es ist meine Schrift, in der das da steht. Also wird es stimmen. Bestimmt fällt mir wieder ein, warum ich das nicht darf. Oder ich finde den Zettel, auf dem das erklärt ist. Bis dahin ist mein Stift meine Mund und mein Papier die Stimme. Ich kann die Wörter immer wieder lesen, und dann ist es, als würde jemand zu mir sprechen. Dann bin ich nicht mehr so allein und muss nicht mehr weinen.

Jeden Abend, wenn ich ins Bett gehe, bete ich zum Herrn, dass er mir Kraft geben möge. Aber wofür? Ich habe die ganze Nacht darüber nachgedacht. Wofür brauche ich Kraft? Mein Leben ist einsam, und ich wünsche mir, es würde enden. Ich werde heute den Herrn bitten, mir meine letzte Kraft zu nehmen, damit ich einfach einschlafen kann. Nicht mehr nachdenken muss, nicht mehr aufwachen muss.

Ich habe mein Telefon in den Schrank gestellt. Es ruft nie jemand an. Ich kann mich nicht erinnern, wann es das letzte Mal geklingelt hat. Ich weiß nicht mal mehr, wie sich das Klingeln anhört. Ich habe versucht, mich anzurufen, um das Klingeln auszuprobieren. Aber es hat nicht geklingelt, nur im Hörer getutet. Ich glaube, es ist einfach kaputtgegangen in der ganzen Zeit, in der es nichts zu tun hatte. Hat einfach aufgehört zu funktionieren, und ich habe es nicht gemerkt, weil ja sowieso keiner angerufen hat. Das hat mich ganz traurig gemacht. Jetzt kann mich nicht mal jemand anrufen. Also habe ich den Stecker herausgezogen und das Telefon weggestellt, damit ich es nicht mehr sehen muss. Ich weiß nicht, wohin ich es gestellt habe, aber das ist ja auch egal.

Manchmal klopft jemand an der Tür, und dann habe ich Angst. Ich kann durch den kleinen Vorhang schauen, der an der Tür ist, aber das Glas hat ein Muster, und man kann nicht erkennen, wer da steht. Nur ob er groß oder klein ist. Meistens ist er groß, und manchmal kann ich die Stimme erkennen. Es ist die Stimme des Nachbarn, der mich fragt, ob alles okay ist bei mir. Aber ich kann ihm nicht antworten, denn ich spreche nicht mehr. Ich winke dann durch die Scheibe und hoffe, dass er das sehen kann.

Damit alle wissen, dass ich noch lebe, und nicht immer bei mir klopfen, stelle ich mich tagsüber ans Fenster und zeige mich. Erst hat mir das keinen Spaß gemacht, aber ich wollte nicht, dass sich jemand Sorgen um mich macht und mich besuchen kommt, und ich kann dann nicht mit ihm sprechen. Jetzt finde ich es schön rauszuschauen, denn dann fühle ich mich nicht mehr so einsam. Die Vögel sind da, und die sprechen auch nicht, aber sie bleiben in meiner Nähe, und ich kann sie beobachten. Das kleine Kind von gegenüber winkt mir immer zu, wenn es vorübergeht, und ich winke zurück. Dann muss ich lächeln, und es wird ein bisschen warm in meinem Herzen. Ich habe Kinder immer gemocht, aber ich selber hatte nie welche. Mein Bruder hatte eine Tochter, aber die mochte ich nur als kleines Kind. Später wurde sie hochnäsig und eingebildet, und ich konnte mich nicht mehr mit ihr unterhalten. Sie ist die einzige Verwandte, die ich habe, aber ich weiß ihren Namen nicht mehr. Wenn ich sprechen würde, könnte ich sie anrufen, aber mein Telefon ist verschwunden, und ich weiß nicht, wo es ist. Ich wüsste auch nicht, was ich ihr sagen sollte.

Ella standen Tränen in den Augen. Dem eigenen geistigen Verfall zuschauen zu müssen und nichts dagegen tun zu können, musste furchtbar gewesen sein. Schon bei ihrem Vater hatte sie sich gefragt, wie lange ein Demenzpatient das Fortschreiten seiner eigenen Krankheit beobachten, einschätzen, beurteilen kann. Doch ihn kannte sie zu wenig, um sich auch nur ansatzweise vorstellen zu können, wie es ihm ergangen sein mochte. Hatte er genauso wie Karla an sich selbst Veränderungen bemerkt und sich Sorgen über seine Zukunft gemacht? Wie musste es für ihn gewesen sein, zu spüren, dass er nicht mehr lange allein würde leben können? Hatte er darüber nachgedacht, Kontakt zu ihr, seiner einzigen Tochter, aufzunehmen und sie um Hilfe zu bitten? Oder hatte auch er sich nicht an ihren Namen erinnern können und nicht gewusst, was er ihr hätte sagen sollen? Ella schmerzte der Gedanke, nicht für ihn da gewesen zu sein.

Karla hatte sich bewusst entschieden, ihren Lebensabend allein zu verbringen, von vornherein beschlossen, keine Familie zu gründen. Ihr Vater jedoch hatte vermutlich vor den Scherben seines Lebens resigniert und sich einfach in das Altern und die Demenz gefügt.

Sie konnte nichts mehr bei ihm gutmachen, sie konnte ihren Vater nicht mehr erreichen. Es war zu spät!

71

Leonie saß in Tildas Küche und hörte sich an, was die Mutter ihrer besten Freundin predigte. Besser gesagt, sie versuchte es, denn ihr schwirrte der Kopf.

»... Vorschlag. Ich übernehme es, deine Mutter über deine Rückkehr zu benachrichtigen, wenn du dafür eine Entscheidung fällst, wie es mit dir weitergehen soll.«

Im Grunde war es Leonie inzwischen egal, wer davon erfuhr, dass sie wieder da war. Es würde ja doch keinen wirklich interessieren, was mit ihr passierte, aber das war auch okay. Leonie war die letzten Monate ganz gut ohne Ella klargekommen und hatte gelernt, auf eigenen Füßen zu stehen. Und sie hatte ihr gezeigt, dass sie sie nicht brauchte. Sie hatte sich Jobs gesucht, neue Menschen kennengelernt, eine Menge Erfahrungen gesammelt und sich eigentlich ziemlich genau überlegt, was sie mit ihrem Leben anfangen wollte. Die Zeit auf der Straße, beim Zirkus, ja sogar der Winter in der Kommune hatten ihr gezeigt, was für sie wirklich etwas bedeutete und wo ihre Stärken lagen. Aber es gab so vieles anderes zu bedenken und zu entscheiden. Wie es nun mit ihr weitergehen sollte, ja, das wüsste Leonie auch gern.

Am liebsten würde sie solchen Menschen helfen, wie sie sie auf der Straße kennengelernt hatte. Besonders den Mädchen, die lieber dort lebten als zu Hause. Die zu viel

Alkohol tranken, Drogen nahmen, damit sie nicht darüber nachdenken mussten, dass sie einsam waren, und
die keine Chance hatten, aus dem Chaos ihres Lebens
herauszukommen. Die von ihren Familien weggelaufen
waren, weil sie dort keine Geborgenheit erlebt hatten,
sondern nur sexuelle Übergriffe und Gewalt. So enttäuscht Leonie auch von ihrer Mutter und besonders von
ihrem Vater war, ihr war klar geworden, dass sie immer
noch eine bessere Kindheit gehabt hatte als all die Mädchen, die sie in München in den Parks und auf der Straße
kennengelernt hatte. Und sie hatte eine tiefe Verzweiflung und Hilflosigkeit in sich gespürt, weil sie, solang sie
selbst ein Straßenkind war, keine Möglichkeit hatte,
ihnen zu helfen.

Dann war sie vor der Kälte in den Zelten auf den Hof
geflüchtet, der ihr eine heile Welt, ein Dach über dem
Kopf und warmes Essen im Tausch gegen harte Arbeit
geboten hatte. Gegenüber den Straßenmädchen hatte sie
ein schlechtes Gewissen gehabt, aber sie war nicht bereit
gewesen, den Winter über bei ihnen zu bleiben. Sie hätten gemeinsam gefroren, aber geholfen hätte es keinem.
Wenn sie eins gelernt hatte auf der Straße, dann dass jede
und jeder für sein eigenes Glück verantwortlich war.
Und dass Wärme und Hilfe nicht selbstverständlich,
sondern nur ein seltenes, aber wertvolles Geschenk sein
konnten. Und dass man manchmal jemanden brauchte,
der dem Glück ein wenig auf die Sprünge half.

Im Gegensatz zu den meisten jungen Frauen hatte
Leonie die Möglichkeit, wieder zurück, ja vielleicht
sogar nach Hause zu gehen. Abenteuer mit Netz und

doppeltem Boden. Das machte es in vielerlei Hinsicht leichter zu ertragen, was zu ertragen war. Es fehlte das Ausgeliefertsein, die Chancenlosigkeit. Diesen entscheidenden Vorteil gegenüber denen, denen das Schicksal härter mitspielte, als dass der Vater sie als lustiges kleines Spielzeug betrachtete und die Mutter sich nur um sich selbst drehte, würde sie nutzen.

Aber erst …

»Ich möchte gern ein Praktikum machen. In einem Jugendheim oder so«, unterbrach Leonie Tildas Gedankengänge, denen sie sowieso nicht zugehört hatte.

»Interessant! Warum?«

»Weil ich so was mal später machen will. Keine Ahnung, wie das heißt, Sozialarbeiterin? Streetworkerin?«

Tilda schaute sie einen Moment lang an. Dann fragte sie: »Und dein Kind?«

Leonie wurde blass. Ihr Herz setzte einen Moment lang aus, dann begann es wie rasend zu klopfen. Woher wusste Tilda, dass sie schwanger war?

Tilda setzte sich neben sie und legte den Arm um ihre Schultern. Es war das erste Mal, seitdem Leonie wieder da war, dass Tilda ihrem Impuls, dem Mädchen Wärme und Geborgenheit zu geben, gefolgt war, ohne darüber nachzudenken. Leonies Körpersprache hatte immer deutlich gemacht, wie wichtig ihr Distanz war, und auch jetzt spürte Tilda, wie sich ihr Rücken versteifte.

Sie zog ihren Arm jedoch nicht zurück.

An Leonies Seite zu sitzen, bedeutete auch, ihr den Freiraum zu geben, Tilda nicht anschauen zu müssen.

Manchmal fiel das Reden leichter, wenn man seinem Gesprächspartner nicht in die Augen sehen musste. Also saß sie da, ihr Arm berührte nur leicht die Schulter des Mädchens, und sie wartete.

Leonie sagte nichts.

Nach einer Weile fragte Tilda: »Wie weit bist du?«

»Keine Ahnung.« Leonies Stimme war leise. Jetzt, wo sie darüber sprechen musste, gewann die Tatsache, dass sie schwanger war, plötzlich ein bleiernes Gewicht. Sie bekam etwas Monströses, dem sie nicht mehr ausweichen, es nicht mehr verdrängen konnte, denn nun war es ausgesprochen und stand wie eine Mauer vor ihr, die ihr schlagartig jeden Blick nach vorn versperrte.

72

Ellas Blick auf Karla hatte sich auf erschreckende Weise gewandelt, und sie hatte fast ein schlechtes Gewissen der alten Frau gegenüber. Sie wollte weder den Respekt noch die Hochachtung vor ihr verlieren, und doch schob sich über das Bild der stolzen, unabhängigen Frau, deren Leben sich in den letzten Wochen vor Ellas innerem Auge entfaltet hatte, nun das einer einsamen, vergrämten, gebeugten Person, die nicht mehr in der Lage gewesen war, für sich selbst zu sorgen und klar zu denken. Aber war es nicht genau das, was Karla hatte vermeiden wollen? Die Würde zu verlieren, den Respekt ihrer Mitmenschen und die eigene Achtung? Wenn sie diese letzten Blätter nicht beschrieben, ihre Verwirrtheit und Emotionen nicht offengelegt hätte, hätte sich Ellas Bild von ihr nicht so verändert. Auch dieser Mosaikstein des Lebens gehörte zu Karla, und in dieser Schwäche war letztendlich doch auch ihre Stärke begründet, die darin gipfelte, sich das Sprechen zu verbieten und sich selbst in das Pflegeheim einzuweisen.

Ella musste wieder an die alte Dame denken, die sie dort am Fenster hatte sitzen sehen. War diese Frau klein und gebeugt gewesen, von Würdelosigkeit und Demenz erdrückt? Nein, es mochte sein, dass Karla während ihrer letzten mühsamen Schreibversuche verzweifelt gewesen war, sich klein gefühlt hatte. Aber die gleiche Karla hatte der ihr drohenden Demütigung auf ihre ganz persönliche Weise ein Ende gesetzt und sich ihr Maß an Würde zurückgeholt.

Ella legte die schwer lesbaren Zettel, Wort- und Satzfetzen beiseite. Sie wollte dieser Phase nicht zu viel Platz einräumen. Die Frau, deren Leben sie versucht hatte zu rekonstruieren, war so viel mehr gewesen, und wenn Ella sie nun auch nur ansatzweise auf Verwirrtheit und Altersschwäche reduzierte, tat sie ihr unrecht.

Ella nahm sich den Stapel der bereits abgeschriebenen Einträge hervor. Sie hatte sich bemüht, sie inhaltlich nach Zeiten zu sortieren, hatte sie glatt gestrichen und in einen Hefter geklemmt, der nicht mal erforderte, die Blätter lochen zu müssen. Langsam blätterte sie durch die handgeschriebenen Einträge, und Bilder aus Karlas Leben tauchten wieder vor Ella auf. Der Wald, der ihr Zuhause gewesen war, der Vater, der mit seiner hochkonzentrierten Liebe Karlas Leben so nachhaltig geprägt hatte. Minchen, die Ersatzmutter, der Verlust des Bruders, das große kühle Haus der Tante. Das kleine Mädchen, das nicht hatte laufen können und stattdessen ihre Familie mit endlosem Geplapper überschüttet hatte. Der einsame Weg der Heranwachsenden, die sich nicht hatte in die herrschenden Normen einfügen wollen. Die Begierde zu lernen, die beruflichen Erfolge, die vergebliche Liebe zu ihrem Lehrer. Die vielen Frauen, denen Karla im Laufe ihres Lebens geholfen hatte, der Stolz, mit dem sie durchs Leben gegangen war. Das war die Karla, die Ella für immer im Kopf und im Herzen behalten wollte.

Auch sie hatte Karla viel zu verdanken. Durch Karlas Aufrichtigkeit und Unverblümtheit hatte Ella begonnen, sich, ihre Dogmen, die Vorverurteilung ihrer Eltern infrage zu stellen. Schon wieder traten Tränen in Ellas Augen, diesmal nicht vor Mitleid, sondern vor Dankbarkeit und Trauer darüber, dass sie keine Chance mehr haben würde, die Hand der alten Frau zu drücken und diese Dankbarkeit auszusprechen.

Mit einem Seufzer klappte sie die gehefteten Seiten zu, öffnete den alten Koffer, der seit Wochen neben ihrem Schreibtisch stand, und legte das Heft hinein. Die Bilder von Karla in dem alten Rahmen auf ihrem Schreibtisch würde sie nicht einpacken. Sie würden dort stehen bleiben und sie mahnend an das erinnern, was Ella von Karla gelernt hatte.

Gerade wollte sie den Koffer verschließen, als ihr ein einzelnes Blatt auffiel, das zwischen den Urkunden und Zeugnissen hervorlugte. Es sah fast so aus, als habe es sich die ganzen Wochen dort versteckt und wolle nun doch noch entdeckt werden, bevor es zu spät war. Ella zog es hervor. Es gehörte offenbar zu den Tagebucheinträgen aus der Zeit, als Karla das Schreiben noch leichter gefallen war. Die Schrift ebenmäßig und fließend, ohne große Anstrengung lesbar. Erst wusste Ella es zeitlich nicht genau einzuordnen, doch schnell wurde ihr klar, dass die Zeilen zu dem Abschnitt gehörten, in denen Karla von ihrem Auszug von zu Hause, den Schritten in ein neues, nur von ihr selbst bestimmtes Leben berichtete. Und schon nach wenigen Worten stockte Ella der Atem:

Karla

Und wie mich auch im späteren Leben, als ich meine Liebe zur Poesie entdeckt hatte, so oft ein Gedicht begleitete, so waren es diesmal Hermann Hesses Zeilen »Stufen«, die mir mein Bruder zum Abschied schenkte und die meine Vorfreude auf das Kommende so trefflich widerspiegelten. Häufig habe ich mich in meinem Leben, das nun beginnen sollte, auf diese Zeilen besonnen, und sie haben mich bis zum heutigen Tage mit allem Trost und aller Zuversicht begleitet:

Es muss das Herz bei jedem Lebensrufe
Bereit zum Abschied sein und Neubeginne,
Um sich in Tapferkeit und ohne Trauern
In andre, neue Bindungen zu geben.
Und jedem Anfang wohnt ein Zauber inne,
Der uns beschützt und der uns hilft, zu leben.
… Des Lebens Ruf an uns wird niemals enden …
Wohlan denn, Herz, nimm Abschied und gesunde!

73

Unter den vielen Anrufen auf Ellas Anrufbeantworter waren auch Versuche Tildas, Ella zu erreichen. Voller Sorge fuhr Tilda schließlich zum Waldhaus und klingelte Sturm, bis Ella endlich, begleitet von einem inzwischen völlig hysterisch bellenden Balou, aufmachte.

Tilda starrte ihre Freundin an. »Bist du krank?«

Ella drehte sich um und ging ins Haus. »Nein, wieso?«

»Du siehst schrecklich aus! Warum gehst du nicht ans Telefon oder beantwortest meine Nachrichten auf deinem Handy?«

Ella überlegte einen Moment, dann sagte sie: »Ich glaube, der Akku ist tot, ich habe ihn ewig nicht aufgeladen. Außerdem habe ich viel zu tun, ich wollte nicht gestört werden!« Sie setzte Wasser auf. »Möchtest du einen Tee?«

Tilda sah sich zweifelnd in der schmutzigen Küche um.

»Wenn du noch eine saubere Tasse hast?«

Ella schnaubte und holte eine angestoßene Tasse aus dem fast leeren Schrank. »Was willst du?«

»Nach meiner Freundin schauen, die seit Wochen wie vom Erdboden verschluckt ist! Dass du viel zu tun hast, sagt dein Anrufbeantworter, aber dass du nicht mal mich zurückrufst, ist noch nie vorgekommen. Was ist los?«

Ella seufzte und ließ sich auf einen Küchenstuhl fallen, auf dem eine Strickjacke und zwei benutzte Küchenhandtücher lagen. »Es sind meine Eltern. Und Karla. Sie nehmen mich völlig gefangen. Ich kann an nichts anderes mehr denken als an diese drei Menschen, die nicht mehr – oder zumindest fast nicht mehr – da sind. Ich habe das Gefühl, ich bin es ihnen schuldig, mich mit aller Kraft und Energie auf sie zu konzentrieren und ihre Leben aufzuarbeiten.«

Tilda schaute sie eine Weile schweigend an. Dann fragte sie vorsichtig: »Und hätten die drei es gewollt, dass du dich selbst dabei völlig vergisst?«

Ella verstand nicht. »Wie meinst du das?«

»Wann hast du das letzte Mal etwas Vernünftiges gegessen, dich geduscht, mit deinem Hund einen ausgiebigen Spaziergang gemacht?«

Ella zuckte mit den Schultern. »Es läuft im Moment alles ein bisschen auf Sparflamme.« Sie zeigte auf die Berge schmutzigen Geschirrs. »Das muss eben einfach mal warten. Ich kümmere mich da schon drum. Im Moment habe ich keinen Kopf für den Haushalt.« Sie schwieg einen Moment und nippte an dem heißen Tee. »Du weißt doch, wie das ist. Wenn man einen bestimmten Gedanken verfolgt und dieser dich nicht loslässt, dann sagst du ihm nicht: Warte mal eben, ich muss erst das Bad putzen!«

»Ich mache dir einen Vorschlag«, sagte Tilda, nachdem sie eine Weile nachgedacht hatte. Im Grunde konnte sie Ella verstehen und beneidete sie fast um ihre Hartnäckigkeit und das Brennen, das sie für ihr Thema offenbar entwickelt hatte. »Du gehst deine Gedanken zu Ende denken, und ich wasche ab.«

Ella wollte sie unterbrechen, aber Tilda gab ihr keine Gelegenheit dazu. Sie hob die Hand und sagte: »Lass mich ausreden, ich bin noch nicht fertig. Du hast zwei Stunden. Dann drehe ich dir den Strom ab, wenn du nicht aus deinem Zimmerchen kommst. Du verschwindest unter die Dusche, dein Klo musst du selbst putzen, das mache ich nicht. Und wenn du wieder vernünftig aussiehst, dann gehen wir zu Luigi und Maria. Nur wir zwei, kein Thomas, keine Kinder!«

»Kein Balou?« Ella musste grinsen. Trotzdem war sie noch nicht überzeugt. Sie wollte nicht weg. Sie wollte hier in ihrem Haus bleiben, und die Welt konnte um sie herum machen, was sie wollte.

»Okay, nur wir beide und Balou«, lenkte Tilda ein und lachte. Bei Gott, das Lachen fiel ihr nicht leicht. Zu viele Schuldgefühle belasteten den unbeschwerten Umgang mit ihrer Freundin. Umso größer war ihr Bedürfnis, sie aus dem seltsamen Zustand herauszuholen, in den sie sich offenbar in den letzten Wochen geflüchtet hatte, ohne dass Tilda etwas davon gemerkt hatte. Also ließ sie Ella keine Chance zur Gegenwehr und schob sie ohne weitere Diskussion ins Arbeitszimmer. »Zwei Stunden. Dann ist Schluss, und es geht zurück in die Zivilisation!«

Während sie den Abwasch machte und dann mit Balou nach draußen ging, damit der sich austoben konnte, bevor er sich in dem kleinen Restaurant unter den Tisch quetschen würde, dachte sie darüber nach, warum sie sich Ella gegenüber so schuldig fühlte. Eigentlich hatte sie sich nichts Schlimmes vorzuwerfen. Leonie war erst gute zwei Wochen bei ihr. Man konnte Tilda auch nicht ankreiden, sie sei ihrer Freundin bewusst aus dem Weg gegangen. Es lagen oftmals längere Pausen zwischen ihren Treffen, die den alltäglichen Verpflichtungen zweier viel beschäftigter Frauen geschuldet waren, wenn auch selten so lange zwischen den Telefonaten. Und Ella hatte ihr eine Kontaktaufnahme definitiv nicht leicht gemacht.

Sicher, sie hätte Ella genau sechzehn Tage Sorge um Leonie ersparen können. Es wäre eben einfach schön gewesen, wenn sie das Mädchen dazu hätte bringen können, sich selbst bei ihrer Mutter zu melden. Aber alles Reden und Argumentieren war vergebens gewesen. Kaum dass Leonie klar geworden war, in welche Richtung das Gespräch ging, hatte sie dichtgemacht. Wie ein störrischer Esel hatte sie die Beine in den Boden gestemmt. »Wozu?«, hatte sie wissen wollen. »Es interessiert sie doch sowieso nicht, wie es mir geht!«

Tilda hatte versucht, sie vom Gegenteil zu überzeugen, hatte ihr erzählt von den Suchaktionen, die Ella losgetreten, und von den Selbstvorwürfen, mit denen sie sich fast zugrunde gerichtet hatte. Doch das Mädchen hatte nur mit halbem Ohr zugehört. Nur einmal, als Tilda gesagt hatte: »Ella liebt dich über alles!«, hatte sie verächtlich geschnaubt. »Ein bisschen spät, diese Erkenntnis, findest du nicht?« Und dann war sie aufgestanden und hinausgegangen. So wie Leonie immer aufstand und hinausging, wenn ihr ein Thema lästig wurde.

Nur in dem Jugendtreff, in dem Leonie nun täglich arbeitete, war sie wie ausgewechselt. Tilda hatte viel herumtelefonieren müssen, dann aber eine Stelle im Nachbarort gefunden, bei der Leonie mit einer Probewoche in ein unbezahltes Praktikum starten konnte. Schon nach wenigen Tagen hatte der Betreuer Tilda angerufen und war ohne große Umschweife sofort zum Thema gekommen: »Das Mädchen ist klasse! Wo haben Sie die so lange versteckt? Wenn das Ihre Tochter ist, dann haben Sie vieles richtig gemacht!«

»Nein, ist sie nicht, das Lob gebührt anderen. Aber ich gebe es bei Gelegenheit gern weiter.«

»Die hat wirklich Mumm, das muss man sagen! Keine Angst vor denen, die wir die ›großen Jungs‹ nennen. Also denen, die sich eigentlich schon zu erwachsen fühlen, um als Jugendliche durchzugehen. Die herkommen und gern mal Stunk machen, weil sie so coole Kerle sind. Leonie hat ihnen am ersten Tag den Kopf gewaschen, ihnen gesagt, sie sollen da nicht so rumlungern, sondern lieber mal mit anpacken!« Der Betreuer lachte und erzählte, wie die Hartgesottensten unter ihnen, die niemals zugeben würden, dass sie sich von einer Frau etwas sagen ließen, plötzlich gemeinsam den Hinterhof aufgeräumt und die schweren Teile auf den Haufen gepackt hatten, der auf den Sperrmüll wartete. Sie hatten quasi gewetteifert, wer Leonie mehr beeindrucken konnte, aber die hatte ihnen längst den Rücken zugekehrt und sich um zwei jüngere Mädchen gekümmert, die mit staunenden Augen die großen Jungs und ihr Muskelspiel bewundert hatten.

»Hey Mädels, Mund zu und herhören!«, hatte sie ihnen zugerufen und dann ebenfalls Aufgaben verteilt, die sie beschäftigt und davon abgehalten hatten, den testosterongesteuerten Möchtegernhalbstarken mehr Aufmerksamkeit als notwendig zukommen zu lassen.

»Leonie hat in kürzester Zeit den Laden im Griff gehabt, ohne dass ich ihr viel erzählen musste. Große Klasse! Und ich weiß ehrlich gesagt nicht mal, wer sie mehr bewundert – die großen Jungs, die kleinen Kids oder ich!«

Tilda hatte sich unbändig gefreut und war wenig später dorthin gefahren, um unter dem Vorwand, Leonie abholen zu wollen, diesen begeisterten Betreuer persönlich zu treffen. Sie war mit Leonie übereingekommen, dass sie ihrem Chef selbst von ihrer Schwangerschaft erzählen sollte, sobald sie es für richtig hielt, und hatte im Gegenzug einen Termin beim Frauenarzt machen dürfen. Tilda fühlte sich für die Zukunft des Mädchens verantwortlich, zumindest so lange, bis Ella diesen mütterlichen Job wieder übernehmen durfte. Deshalb wollte sie auch den Mann kennenlernen, mit dem es ihr Schützling bei der täglichen Arbeit in der nächsten Zeit zu tun haben würde.

Wie erstaunt war Tilda dann, als sie bei dem Gemeindehaus ankam und sich der Betreuer als jener Verehrer herausstellte, der ihre beste Freundin Ella im Jazzkeller neulich keinen Moment aus den Augen gelassen hatte.

Tilda und der Pastor standen nebeneinander am Fenster und beobachteten, wie Leonie mit einer Gruppe Jungs Fußball spielte und dabei versuchte, die Mädchen, die am Rand saßen und gelangweilt zuschauten, zum Mitmachen zu animieren. »Los, kommt, oder habt ihr Angst, euch schmutzig zu machen?«, lachte Leonie und spielte den Ball den Mädchen vor die Füße.

»Ey, spinnst du? Wir spielen nicht mit Mädchen!«, protestierte ein kräftiger verschwitzter Zwölfjähriger.

»Ach ja? Und was bin ich?« Leonie legte den Kopf schräg und sah den aufmüpfigen, aber einen Kopf kleineren Jungen herausfordernd an. »Dann setz ich mich wohl auch besser hin und lackier mir die Fingernägel!«

Der Junge wurde rot. »Nee, so war das nicht gemeint.«

Aber Leonie setzte sich zu den Mädchen, drehte übertrieben pikiert einen Zeigefinger durch ihre Dreadlocks und tat so, als hätte sie nur Augen für ihre Fingernägel. Das sah so albern aus, dass sie alle lachen mussten, erst die Mädchen, dann die Jungs. Leonie stand auf, gab den Mädchen einen Schubs und rief: »Also los, alle zusammen! Da ist das Tor!«

»Sehen Sie jetzt, was ich meine?«, fragte der Pastor. »Sie ist ein Naturtalent. Und alle lieben sie!«

Tilda lächelte. »Sie kennen die Frau übrigens, die aus Leonie den Menschen gemacht hat, den Sie da sehen!«

»Ach ja?« Jo lächelte sein warmes Lächeln, und die Falten um seine Augen vertieften sich zu einem dichten Netz. »Jetzt bin ich aber gespannt! Muss eine tolle Frau sein!«

»Es ist Ella. Elvira Lehmensieck. Die Frau, mit der Sie sich …« Tilda brach ab. Die Gesichtsfarbe des Pastors wechselte zwischen Rot und Weiß, und das Lächeln erstarb.

Oh, oh, dachte sie. *Da bin ich wohl direkt am Fettnäpfchen vorbei ins Butterfass getreten.*

Was um alles in der Welt hatte sich zwischen den beiden abgespielt?

Jo jedoch hatte sich wieder gefangen und ergänzte betont beiläufig Tildas Satz: »Ach ja, die Frau, mit der ich mich im Jazzclub unterhalten hatte. Jetzt weiß ich auch, woher ich Sie kenne. Sie waren die, die sich immer den Hals verrenkt hatte, um Ella nicht aus den Augen zu lassen!«

Er lächelte, aber das Lächeln kam nicht in seinen Augen an. Dann wurde seine Miene wieder ernst: »Dann hat Ella Sie vorgeschickt, als Leonie einen Praktikumsplatz brauchte.« Es war mehr eine Feststellung als eine Frage.

»Ella weiß gar nichts von Leonies Job«, erklärte Tilda. »Die beiden haben sich in letzter Zeit … ein wenig aus den Augen verloren.«

Jos Herz klopfte so stark, dass es ihm im Kopf dröhnte. *Ella!*, konnte er nur denken. Immer wieder: *Ella!*

Plötzlich kam Tilda ein schrecklicher Gedanke.

»Ich würde Sie bitten … könnten Sie bitte Ella erst mal nichts davon erzählen, dass Leonie hier bei Ihnen ist? Es ist nur, ich würde gern selbst …« Sie unterbrach sich erneut selbst. Wie sollte sie etwas so Kompliziertes einem Fremden in wenigen Worten erklären?

»Keine Sorge!«, sagte Jo und schaute dabei weiter aus dem Fenster. Nicht mehr auf Leonie oder die anderen Kinder, sondern irgendwo in die Wipfel der Bäume hinter ihnen. »Wir haben uns in letzter Zeit … ein wenig aus den Augen verloren.«

Und dann lächelte er traurig.

74

Und nun saßen sie also hier beim Italiener, und Tilda hatte so viele schwierige Themen anzusprechen, dass sie nicht wusste, wo sie beginnen sollte. Über Ellas »Projekte«, wie sie die Recherchen über ihre Eltern und Karla nannte, wollte Tilda nicht reden. Nicht, dass es sie nicht interessiert hätte, aber es erschien ihr besser, von vornherein Ellas Fokus auf die Themen zu lenken, die Tilda auf dem Herzen hatte. Sich nach Jo zu erkundigen, wie sie es sonst getan hätte, kam ihr scheinheilig vor; mit der Rückkehr Leonies zu beginnen, fühlte sich an wie eine Überrumpelung.

Doch bevor Tilda sich entscheiden konnte, begann Ella: »Zoe war vor ein paar Tagen bei mir!« Sie zog ihre Strickjacke aus – die gemütliche Wärme des kleinen Restaurants mit den köstlichen Düften aus der Küche hatte sie schnell umfangen.

»Und …?« Tildas Herz schlug schneller.

Ella hatte Schreck und Verunsicherung der Freundin offenbar gar nicht bemerkt, sondern als bloße Überraschung gedeutet. »Ich war genauso überrascht. Ich glaube, sie ist noch nie ohne euch bei mir gewesen. Wir haben einen langen Spaziergang mit Balou gemacht.« Balou schnaufte wie zur Bestätigung und machte einen erneuten Versuch, seinen überdimensionierten Körper irgendwie unter dem kleinen Tisch zu verteilen. »Sie hat mich ziemlich ausgefragt, nach Leonies Vater, meiner Beziehung zu ihm und warum ich so sauer auf Leonie war«, fuhr Ella fort. »Hast du eine Ahnung, wie sie plötzlich darauf kommt?«

Tilda wusste: Das war der richtige Moment. Wenn sie jetzt nicht auspackte, dann war eine unwiederbringliche Gelegenheit vertan.

Sie holte tief Luft, doch in diesem Moment stand Luigi plötzlich vor ihrem Tisch, trocknete sich seine Hände an der Schürze ab und überschüttete sie mit allen italienischen Emotionen, zu denen ein Gastwirt seinen weiblichen Lieblingsgästen gegenüber fähig war. Sie standen auf, ließen sich von Luigi an seine breite Brust und seinen dicken Bauch drücken und atmeten die Mischung aus Pomade, Rosmarin, Knoblauch und gebratenem Fleisch ein, die ihn umgab.

»Amori miei!«, rief er immer wieder und gab den beiden Frauen das Gefühl, er habe die letzten Wochen ausschließlich damit verbracht, auf ihr Erscheinen zu warten. »Come state?« Küsschen links, Küsschen rechts. »E Balou!«

Der Hund hatte sich unter dem Tisch hervorgequetscht und stand hechelnd und schwanzwedelnd neben ihnen, wobei er drohte, die Deko auf dem Wandtischchen abzuräumen. Luigi knuffte und streichelte Balou. »Kommst du mit in die Küche! Kriegst du leckeren Knochen, eh?!«

»Untersteh dich«, lachte Ella »Er wird dir die Töpfe vom Herd holen!«

»Wo ist Thomas?« Luigi merkte erst jetzt, dass die beiden Frauen allein waren.

»Mädelsabend!«, antwortete Tilda lächelnd.

»Und genau deswegen lässt du die beiden jetzt allein!« Maria war von der großen Gruppe zurückgekehrt, der sie Wein und Wasser serviert hatte, und schubste ihren Mann wieder Richtung Küche. »Los, sonst bekommen unsere Gäste nichts zu essen!« Kopfschüttelnd schaute sie hinter ihrem Mann her, der ihr lachend einen Klaps auf die ausladenden Hüften gegeben hatte und dann mit einem entschuldigenden Zwinkern zu Ella und Tilda wieder in der Küche verschwand.

Als sich Balou erneut unter den Tisch gequetscht hatte und zufrieden an seinem Rinderohr kaute, das er von Maria bekommen hatte, setzten sich die beiden Freundinnen wieder und stießen mit ihrem Rotwein an. Ella sah Tilda prüfend an. »Was ist los, Tilda? Was steckt dahinter, hinter Zoes Besuch und der Tatsache, dass du mir gerade genauso wenig in die Augen schauen kannst wie deine Tochter neulich?«

Und dann platzte es aus Tilda heraus. Die ganze Geschichte, wie sie Leonie im Vorgarten gefunden hatte, sie drei Tage fast am Stück geschlafen hatte, wenn sie nicht gierig irgendwelche Mahlzeiten verschlang, zu denen sie sie geweckt hatten. Tildas flehentliche Bitten, sie möge zu Ella gehen oder wenigstens ihr erlauben, Ella zu informieren. Zoes Ferienende, Leonies Beginn eines Praktikums.

Ella hörte ihr schweigend zu. Nach einer Weile fragte sie: »Wie lange ist Leonie schon wieder da?«

»Sechzehn Tage genau«, antwortete Tilda und wappnete sich innerlich gegen die berechtigten Vorwürfe, die nun kommen würden.

Aber es kam nichts. Ella wirkte wie versteinert.

»Und sie will mich nicht sehen?«

Tilda nickte. Als sie aufblickte, sah sie eine Träne über Ellas Wange laufen.

Tilda nahm ihre Hand.

»Ich bin so unglaublich erleichtert, das kannst du dir gar nicht vorstellen!«, sagte Ella nach einer Weile. Sie wischte sich über die Wangen, dann lächelte sie. Das erste Mal, seit Tilda sie vor Stunden in ihrem selbst gewählten Exil aufgesucht hatte. »Sie ist wieder da, es geht ihr gut! Das ist das Schönste, was ich seit Langem gehört habe!«

»Und du bist nicht böse?«

»Auf wen? Auf Leonie, dass sie mich nicht sehen will? Auf dich, dass du das respektiert hast?« Ella schüttelte den Kopf. Dann sagte sie nachdenklich: »Traurig eher. Aber nicht böse. Ich habe nichts anderes erwartet. Immer wenn ich mir ausgemalt habe, wie es sein könnte, wenn Leonie zurückkommen würde, habe ich nie Versöhnungsszenen zwischen uns gesehen. Ich habe sie enttäuscht und verletzt, und es wird dauern, bis das verheilt. Leonie ist nicht der Typ Mensch, der schnell vergisst oder verdrängt, das hat sie noch nie getan.«

Tilda nickte.

»Wart ihr schon bei der Polizei, um Entwarnung zu geben?«

»Nein. Das Mindeste, was ich tun konnte, war, es dir

zuerst zu erzählen, sobald mir Leonie grünes Licht gegeben hatte.«

»Sie hat dir also erlaubt, mit mir zu sprechen?«

»Na ja.« Tilda zögerte, aber sie war ihrer Freundin eine ehrliche Antwort schuldig. »Sagen wir, sie hat gesagt, es sei ihr egal. So, wie sie dir ja auch egal sei.«

Ella zuckte unter diesen Worten zusammen.

Tilda nahm wieder ihre Hand. »Bestimmt wirst du ihr irgendwann alles erklären können. Und …« Sie zögerte einen Moment, dann sagte sie: »Da ist noch etwas. Leonie ist schwanger.«

Ella wurde blass.

Bevor sie jedoch etwas fragen konnte, erzählte Tilda weiter: »Ich weiß nicht viel. Sie kann nicht weit sein, man sieht nichts, und sie hatte es auch keinem sagen wollen. Aber die Zeichen sind unverkennbar.« Tilda lächelte, als sie an die morgendliche Übelkeit des Mädchens dachte, die sich mit Fressattacken zu später Stunde und plötzlichem Ekel vor Dingen, die sie sonst geliebt hatte, abwechselte. Außerdem war da dieser ganz bestimmte Ausdruck in den Augen, den man nicht greifen, nicht beschreiben konnte.

»Will sie das Kind behalten?«, fragte Ella.

Tilda nickte. »Es gibt wohl einen Vater dazu, der auch die Verantwortung übernehmen würde, aber du kennst ja Leonie. Sie will das unbedingt allein auf die Reihe bekommen. Es ist schwierig, mit ihr darüber zu sprechen, sie blockt völlig ab. Aber mit der Zeit wird das hoffentlich kommen. Sie kann das Kind ja auch nicht wegignorieren. Warten wir den Termin beim Frauenarzt ab. Sie wäre nicht die erste Frau, die beim Anblick des Ultraschallbildes Muttergefühle bekommt. Und vielleicht ist das genau die Brücke, die euch wieder zusammenbringt. Schließlich weißt du am allerbesten, wie es ist, ein Kind allein großzuziehen.«

Plötzlich kam Ella ein Gedanke. Was hätte Karla zu all dem gesagt?

Sie versuchte, sich ein Zwiegespräch zwischen Leonie und der alten Frau vorzustellen. Vermutlich hätte Karla dem Mädchen auf die Schulter geklopft und sie dazu beglückwünscht, dass sie ihr Leben vor einem Jahr in die Hand genommen hatte. Nicht in der emotionalen Abhängigkeit derer geblieben war, die ihr offenbar nicht geben konnten, was sie brauchte, sondern ihren eigenen Weg gegangen war. Steinig, riskant. Aber durch seine Individualität genau das, was Leonies ganz persönlichen Bedürfnissen entsprochen hatte.

Doch nun war Leonie nicht mehr nur für sich verantwortlich, sondern auch für den kleinen Menschen, der in ihr heranwuchs. Vielleicht war es das, was sie wieder in die Heimat geführt hatte. In jedem Fall war ein Abschnitt vorbei, ein neuer begann. Karla würde wissen wollen, was Leonie nun mit ihrem Leben vorhatte, und Ella war sich sicher, dass Leonie genau damit völlig überfordert war. Aber Karla würde sie ermutigen, ihre persönlichen Talente und Neigungen in die Waagschale zu werfen und so weiter ihren eigenen Weg zu gehen. Trotz Kind eine passende Berufsausbildung zu beginnen, die ihr die Selbstständigkeit erhielt. Bildung war Unabhängigkeit, besonders für Frauen. Dieser Satz hätte von Karla sein können. Und vielleicht war er es ja auch.

»Wo macht sie jetzt ein Praktikum?«

»In einem Jugendtreff mit angeschlossener Beratungsstelle.« Tilda vermied absichtlich eine nähere Definition.

»Das passt zu ihr! Die Mutter Teresa der Kindergartengruppe!«

Tilda lachte. »Ja, daran habe ich auch denken müssen, als ich sie dort beobachtet habe. Sie ist ganz in ihrem Element!«

»Und wie lange kann sie da bleiben?«

Tilda zuckte mit den Schultern: »Wenn es nach … dem Betreuer ginge, für immer. Aber das geht natürlich nicht. Er weiß noch nicht, dass sein neuer Stern am Himmel schwanger ist. Grundsätzlich sehe ich sie schon in dem Beruf einer Sozialarbeiterin. Aber der Weg ist wohl auch ohne Kind nicht ganz einfach. Schule, Ausbildung plus Studium, dazu diverse Praktika. Und am Ende verdient sie dann ein lächerliches Gehalt, mit dem sie kaum über die Runden kommen würde. Selbst Männer verdienen in diesen Jobs zu wenig!«

»Na ja, das ist ja jetzt auch erst mal Schritt dreiundzwanzig. Kann der Betreuer … Wie, sagtest du noch, heißt er? … ihr eventuell eine Ausbildungsstelle geben? Wenn er so begeistert von ihr ist, dann könnte er ihr auch gleich die Chance geben, Kind und Ausbildung miteinander zu verbinden.«

Tilda überging die Frage nach dem Namen des Betreuers, als habe sie sie nicht gehört. »Vorstellen könnte ich es mir bei ihm schon, aber jetzt zerbrechen wir uns gerade Leonies Kopf. Wenn sie das hören würde, wäre sie stinksauer!«

Die beiden lachten, aber es war kein unbeschwertes Lachen. Es war nicht einfach zu akzeptieren, dass Kinder erwachsen wurden und ihr eigenes Ding machten. Und es würde für Leonie doppelt schwierig werden zu verstehen, dass sie ohne Hilfe und Unterstützung nicht klarkommen würde. Den Stolz der jungen Frau fürchtete Ella mehr als die Tatsache, dass Leonie ein Kind bekam.

Eine Weile sagten beide Frauen nichts, sondern aßen schweigend ihre Nudeln, die Luigi, ohne zu fragen, für sie gemacht hatte. Sie waren frisch und heiß am Tisch in einen bereits zur Hälfte ausgehöhlten großen Parmesankäse getan und dort mit den abgekratzten Hobeln vermischt worden. Dampfend zurück auf dem Teller, gab es von Maria eine extra Portion ganz fein geriebenen Knoblauch als Topping – so aßen die beiden Frauen ihre Spaghetti bei Luigi und Maria am liebsten. Und das hier war, das musste Ella zugeben, tatsächlich ihre erste vernünftige warme Mahlzeit seit Tagen.

Nach einer Weile des Genießens sagte Tilda: »Thomas wird mächtig stolz auf mich sein, wenn ich mit einer Knoblauchfahne nach Hause komme, die mich schon drei Häuserblocks im Voraus ankündigt!«

Ella grinste. »Deswegen lebe ich ja auch allein.«

»Mit Carl ist es endgültig vorbei?«

»So was von! Und ich weine ihm keine Träne nach. Nicht mehr!«

»Was ist eigentlich aus dem netten Hünen geworden, der dich im Jazzclub so in Beschlag genommen hatte?« Tilda wagte nicht, ihre Freundin anzuschauen.

»Jo?« Ella lachte kurz und bitter auf. »Gut aussehend, charmant – das waren die Worte, die du für ihn hattest, erinnerst du dich? Aber mach dir keine Sorgen, er ist genauso ein egozentrisches Arschloch wie jeder andere Mann!« Dann fügte sie hinzu: »Thomas natürlich ausgenommen.«

»Willst du es mir erzählen?«, fragte Tilda vorsichtig und war froh, dass sie diesen Weg gewählt hatte, das Thema Jo anzusprechen.

Ella zuckte mit den Schultern. »Da gibt es nicht viel zu erzählen. Wie haben uns ein paarmal gesehen, oberflächliches Blabla, dann stand er plötzlich mit einer Flasche Wein vor meiner Tür. Ich habe mich verführen lassen, und am nächsten Morgen war er weg, bevor ich aufgewacht bin.« Ella trank einen großen Schluck Rotwein, als wolle sie die Erinnerung wegspülen. Ihre Augen straften ihre lässigen Worte Lügen. Tilda kannte ihre Freundin lange genug, um zu spüren, dass Ella weitaus verletzter war, als sie zeigen wollte. Vielleicht war dieses Erlebnis der wahre Grund dafür, dass Ella sich so abgekapselt hatte.

»Du kannst auch Carl zu ihm sagen«, fuhr Ella jetzt fort. »Sie sind alle gleich. Keine Liebe, nur Sex. Ich hätte wirklich gedacht, das hört irgendwann im Alter auf, aber vergiss es. Egal wie alt, sie sind alle schwanzgesteuert, und wenn sie ihren Spaß gehabt haben, lassen sie dich fallen wie eine heiße Kartoffel. Das heißt, dich natürlich nicht, du fällst auf so etwas ja nicht herein. Das passiert nur mir.« Wieder dieses bittere Lachen.

»Ella, ich habe diesen Jo wiedergetroffen.«

Ella starrte sie verwirrt an. »Zufällig oder mit Absicht? Ich kann gut auf mich selbst aufpassen, das weißt du!«

»Zufällig natürlich. Er ist ... Er leitet das Jugendzentrum!«

»In dem Leonie arbeitet? Er ist der Mann, der sich um Leonie kümmern soll? Na, herzlichen Dank! Du kannst doch ein labiles Mädchen nicht in die Hände eines so oberflächlichen Menschen geben!« Ella war empört.

Vorsichtig antwortete Tilda: »Ehrlich gesagt halte ich weder Leonie für labil noch Jo für oberflächlich.«

Ella schnaubte verächtlich, sagte aber nichts. Sie fühlte sich schwindlig vom Wein und all den Dingen, die sie in den letzten zwei Stunden erfahren hatte. Ihr Kopf schwirrte, sie sehnte sich nach der vertrauten Wärme und Geborgenheit ihres Hauses, hatte immer noch nicht verdaut, dass Leonie wieder da war, und würde es vermutlich erst glauben, wenn sie ihre Tochter mit eigenen Augen vor sich sah. Und obendrein platzte Jo schon wieder in ihr Leben, obwohl sie sich wirklich alle Mühe gegeben hatte, ihn aus ihren Gedanken zu verbannen. Was ihr bis gestern sehr gut gelungen war. Bis sie dieses eine Blatt von Karlas Aufzeichnungen gefunden hatte, das sie die ganzen Wochen übersehen haben musste. Dieses Blatt, auf dem von allen Gedichten der Welt ausgerechnet jenes stand, das Jo ihr in seinem Arbeitszimmer zu lesen gegeben hatte. Das sein Leben begleitete und ihm Trost und Stütze war, wie er gesagt hatte. Genauso wie Karla. Die Zeilen, mit denen er ihr Trost hatte geben wollen und die ihr beim Lesen in seinem Arbeitszimmer auf unerklärliche Art ein wenig Last von den Schultern genommen hatten.

Wie lange war das her? Es kam Ella vor, als wären es Jahre, aber in Wirklichkeit waren seitdem nicht mal acht Wochen vergangen. Der Frühling hatte damals gerade ganz vorsichtig seine Fühler ausgestreckt. Ella konnte sich an den Spaziergang erinnern, der Balou und sie in das Dorf geführt hatte. Jo hatte sie an diesem Abend nach Hause gefahren, erschöpft, wie sie gewesen war vom vielen Weinen und Erzählen. Und er war ihr so nahe gewesen. Körperlich, in dem Auto neben ihr, als er ihr einen Abschiedskuss auf die Wange gehaucht hatte, aber vor allen Dingen emotional. Sie hatte sich diesem Mann so verbunden gefühlt! Dann der Abend wenig später, als er sich in ihrer Küche zu schaffen gemacht hatte und es sich dort so wohlig vertraut angefühlt hatte, als habe er schon immer dort gewohnt. Die gemeinsame Nacht war eine logische Folge dieser Nähe und Vertrautheit gewesen, für beide. Hatte Ella gedacht. Und war dann so kalt erwischt worden. Das eine Wort, das sie auf dem Tisch vorgefunden hatte, hatte sie zerknüllt. Nein, sie würde nicht verzeihen. Ganz bestimmt nicht.

75

Als Jo die Tür zum kleinen Büro aufmachte, nahm Leonie erschrocken die Füße vom Tisch. Sie hatte sich mit ihrem Pausensnack in den großen alten und quietschenden Schreibtischstuhl gelümmelt. Als ihr Vorgesetzter nun, groß wie ein Baum, vor ihr stand und auf sie hinabblickte, sah sie sehr klein aus.

Nach einem Moment verzog sich seine Miene zu einem Lächeln. »Setz dich, Leonie, mach es dir bequem!« Doch das Mädchen griff seine Brotdose und lief hinaus.

Leonie faszinierte ihn, und Jo ertappte sich dabei, öfter im Jugendtreff aufzutauchen, als er das bisher getan hatte. Leonie zeigte eine Mischung aus kindlicher Naivität, jugendlichem Dickkopf und einem reiferen Weitblick, als ihn manch anderer Mitarbeiter hier hatte. Vielleicht war es genau diese Mischung, die es ihr ermöglichte, sich so gut in die Gedanken- und Gefühlswelt der Jugendlichen hineinzuversetzen, die in der Hoffnung hierherkamen, unter ihresgleichen die Wärme, Geborgenheit und das Verständnis zu bekommen, das ihnen zu Hause versagt blieb.

Aber es war nicht nur Leonies Charakter, der Jo faszinierte, sondern dass sich in der Art, wie sie sprach und sich bewegte, immer wieder kleine Facetten Ellas widerspiegelten.

Einmal hatte er den Fehler begangen, dies Leonie gegenüber zu erwähnen. Wie ihre Blicke Bände gesprochen hatten, entsprach so genau der Art ihrer Mutter, dass er voller Überraschung gesagt hatte: »Jetzt guckst du genau wie Ella!«

Leonies Miene war daraufhin eingefroren, sie hatte sich abgewandt und den Rest des Tages nur noch das Nötigste mit ihm geredet.

Tilda hatte Jo vorgeschlagen, sich im Pfarrhaus zu treffen, denn sie war davon ausgegangen, dass sie ihn dort am wenigsten störte.

Tatsächlich war er gerade in anstrengenden Papierkram vertieft, als sie an seine Tür klopfte, und ihr Besuch schien ihm eine willkommene Pause zu sein.

Sie sprachen über Leonies Praktikum, dazu passende Ausbildungsmöglichkeiten und Berufsziele. Tatsächlich hatte auch Leonie sich Jo gegenüber geäußert und ihm einen Einblick in ihre eigenen Vorstellungen gegeben, die gar nicht so weit von denen Tildas entfernt waren.

Trotzdem würde Leonie dies Tilda gegenüber ungern zugeben. Deshalb begleitete sie das Mädchen mehr mit Gedanken als mit Worten durch den Alltag. Und auch wenn sie für Leonie eine Verantwortung empfand, die eigentlich Ella zugestanden hätte, hatte sie wie auch bei ihren eigenen Kindern ein großes Vertrauen in deren Empfindungen und Kenntnisse ihrer Bedürfnisse. Sie würde ihren Weg machen, wenn nicht geradeaus, dann mit Links- und Rechtskurven. Aber es würde ihr eigener Weg sein.

Ella sah das genauso. Tilda legte Wert drauf, mindestens einmal täglich mit ihr zu telefonieren, um sie nicht wieder aus den Augen zu verlieren. Sie dabei über Leonies Tun und Handeln auf dem Laufenden zu halten, erschien ihr als Grund nur recht und billig. Es war Ella gewesen, die diese Formulierung benutzt hatte – nicht unbedingt geradeaus, vielleicht mit Links- und Rechtskurven, aber immer dem eigenen Weg nach. Im Grunde entsprach das durchaus ihrer Lebenseinstellung, war sie doch auch immer und trotz Kind ihren persönlichen Ideen und Anschauungen gefolgt. Aber Tilda hatte diese klare Definition, die fast schon einer Lebensphilosophie glich, noch nie so ausformuliert von ihrer Freundin gehört. Sie hatte den Eindruck, dass Ella in ihren aktuellen Ansichten mehr von jener alten Frau geprägt worden war, die sie so aufwendig studiert hatte, als ihr vielleicht selbst bewusst war. Ellas Direktheit und diese neue Färbung führten dazu, dass Tilda gern mehr über Karla erfahren hätte, und wenn sie wirklich eine so beeindruckende Person gewesen war und sich noch dazu für Frauenrechte eingesetzt hatte, wäre es vielleicht keine schlechte Idee, den eigenen (und fremden) Töchtern das Leben dieser Frau weiterzuerzählen. Sie würde Ella darauf ansprechen.

Und sie würde unbedingt mit ihr über Jo sprechen müssen! Obwohl sie wusste, dass Leonie ihn quasi täglich sah, erwähnte Ella ihn mit keiner Silbe mehr, und auch Tilda hatte es nicht wieder gewagt, über ihn zu sprechen. Trotzdem stand sein Name in großen Leuchtbuchstaben zwischen ihnen, und die Tatsache, dass man nicht über ihn sprechen konnte, machte ihn umso präsenter. Genauso wie zuvor Leonie war Jo unausgesprochener Teil einer jeden Konversation geworden.

Was Ella über ihn gesagt und wie sie ihn dargestellt hatte, passte allerdings überhaupt nicht zu dem warmherzigen und in keiner Weise oberflächlichen Mann, den Tilda kennengelernt hatte.

Deswegen war sie jetzt hier. Deswegen saß sie in seinem Büro und versuchte irgendwie das Gespräch auf Ella zu bringen, ohne zu plump zu wirken.

Jo unterbrach den stetigen Fluss ihrer Unterhaltung recht abrupt, schaute Tilda einen Moment prüfend an und fragte dann mit ruhiger Stimme: »Sagen Sie mir jetzt auch, was Sie wirklich hierher verschlagen hat?«

»Es geht um Ella«, platzte Tilda heraus. Sie hatte sich so viele Wege zurechtgelegt, auf denen sie wie zufällig dieses Thema ansprechen konnte, aber unter dem forschenden Blick von Jo schien ihr plötzlich keiner mehr passend.

Jo nickte und lehnte sich zurück. »Das habe ich mir gedacht!«

Er wartete schweigend, und Tilda fluchte innerlich darüber, dass er es ihr so schwer machte. Warum mischte sie sich überhaupt ein?!

Stockend begann sie: »Wissen Sie, Ella ist meine beste Freundin, wir kennen uns schon ewig. Und wir kennen uns so gut, dass es kaum Menschen gibt, die einen besseren Einblick in unsere jeweilige Seele haben.« Sie machte eine Pause und suchte nach den richtigen Worten. Dann fuhr sie fort: »Ella ist verletzt. Sie gräbt sich ein, kapselt sich ab. Das tut sie immer, wenn es ihr nicht gut geht. Und ich glaube, das hat etwas mit Ihnen zu tun.« Nun sah Tilda ihn abwartend an, und beide schwiegen.

»So, glauben Sie das«, murmelte Jo nach einer Weile. Dann beugte er sich plötzlich vor und sah Tilda direkt in die Augen. »Und Sie glauben auch, dass ich Ihnen dazu Rede und Antwort stehe? Ich finde ehrlich gesagt, dass das eine Angelegenheit zwischen Ella und mir ist und Sie gar nichts angeht! Mehr noch – das alles ist einzig und allein meine Angelegenheit und geht nicht mal Ella etwas an, geschweige denn Menschen wie Sie, die meinen, sie müssten sich um alle in ihrem Umfeld kümmern, und sich in alles einmischen, weil es ohne sie nicht funktioniert!« Er erhob sich. »Seien Sie mir nicht böse, aber ich habe jetzt wirklich zu tun.«

Jo ließ Tilda kaum Zeit, sich zu verabschieden, und schob sie sanft aus dem Haus. »Grüßen Sie Leonie von mir«, sagte er noch, wie um zu betonen, dass für ihn das eine nichts mit dem anderen zu tun hatte. Dann schloss er die Tür hinter Tilda.

76

Schwer atmend ließ er sich in seinen Sessel fallen. Er hatte sich bemüht, ruhig zu bleiben, aber er hatte sich sehr zusammenreißen müssen, und diese Beherrschtheit hatte ihn viel Kraft gekostet. Es war gar nicht diese Frau, die es sicherlich nur gut meinte, sondern das, was sie gesagt und wovor er sich gefürchtet hatte. Dabei kam keines der Worte überraschend.

Natürlich hatte er Ella verletzt. Oder hatte er etwa gemeint, ihr wäre sein alberner und feiger Abgang egal gewesen? Ja, wenn er ehrlich war, dann hatte er sich genau das eingeredet. Dass sie ja nicht umsonst Single war, dass ihr das Leben vermutlich ganz genau so am besten gefiel. Dass sie vielleicht ganz froh gewesen war, ihn am nächsten Morgen nicht mehr neben sich vorzufinden – denn sahen die Menschen, die einem bei Rotwein und Kerzenschein noch wenige Stunden zuvor so aufregend erschienen waren, nicht, bei Tageslicht besehen, verknittert von der Nacht, lange nicht mehr so anziehend aus? Und er hatte nach einer Weile tatsächlich geglaubt, wenn ihr wirklich etwas an ihm gelegen hätte, dann wäre sie zu ihm gekommen, um ihn zu fragen, was los sei. Dass Ella das nicht getan hatte, bestätigte nur seine Entscheidung, sich nicht weiter auf sie einzulassen. Und er hatte dem Herrn für diese Einsicht gedankt und dafür, dass er ihn auf den wahren Weg der Tugend zurückgeführt hatte. Auf den Weg der Treue zu Selma.

Nicht, dass Selma sich etwas daraus gemacht hätte. Nach einigen Nächten, in denen er meinte, ihre Gegenwart wieder deutlicher spüren zu können, war sie plötzlich ganz verschwunden. Es gab Nächte, da träumte er gar nichts, zumindest nichts, woran er sich hätte erinnern können. Und wenn es seine Frau gewesen wäre, dann hätte er sich erinnern können, so viel stand fest. Sie war fort. Nicht weit fort und auch nicht immer unerreichbar, aber eben auch nicht mehr so präsent wie früher, bevor er Ella kennengelernt hatte.

Ihm fiel der Tag ein, an dem er Ella das erste Mal begegnet war, draußen auf dem kleinen Friedhof. Wie gedankenverloren sie da zwischen den Grabsteinen gehockt hatte, fast unbeweglich. Und doch schien sie vor Anspannung und innerer Unruhe fast vibriert zu haben. Er hatte diesen Widerspruch körperlich spüren können und dieses seltsame Verlangen gehabt, unbedingt herausfinden zu müssen, was diese Frau umtrieb. Dann war sie schneller fort gewesen, als er gewollt hatte, und er war zurückgeblieben mit seinen eigenen Grübeleien.

Plötzlich kam ihm ein Gedanke, und unwillkürlich setzte er sich im Sessel auf. Er war damals, an diesem Tag, auf den Friedhof gekommen, um Selma zu suchen. Weil er seit einiger Zeit und besonders in jener Nacht das Gefühl gehabt hatte, dass sie ihm entglitt. Im Umkehrschluss hieß das doch aber: Selmas Verschwinden hatte gar nichts mit Ella zu tun!

Jos Herz klopfte. Warum war ihm das bisher nicht

aufgefallen? Er hatte Ella die Schuld gegeben, Ella und sich selbst, weil er sich in sie verliebt hatte. Er hatte das Gefühl gehabt, dass Selma ihn bestrafte, indem sie ihn nachts nicht mehr besuchte. Aber war es vielleicht doch eher so, wie seine Schwester es versucht hatte ihm zu erklären: Dass es einfach an der Zeit war, die Trauerjahre zu beenden und sich wieder dem Leben zuzuwenden.

Jo rieb sich mit beiden Händen über das Gesicht. Ein weiterer Gedanke kam ihm: Hatte Selma, noch während sie sich langsam von ihm löste, damit er sich dem Leben wieder zuwandte, Ellas Schritte auf den Friedhof gelenkt? War sie es sogar gewesen, die dafür sorgen wollte, dass Jo nicht allein blieb, sondern einen Menschen an seiner Seite hatte, mit dem das Leben wieder Farbe bekam?

77

Ihre Freundin hatte Ella aus dem Kokon gerissen, der ihr in den letzten zweieinhalb Wochen Sicherheit und Halt gegeben hatte. Auf der einen Seite konnte Ella es Tilda nicht verdenken, dass sie sich Sorgen machte. Mit ihren täglichen, fast schon Kontrollanrufen gleichkommenden Nachfragen sorgte sie dafür, dass Ella nicht mehr in diesen rauschähnlichen Zustand des Eingegrabenseins zurückfand. Dabei fühlte sich Ella noch gar nicht so weit, es mit der Welt da draußen wieder aufnehmen zu können. In ihrem Innern herrschte größtes Chaos. Es sah dort aus, als hätte ein Wirbelsturm gewütet, und Ella benötigte all ihre Energie, um durch das Durcheinander zu waten und nicht ins Straucheln zu geraten. Die Schublade mit den wohlverstauten Erinnerungen an Leonie war herausgerissen und der Inhalt auf dem Boden verstreut. Er vermischte sich mit Sorgen um ihre Zukunft – was würde aus Leonie werden, und würden sie je wieder zueinanderfinden?

Fast genauso belastete sie die Sorge um ihren Vater. Wie ging es mit ihm weiter, nun, da er immer schwächer wurde und innerhalb kürzester Zeit körperlich derart stark abgebaut hatte, dass er ihr zerbrechlicher denn je erschien?

Dann war da Jo, der seit dem Gespräch mit Tilda wieder unablässig durch ihre Gedanken geisterte, besonders dann, wenn sie versuchte zu schlafen. Sie wusste, dass sie Tilda nicht die Wahrheit gesagt hatte, als sie die wenigen Treffen mit »ein wenig Blabla, und dann hat er mich verführt« umrissen hatte. So war es nicht gewesen. Nicht so oberflächlich. Da war viel mehr Tiefgang gewesen, und Ella musste zugeben, dass sie sich nach seiner warmen Stimme, dem leicht kratzigen Gefühl seines Barts auf ihrer Wange sehnte. Sie würde ihm nie verzeihen können, das hatte sie sich geschworen. Aber stimmte das?

Ella wollte nicht darüber nachdenken, fühlte sich ihrer Festung entrissen, schutzlos ausgeliefert und viel zu schwach, um sich ihren Gedanken und Träumen zu stellen.

Und Karla? Ella hatte gedacht, sie habe das Projekt abgeschlossen, als sie die Papiere sortiert, sorgfältig zurück in ihren Koffer gelegt und diesen an einem repräsentativen Platz in ihrem Arbeitszimmer positioniert hatte. Ein Dekostück, wie man es heutzutage gern hat, ein antiker Koffer, der eine ungeahnte Geschichte hat, eine, die nur Ella kannte und die einen Wert für sie hatte, den ein Außenstehender nicht würde nachvollziehen können.

Aber so leicht machte Karla es ihr nicht. Jemanden wie Karla hakte man nicht einfach ab. Tatsächlich spukte die alte Dame ihr noch genauso im Kopf herum wie in den Zeiten, als Ella sich mit klopfendem Herzen durch ihre Kindheit und Jugend gearbeitet hatte. Es war fast, als sei Karla noch nicht zufrieden, als sorge sie aus dem Jenseits dafür, dass Ella das Kapitel der alten Dame noch nicht als beendet ansah. Hatte Ella etwas übersehen? Fehlten Bausteine in Karlas Leben, die Ella nicht entdeckt hatte? Sicherlich, über die Frauenarbeit hatte Ella viel weniger gefunden, als sie gehofft hatte, und sie konnte sich diese Lücken im Lebenslauf nur dadurch erklären, dass Karla wohl nicht mehr die Zeit gehabt hatte, diese wesentlichen Teile ihres Lebens aufzuschreiben. Vielleicht war es auch schlichtweg die Tatsache, dass ihr Karla fehlte. Die viele Zeit, die sie damit verbracht hatte, die Aufzeichnungen ins Reine zu schreiben, lag nun ungenutzt vor ihr. Es war wie ein gutes Buch, das einen so fesselte, dass man die Nächte durchlas und es sogar mit auf Toilette nahm, um die Erzählung nicht zu unterbrechen, und das dann mit dem Umblättern der letzten Seite eine Leere zurückließ, die sich erst mal von keinem anderen Buch füllen ließ. Wie Entzugserscheinungen der Seele trieb einen diese Leere eine kurze Weile ziellos vor sich her, bis sie sich auflöste und ein anderes Buch den Platz einnahm. Nur dass Ella kein anderes Projekt finden wollte. Sie wollte sich weiter mit Karla beschäftigen. Aber was konnte sie tun? Die Aufzeichnungen waren ins Reine geschrieben, die Poesiesprüche übersetzt, die Rahmendaten von Karlas Lebens aufgezeichnet und festgehalten. Was tat sie nun mit diesem großen Ganzen, das in den letzten Wochen ihr Halt, ihr Trost gewesen war?

Ihr Blick fiel auf ihren Anrufbeantworter. Er blinkte nicht mehr, das Display zeigte E für Error. Hoffnungslos überfordert, hatte er sich selbst abgestellt, und Ella fragte sich, ob er überhaupt noch Nachrichten wiedergab. Bewaffnet mit Zettel und Stift atmete sie einmal tief durch und drückte dann die Play-Taste.

Verschiedene Kunden, bekannte und neue, hatten Anfragen und Telefonnummern hinterlassen, dazwischen immer wieder Tilda, und insgesamt dreimal die Redaktion des Magazins, das zu ihren Hauptauftraggebern gehörte.

»Hallo, Ella, wir können dich per E-Mail nicht erreichen. Wir haben hier ein dringendes Thema, du sollst dich unbedingt schnell beim Chef melden.«

»Ella, wo bist du, ist alles okay?«

»Ella, der Chef ist richtig sauer, das Thema hat er an Josie gegeben. Ich soll dir sagen, wenn du dich nicht innerhalb von vierundzwanzig Stunden bei ihm meldest, brauchst du es gar nicht mehr zu tun.«

Diese letzte Nachricht war von Freitag. Heute war Dienstag. Das war es dann wohl mit der Redaktion. Ella rieb sich die Augen. Tilda hatte wohl nicht so ganz unrecht gehabt mit der Äußerung, sie hätte sich selbst vergessen. Aber okay. So war der Lauf der Dinge. Weiter.

Es folgten weitere Kundenanfragen und dann: »Hey, Ella, hier ist Jo. Ich wollte …« Mit einem schrillen Piep stellte sich der Anrufbeantworter ab und zeigte E. Error. Speicher voll.

Einen Moment lang starrte Ella auf das Gerät, ohne recht zu begreifen, was sie da gerade gehört hatte. Sie drückte die Löschen-Taste, wartete, bis das Gerät alle Spuren der Anrufe vernichtet hatte, und schaltete es aus.

Dann nahm sie eine Decke vom Sessel, legte sich zu Balou auf den Teppich und starrte ins Feuer.

78

Hartnäckiges Telefonklingeln holte sie aus dem Schlaf. Ihr waren nach einiger Zeit die Augen zugefallen, und sie hatte wirr geträumt, von ihrem Chef, der immer wieder versucht hatte, mit ihr zu reden, aber trotz aller Bemühungen nie über die ersten Worte hinauskam. Von Jo, der sie lachend auffing, als sie ihm wie ein Kleinkind in die Arme gelaufen kam. Das Telefon, das lang anhaltend klingelte und … sie erwachte. *Warum springt der blöde Anrufbeantworter nicht an?* Langsam kam sie zu sich. *Weil ich ihn abgestellt habe.*

Das Telefon hörte auf zu klingeln, nur um kurz darauf erneut mit aller Hartnäckigkeit zu läuten. Als Ella endlich den Hörer abnahm, hatte sie bereits eine böse Vorahnung ergriffen. Und als sie den Namen einer der Pflegerinnen hörte, die sofort und etwas atemlos auf sie einredete, musste sie nicht mehr zuhören, um zu wissen, dass es um ihren Vater ging. »… sollten Sie möglichst schnell kommen«, drang zu ihr durch, während sie in Gedanken bereits plante, was nun schnell zu organisieren war, bevor sie zu ihrem Vater fahren konnte.

Eine gute halbe Stunde später parkte sie mit klopfendem Herzen vor der Tür. Auf der Station ihres Vaters begrüßte man sie mit einem warmen Lächeln und führte sie direkt in das Zimmer, das für diese Situation zurechtgemacht worden war.

Ihr Vater lag allein hier, kein Zimmernachbar störte die Ruhe. Der Raum war in sanftes, dämmriges Licht getaucht, eine Kerze brannte auf dem Tischchen neben dem Bett, und bunte Blumen zeugten von den warmen Tagen, die schon über dem Garten lagen, dem Garten, den ihr Vater in den letzten Monaten so sehr geliebt hatte. Der Körper, der sich unter dem Betttuch abzeichnete, war kleiner, als sie ihn in Erinnerung hatte. Sein Haar war gekämmt, die Haut so glatt über den eingefallenen Zügen gespannt, als sei sie ihm zu eng geworden. Er hatte die Augen geschlossen, atmete flach und unregelmäßig, schien aber sonst ganz ruhig zu sein.

Die Schwester, die Ella herbegleitet hatte, deutete auf den Stuhl, der so an der Bettseite stand, als habe eben noch jemand dort gesessen. Der Gedanke, dass ihr Vater nicht allein gewesen war, bis sie hier war, hatte etwas Beruhigendes. Aber Ella wollte sich noch nicht setzen. Sie musste erst die ganze Atmosphäre in sich aufnehmen und wissen, wie es genau um ihren Vater stand.

Mit leiser Stimme erklärte die Pflegerin, dass die Vitalfunktionen ihres Vaters in den letzten Stunden drastisch abgenommen hätten. Seine Erkältung hatte ihn geschwächt, das hatte Ella auch bemerkt, er hatte kaum noch mit ihr spazieren gehen können, war wacklig auf den Beinen gewesen. Bei den letzten beiden Besuchen hatte er unter einer Decke in seinem Sessel gesessen und seine Umgebung kaum wahrgenommen.

In seinen Unterlagen stand, dass er keine lebenserhaltenden Maßnahmen wünschte, die einer künstlichen Beatmung oder Ernährung gleichkämen, und Ella bestätigte der Pflegerin mit einem Nicken, dass sie die Entscheidung ihres Vaters, die er nachweislich noch zu Zeiten vollster Zurechnungsfähigkeit getroffen hatte, selbstverständlich akzeptierte.

Eine Weile standen sie nebeneinander am Fußende des Bettes und beobachteten, wie sich die Brust des alten Mannes kaum merklich hob und senkte. Dann deutete die Frau wieder auf den Stuhl und sagte: »Setzen Sie sich zu ihm. Nehmen Sie seine Hand, tun Sie das, was Ihnen Ihre Intuition sagt. Vermutlich kann er sie hören, auch wenn er nicht reagiert.«

Sie strich Ella sanft über den Arm, dann ging sie hinaus. Kurz bevor sie die Tür hinter sich schloss, sagte sie: »Es ist immer jemand hier. Sagen Sie Bescheid, wenn Sie etwas benötigen. Sie können auch auf die Klingel dort am Kopfende drücken.«

Ella nickte und setzte sich. Erst wusste sie nicht, wie sie sich verhalten sollte. Würde sie ihren Vater erschrecken, wenn sie seine Hand nahm? Oftmals hatte ihm die Berührung Angst gemacht, manchmal hatte er sie aber auch geduldet und noch seltener mit einem leichten Druck seiner Hand beantwortet. Ella wollte ihrem Vater so gern die Gewissheit geben, dass er nicht allein war, und gleichzeitig scheute sie sich, sich bemerkbar zu machen. Es war seltsam, hier zu sitzen, mit der Gewissheit, dass dies das letzte Zusammentreffen mit ihm sein, sein Leben nun unweigerlich zu Ende gehen würde.

Sie lehnte sich zurück. Wie wenig dieser alter Mann dem Bild glich, das sie vor sich hatte, wenn sie an ihn dachte. In ihrem Kopf hatte er mehr Haare als diese schütteren weißen Strähnen, war sein Gesicht voller, seine Lippen waren keine dünnen bläulichen Striche. In den kostbarsten ihrer Erinnerungen, jenen, die sie gerade erst wiederentdeckt hatte, lachte ihr Vater, sang mit ihr Schlager mit selbst gedichteten Texten, balancierte auf der Bordsteinkante, nahm ihre Mutter in den Arm, kitzelte Ella durch.

Und plötzlich war es ganz leicht, zu sprechen, und die Worte kamen von allein. Sie erzählte dem Mann, der dort im Bett lag, von den Bildern, die sie in ihrem Kopf hatte, von den gemeinsamen Erlebnissen, von ihrer Fröhlichkeit. Sie wollte, dass er die Liebe und das Lachen spüren konnte, das er ihr geschenkt hatte, als sie noch klein gewesen war. Sie wollte all seine Einsamkeit, seine Trauer, seine Verwirrtheit aus seinem Kopf spülen, das Gefühl der Geborgenheit, das er vor so langer Zeit in seiner kleinen Familie gehabt hatte, wieder heraufbeschwören und ihm mit auf seine letzte Reise geben.

Ella hatte bereits eine Weile gesprochen, als sie spürte, dass ihr Vater unruhig wurde. Er bewegte sich hin und her, murmelte Worte, die sie nicht verstehen konnte, öffnete immer wieder für eine Weile die Augen. Sie beugte sich über ihn, ergriff seine Hand, konnte ihn aber nicht beruhigen.

Wollte er etwas sagen?

Hatte er Schmerzen?

Sie wusste es nicht, und ihre Hilflosigkeit schnürte ihr die Kehle zu.

»Papa, alles ist gut, ich bin hier. Du bist nicht allein. Schschschsch ... Papa, ruhig ...«

Und während sie leise auf ihn einredete, liefen ihr die Tränen über die Wangen.

Nach einer Weile beruhigte er sich wieder, seine Atmung blieb jedoch schnell und unregelmäßig, die Augen geöffnet, jedoch wie es schien, ohne etwas zu sehen.

Jetzt erst merkte Ella, dass sie sich, während sie sich über ihren Vater beugte, völlig verkrampft hatte, und ohne seine Hände loszulassen, setzte sie sich auf seine Bettkante.

Sie wusste nicht, wie lange sie nun schon bei ihm war, hatte jegliches Zeitgefühl verloren. Da waren keine Worte mehr. Der Kampf, den ihr Vater offenbar auszutragen hatte, lähmte ihre Gedanken. Also begann sie leise zu summen, während sie seine Hände streichelte. Irgendwie waren es Schlaflieder, die ihr am passendsten erschienen, und sie grub aus längst vergessenen Zeiten die Melodien aus. *Der Mond ist aufgegangen. Weißt du, wie viel Sternlein stehen. Guten Abend, gut' Nacht.*

Bei dem letzten Lied fiel ihr sogar der Text ein, aber die Wörter stockten ihr auf den Lippen: »... morgen früh, wenn Gott will, wirst du wieder geweckt ...«

Gott wollte nicht und ihr Papa auch nicht, da war sich Ella sicher. Er wollte nicht mehr in dieser Welt leben, die ihm Angst machte, weil er sie nicht verstand, weil da so viele Geräusche und Bilder waren, die er nicht zuordnen konnte, so viele Gesichter, die er nicht erkannte, und so viele Brüche in seinen Gedanken, dass er es kaum ertragen konnte. Er wollte schlafen, nur noch schlafen, und dann, wenn es tatsächlich einen Gott gab, dann wollte er ihn bitten, seiner Edith und ihm noch eine Chance zu geben. Vielleicht würden sie ja im Himmel miteinander glücklich werden. Er wollte sie in die Arme nehmen und ihr diese verlorene Traurigkeit, die ihre Augen ausstrahlten, fortstreicheln, ihr wieder ein Lächeln auf die Lippen zaubern, so wie früher. Und so wie er es die letzten Jahre nicht mehr geschafft hatte. Er wollte mit ihr und ihrer Tochter über die Wiesen laufen, bis sie erschöpft auf ihre Picknickdecke sanken. Bis …

Ein gleißender Blitz durchfuhr seinen Kopf, ein greller Schmerz seine Brust, und er bäumte sich auf. Dann überkam ihn eine Woge der Wärme, als würde ihn eine Welle warmen weichen Wassers überspülen. Jemand hielt seine Hand, und das nahm ihm alle Angst vor dem, was da kommen würde.

Dann schlief er ein.

79

Als Ella Stunden nach ihrem überhasteten Aufbruch und völlig erschöpft auf ihre Auffahrt fuhr, begrüßte warmes Licht aus dem Wohnzimmer ihr Heimkommen. Balou lief ihr entgegen, als sie die Tür aufschloss, kuschelte sich aber, als würde er spüren, dass Ella einem fröhlichen Toben nicht gewachsen war, nur schwanzwedelnd an sie.

Aus dem Wohnzimmer klang leise Musik, und im Türrahmen lehnte Tilda, mit verschränkten Armen. »Hat dein Vater es geschafft?«, fragte sie leise, und Ella nickte.

»Komm rein, ich habe uns etwas zu essen gemacht. Und einen Rotwein aus der Kiste im Abstellraum geöffnet. Ich hoffe, das war okay?«

Ella nickte wieder, zu erschöpft, etwas sagen zu können, und dankbar dafür, dass Tilda sich nach ihrem Anruf vorhin nicht einfach nur um Balou gekümmert hatte, sondern gleich hiergeblieben war. Keinen anderen Menschen hätte sie jetzt ertragen.

Schweigend machten sie sich über den Teller mit den belegten Broten her, die Tilda liebevoll mit Cocktailtomaten, kleinen Gürkchen, hart gekochten Eivierteln und Remoulade verziert hatte, so wie sie es beide aus ihrer Jugend kannten, wenn Tildas Mutter sie abends mit einer Platte dieser kleinen Köstlichkeiten vor dem Fernseher verwöhnt hatte.

Es tat gut, etwas zu essen. *Weinen macht hungrig*, dachte Ella und versuchte, in ihren Erinnerungen nachzuforschen, wessen Stimme diese Weisheit vor gar nicht langer Zeit von sich gegeben hatte. Egal.

Die Beine von sich gestreckt, ein Glas des schweren Rotweins in der Hand, der noch von Carl stammte, saßen die beiden Freundinnen nebeneinander und schauten in die Kerze, die Tilda auf den Tisch gestellt hatte. Sie ähnelte der Kerze, die auf dem Nachttisch ihres Vaters gestanden hatte. Ein Licht, das dem Sterbenden den Weg leuchtet, ein Licht, das Geborgenheit schenkt.

Nach einer Weile fing Ella unvermittelt an zu reden. »Als Papa eingeschlafen war, konnte ich ihn endlich in den Arm nehmen, sein Gesicht streicheln, seine Hände halten, ohne ihm damit Angst zu machen.« Eine Weile blieben ihre Worte in der Erinnerung dieses Gefühls hängen, dann fuhr sie fort: »Er sah friedlich aus, wie er da lag. Obwohl irgendwas in ihm gekämpft hatte, er vielleicht sogar Schmerzen hatte, ich weiß es nicht, sah er zum Schluss ganz friedlich aus.«

»Ich glaube, diese ganzen Geschichten über das sanfte Hinweggleiten stimmen sowieso nicht«, erwiderte Tilda. »Das sind Dinge, an die wir glauben wollen, denn der Gedanke, es könnte anders sein, das Sterben könnte schwierig sein, ist kaum auszuhalten. Du hast deinen Vater auf dem Weg begleiten können, aber wie viele Menschen sterben allein? Da tröstet es die Hinterbliebenen, wenn sie sich an dem Märchen des sanften Todes festhalten können, meinst du nicht?«

Ella dachte eine Weile darüber nach, dann antwortete sie: »Mir tut der Gedanke auch gut, die Erinnerung an seine entspannten Gesichtszüge. Weißt du, was ich dann gemacht habe? Mir ist etwas eingefallen, was ich als Kind mal gehört habe. Dass die Seele aus dem Körper in die Freiheit entweichen will. Also habe ich das Fenster geöffnet und meinem Vater gesagt, er soll Mama grüßen, wenn er sie findet.« Ella lächelte verlegen. »Quatsch, ne?«

»Glaubst du daran? An Wiedergeburt oder an ein Weiterleben der Seelen nach dem Tod?«

Ella zuckte die Schultern. »Ich möchte gern. Dann wäre der Abschied nicht so total.«

»Wer hätte das noch vor wenigen Monaten gedacht, dass du mal um deinen alten Herrn trauerst? Ist dir aufgefallen, dass du ihn vorhin Papa genannt hast? So hast du noch nie von ihm gesprochen! Was habe ich verpasst, was da in den letzten Wochen passiert ist?«

Tildas Worte waren ohne Vorwurf, ohne Anklage, nur bewegt von Anteilnahme und dem Bemühen, wieder die alte Nähe zwischen ihnen aufzubauen, die in den vergangenen Wochen verloren gegangen war.

Und Ella erzählte. Von Karla und wie sie Ella zum Nachdenken über das eigene Leben gebracht hatte. Wie ihr Cousin Paul ihr die Augen geöffnet hatte über einige Realitäten, von denen Ella, beeinflusst von ihrer depressiven Mutter, nichts hatte wissen wollen. Von dem Unglück ihrer Mutter, die sich die Gründe dafür hübsch so zurechtgelegt hatte, dass sie keine Schuld daran traf. Und von den Schuldgefühlen, die Ella ihrem Vater gegenüber empfunden hatte, als sie hatte feststellen müssen, dass sie mit ihrer Liebe ihren Vater nicht mehr erreichen konnte.

»Und Karla?«, fragte Tilda. »Was ist mit ihr?«

»Wie meinst du das?«, fragte Ella verwundert zurück. »Karla ist tot, genauso wie mein Vater.«

»Nein, sie ist nicht tot. Sie lebt in dir weiter! Du solltest dich hören! Karla hat dich beeinflusst. Du sprichst anders, denkst in mancher Hinsicht sogar anders!«

Ella überlegte eine Weile, dann sagte sie: »Und ist das schlimm?«

»Nein, überhaupt nicht. Wir werden immer beeinflusst von den Menschen, mit denen wir uns umgeben, mal mehr, mal weniger.«

»Sie lebt in mir weiter? Ein schöner Gedanke! Ich glaube, das würde ihr auch gefallen.«

Tilda lächelte. »Dann mach was draus! Lass sie weiterleben!«

80

Drei Tage trauerte Ella. Sie trauerte um all das, was sie durch den Tod ihres Vaters verloren und durch den Einfluss ihrer Mutter verpasst hatte. Vielleicht hätten sie Freunde sein können, ihr Vater und sie, wenn sie dieser Möglichkeit rechtzeitig einen Platz in ihrem Leben eingeräumt hätte. Der Gedanke tat weh, mehr als die Tatsache, dass ihr Vater nicht mehr lebte. Der alte Mann, der da in seinem Bett im Pflegeheim gestorben war, war nicht der Vater, um den sie trauern musste. Das war ein verwirrter alter Herr gewesen, der nur noch wenige Spuren des Menschen in sich getragen hatte, den Ella mal gekannt hatte. Der Vater, um den sie trauerte, war der, den sie lange vorher verloren hatte.

Sie igelte sich in ihrem Haus ein, wollte niemanden sehen und niemanden hören. Aber es war eine andere Abgeschiedenheit als die, in die sie sich noch vor Kurzem geflüchtet hatte. Sie brauchte diese Zeit, um Abschied zu nehmen, und als sie so viel geweint hatte, dass keine Tränen mehr da waren, kehrte eine innere Ruhe ein, die sie lange nicht mehr gespürt hatte. Sie stellte sich unter die heiße Dusche und ließ das Wasser lange über ihren Körper rauschen, als wollte sie alle traurigen Gedanken fortspülen. Dann machte sie sich ein herzhaftes Frühstück aus Rührei und Speck, öffnete alle Fenster und ließ den Sommer zurück in ihre Welt. Balou beobachtete all das schwanzwedelnd und hoffnungsfroh.

Tilda lächelte schwach. »Ja, du hast recht, alter Junge. Als Nächstes bist du dran!«

Unbemerkt von Ella, die sonst jede Veränderung der Natur um sich herum beobachtete und genoss, hatte der Sommer mit einer Intensität Einzug gehalten, die sie überraschte. Die Luft war warm und mild, die Büsche und Bäume von kräftigem Grün, und unzählige Geräusche von Vögeln und Insekten erfüllten den Wald mit prallem Leben. Schnell wurde ihr warm, und sie musste sich die Jacke ausziehen. Die Stiefel, die sie aus purer Gewohnheit angezogen hatte, wogen schwer an ihren Füßen, aber trotzdem war es ein purer Genuss, die Kraft der Natur mit jeder Pore spüren zu können. Kurz musste sie an ihren Vater denken und dass sie jetzt mit ihm durch den Garten des Heimes hätte gehen, die bunten Köpfe der Blumen suchen und ihre Entwicklung beobachten können. Aber dann lenkte Balou sie wieder ab, der wie angestochen durch das Unterholz tobte und sich seines Lebens und der Tatsache, dass Ella offenbar wieder daran teilnahm, freute.

Sie marschierten lange und scheinbar ohne bestimmtes Ziel durch den Wald, liefen um die Wette, machten Pause an einem kleinen See, jagten Stöcken und Steinen hinterher, ruhten sich auf einer Lichtung aus und legten sich in die Sonne. Und doch war Ella nicht wirklich überrascht, als sie von einem Hügel aus vor sich auf das

Dorf hinunterblickten, in dem der kleine Friedhof lag und in dem Jo wohnte.

Sie hatte nicht die Absicht gehabt hierherzukommen, hatte es nicht bewusst geplant. Aber war es nicht ganz natürlich, dass ihre Schritte sie zu diesem kleinen verwunschenen Fleckchen lenkten? Sie hatte ihren Vater zu betrauern, und wo konnte man dies besser tun als auf einem Friedhof? Das Risiko, auf Jo zu treffen, hielt sie für recht gering; so mitten in der Woche hatte er sicherlich zu tun und wenig Zeit für Mußestunden.

Trotzdem schaute sie sich gründlich um, bevor sie den Friedhof betrat. Es war keine Menschenseele zu sehen, aber auch hier hatte sich seit ihrem letzten Besuch viel verändert. Die Büsche mit ihren langen Zweigen, die an manchen Stellen von hoch oben bis auf den Boden herunterhingen, umgaben den Friedhof mit einer dichten grünen Mauer, die ihn umso mehr wie eine Insel im Trubel des Alltags erscheinen ließ. Überall zwischen und auf den Gräbern blühten wilde Blumen, die sich selbst ausgesät hatten und zarte Farbschleier über das Grün des Unkrauts zogen. Wenn hier nicht eine menschliche Hand eingriff, würden die Grabsteine bald nicht mehr zu sehen sein und nur noch das eine oder andere Kreuz aus dem Grün hervorstechen.

Ella entdeckte eine Bank, die ihr bisher noch nicht aufgefallen war, und setzte sich, Balou zu ihren Füßen. Sie würde sich Gedanken machen müssen, wo sie ihren Vater beisetzen ließe. Ihre Mutter hatte eine anonyme Urnenbeisetzung haben wollen, und Ella hatte dieser Bitte nur allzu gern entsprochen, froh darum, sich nicht um die Pflege der Grabstelle kümmern zu müssen. Wenn sie an ihre Mutter denken wollte, konnte sie das überall tun, hatte sie damals beschlossen. Jetzt wäre sie froh gewesen, wenn es einen Platz gegeben hätte, der ihre Eltern wieder vereinen würde.

Vielleicht hätte sich ihr Vater eine Seebestattung gewünscht, wenn er das noch hätte entscheiden können? Doch der Gedanke, ihn wieder an das Meer zu verlieren, gefiel Ella überhaupt nicht. Sie würde einen Platz auf dem Friedhof suchen und dann gleich eine Grabstelle kaufen, die auch ihre Urne später einmal aufnehmen könnte.

»Hey«, hörte Ella eine leise warme Stimme.

Sie blickte auf. Da stand Jo, wie immer ganz plötzlich aus dem Nichts erschienen, ohne dass sie ihn hatte kommen hören. Ihr Herz klopfte. Wie naiv von ihr, hierherzukommen und zu denken, er könnte ihr nicht über den Weg laufen.

»Darf ich mich setzen?«

»Ist ja nicht meine Bank.«

Ella rückte zur Seite, so dass Jo Platz nehmen konnte, ohne dass sie sich berühren mussten.

Jo tätschelte Balou den Kopf, der schwanzwedelnd zu ihm aufschaute, dann schwiegen sie lange.

Nach einer Weile stand Ella auf. »Ich will dann mal …« Doch Jo unterbrach sie, legte seine Hand auf ihren Arm und bat: »Bleib, Ella!«

Sie setzte sich, unsicher, wohin das führen sollte. Ihr war weder nach Vergangenheits- noch nach Problembewältigung zumute.

Aber Jo sagte: »Ich habe gehört, dein Vater ist verstorben. Das tut mir sehr leid!«

Ella entspannte sich ein wenig. »Danke.«

»Kam das plötzlich für dich, oder konntest du dich darauf vorbereiten?«

»Es war absehbar, er hat sich von einer schweren Erkältung nicht erholt. Ich war die letzten Stunden bei ihm.«

»Das ist ein Geschenk!«

Ella nickte, dann schwiegen sie wieder.

»Wie kommst du mit deinen Recherchen über das Leben der alten Dame voran?«, fragte Jo nach einer Weile.

»Karla? Ich bin fertig. Zumindest mit dem Material, das ich von ihr geerbt hatte. Aber ich werde weitermachen. Ich möchte ein Buch über sie schreiben, eine Biografie, um den Menschen zu zeigen, was für eine großartige Frau sie war. Ich hoffe, ich finde einen Verlag dafür.«

»Das ist eine gute Idee. Wenn sie dich so fasziniert hat, dann kann sie auch anderen etwas geben, da bin ich mir sicher!«

Schweigen.

»Wie geht es Leonie?«, nahm nun Ella das Gespräch wieder auf.

Jo warf ihr einen Blick zu, dann entgegnete er: »Es geht ihr gut. Glaube ich zumindest. Ich sehe ja nur die Leonie, die bei uns arbeitet. Ich kann nicht hinter ihre Stirn oder in ihr Herz schauen.«

Das klang eindeutig nach einer Aufforderung, und

Ella überlegte, ob sie Jo davon erzählen konnte, was Leonie im letzten Jahr widerfahren war. Dann entschied sie sich dagegen. Es stand ihr nicht zu. Leonie war erwachsen, sie konnte und musste selbst entscheiden, wer etwas über ihr Leben erfahren sollte und wann.

Zu ihrem eigenen Anteil an dieser Entwicklung konnte sie Jo jedoch schon etwas sagen. »Leonie wollte unbedingt ihren Vater kennenlernen, und ich habe kein Verständnis dafür gehabt«, erklärte sie. »Fast zwei Jahrzehnte waren wir alles füreinander, dann ging sie einfach weg, weil ihr der Mann, der sich nie für sie interessiert hat, wichtiger war als ich.«

Jo nahm tröstend ihre Hand, und seine freundschaftliche Wärme tat ihr gut.

»Es tat wahnsinnig weh, und sie hat mir so gefehlt! Inzwischen weiß ich, dass jeder Mensch das Recht auf seinen eigenen Weg und seine eigenen Erkenntnisse hat. Dass es nicht wichtig war, was ich von ihrem Vater halte, sondern dass sie sich selbst ein Bild machen kann. Ich hoffe, ich werde Gelegenheit haben, ihr das alles sagen zu können. Geschähe mir recht, wenn nicht.«

Jo schnaubte. »Höre ich da ein gewisses Selbstmitleid aus deinen Worten?«

»Kein Selbstmitleid, nur Erkenntnis!«

»Einem heranwachsenden Menschen auf all seinen verschlungenen Wegen zu folgen, das schafft keiner. Nicht die beste Mutter, nicht die beste Freundin, nicht mal der junge Mensch selbst.« Jo schwieg einen Moment, und als Ella nichts erwiderte, ergänzte er: »Und zu verlangen, dass man immer perfekt funktioniert und alles klappt, was man anfasst, ist zum Scheitern verurteilt!«

Ella drückte seine Hand kurz und entzog sich ihr dann.

»Das sind alles Argumente, die ich mir hundertmal gesagt habe, und sie stimmen auch, das weiß ich. Trotzdem wird dieser Bruch zwischen uns nur schwer zu kitten sein, und ich vermisse meine Tochter mehr, als ich in Worte fassen kann.«

Er nickte.

»Neulich war ich mit meiner Freundin Tilda am Strand. Ich habe eine Frau beobachtet, wie sie ein kleines Mädchen, das müde vom Spielen im Sand war, den ganzen Weg hinauf vom Wasser zur Mole getragen hat. Ich wusste genau, wie es sich anfühlt, diesen kleinen warmen Körper an sich zu drücken, dieses Gottvertrauen zu spüren, nicht fallen gelassen zu werden. Dieses Menschlein ganz mit seinen Armen und seiner Liebe zu umgeben und beschützen zu wollen vor allem, was sich ihm jemals in den Weg stellt. Die Sonne, das Salz, den Sand in den Haaren zu riechen, die Händchen zu spüren, die sich am Pullover festhalten.« Ella schluckte. »Ich wünsche mir so sehr, dass sich Leonie irgendwann auch wieder daran erinnern kann, an diese Momente, in denen wir eins waren und nichts und niemand die Geborgenheit und Liebe hätte zerstören können.«

Jo sah sie an. »Hast du mal versucht, ihr zu schreiben, was du empfindest? Dich auf diesem Weg bei ihr zu erklären?«

»Unzählige Male, glaube mir. Aber ich hatte ja keine

Adresse von ihr. Wo hätte ich diese Briefe hinschicken sollen? Zu ihrem Vater?«

»Nun, jetzt hast du eine. Vielleicht ist jetzt der richtige Zeitpunkt!«

Ella dachte eine Weile darüber nach, dann nickte sie.

»Du hast recht, es wäre einen Versuch wert.«

Wieder schwiegen sie.

Als Ella erneut Anstalten machte aufzubrechen, begann Jo zu erzählen. Er sah sie dabei nicht an, und Ella war sich nicht sicher, ob seine Worte wirklich ihr galten oder vielmehr sich selbst. Aber das war nicht wichtig. Erst sprach er leise und stockend, dann immer flüssiger, als wäre ein Damm gebrochen.

Er erzählte von Selma, wie es gewesen war, als sie starb. Erst dachte Ella, er wolle sie trösten, ihr zeigen, dass sie mit ihrer Trauer nicht allein war. Dann begriff sie, dass es um etwas ganz anderes ging. Es ging um Jo und Selma und um Jo und Ella.

Er sprach von seiner Trauer und wie er über die Jahre gelernt hatte, mit ihr zurechtzukommen. Dass er für seine Gedanken und seinen Alltag Selma neu erfunden hatte. Eine Selma, die immer da gewesen war, immer an seiner Seite. Unsichtbar, aber verlässlich. Und dass er so gelernt hatte, die Einsamkeit zu ertragen. »Es ging nicht darum, allein zu sein, weißt du?«, sagte er. »Ich konnte schon immer gut allein sein! Es ging darum, einsam zu sein. Verloren, ohne Wärme und ohne Halt.«

Selma hatte ihm Halt gegeben, auch aus dem Jenseits. Sie hatte ihn in seinen Träumen besucht, er hatte es immer wieder geschafft, sie sich so plastisch vorzustellen, dass er Dialoge und Diskussionen mit ihr führen konnte.

»Und als du die Nacht bei mir geblieben bist, hattest du das Gefühl, du hättest sie betrogen«, stellte Ella fest, und Jo sah sie dankbar an.

»Nicht nur Selma, sondern auch dich«, ergänzte er.

Dann schwiegen sie wieder, und die Dämmerung legte sich langsam über sie.

Nach einer Weile nahm Ella Jos Hand und zitierte mit leiser Stimme:

»Es muss das Herz bei jedem Lebensrufe
Bereit zum Abschied sein und Neubeginne,
Um sich in Tapferkeit und ohne Trauern
In andre, neue Bindungen zu geben.«

Jo lächelte bitter. »Weise Worte. Aber ich war wohl noch nicht bereit. Es tut mir wirklich leid, wenn ich dich verletzt habe!«

Ella drückte seine Hand. »Es ist okay. Jetzt, da ich es wenigstens verstehe!«

Wieder schwiegen sie eine Weile, dann stand Ella auf.

»Mir ist kalt, ich möchte jetzt wirklich los.«

»Darf ich euch nach Hause bringen?«

Ella zögerte. Eigentlich brauchte sie jetzt Zeit, über das nachzudenken, was Jo gesagt hatte. Und in sich hineinzuhorchen, wie es ihr damit ging.

Aber Jo nahm ihr die Entscheidung ab, hob Balous Leine vom Boden auf und ging mit dem Hund vor zum Tor des Friedhofes.

Im Auto sagte keiner von ihnen ein Wort, und als sie

wenig später vor ihrer Haustür standen, machte Jo keine Anstalten auszusteigen. Wie schon mal an genau dieser Stelle beugte er sich zu ihr hinüber und küsste sie gerade so leicht auf die Wange, dass sie seinen Bart auf ihrer Haut spürte.

Mit einem leisen »Danke!« stieg sie aus, ließ Balou aus dem Kofferraum und nickte Jo noch einmal kurz zu, bevor sie die Haustür hinter sich zuzog.

Erschöpft und von dem Gewirr ihrer Gefühle übermannt, lehnte Ella sich von innen gegen die Tür und schloss die Augen. Sie konnte sich nicht vorstellen, wann es ihr je wieder möglich sein sollte, auch nur einen klaren Gedanken zu fassen.

Langsam zog sie die Jacke und die schweren Stiefel aus, als sie bemerkte, dass Jos Auto weiterhin mit laufendem Motor vorm Haus stand. Sollte sie die Tür wieder aufmachen? Aber sie wollte ihn jetzt nicht sehen! Sie brauchte Abstand, um den Kopf freizubekommen.

Schritte knirschten auf dem Weg, und einen Moment lang hatte sie das alberne Gefühl, er wüsste genau, dass sie noch direkt hinter der Tür stand, als könne er sie und ihr Zögern sehen.

Dann schob sich ein Zettel unter der Tür hindurch, Jos Schritte entfernten sich wieder, die Autotür klappte, und der Wagen fuhr davon.

Ella hob den zusammengefalteten Zettel auf. Es war die Rückseite einer zerknitterten Rechnung, und sie konnte Jo förmlich vor sich sehen, wie er seine Taschen und das Auto nach etwas abgesucht haben musste, das man beschriften konnte.

Sie faltete den Zettel auseinander und las die Zeilen, die dort standen.

Und jedem Anfang wohnt ein Zauber inne,
der uns beschützt und der uns hilft, zu leben.
Wohlan denn, Herz, nimm Abschied und gesunde!

81

Zur Urnenbeisetzung herrschte ein Wetter, wie Ella es oft am Meer erlebte – blauer Himmel, gespickt mit einigen Wolken und böigem Wind, der die alten Bäume des Friedhofes zum Rauschen brachte. Fast konnte man meinen, das Salz in der Luft zu schmecken, aber das war natürlich nur Einbildung. Trotzdem fühlte es sich für Ella an, als habe das Meer einen letzten Gruß an ihren Vater geschickt.

Da sie ihn nicht an der Seite ihrer Mutter beisetzen konnte, hatte sie lange mit sich gehadert, was das Beste sei. Für das Andenken ihres Vaters, aber auch für sich selbst.

Bei einem Spaziergang über den Friedhof hatte sich die Lösung dann von allein ergeben. Als sie ein paar Blumen auf dem Grab von Karla abgelegt hatte, war ihr eine freie Stelle gegenüber, auf der anderen Seite des Weges, aufgefallen. Es hatte sie viele Diskussionen mit dem Friedhofsamt gekostet, denn diese Stelle war nicht für mehrere Urnen vorgesehen. Aber dann hatte sie die zuständigen Stellen davon überzeugen können, dass sie nicht vorhatte, schon in den nächsten Wochen ebenfalls hier zu landen, und dass zu dem Zeitpunkt, an dem ihre Urne eingegraben werden würde, die ihres Vaters sicher längst zu Staub zerfallen war. Der Gedanke, selbst einmal neben ihrem Vater beigesetzt zu werden, gab ihr ein Gefühl der Geborgenheit.

Tilda und Thomas waren gekommen, ihr Cousin Paul in Begleitung seiner Mutter und einer Tochter und zwei Schwestern aus dem Pflegeheim. Hannes, der Maschinist, war von Paul benachrichtigt worden und stand mit zwei Männern, die Ella nicht kannte, die aber vom Alter und äußeren Erscheinungsbild her ebenfalls Seefahrerkollegen ihres Vaters sein mochten, ein wenig abseits.

Zoe hatte ebenfalls kommen wollen, steckte aber mitten in den Abiturprüfungen und hatte Ella einen Brief geschrieben, der sie in ihrer jugendlichen Frische zu Tränen gerührt hatte.

Jo räusperte sich leise, tauschte mit Ella einen kurzen Blick und begann dann die Andacht. Er erzählte von ihrem Vater, als hätte er ihn gekannt, mit der Einfühlsamkeit eines Pastors, wie Ella sie bei anderen Trauerfeiern schon einige Male bewundert hatte. Wie oft stand ein Pastor oder Pfarrer vor der Situation, jenen Menschen, die den Verstorbenen am besten gekannt hatten, etwas erzählen zu müssen, wovon er selbst keine Ahnung haben konnte. Und doch schafften sie es oft – wenn auch nicht immer –, ein Bild zu zeichnen, zu dem die Hinterbliebenen nicken und lächeln konnten, das mit wenigen Sätzen ein ganzes Leben zusammenfasste und den Gästen der Trauerfeier einen zumindest oberflächlichen Einblick in das Geschehene gab.

Da Ella viel zu wenig über das Leben ihres Vaters hatte beitragen können, hatte sie Paul gebeten, bei dem vorhergehenden Gespräch mit Jo dabei zu sein. Und so konnte Jo nun von Dingen erzählen, die Horst Lehmensieck wirklich ausgemacht hatten.

Die üblichen Zeremonien und Gebete waren fast vorbei, als Jo, der mit dem Rücken zum Grab und der kleinen Trauergemeinde zugewandt stand, stockte und sein Blick erneut den Ellas suchte. Jo gab ihr ein winziges, kaum merkliches Zeichen, und während er weitersprach, drehte Ella sich um.

Und dann sah sie sie ebenfalls. Einige Meter neben ihnen, an einem kleinen Baum, der direkt an Karlas Grab stand, lehnte Leonie, eine Blume in der Hand. Ihr Babybauch zeichnete sich schon ein wenig unter der dünnen Bluse ab, ihre Augen waren auf Jo geheftet, und sie lauschte den Worten, die er sprach.

Dann, als spüre sie, dass Ella sie entdeckt hatte, löste sie ihren Blick und schaute ihre Mutter an.

Eine Weile waren ihre Blicke ineinander verhakt, und Ellas Herz klopfte.

Dann lächelte Leonie, und es war Ella, als würde der Wind genau in diesem Moment eine Pause machen und die Sonne ein ganz klein wenig wärmer scheinen.

ENDE